Hvor flodkrebsene synger

DELIA OWENS

Hvor flodkrebsene synger

På dansk ved
Anders Juel Michelsen

Gyldendal

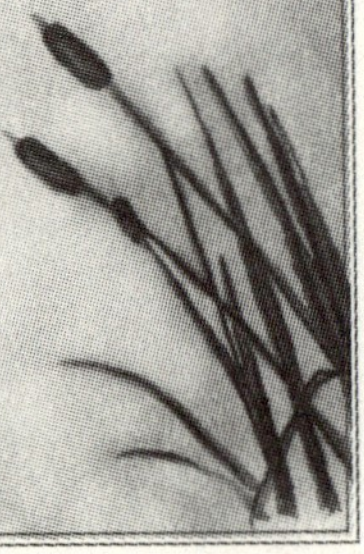

Hvor flodkrebsene synger
er oversat fra amerikansk efter „Where the Crawdads Sing"

2. udgave, 1. oplag
Omslag: Imperiet/Harvey Macaulay med fotos af Andrew Geiger ('person in canoe'); (baggrund) John & Lisa Merrill/Getty Images – efter ide af Na Kim
Bogen er sat med Horley Old Style MT Std hos Bech Grafisk
Trykt hos Nørhaven
Printed in Denmark 2021
ISBN: 978-87-02-29811-6

www.gyldendal.dk

En del af Gyldendal-gruppen

Hvor intet andet er nævnt, er romanens digte oversat af
Anders Juel Michelsen.

Noter bagi bogen

MIX
Papir fra ansvarlige kilder
FSC® C104608
FSC
www.fsc.org

Bogen er trykt på FSC®-mærket papir.
Flere oplysninger på www.FSC.dk

Til Amanda, Margaret og Barbara

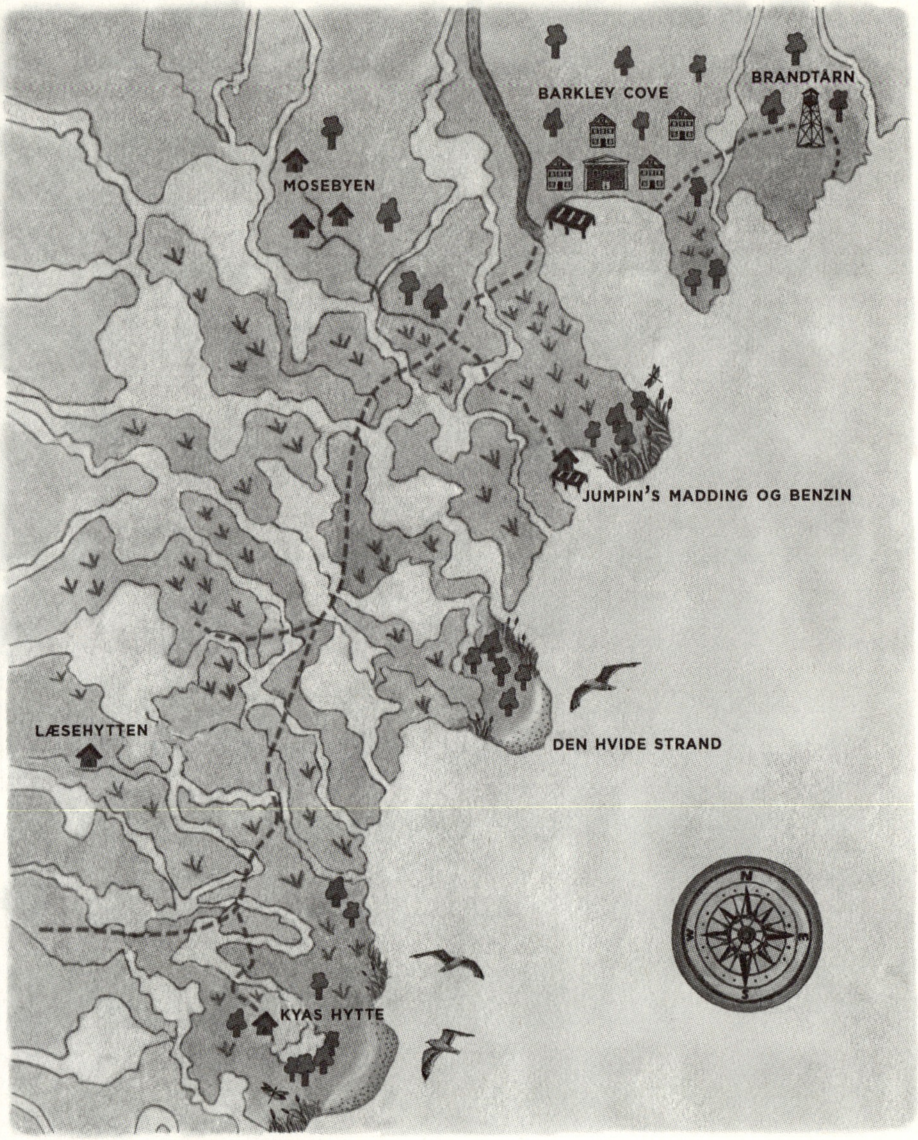
BARKLEY COVE
BRANDTÅRN
MOSEBYEN
JUMPIN'S MADDING OG BENZIN
DEN HVIDE STRAND
LÆSEHYTTEN
KYAS HYTTE
N
S

FØRSTE DEL

Marsken

Prolog

1969

Marsken er ikke sump. Marsken er et rum af lys, hvor græsset vokser i vandet, og vand strømmer ind i himlen. Langsomt rislende bække bugter sig og bærer solens skive med sig til havet, langbenede fugle flyver op med uventet ynde – som var de ikke skabt til at flyve – med larmen fra tusind snegæs i baggrunden.

Så, inde i marsken kryber her og der ægte sump ind i lavtliggende moser, skjult i fugtigkolde skove. Sumpvand er stillestående og mørkt efter at have slugt lyset i sit mudrede svælg. Selv natdyr er dagaktive i denne hule. Selvfølgelig er der lyde, men sammenlignet med marsken er sumpen stille, fordi forrådnelsen foregår på celleniveau. Livet går i opløsning og stinker og vender tilbage til den rådne humus; et skarpt lugtende søle af død, der avler liv.

Om morgenen den 30. oktober 1969 lå liget af Chase Andrews i sumpen, som ville have opslugt det i stilhed. Skjult det for altid. En sump ved alt om død og definerer den ikke nødvendigvis som en tragedie og i hvert fald ikke som en synd. Men denne morgen cyklede to drenge fra landsbyen ud til det gamle brandtårn, og efter det tredje sving i trappen fik de øje på hans cowboyjakke.

1

Ma

1952

Augustmorgenen var så brændende hed, marskens fugtige ånde draperede ege og fyrretræer med tåge. Luften stod usædvanligt stille imellem viftepalmerne bortset fra hejrens lave, langsomme vingeslag, da den fløj op fra lagunen. Og så hørte Kya, der kun var seks år dengang, netdøren smække. Hun stod på skamlen og holdt op med at skrubbe gryden ren for majsgrød og sænkede den ned i baljen med gammel sæbelud. Der var ingen lyde nu bortset fra hendes egen vejrtrækning. Hvem havde forladt hytten? Ikke Ma. Hun smækkede aldrig med døren.

Men da Kya løb ud på verandaen, så hun sin mor i en lang brun nederdel, med gålæg der svirpede omkring anklerne, mens hun gik ned ad sandvejen i høje hæle. Skoene med de runde snuder var af kunstigt alligatorskind. Det eneste par sko, hun havde at gå i byen med. Kya ville kalde på hende, men varede sig for at vække Pa, så hun åbnede døren og stillede sig ud på fortrappen. Derfra så hun den blå beautyboks, som Ma bar. Normalt vidste Kya, med samme tillid som en hundehvalp, at hendes mor ville vende tilbage med kød pakket ind i fedtet brunt papir eller en kylling med dinglende hoved. Men hun gik aldrig i de højhælede alligatorskindsko, tog aldrig beautyboksen med.

Ma vendte sig altid om for at se sig tilbage der, hvor stien mødte vejen, hun løftede armen og vinkede med en hvid håndflade, mens hun drejede ind på hjulsporet, som snoede sig gennem sumpskove, dunhammerlaguner og til sidst måske – hvis tidevandet tillod det – ind til byen. Men i dag gik hun bare videre med usikre skridt. Hendes høje skikkelse dukkede nu og da op i åbningerne i skoven, indtil det kun var glimt af hendes hvide tørklæde mellem bladene. Kya løb hen til stedet, hvor hun vidste, at hun kunne se vejen; Ma ville bestemt vinke til hende derfra, men hun nåede kun lige at få et glimt af den blå beautyboks – hvis farve var så forkert i skoven – da den forsvandt ud af syne. En tyngde, tyk som sort bomuldsjord, trykkede for hendes bryst, da hun vendte tilbage til trappen for at vente.

Kya var den yngste af fem, de andre søskende var langt ældre, men senere ville hun ikke kunne huske, hvor gamle de var. De boede sammen med Ma og Pa, klemt sammen som kaniner i bur, i den primitive hytte, hvis netveranda stirrede storøjet ud under egetræerne.

Jodie, den bror, der var tættest på Kya, men stadig syv år ældre, kom ud fra huset og stillede sig bag hende. Han havde samme mørke øjne og sorte hår som hun; han havde lært hende om fuglesang, stjernernes navne, hvordan man styrede båden gennem avneknipperne.

„Ma kommer tilbage," sagde han.

„Gør hun? Hun har sine 'gatorsko på."

„En mor forlader ikke sine børn. De har det ikke i sig."

„Du fortalte at ræven forlod sine unger."

„Ja, men den havde et ødelagt ben. Hun ville være sultet ihjel, hvis hun havde prøvet at skaffe føde til sig selv og sine unger. Hun gjorde bedre i at forlade dem, blive helet og så få nye hvalpe, når hun kunne tage sig ordentligt af dem. Ma sulter ikke, hun kommer tilbage." Jodie var ikke nær så sikker, som han lød, men sagde det for Kyas skyld.

Hendes hals snørede sig sammen, og hun hviskede: „Men Ma har taget den der blå boks med, som om hun er på vej til noget stort."

• • •

HYTTEN STOD TILBAGETRUKKET bag viftepalmerne, som bredte sig over sandrevlerne til et halsbånd af grønne laguner, og i det fjerne, til hele marsken bagved. Mange kilometer med bladgræs, der var så hårdført, at det voksede i saltvand, kun brudt af vindkrogede træer. Egeskove klumpede sig sammen på den anden side af hytten og skærmede den nærmeste lagune, hvor det myldrede med liv i overfladen. Salt luft og mågeskrig strømmede gennem træerne fra havet.

At gøre fordring på et territorium foregik stort set, som det havde gjort siden 1500-tallet. De spredte marskområder var ikke defineret ved lov, blot afmærket naturligt – en bæk som grænse her, et dødt egetræ der – af desertører. En mand bygger ikke et palmeshelter i en mose, medmindre han er på flugt fra nogen eller er nået til sin vejs ende.

Marsken var bevogtet af en forreven kystlinje, som tidlige opdagelsesrejsende kaldte „Atlanterhavets kirkegård", fordi hvirvelstrømme, rasende vinde og grundt vand bragte skibe til forlis, som var de papirhatte, langs det, der skulle blive til North Carolinas kyst. I en sømands skibsjournal stod der „bevægede os langs det grunde Vand … men kunne ikke skimte nogen Indgang … En voldsom Storm ramte os … vi var tvunget til at søge ud på Havet, for at sikre os selv og Skibet, og blev drevet frem af en stærk Strøms rivende Fart … Landet … marskagtigt og Sumpe, så vi vendte tilbage til vores Skib … Afskrækkelse for alle, som herefter skulle komme til disse Egne for at bosætte sig."

De, der ledte efter beboeligt land, fortsatte, og denne infame marsk blev et net, der opsamlede et miskmask af opsætsige sømænd, skibbrudne, skyldnere og folk på flugt fra krige, skatter eller love, som de ikke brød sig om. De, som malaria ikke tog livet af, eller som sumpen ikke slugte, formerede sig til en skovmandsstamme bestående af flere racer og mangfoldige kulturer, hvor hver mand kunne fælde en lille skov med en økse og jage og nedlægge en buk over flere kilometer. Ligesom flodrotter havde hver mand sit eget territorium, men måtte tilpasse sig gruppen eller simpelthen forsvinde i sumpen en dag. To hundred år senere fik de tilslutning fra bortløbne slaver, som flygtede ind i marsken og blev kaldt maroons, og ludfattige og betrængte frigivne slaver, som på grund af de sparsomme muligheder spredte sig til vandlandet.

Det var måske et nedrigt landskab, men ikke en tomme jord var dårlig. Lag af liv – bugtende sandkrabber, muddervraltende krebs, andefugle, fisk, rejer, østers, opfedede hjorte og trinde gæs – hobede sig op på land og i vandet. Hvis man ikke var for fin til at kravle rundt efter mad, kom man aldrig til at sulte.

Det var nu 1952, så nogle af områderne var der igennem fire århundreder gjort fordring på af en lang række løsrevne, ikke registrerede personer. De fleste før Borgerkrigen. Andre havde slået sig ned i nyere tid, især efter de to verdenskrige, hvorfra mænd vendte nedbrudte og fattige tilbage. Marsken holdt dem ikke indespærret, men definerede dem, og bevarede, som al hellig jord, deres hemmeligheder. Ingen tog sig af, at de havde taget jorden i besiddelse, for ingen andre ville have den. Det var trods alt uopdyrkede moser.

Helt som med whiskyen lavede marskbeboerne deres egne love – ikke som dem, der bliver hugget i sten eller indskrevet i dokumenter, men love, der stak dybere, som lå i deres gener. Ældgamle, naturlige love, som dem, der udklækkes af høge og duer. Når et menneske bliver trængt op i et hjørne, er desperat og isoleret, falder det tilbage på de instinkter, der sigter direkte mod overlevelse. Hurtigt og retfærdigt. De vil altid være trumfkortene, for de bliver hyppigere overleveret fra generation til generation end de mere blide gener. Det handler ikke om moral, det er et simpelt regnestykke. Indbyrdes slås duer lige så ofte som høge.

MA KOM IKKE TILBAGE den dag. Ingen talte om det. Mindst af alle Pa. Han skramlede med grydelågene, stank af fisk og hjemmebrændt. „Er der noget ædelse?"

Brødre og søstre trak på skuldrene med nedslagne blikke. Pa bandede og svovlede og humpede så ud i skoven igen. Der havde været skænderier før; Ma var også skredet et par gange, men hun vendte altid tilbage og uddelte knus til alle, der ville have det. De to ældste søstre lavede middagsmad af røde bønner og majsbrød, men ingen satte sig ved bordet for at spise, som de ville have gjort, hvis Ma havde været der. De tog nogle bønner op fra gryden, plumpede majsbrød ovenpå og gik hen for at spise på deres madrasser på gulvet eller den falmede sofa.

Kya kunne ikke spise noget. Hun sad på verandatrappen og kiggede ned ad sandvejen. Hun var høj af sin alder, radmager, havde stærkt solbrændt hud og glat hår, sort og tæt som kragevinger.

Mørket satte en stopper for hendes udsyn. Kvækkende frøer ville overdøve lyden af fodtrin, men hun lagde sig alligevel på sin seng på verandaen og lyttede. Bare samme morgen var hun vågnet til den knitrende lyd af bacon, der stegte i jernpanden, og duften af boller, der stod og brunede i den brændefyrede ovn. Hun havde trukket sine smækbukser op og var styrtet ud i køkkenet for at dække bord. Pille snudebiller ud af majsgrøden. De fleste morgener krammede Ma hende med et bredt smil – „Godmorgen, min egen pige" – og som i en dans gik de i gang med de daglige pligter. Sommetider sang Ma folkesange eller citerede børnerim: „Denne lille gris gik til markedet". Eller hun svingede Kya i en jitterbug, deres fødder trampede på krydsfinergulvet, indtil musikken fra den batteridrevne radio døde hen, så det lød, som om radioen sang for sig selv på bunden af en tønde. Andre morgener talte Ma om voksenting, som Kya ikke forstod, men hun tænkte, at Mas ord måtte have et sted at gå hen, så hun absorberede dem gennem sin hud, mens hun puttede mere brænde i ovnen. Nikkede, som om hun forstod.

Så var der alt postyret med at vække alle de andre og give dem mad. Pa var der ikke. Han havde to indstillinger: tavshed og råben. Så det var bare fint, når han sov fra det hele, eller slet ikke kom hjem.

Men denne morgen havde Ma været stille; hendes smil var væk, hendes øjne røde. Hun havde bundet et hvidt tørklæde om panden på piratmaner, men de blålilla og gule kanter efter et blåt mærke kunne stadig ses tydeligt. Lige efter morgenmaden, før der var vasket op, havde Ma lagt nogle få personlige ting i beautyboksen og var gået ned ad sandvejen.

NÆSTE MORGEN SAD KYA igen på sin post på trappen, hendes mørke blik borede sig ned ad vejen som en tunnel, der venter på tog. Marsken bagved var indhyllet i en tågebanke, der hang så lavt, at det så ud, som om den hvilede direkte på mudderet. Kya, der var barfodet, trommede med tæerne, kastede græsstrå efter biller, men en seksårig kan ikke sidde stille i lang tid, og inden længe luntede hun ud mod vadehavet med svuppende lyde omkring sine tæer. Hun satte sig på hug i kanten af det klare vand og så elritser pile rundt mellem solpletter og skygger.

Jodie råbte til hende inde fra viftepalmerne. Hun stirrede; måske havde han nyt at fortælle. Men da han snoede sig frem mellem de spidse blade, kunne hun se på den skødesløse måde, han gik på, at Ma ikke var kommet hjem.

„Skal vi lege opdagelsesrejsende?“ spurgte han.

„Du siger, du er for gammel til at lege opdagelsesrejsende.“

„Nah, det var bare noget, jeg sagde. Det bliver man aldrig for gammel til. Hvem kommer først!“

De styrtede hen over revlerne og gennem skoven til stranden. Hun hvinede, da han overhalede hende, og lo, indtil de nåede til den store eg, der stak enorme arme ud over sandet. Jodie og deres storebror, Murph, havde sømmet nogle brædder hen over grenene, så de havde et udkigstårn og et træfort. Nu var meget af det ved at falde sammen og hang og dinglede fra rustne søm.

Normalt, hvis hun overhovedet fik lov at være med i besætningen, var hun en slavepige, der bragte sine brødre varme boller snuppet fra Mas bageform.

Men i dag sagde Jodie: „Du kan være kaptajn."

Kya hævede sin højre arm til angreb. „Død over spaniolerne!" De brækkede pindesværd af og styrtede gennem brombærkrattet, mens de råbte og slog ud efter fjenden.

Så – komediespil kommer og går let – gik hun hen til en mosbegroet stamme og satte sig. Han satte sig tavst ved siden af hende. Han ville sige noget for at aflede hendes tanker fra Ma, men der kom ingen ord, mens de betragtede skøjteløbernes sære skygger på vandoverfladen.

Senere gik Kya tilbage til verandatrappen og sad og ventede længe, mens hun uden at græde en eneste gang kiggede ned mod enden af den smalle sandvej. Hendes ansigt var stille, hendes læber en tynd streg under søgende øjne. Men Ma kom heller ikke tilbage den dag.

2

Jodie

1952

Efter at Ma var gået sin vej, forsvandt Kyas ældste bror og hendes to søstre også, som fulgte de hendes eksempel. De havde udholdt Pas raseriudbrud, der begyndte som råb og så eskalerede til knytnæveslag eller nogle flade med bagsiden af hånden, indtil de en efter en forsvandt. De var alligevel næsten voksne. Og senere, ligesom hun glemte deres alder, kunne hun heller ikke huske deres rigtige navne, kun at de blev kaldt Missy, Murph og Mandy. På sin verandamadras fandt Kya en lille bunke sokker, som hendes søstre havde efterladt.

Den morgen, hvor Jodie som den eneste af hendes søskende var tilbage, vågnede Kya til klirrende og skramlende lyde og lugten af varmt fedt fra morgenmaden. Hun fór ud i køkkenet i den tro, at Ma var kommet hjem og stod og stegte majsfritters eller majskager. Men det var Jodie, der stod ved ovnen og rørte rundt i majsgrøden. Hun smilede for at skjule sin skuffelse, og han klappede hende på hovedet og tyssede venligt på hende: Hvis de ikke vækkede Pa, kunne de spise alene. Jodie vidste ikke, hvordan man bagte boller, og der var ingen bacon, så han kogte majsgrød og lavede røræg i svinefedt, og de satte sig ned sammen og udvekslede tavst blikke og smil.

De vaskede hurtigt op og løb så ud ad døren hen mod marsken med ham forrest. Men netop da kaldte Pa og kom humpende hen mod dem. Han var utroligt mager, hans krop syntes at flagre rundt uden tyngdekraft. Hans kindtænder var gule som en gammel hunds.

Kya kiggede op på Jodie. „Vi kan stikke af. Gemme os på det mossede sted."

„Det er okay. Det skal nok gå," sagde han.

SENERE, VED SOLNEDGANG, fandt Jodie Kya på stranden, hvor hun stod og stirrede på havet. Da han kom hen ved siden af hende, kiggede hun ikke på ham, men fastholdt blikket på de urolige bølger. Men hun kunne høre i den måde, han talte på, at Pa havde slået ham i ansigtet.

„Jeg bli'r nødt til at rejse, Kya. Jeg ka' ikke bo her længere."

Hun var lige ved at vende sig om og sige noget til ham, men det gjorde hun ikke. Hun ville trygle ham om ikke at efterlade hende med Pa, men ordene satte sig fast i halsen.

„Når du bliver gammel nok, vil du forstå det," sagde han. Kya ville skrige, at hun måske nok var et barn, men hun var ikke dum. Hun vidste, at Pa var grunden til, at alle rejste; det, der undrede hende, var, hvorfor ingen af dem tog hende med. Hun havde også tænkt på at tage væk, men havde ingen steder at tage hen og ingen penge til bussen.

„Kya, du skal passe på, hører du! Hvis der kommer nogen, så gå ikke ind i huset. Der kan de fange dig. Løb langt ud i marsken, gem dig i krattet. Slet altid dine spor, som jeg har lært dig. Og du kan også skjule dig for Pa." Da hun stadig ikke sagde noget, sagde han farvel og gik med store skridt hen over stranden til skoven. Lige inden han gik ind mellem træerne, vendte hun sig endelig om og så ham gå sin vej.

„Denne lille gris blev hjemme," sagde hun til bølgerne.

Hun brød lammelsen og løb hen til hytten. Råbte hans navn ude på gangen, men Jodies ting var væk, hans seng på gulvet tom.

Hun sank ned på hans madras og så det sidste af dagen glide ned ad væggen. Lyset blev hængende efter solen, sådan som det gør, noget af det samledes i rummet, så de klumpede senge og stablerne af gammelt tøj et kort øjeblik tog mere form og farve end træerne udenfor.

En gnavende sult – sådan en triviel ting – kom bag på hende. Hun gik hen til køkkenet og stod i døren. I hele hendes liv var rummet blevet opvarmet af brød, der bagte, kogende smørbønner eller en boblende fiskegryde. Nu var der indelukket, stille og mørkt. „Hvem skal lave mad?" sagde hun højt. Kunne lige så godt have spurgt: *Hvem vil danse?*

Hun tændte et lys og ragede i den varme aske i brændekomfuret, lagde lidt ekstra pindebrænde på. Pumpede med blæsebælgen, indtil en flamme tog ved, derefter mere træ. Frigidairen fungerede som skab, for der var ingen elektricitet i hytten. For at undgå mug blev døren holdt åben med en fluesmækker. Men der voksede alligevel grønsorte årer af skimmel i hver en sprække.

Hun tog rester ud og sagde: „Jeg vil hælde majsgrynene i fedt, varme dem op," og det gjorde hun og spiste af gryden, mens hun kiggede ud ad vinduet efter Pa. Men han kom ikke.

Da lyset fra kvartmånen til sidst ramte hytten, krøb hun ned i sin verandaseng – en knoldet madras på gulvet med rigtige lagner dækket af små blå roser, som Ma havde købt på et loppemarked – alene om natten for første gang i sit liv.

I starten satte hun sig op med nogle minutters mellemrum og tittede ud gennem nettet. Lyttede efter fodtrin i skoven. Hun kendte formerne på alle træerne; men noget syntes at pile rundt derude og bevæge sig i takt med månen. Et stykke tid var hun så stiv i kroppen, at hun ikke kunne synke, men med ét fyldte løvfrøernes og løvgræshoppernes sang natten. Så trøsterigt som tre blinde mus med en forskærerkniv[1]. Mørket havde en sødmefuld lugt, den jordslåede ånde af frøer og salamandere, der havde overlevet endnu en stinkende varm dag. Marsken smøg sig tættere på med en lav tåge, og hun faldt i søvn.

• • •

DER GIK TRE DAGE, hvor Pa ikke dukkede op, og Kya kogte majroer fra Mas have til morgenmad, frokost og aftensmad. Hun gik ud i hønsehuset for at hente æg, men der var ingen. Ikke en høne eller et æg nogen steder.

„Lortehøns! I er bare en flok lortehøns!" Hun havde villet passe dem, siden Ma rejste, men havde ikke fået gjort det helt store. Nu var de flygtet i en broget blanding og gik og klukkede et sted langt inde mellem træerne. Hun måtte sprede majsgryn og se, om hun kunne holde dem i nærheden.

Om aftenen den fjerde dag dukkede Pa op med en drikkedunk og smed sig på sin seng.

Da han kom ud i køkkenet næste morgen, råbte han: „Hvor er de alle sammen?"

„Det ved jeg ikke," sagde hun uden at se på ham.

„Du ved jo ikke en skid. Du er lige så ubrugelig som patterne på en orne."

Kya sneg sig ud gennem verandadøren, men da hun gik på stranden og ledte efter muslinger, lugtede hun røg og kiggede op og så også en sky af røg i retning af hytten. Hun løb alt, hvad remmer og tøj kunne holde, kom ud mellem træerne og så et bål flamme på gårdspladsen. Pa var ved at smide Mas malerier, kjoler og bøger i flammerne.

„Nej!" skreg Kya. Han så ikke på hende, men smed den gamle transistorradio ind i ilden. Hendes hud brændte, da hun forsøgte at redde malerierne, og den brændende hede tvang hende tilbage.

Hun styrtede hen til hytten for at forhindre Pa i at hente mere og fastholdt ham med øjnene. Pa løftede bagsiden af sin hånd mod Kya, men hun holdt stand. Pludselig vendte han sig om og humpede hen mod sin båd.

Kya sank sammen på trappen og så Mas akvarelmalerier af marsken ulme og blive til aske. Hun blev siddende indtil solen gik ned, indtil alle knapperne var som gløder, og minderne om jitterbugdansen med Ma smeltede sammen med flammerne.

I løbet af de næste par dage lærte Kya, hvordan hun kunne leve sammen med ham, lære af de andres fejl og måske endnu mere af elritserne. Hold dig væk, lad ham ikke se dig, løb fra solplet til skygge. Op og ud af huset, inden han stod op, hun levede i skoven og vandet, luntede så ind i huset for at sove i sin seng på verandaen, så tæt på marsken hun kunne komme.

PA HAVDE KÆMPET mod Tyskland i Anden Verdenskrig, hvor hans venstre lårbensknogle blev ramt af granatsplinter og smadret. Hans ugentlige invalidepension var deres eneste indkomst. En uge efter at Jodie var rejst, stod frigidairen tom, og der var knap nogen majroer tilbage. Da Kya gik ud i køkkenet den mandag morgen, pegede Pa på en krøllet dollarseddel og nogle mønter på køkkenbordet.

„Det her vil skaffe dig mad til ugen. Der er ikke noget, der er gratis," sagde han. „Alting koster, og for de penge skal du holde orden i huset, sørge for, at der er brænde, og klare vasketøjet."

For første gang nogensinde gik Kya alene til landsbyen Barkley Cove for at købe købmandsvarer – *denne lille gris gik til markedet.* Hun traskede syv kilometer gennem dybt sand og sort mudder, indtil bugten lå og glimtede foran hende med den lille landsby ud til kysten.

Byen var omgivet af sumpgræsområder, der blandede deres salte dis med den fra havet, som svulmede op ved højvande på den anden side af Main Street. Marsken og havet afskærmede landsbyen fra resten af verden. Eneste forbindelse var den ensporede landevej, der humpede ind i byen på revnet cement fuld af huller.

Der var to gader: Main Street løb langs med stranden med en række butikker: Piggly Wiggly-supermarkedet i den ene ende, Western Auto i den anden, dineren i midten. Indimellem dem var der Kress' Five and Dime, en Penney's (kun postordre), Parker's Bakery og en Buster Brown Shoe Shop. Ved siden af Piggly lå Dog-Done Beer Hall, som tilbød grillstegte hotdogs, red-hot chili og friturestegte rejer i foldede papirbåde. Kvinder og børn gik ikke indenfor, det blev ikke anset for passende, men der var blevet indsat et takeout-vindue i muren, så de kunne bestille hotdogs og Nehi Cola fra gaden. Farvede måtte hverken gå ind ad døren eller benytte vinduet.

Den anden gade, Broad Street, løb fra den gamle landevej direkte mod havet og endte i Main Street. Så det eneste kryds i byen udgjordes af Main, Broad og Atlanterhavet. Varelagre og butikker hang ikke sammen som i de fleste byer, men var adskilt af små tomme grunde bevokset med marehalm og viftepalmer, som om marsken havde sneget sig ind fra den ene dag til den anden. I mere end to hundred år havde skarpe salte vinde slidt bygningerne med cedertagspån ned til en rustrød farve, og vinduesrammerne, hvoraf de fleste var malet hvide eller blå, var afskallede og revnede. Landsbyen syntes i det hele taget at have givet op over for naturens kræfter.

Byens mole, draperet med frønnet tovværk og pelikaner, skød ud i den lille bugt, hvor vandet, når det var roligt, spejlede rejefiskerbådenes røde og gule farver. Jordveje kantet af små cedertræshuse bugtede sig mellem træerne, rundt om lagunerne og langs havet i hver ende af butiksrækken. Barkley Cove var bogstaveligt talt en backwater-by, som lå spredt rundt omkring flodmundingerne og rørskovene som en hejrerede, vinden har kastet rundt med.

Kya stod barfodet og i for korte smækbukser, der hvor hjulsporet mødte vejen. Hun havde mest af alt lyst til at løbe hjem. Hun vidste ikke, hvad hun skulle sige til folk; hvordan hun skulle beregne pengene til indkøb. Men sult var en stærk drivkraft, så hun gik ind på Main og med bøjet hoved hen mod Piggly Wiggly-supermarkedet på et smuldrende fortov, der nu og da kom til syne mellem græstuerne. Da hun nærmede sig Five and Dime, hørte hun noget bag sig og nåede lige at springe til side, da tre drenge, der var et par år ældre end hende, susede forbi på deres cykler. Den forreste dreng kiggede tilbage på hende, grinede og kolliderede så næsten med en kvinde, der kom ud fra butikken.

„CHASE ANDREWS, vil du så komme her! Alle jer tre drenge!“

De cyklede endnu nogle meter, men fortrød så og vendte tilbage til kvinden, miss Pansy Price, som solgte stof og syartikler. Hendes familie havde engang ejet den største gård i udkanten af marsken, og selvom det var længe siden, at de havde været tvunget til at sælge den, fortsatte hun med at spille rollen som fin godsejerinde. Hvilket ikke var let, når man boede i en lille lejlighed oven over dineren. Miss Pansy gik altid med hatte formet som silketurbaner, og denne morgen var hendes hovedbeklædning lyserød, hvilket fremhævede den røde læbestift og rougepletterne.

Hun skældte drengene ud. „Jeg ku' godt have lyst til at fortælle jeres mødre om det her. Eller bedre endnu, jeres fædre. Komme fræsende på den måde på fortovet og næsten køre mig over. Hvad har du at sige til dit forsvar, Chase?"

Han havde den smarteste cykel – med rødt sæde og et forkromet styr, der var vendt opad. „Undskyld, miss Pansy, vi så Dem ikke, fordi pigen derovre kom i vejen." Chase, solbrændt og med mørkt hår, pegede på Kya, der var veget tilbage og stod halvt inde i en myrtebusk.

„Glem hende. I kan ikke give andre skylden for jeres synder, ikke engang sumprakkerpakket. Nu skal I drenge gøre en god gerning og gøre det her godt igen. Der går miss Arial med sine indkøb, gå over og hjælp hende med at bære dem hen til hendes bil. Og lad det gå lidt tjept."

„Javel, frue," sagde drengene, mens de cyklede hen mod miss Arial, som havde undervist dem alle i anden klasse.

Kya vidste, at forældrene til den mørkhårede dreng ejede Western Auto, og det var derfor, han kørte på den smarteste cykel. Hun havde set ham læsse store papkasser med varer af trucken og stuve dem sammen, men hun havde aldrig talt et ord med ham eller de andre.

Hun ventede i nogle minutter, fortsatte så hen mod supermarkedet, igen med bøjet hoved. Inde i Piggly Wiggly studerede Kya udvalget af majsgryn og valgte en pose med et pund groftmalet Yellow Corn Meal, fordi der sad en rød mærkeseddel øverst på posen – *Denne uges tilbud.*

Som Ma havde lært hende. Hun stod uroligt i midtergangen og ventede, til der ikke var andre kunder ved kassen, og gik så hen og stillede sig foran kassedamen, mrs. Singletary, som spurgte: „Hvor er din mor?“ Mrs. Singletarys hår var kortklippet med tætte krøller og farvet lilla som en iris i solskin.

„Hun laver husarbejde, frue.“

„Nå, men vil du så betale for majsgrynene eller hva'?“

„Ja, frue.“ Hun vidste ikke, hvordan hun skulle tælle det nøjagtige beløb op og lagde dollarsedlen.

Mrs. Singletary tænkte på, om barnet mon kendte forskel på mønterne, så da hun lagde byttepengene i Kyas åbne håndflade, talte hun langsomt: „Femogtyve, halvtreds, tres, halvfjerds, firs, femogfirs og tre penny. For majsgrynene koster tolv cent.“

Kya blev helt dårlig. Var det meningen, at hun også skulle give noget tilbage? Hun stirrede på puslespillet af mønter i sin håndflade.

Mrs. Singletary syntes at forbarme sig. „Nå, men smut så med dig.“

Kya fór ud af butikken og gik så hurtigt, hun kunne, hen mod marskhjulsporet. Ma havde mange gange sagt: „Løb aldrig inde i byen, ellers tror folk, du har stjålet noget.“ Men så snart Kya nåede til den sandede vej, løb hun en god kilometer. Derefter gik hun i rask tempo resten af vejen.

Da hun var hjemme igen, mente hun, at hun godt vidste, hvordan man tilberedte majsgryn, så hun smed dem i kogende vand, ligesom Ma plejede, men de klumpede sig sammen til en stor klump, som brændte på nederst og var rå i midten. Den var så gummiagtig, at hun kun kunne få nogle bidder ned, så hun gennemsøgte haven igen og fandt lidt flere majroer mellem gyldenrisene. Så kogte hun dem, spiste dem allesammen og slubrede kogevandet i sig.

I løbet af nogle dage fik hun taget på at lave majsgrød, selvom den, lige meget hvor meget hun rørte rundt, stadig klumpede lidt. Den næste uge købte hun marvstykker – som var mærket med en rød seddel – og kogte dem sammen med majsgryn og grønkål til en grød, der smagte udmærket.

Kya havde ofte vasket tøj sammen med Ma, så hun vidste, hvordan man skulle skrubbe tøjet med ludsæbe på vaskebrættet under pumpen i gården. Pas overalls var så tunge af væde, at hun ikke kunne vride dem med sine små hænder og heller ikke nå tørresnoren, så hun draperede dem over palmebladene i kanten af skoven.

Hun og Pa holdt sig i hver sin ende af hytten og så sommetider ikke hinanden i dagevis. De talte næsten aldrig sammen. Hun ryddede op efter sig selv og ham, som en rigtig lille kvinde. Hun var ikke en tilstrækkelig dygtig kok til at lave måltider til ham – han var der alligevel næsten aldrig – men hun redte hans seng, samlede ting op fra gulvet, fejede og vaskede op det meste af tiden. Ikke fordi hun havde fået besked på det, men fordi det var den eneste måde at holde hytten nogenlunde anstændig på, til Ma vendte tilbage.

MA HAVDE ALTID SAGT, at efterårsmånen viste sig ved Kyas fødselsdag. Så selvom Kya ikke kunne huske sin fødselsdato, sagde hun til sig selv en aften, da månen steg fuld og gylden op fra lagunen: „Jeg er nok syv.“ Pa nævnte det aldrig; der var bestemt ikke nogen kage. Han sagde heller ikke noget om, at hun skulle gå i skole, og hun var bange for at bringe det på bane, da hun ikke vidste så meget om det.

Ma ville da helt sikkert komme hjem til hendes fødselsdag, så morgenen efter høstmånen tog hun kattunkjolen på og stirrede ned ad vejen. Kya tvang i tankerne Ma til at komme gående tilbage til hytten, stadig i sine alligatorsko og sin lange nederdel. Da der ikke kom nogen, tog hun gryden med majsgryn og gik gennem skoven til kysten. Hun holdt hænderne for munden, lagde hovedet tilbage og kaldte: *„Kee-ow, kee-ow, kee-ow.“* Sølvskinnende pletter viste sig på himlen op og ned langs stranden, bag brændingen.

„Her kommer de. Jeg kan ikke tælle til så mange,“ sagde hun.

De skrigende fugle hvirvlede rundt og dykkede, svævede omkring hendes ansigt og landede, da hun kastede majsgryn til dem. Til sidst faldt de til ro og stod og pudsede deres fjer, og hun satte sig i sandet med benene foldet til den ene side. En stor måge stillede sig i sandet nær Kya.

„Det er min fødselsdag," fortalte hun fuglen.

3

Chase

1969

Det gamle brandtårns frønnede ben skrævede over mosen, som skabte sine egne slyngtråde af dis. Med undtagelse af de skræppende krager syntes den tyste skov at rumme en forventningsfuld stemning, da de to drenge, Benji Mason og Steve Long, begge ti år, begyndte at gå op ad den våde trappe om morgenen den 30. oktober 1969.

„Efteråret plejer da ikke at være så varmt," råbte Steve ned til Benji.

„Jah, og her er helt stille bortset fra kragerne."

Steve kiggede ned mellem trinene og sagde: „Hov. Hvad er det der?"

„Hvor?"

„Se der. Blåt tøj, som om der ligger nogen i mudderet."

Benji råbte: „Hej, du der! *Hva' laver du?*"

„Jeg kan se et ansigt, men det bevæger sig ikke."

De løb med svingende arme ned ad trappen igen og banede sig vej til den anden side af tårnet med grønligt mudder klæbende til deres støvler. Der lå en mand på ryggen, hans venstre underben lå ud fra knæet i en grotesk vinkel. Hans øjne og mund var vidåbne.

„Kors i skuret!" sagde Benji.

„Gud, det er Chase Andrews."

„Vi må hellere hente sheriffen."

„Men vi må slet ikke være her."

„Det er lige meget nu. Og de der krager vil snuse rundt her hvert øjeblik det skal være."

De vendte hovederne mod de skræppende lyde, og Steve sagde: „En af os burde måske blive her og holde fuglene væk fra ham."

„Er du vimmer – tror du, jeg vil blive hængende her alene. Jeg vil vædde et indianerhoved på, at det vil du heller ikke."

Og dermed samlede de deres cykler op, cyklede som gale ned ad det klæbrige sandspor tilbage til Main, gennem byen, og løb ind i den lave bygning, hvor sherif Ed Jackson sad ved sit skrivebord i et kontor, oplyst af nogle enkelte pærer dinglende i snore. Han var kraftig, middelhøj, med rødligt hår, og arme plettede af blege fregner, og han sad lige nu og bladrede i en *Sports Afield*.

Drengene styrtede ind gennem den åbne dør uden at banke på.

„Sherif ..."

„Hey, Steve, Benji. Hvor brænder det?"

„Vi så Chase Andrews liggende fladt ned i sumpen under brandtårnet. Han ser død ud. Bevæger sig overhovedet ikke."

Lige siden Barkley Cove blev beboet i 1751, havde ingen ordenshåndhæver udstrakt sin jurisdiktion hinsides avneknipperne. I 1940'erne og 50'erne pudsede enkelte sheriffer hunde på nogle fanger fra fastlandet, som var flygtet ind i marsken, og sherifkontoret havde stadig hunde for alle tilfældes skyld. Men Jackson ignorerede for det meste forbrydelser, der blev begået i sumpene. Hvorfor forstyrre rotter, der dræber rotter?

Men det her var Chase. Sheriffen rejste sig og tog sin hat ned fra knagen. „Vis mig det."

Egegrene og vild kristtjørn skrabede hvinende mod patruljevognen, mens sheriffen manøvrerede ned ad sandsporet med dr. Vern Murphy, en slank, velholdt mand med grånende hår og byens eneste læge, ved siden af sig. De svajede begge fra side til side, mens bilen kurede rundt i de dybe hjulspor, Vern var flere gange lige ved at hamre hovedet mod vinduet. De var jævnaldrende og gamle venner, de tog nogle gange på fisketure sammen og blev ofte tilknyttet samme sag. De var begge tavse nu ved udsigten til at skulle bekræfte, hvis lig der lå i mosen.

Steve og Benji sad på ladet med deres cykler, indtil trucken standsede.

„Han ligger derovre, mr. Jackson. Bag buskene."

Ed steg ud af trucken. „I venter her, drenge." Så vadede han og dr. Murphy gennem mudderet til stedet, hvor Chase lå. Kragerne var fløjet op, da trucken kom, men andre fugle og insekter summede i luften over liget. Uforskammede liv, der bare tromler videre.

„Den er god nok, det er Chase. Det her overlever Sam og Patti Love ikke." Familien Andrews havde bestilt hvert eneste tændrør, afstemt hvert eneste regnskab, sat hver eneste prisseddel op på Western Auto udelukkende for deres eneste barn Chases skyld.

Vern satte sig på hug ved siden af liget og lyttede efter hjerteslag med sit stetoskop før han erklærede ham død.

„Hvor længe, tror du?" spurgte Ed.

„Jeg vil sige mindst ti timer. Retsmedicineren vil kunne sige det mere præcist."

„Han må være klatret op i nat så. Faldt ned fra toppen."

Vern undersøgte Chase summarisk uden at flytte på ham og rejste sig så op ved siden af Ed. De to mænd stirrede på Chases opsvulmede ansigt. Hans øjne var stadig vendt op mod himlen, og de så på hans gabende mund.

„Hvor mange gange har jeg ikke sagt til folk i denne by, at sådan noget som det her måtte ske en dag," sagde sheriffen.

De havde kendt Chase, lige siden han blev født. Havde set ham udvikle sig fra et charmerende barn til en sød teenager, stjernequarterback og byens skørtejæger, en ung mand, der arbejdede for sine forældre. Til sidst en flot mand, der giftede sig med den kønneste pige i byen. Nu lå han der, alene, mindre værdig end mudderpølen. Dødens grusomme nedslag stjæler som altid opmærksomheden.

Ed brød tavsheden. „Jeg kan bare ikke regne ud, hvorfor de andre ikke løb efter hjælp. De kommer altid herop i flok eller i det mindste et par stykker for at snave." Sheriffen og lægen udvekslede korte indforståede blikke, selvom Chase var gift, kunne han godt finde på at tage en anden kvinde med til tårnet. „Lad os gå baglæns herfra. Få et godt kig på tingene," sagde Ed og løftede benene højere, end det var nødvendigt. „I drenge bliver, hvor I er; lad være med at lave flere spor."

Ed pegede på nogle fodspor, der førte fra trappen hen over mosen og standsede et par meter fra Chase, og spurgte dem: „Er det jeres fodspor fra i morges?"

„Ja, hr. sherif, det var så langt, vi gik. Så snart vi så, det var Chase, gik vi tilbage. De kan se, hvor vi gik tilbage."

„Okay." Ed vendte sig om. „Vern, der er noget, der ikke stemmer. Der er ingen fodspor i nærheden af liget. Hvis han var her med sine venner, eller hvem det nu kan have været, så ville de alle være løbet herned og have trampet rundt omkring ham, efter at han var faldet. De havde knælet ved siden af ham for at se, om han var i live. Se lige, hvor dybe vores spor er i det her mudder, men der er ingen andre friske spor. Ingen på vej hen mod trappen eller væk fra trappen, ingen omkring liget."

„Så var han her måske alene. Det ville forklare alt."

„Tja, der er altså én ting, det ikke vil forklare. Hvor er *hans* fodspor? Hvordan kunne Chase Andrews gå ned ad stien, skrå gennem mudderet over til trappen, så han kunne klatre op til toppen, og så ikke selv efterlade nogen fodspor?"

4

Skole

1952

Nogle dage efter sin fødselsdag bøjede Kya, der var ude alene og gik barfodet i mudderet, sig ned og iagttog en haletudse, der var ved at få sine frøben. Pludselig rettede hun sig op. En bil pløjede sig frem i det dybe sand nær enden af deres vej. Der kørte ellers aldrig nogen her. Så kom der mumlende snak – fra en mand og en kvinde – svævende gennem træerne. Kya løb hurtigt hen til krattet, hvor hun kunne se, hvem der kom, men stadig havde flugtveje, som Jodie havde lært hende det.

En høj kvinde steg ud af bilen og gik vaklende frem på høje hæle, sådan som Ma havde gjort på sandvejen. Det måtte være dem fra børnehjemmet, der kom for at hente hende.

Jeg kan helt sikkert løbe fra hende. Hun falder lige på hovedet i de sko. Kya blev siddende og så kvinden gå hen mod verandaens netdør.

„Ju-huu, er der nogen hjemme? Det er inspektor. Jeg er kommet for at køre Catherine Clark i skole.“

Se, det var da virkelig noget. Kya sad stum. Hun var temmelig sikker på, at hun skulle være begyndt i skolen, da hun var seks. Her var de så, et år for sent.

Hun anede ikke, hvordan man talte med andre børn, og slet ikke med en lærer, men hun ville gerne lære at læse, og hvad der kom efter niogtyve.

„Catherine, søde, hvis du kan høre mig, så vær sød at komme ud. Sådan er loven, min pige; du skal gå i skole. Men du vil også kunne lide det, søde. Du får varm mad til frokost hver dag, gratis. Jeg tror, de skal have kyllingetærte med låg i dag."

Det var en anden snak. Kya var meget sulten. Til morgenmad havde hun fået kogte majsgryn med saltkiks rørt i, for hun havde ingen salt. Én ting havde hun allerede lært om livet: Man kan ikke spise majsgrød uden salt. Hun havde kun fået kyllingetærte nogle få gange i sit liv, men hun kunne stadig se det gyldne dejlåg for sig, sprødt på ydersiden og blødt indvendigt. Hun kunne mærke den fyldige sovsesmag, der føltes, som om den var rund. Det var hendes mave, der reagerede og fik Kya til at rejse sig op mellem palmebladene.

„Goddag, søde, jeg hedder mrs. Culpepper. Du er blevet stor nu og parat til at gå i skole, er du ikke?"

„Jo, frue," sagde Kya med bøjet hoved.

„Det er fint, du kan godt gå barfodet, det er der andre børn, der gør, men da du er en lille pige, skal du have en nederdel på. Har du en kjole eller en nederdel, min pige?"

„Ja, frue."

„Okay, så lad os få dig klædt på."

Mrs. Culpepper fulgte efter Kya ind gennem verandadøren og måtte skræve over nogle fuglereder, som Kya havde lagt på rækker langs gulvbrædderne. Inde i soveværelset tog Kya den eneste kjole på, som hun kunne passe, en skotskternet spencerkjole med den ene skulderstrop holdt fast af en sikkerhedsnål.

„Det er fint, søde, du ser rigtig pæn ud."

Mrs. Culpepper rakte hånden ud. Kya stirrede på den. Hun havde ikke rørt ved en anden person i ugevis, havde ikke rørt ved en fremmed nogensinde. Men hun lagde sin lille hånd i mrs. Culpeppers og blev ledt ned ad stien til Ford Crestlineren, som blev ført af en tavs mand med en grå filthat på. Kya sad på bagsædet og smilede ikke og følte sig ikke som en kylling puttet under sin mors vinge.

Barkley Cove havde én skole for hvide. Første til tolvte klasse i et toetages murstenshus i den anden ende af Main i forhold til sheriffens kontor. De sorte børn havde deres egen skole, en enetages betonbygning ude i nærheden af Mosebyen.

Da hun blev ført ind på skolekontoret, fandt de hendes navn, men ingen fødselsdato i countyets kirkebøger, så de anbragte hende i anden klasse, selvom hun ikke havde gået i skole en eneste dag i sit liv. Men, som de sagde, første klasse var overfyldt, og hvad forskel ville det gøre for marskfolk, som måske gik et par måneder i skole og så alligevel aldrig blev set siden. Mens skoleinspektøren fulgte hende ned ad den brede gang, der genlød af deres fodtrin, piblede sveden frem på hendes pande. Han åbnede døren til et klasseværelse og gav hende et lille puf.

Læreren gik tilbage til katederet og sagde: „Catherine, vil du stille dig herop og fortælle klassen dit fulde navn."

Det vendte sig i hendes mave.

„Kom nu, søde, du skal ikke være genert."

Kya stillede sig derop. „Miss Catherine Danielle Clark," sagde hun, for det havde Ma engang sagt, var hendes fulde navn.

„Kan du stave til *dog* for os?"

Kya stirrede tavst ned i gulvet. Jodie og Ma havde lært hende nogle bogstaver. Men hun havde aldrig prøvet at stave et ord højt for nogen.

Hun havde kriller i maven; men hun prøvede alligevel. *„G-o-d."*

Latteren fik frit løb op og ned ad rækkerne.

„Shh! Vil I så være stille!" kaldte mrs. Arial. „Vi griner aldrig, er det forstået, vi griner aldrig ad hinanden. Det ved I udmærket godt."

Kya satte sig hurtigt på sin plads nede bag i klasseværelset og prøvede at forsvinde som en barkbille, der smelter sammen med et egetræs furede stamme. Men så nervøs hun end var, lænede hun sig frem, da læreren fortsatte med undervisningen, og ventede på at lære, hvad der kom efter niogtyve. Foreløbig havde miss Arial kun snakket om noget, der blev kaldt fonetik, og eleverne formede deres munde som O'er og gengav hendes lyde, *ah, aa* og *u,* de kurrede alle som duer.

Ved ellevetiden fyldte den varme smørlugt af boller og tærtedej gangene og sivede ind i rummet. Kya havde ondt i maven af sult, og da klassen til sidst stillede sig op på en række og marcherede ned i kantinen, løb hendes tænder i vand. Hun efterlignede de andre og tog en bakke, en grøn plastictallerken og spisebestik. Bag et stort vindue med en disk ud til køkkenet kunne hun se en enorm emaljeret bradepande med kyllingetærte overhældt med tyk, sprød dej og varm sovs, der boblede op. En høj sort kvinde, der smilede og kaldte nogle af børnene ved navn, plumpede en stor portion tærte ned på hendes tallerken, derefter nogle pralbønner i smør og en bolle ved siden af. Hun fik bananbudding og sin egen lille røde og hvide karton mælk til at stille på bakken.

Hun gik hen mod siddepladserne, hvor de fleste af bordene var optaget af leende og snakkende børn. Hun genkendte Chase Andrews og hans venner, som nær havde væltet hende omkuld på fortovet med deres cykler, så hun kiggede væk og satte sig ved et tomt bord. Flere gange hurtigt efter hinanden forrådte hendes øjne hende og kiggede på drengene, de eneste ansigter, hun kendte. Men de ignorerede hende ligesom alle andre.

Kya stirrede på tærten fuld af kyllingekød, gulerødder, kartofler og små ærter. Gyldenbrun dej henover. Flere piger, klædt i vide nederdele, som var fyldt ud med stivskørter, nærmede sig. En af dem var høj, mager og lyshåret, en anden rund med buttede kinder. Kya undrede sig over, hvordan de kunne klatre i træer eller bare komme ned i en båd med de der store nederdele på. De kunne i hvert fald ikke vade ud for at finde frøer; ville ikke engang kunne se deres egne fødder.

Da de kom nærmere, stirrede Kya ned i sin tallerken. Hvad skulle hun sige, hvis de satte sig hos hende? Men pigerne gik forbi, kvidrende som fugle, og satte sig hos deres venner ved et andet bord. Trods den gnavende sult i maven var hun blevet tør i munden og havde svært ved at synke. Så efter at have taget et par bidder drak hun al mælken, proppede så meget tærte, hun kunne, i mælkekartonen, forsigtigt, så ingen så hende gøre det, og pakkede bollen ind i sin serviet.

Resten af dagen åbnede hun ikke munden en eneste gang. Selv da læreren stillede hende et spørgsmål, sad hun stum. Hun mente, at hun skulle lære af dem, ikke de af hende. *Hvorfor skulle jeg gøre mig selv til grin?* tænkte hun.

Da det ringede ud, fik hun at vide, at bussen ville sætte hende af fem kilometer fra hytten, for vejen var for sandet derfra, og at hun måtte gå til bussen hver morgen. På vej hjem, mens bussen slingrede i de dybe hjulspor og passerede strækninger med vadegræs, lød der taktfast råben foran i bussen: „MISS Catherine Danielle Clark!" Højemagrelyse og Rundbuttetkindede, pigerne fra frokostpausen, råbte højt: „Hvor har du været, Maren i kæret? Hvorfor er du lumpen, Rotten i sumpen?"

Bussen standsede til sidst ved et virvar af stier, som førte ind i skoven. Chaufføren åbnede døren, og Kya pilede ud og løb næsten en kilometer, mens hun hev efter vejret, og traskede så hele vejen hen til deres sandvej. Hun standsede ikke ved hytten, men løb i fuld fart gennem viftepalmerne til lagunen og ned ad hjulsporet, der førte gennem en tæt bevoksning af skærmende egetræer til havet. Hun kom ud på den golde strand, hvor havet bredte sine arme ud ud, og vinden løsnede hendes flettede hår, da hun standsede ved tidevandslinjen, grædefærdig, som hun havde været hele dagen.

Over brølet fra de buldrende bølger kaldte Kya på fuglene. Havet sang bas, mågerne sang sopran. De kredsede skrigende og skræppende hen over marsken og sandet, mens hun kastede tærteskorper og bollesmuler på stranden, og landede med benene hængende nedad og hoveder, der drejede rundt.

Nogle få fugle pikkede forsigtigt mellem hendes tæer, og hun lo, så tårerne strømmede ned ad kinderne, fordi det kildede, og til sidst brød en hikstende hulken frem fra det indsnørede sted i halsen. Da mælkekartonen var tom, troede hun ikke, hun kunne holde smerten ud og var bange for, at de ville forlade hende ligesom alle andre. Men mågerne slog sig ned på stranden omkring hende og begyndte at pudse deres grå udstrakte vinger igen. Så hun satte sig også ned og ville ønske, at hun kunne samle dem sammen og tage dem med op til verandaen for at sove der. Hun forestillede sig dem alle stuvet sammen i hendes seng, en dunet bunke af varme fjerklædte kroppe under tæpperne.

To dage senere hørte hun Ford Crestlineren pløje sig gennem sandet og løb ind i marsken, trådte tungt på sandrevlerne og efterlod sig meget tydelige fodaftryk. Derefter gik hun på tåspidser ud i vandet uden at efterlade sig spor, gik samme vej tilbage og derpå i en anden retning. Da hun nåede til mudderet, løb hun i cirkler og skabte et virvar af spor. Da hun til sidst nåede ind på fast grund, susede hun hen over den, og sprang fra græstuer til pinde uden at efterlade sig spor.

De kom hver anden eller tredje dag i nogle uger, det var manden med filthatten, som jagtede hende, men han kom ikke engang tæt på. Så en uge var der ingen, der kom. Der var kun kragernes skræppen. Hun lod armene hænge ned langs siderne og stirrede på den tomme sandvej.

Kya kom ikke til at gå i skole mere en eneste dag resten af sit liv. Hun vendte tilbage til at kigge på hejrer og indsamle strandskaller, her mente hun, at hun kunne lære noget. „Jeg kan allerede kurre som en due," sagde hun til sig selv. „Og meget bedre end dem. Selv dem med alle deres fine sko."

EN MORGEN, NOGLE UGER efter hendes dag i skolen, kastede solen et hvidglødende lys, da Kya klatrede op i sin brors træfort på stranden og spejdede efter sejlskibe behængt med flag med dødningehoveder og korslagte knogler. Som et bevis for, at fantasien vokser i den ensomste jordbund, råbte hun: „Ohøj! Pirater ohøj!" Hun svang sit sværd og sprang ned fra træet for at gå til angreb. En pludselig smerte skød gennem hendes højre fod og jog som ild op gennem hendes ben. Knæene gav efter, og hun faldt ned på siden og skreg. Hun så et langt rustent søm stikke dybt ind i hendes fodsål. „Pa!" skreg hun. Hun prøvede at huske, om han var kommet hjem sidste nat. „HJÆLP mig, Pa," råbte hun, men der kom intet svar. Med en hurtig bevægelse hev hun sømmet ud og skreg for at dulme smerten.

Hun bevægede sanseløst og jamrende sine arme gennem sandet. Til sidst satte hun sig op og kiggede på sin fodsål. Der var næsten intet blod, kun den lillebitte åbning i et lille, dybt sår. Da kom hun i tanker om den låste kæbe. Hendes mave snørede sig sammen, og hun blev helt kold. Jodie havde fortalt hende om en dreng, som havde trådt på et rustent søm og ikke fik en stivkrampeindsprøjtning. Hans kæbemuskler låste sig fast, så stramt, at han ikke kunne åbne munden. Så spændte hans ryg sig bagud som en bue, men ingen kunne gøre noget, ikke andet end at stå der og se ham dø af kramperne.

Jodie havde gjort en ting meget klart: Man var nødt til at få en sprøjte i løbet af to dage efter at have trådt på et søm, ellers var man dødsdømt. Kya havde ingen anelse om, hvordan hun skulle få sådan en sprøjte.

„Jeg må gøre noget. Jeg vil stensikkert låse fast, mens jeg venter på Pa." Sveden perlede ned over hendes ansigt, hun humpede hen over stranden og nåede til sidst ind mellem de køligere egetræer omkring hytten.

Ma plejede at væde sår i saltvand og pakke dem ind i mudder med alle mulige mærkelige medikamenter. Der var intet salt i køkkenet, så Kya humpede ind i skoven og hen til en strøm af brakvand, der var så saltholdig ved lavvande, at dens kanter glinsede af strålende hvide krystaller. Hun satte sig på jorden og dyppede sin fod i marskens saltlage, mens hun hele tiden bevægede munden: åbne, lukke, åbne, lukke, spottende gaben, tyggebevægelser, alt der kunne forhindre kæben i at gå i baglås. Efter næsten en time havde tidevandet trukket sig så meget, at hun kunne grave et hul i det sorte mudder med sine fingre, og hun stak forsigtigt sin fod ned i den silkebløde jord. Luften var kølig her, og ørneskrig gav hende en pejling.

Sent om eftermiddagen var hun meget sulten, så hun gik tilbage til hytten. Pas værelse var stadig tomt, og der ville nok gå flere timer, før han kom hjem. At spille poker og drikke whisky holdt en mand beskæftiget det meste af natten. Der var ingen majsgryn, men hun rodede lidt rundt og fandt en gammel dåse Crisco-palmin, fiskede en lille klat af det op og smurte det på en saltkiks. Nippede først til den og spiste så fem kiks til.

Hun krøb ned i sin verandaseng og lyttede efter Pas båd. Mørket var uroligt, og søvnen indfandt sig kun i mindre perioder, men hun måtte være faldet rigtigt i søvn hen mod morgen, for hun vågnede ved, at solen skinnede hende lige ind i ansigtet. Hun skyndte sig at åbne munden; den fungerede stadig. Hun sjoskede frem og tilbage fra brakvandshullet til skuret, indtil hun ved at følge solens gang vidste, at der var gået to dage. Hun åbnede og lukkede munden. Hun havde måske klaret den.

Den aften, da hun puttede sig mellem lagnerne på gulvmadrassen med sin mudderpakkede fod svøbt ind i en klud, spekulerede hun på, om hun mon ville vågne og være død. Nej, så let gik det ikke, huskede hun; hendes ryg ville krummes, hendes lemmer spjætte.

Nogle minutter senere mærkede hun en jagende smerte i lænden og satte sig op. „Nej, nej, åh nej. Ma, Ma.“ Følelsen i ryggen kom igen og fik hende til at tie stille. „Det er bare en kløe,“ mumlede hun. Til sidst faldt hun dybt udmattet i søvn og åbnede ikke øjnene, før nogle duer kurrede i egetræet.

Hun gik ned til dammen to gange om dagen i en uge, levede af saltkiks og Crisco, og Pa kom ikke hjem på noget tidspunkt. Den ottende dag kunne hun bevæge foden rundt uden stivhed, og smerten befandt sig kun på overfladen nu. Hun dansede en lille gigue, skånede foden og hvinede: „Jeg klarede det, jeg klarede det!“

Næste morgen begav hun sig mod stranden for at finde flere pirater.

„Det første, jeg gør, er at beordre min besætning til at samle alle de søm op.“

HUN VÅGNEDE TIDLIGT hver morgen og lyttede stadig efter de skramlende lyde fra Mas hektiske madlavning. Mas yndlingsmorgenmad havde været røræg lavet af æg fra hendes egne høns, modne skivede tomater og majsfritter, som hun lavede ved at hælde en blanding af majsmel, vand og salt på fedtstof, der var så varmt, at det hele boblede op, og kanterne blev sprøde. Ma sagde, at det ikke rigtig stegte, medmindre man kunne høre det knitre fra det andet værelse, og hele sit liv havde Kya hørt de majsfritter sprutte i fedtstof, når hun vågnede. Lugtet den blå røg af brandvarme majs. Men nu var køkkenet stille og koldt, og Kya smuttede ud af sin verandaseng og listede ned til lagunen.

Månederne gik, vinteren listede sig lige så sagte ind, som vintrene gør i Syden. Solen, der var varm som et tæppe, lagde sig om Kyas skuldre og lokkede hende dybere ind i marsken. Sommetider hørte hun nattelyde, som hun ikke kendte, eller fór sammen ved et lyn, der kom for tæt på, men hver gang hun snublede, var det landet, der greb hende. Indtil smerten i hendes hjerte, i et ubevogtet øjeblik, sivede væk som vand i sand. Den var der stadig, men dybt inde. Kya lagde sin hånd på den levende, våde jord, og marsken blev hendes mor.

5

Efterforskning

1969

Oppe i luften sang cikaderne mod en ond sol. Alle andre livsformer gemte sig for varmen og udsendte kun en ensformig summen fra kratskoven.

Sherif Jackson tørrede sveden af panden og sagde: „Vern, vi kan ikke gøre mere her, men det føles ikke rigtigt. Chases kone og forældre ved ikke, at han er død."

„Jeg tager hen og fortæller dem det," svarede dr. Vern Murphy.

„Det må du meget gerne. Tag min truck. Send ambulancen tilbage efter Chase, og Joe med min truck. Men sig ikke et ord om det her til nogen andre. Jeg vil ikke have hele byen rendende, og det vil de gøre, hvis du siger noget om det."

Inden Vern gik, stirrede han i et langt minut på Chase, som om han havde overset noget. Som læge burde han kunne fikse det her. Bag dem stod trykkende tung sumpluft og ventede tålmodigt på at komme til.

Ed vendte sig mod drengene: „I bliver her. Jeg vil ikke have nogen til at galpe op om det her i byen, og rør ikke ved noget eller lav flere spor i mudderet."

„Javel, hr.,“ sagde Benji. „De tror, at nogen slog Chase ihjel, ikke? For der er ingen fodspor. De skubbede ham måske ned?“

„Det har jeg ikke sagt noget om. Det her er rutinemæssigt politiarbejde. Så I drenge holder jer bare væk og siger ikke noget af det videre, som I hører herude.“

Vicesherif Joe Purdue, en lille mand med kraftige bakkenbarter, dukkede op i patruljevognen mindre end et kvarter efter.

„Jeg fatter det bare ikke. Chase død. Han var den bedste quarterback, byen nogensinde har haft. Det her er jo helt forkert.“

„Det må du nok sige. Nå, lad os komme i gang.“

„Hvad har I foreløbig?“

Ed gik længere væk fra drengene. „Umiddelbart ligner det jo en ulykke: Han faldt ned fra tårnet og blev dræbt. Men indtil nu har jeg ikke fundet nogen af hans fodspor på vej mod trappen og heller ikke fodspor fra nogen anden. Lad os se, om vi kan finde tegn på, at nogen har udvisket dem.“

Det tog de to politimænd ti minutter at finkæmme området. „Du har ret, der er ingen fodspor bortset fra drengenes,“ sagde Joe.

„Og ingen tegn på, at nogen har slettet dem. Jeg fatter det simpelthen ikke. Lad os komme videre. Jeg kigger på det senere,“ sagde Ed.

De tog billeder af liget, af dets position i forhold til trappen, nærbilleder af hovedlæsioner, af det forvredne ben. Joe tog notater, mens Ed dikterede. Da de målte afstanden fra liget til hjulsporet, hørte de det tætte buskads langs vejen skrabe mod en ambulances sider. Ambulanceføreren, en ældre sort mand, som havde hentet sårede, syge, døende og døde igennem årtier, bøjede sit hoved i respekt og hviskede et forslag: „Altså, hans arme stritter sådan, jeg kan ikke rulle ham op på båren; kommer til at løfte ham, og han er tung; sherif, sir, hold under mr. Chases hoved. Sådan. Sikke noget.“ Sidst på formiddagen havde de fået ham ind bag i bilen indsmurt i klæbrigt mudder.

Eftersom dr. Murphy nu havde informeret Chases forældre om hans død, sagde Ed til drengene, at de kunne tage hjem, og han og Joe begyndte at gå op ad trappen, som blev smallere for hvert sving. Mens de klatrede op, fortonede verdens runde hjørner sig, de frodige skove og den sumpede marsk bredte sig så langt øjet rækker.

Da de nåede til det sidste trin, løftede Jackson armene og skubbede en jernrist op. Da de var klatret ud på platformen, lirkede han den på plads igen, for den udgjorde en del af gulvet. Splintrede planker, grå af ælde, dannede det midterste af platformen, men rundt om den bestod gulvet af en række firkantede riste, som kunne åbnes og lukkes. Så længe de var nede, kunne man trygt gå på dem, men hvis én rist stod åben, kunne man falde tyve meter ned på jorden nedenunder.

„Hov, se lige der." Ed pegede på den fjerne ende af platformen, hvor en rist stod åben.

„Hvad fanden?" sagde Joe, da de gik hen mod den. De kiggede ned og så det perfekte omrids af Chases lemlæstede krop indlejret i mudderet. Gulligt snask og andemad var sprøjtet til siderne som våd maling.

„Det giver ikke mening," sagde Ed. „Folk glemmer sommetider at lukke risten over trappen. Når de er på vej ned, du ved. Vi har fundet den åben et par gange, men de andre står næsten aldrig åbne."

„Hvorfor skulle Chase overhovedet åbne denne her? Hvorfor skulle nogen gøre det?"

„Medmindre nogen planlagde at skubbe en anden i døden," sagde Ed.

„Men hvorfor så ikke lukke den bagefter?"

„Fordi Chase ikke kunne have lukket den, hvis han var faldet ned af sig selv. Den måtte stå åben, for at det skulle ligne en ulykke."

„Se støttebjælken under hullet. Den er slået ind og helt splintret."

„Ja, det kan jeg se. Chase må have knaldet hovedet mod den, da han faldt."

„Jeg klatrer lige derud for at se efter blod eller hårrester. Indsamle nogle splinter."

„Tak, Joe. Og tag nogle nærbilleder. Jeg henter et reb til dig. Vi har ikke brug for to lig i det her skidt på samme dag. Og vi må tage fingeraftryk fra den rist, risten henne ved trappen, rækværket, gelænderet. Alt hvad, nogen kan have rørt ved. Og indsamle hårprøver, tråde."

MERE END TO TIMER senere strakte de ryggen efter at have bukket og bøjet sig så meget. Ed sagde: „Jeg siger ikke, at der er tale om en forbrydelse. Det er alt for tidligt. Men derudover kan jeg ikke komme i tanker om nogen, der skulle ønske at slå Chase ihjel."

„Tja, jeg vil nu nok sige, at listen er lang," sagde vicesheriffen.

„Hvem tænker du på? Hvad snakker du om?"

„Helt ærligt, Ed. Du ved da, hvordan Chase var. En skørtejæger, brunstig som en tyr, der bliver sluppet ud af folden. Før han blev gift, efter han blev gift, med ugifte piger, med gifte kvinder. Jeg har set liderlige køtere opføre sig bedre blandt en flok tæver."

„Så slem var han heller ikke. Ja, ja. Han havde ry for at være damernes ven. Men jeg kan ikke lige se nogen i byen begå mord på grund af dét."

„Jeg siger bare, at der findes folk, som ikke kunne lide ham. En jaloux ægtemand. Det må være nogen, han kendte. Nogen, vi alle kender. Chase er næppe klatret herop med en vildfremmed," sagde Joe.

„Medmindre han stod i gæld til halsen til en eller anden udenbys fra. Noget, i den retning, som vi ikke vidste noget om. Og en mand, som var stærk nok til at give Chase Andrews et skub. Der skal jo noget til."

„Jeg kan godt komme i tanker om et par stykker, der kunne gøre det," sagde Joe.

6

En båd og en dreng

1952

En dag kom Pa, nybarberet og klædt i en krøllet button-down skjorte, ud i køkkenet og sagde, at han ville tage Trailwaysbussen til Asheville for at diskutere et par ting med hæren. Han mente, at han havde krav på mere invalidepension, og ville gøre noget ved sagen og ikke være tilbage før om tre eller fire dage. Han fortalte ellers aldrig Kya om, hvad han lavede, hvor han skulle hen, eller hvornår han kom tilbage, så hun stod der og stirrede stumt op på ham i sine alt for korte smækbukser.

„Man skulle tro, du var døv og stum som alle de andre idioter,“ sagde han, mens verandadøren smækkede i bag ham.

Kya så ham halte ned ad stien, hans venstre ben svingede ud til siden og så fremad. Hun knyttede hænderne. De ville måske alle forlade hende, en efter en ned ad denne smalle sandvej. Da han nåede til vejen og uventet kiggede tilbage, stak hun hånden op og vinkede energisk. Et forsøg på at holde ham tøjret. Pa løftede armen til en hurtig afvisende hilsen. Men det var da altid noget. Det var mere, end Ma havde gjort.

Derfra vandrede hun ud til lagunen, hvor det tidlige lys fangede glimtene fra hundredvis af guldsmedevinger. Egetræer og tæt krat omgav vandet, formørkede det huleagtigt, og hun standsede op, da hun fik øje på Pas båd, der drev rundt fortøjet med en line. Hvis hun sejlede ind i marsken med den, og han opdagede det, ville han bruge bæltet på hende. Eller padlen, som han opbevarede ved verandadøren; „velkomstbattet", havde Jodie kaldt den.

Det var måske en længsel efter at nå ud til det længere ude, der drog hende til båden – en medtaget fladbundet metaljolle, som Pa brugte til fiskeri. Hun havde sejlet i den, så længe hun havde levet, for det meste med Jodie. Sommetider lod han hende styre. Hun kendte også vejen gennem nogle af de kringlede kanaler og flodmundinger, som bugtede sig gennem et kludetæppe af vand og land, land og vand, ud til havet. For selvom havet lå lige bag træerne, der omgav hytten, kunne man kun komme dertil i båd ved at bevæge sig i den modsatte retning, ind i landet, og sno sig gennem kilometervis af labyrintiske kanaler, som til sidst slog et sving tilbage til havet.

Men hun var kun syv og en pige, og hun havde aldrig været ude i båden alene. Den lå her, fortøjet til en pæl med en enkelt line. Gråt snavs, godt brugt fiskegrej og fladmaste øldåser lå og flød i bunden af båden. Hun trådte ned i den og sagde højt: „Må se til benzinen, som Jodie sagde, så Pa ikke opdager, at jeg tog den." Hun stak et brækket siv ned i den rustne tank. „Nok til en lille tur, vil jeg tro."

Som enhver god røver kiggede hun sig omkring, hev så linen fri af pælen med en rask bevægelse og stagede sig frem med den ene paddel. Den tavse sky af guldsmede delte sig foran hende.

Hun kunne ikke lade være, hun hev i startsnoren og fór tilbage, da motoren startede første gang og spruttede og bøvsede hvid røg. Hun greb styrestangen, drejede hårdt på gashåndtaget, så båden lavede en skarp vending med skrigende motor. Hun slækkede på gassen, slap med hænderne, og langsomt begyndte båden at bevæge sig af sted med en spindende lyd.

Er du i knibe, så giv slip. Gå tilbage til tomgang.

Hun satte farten lidt op nu og styrede uden om det gamle væltede lærketræ, *put-put-put,* forbi bæverboets opstablede pinde. Så styrede hun med tilbageholdt åndedræt mod indgangen til lagunen, der var næsten skjult af brombærkrat. Hun dukkede sig under nogle kæmpetræers lavthængende grene og pløjede sig langsomt mere end hundred meter gennem tykningen, mens dovne skildpadder gled fra deres kævler ned i vandet. Et flydende tæppe af andemad farvede vandet lige så grønt som det løvrige loft og skabte en smaragdtunnel. Til sidst delte træerne sig, og hun gled ind på et sted med vid himmel og græsser, der rakte ud, og lyden af skræppende fugle. Det samme syn, som møder en kylling, tænkte hun, når den endelig får slået hul på skallen.

Kya tøffede af sted, et lille myr af en pige i en båd, som drejede snart den ene vej, snart den anden, mens endeløse flodmundinger forgrenede sig og flettede sig sammen foran hende. *Drej til venstre i alle svingene på vej ud,* havde Jodie sagt. Hun rørte knap nok ved gashåndtaget, lempede båden gennem strømmen og holdt støjen nede. Da hun brød gennem en lille rørskov, stod en virginiahjort med sidste forårs dåkalv og labbede vand i sig. Deres hoveder gav et ryk og kastede små vanddråber gennem luften. Kya standsede ikke, ellers ville de løbe væk, det havde hun lært ved at studere vilde kalkuner; hvis man opfører sig som et rovdyr, vil de opføre sig som et bytte. Bare ignorer dem, fortsæt langsomt. Hun drev forbi, og hjorten stod ubevægelig som et fyrretræ, indtil Kya forsvandt bag det salte græs.

Hun kom til et sted med mørke laguner i et svælg af egetræer og huskede en kanal på denne side, som strømmede mod en enorm flodmunding. Hun kom flere gange ind i en blindgyde og måtte tilbage og finde en anden vej. Idet hun noterede sig alle pejlemærker, så hun kunne finde tilbage. Til sidst lå flodmundingen foran hende, vandet der strakte sig så langt, at det indfangede hele himlen og alle skyerne.

Tidevandet var ved at trække sig, hun kendte åbrinkerne. Når det havde trukket sig langt nok ud, hvilket kunne ske når som helst nu, ville nogle kanaler blive lavvandede, og hun ville løbe på grund. Hun måtte vende om inden da.

Da hun rundede en bevoksning af højt græs, stirrede havets ansigt – gråt, strengt og pulserende – pludselig på hende med rynket pande. Bølger slog mod hinanden, overskyllet af deres eget hvide spyt, og trak sig tilbage fra kysten med høje brag – naturens kræfter, der søger et brohoved. Derefter fladede de ud til stille tunger af skum og ventede på den næste brænding.

Brændingen hånede hende, udfordrede hende til at bryde bølgerne og indtage havet, men uden Jodie svigtede modet hende. Det var under alle omstændigheder på tide at vende om. Tordenskyer trak sammen i vest og dannede enorme grå paddehatte, der pressede mod horisontens sømme.

Der havde ikke været nogen andre mennesker, ikke engang både i det fjerne, så det var en overraskelse, da hun bevægede sig ind i den store flodmunding igen, og der midt i marskgræsset sad en dreng i en anden gammel jolle og fiskede. Hendes kurs ville føre hende forbi ham med kun fem meter mellem dem. Lige nu lignede hun virkelig et sumpbarn – håret filtret af vinden, støvede kinder stribet af vindtårer.

Hverken den næsten tomme tank eller truslen om storm gav hende den samme nervøse følelse, som hun fik ved at se et andet menneske, især en dreng. Ma havde fortalt hendes storesøstre, at man skulle tage sig i agt for dem; hvis man ser fristende ud, bliver mænd til rovdyr. Hun kneb læberne stramt sammen og tænkte: *Hvad gør jeg? Jeg skal lige forbi ham.*

Ud af øjenkrogen så hun, at han var tynd, hans gyldne lokker var stukket ind under en rød baseballkasket. Han var en del ældre end hende, elleve, måske tolv. Hans ansigt var barsk, da hun nærmede sig, men han smilede til hende, varmt og åbent og førte den ene hånd til hatten, som en gentleman hilser på en fin dame i kjole og kyse. Hun nikkede svagt, kiggede så væk, gav mere gas og strøg forbi ham.

Det eneste, hun tænkte på nu, var at vende tilbage til velkendt terræn, men hun måtte være drejet forkert af et sted, for da hun nåede til den anden stribe af laguner, kunne hun ikke finde kanalen, der førte hjem. Hun cirklede rundt og rundt nær egeknæ og myrtekrat. Hun blev lige så langsomt grebet af panik. Nu så alle græsskrænter, sandbanker og sving ens ud. Hun slukkede for motoren og stod midt i båden og holdt balancen med spredte ben, forsøgte forgæves at se hen over rørskoven. Hun satte sig modløst ned. Næsten ingen benzin tilbage. Storm i anmarch.

Hun stjal af sin fars ord og forbandede sin bror for at være stukket af. „Fanden tage dig, Jodie! Skid ild og fald i. Skid ild og fald ned i den."

Hun klynkede, da båden drev af sted i den svage strøm. Skyer, der vandt terræn fra solen, bevægede sig tungt, men tavst hen over hovedet på hende, skubbede til himlen og trak skygger hen over det klare vand. Det kunne blive storm hvert øjeblik. Men værre var, at hvis hun var væk for længe, ville Pa opdage, at hun havde taget båden. Hun sneg sig frem; måske kunne hun finde ham drengen.

Lidt nede ad vandløbet kom hun til en krumning med den store flodmunding forude, og der på den anden side var drengen i båden. Hejrer tog flugten, en line af hvide flag mod de voksende grå skyer. Hun så på ham med et stift blik. Bange for at nærme sig ham, bange for ikke at gøre det. Til sidst skar hun hen over flodmundingen.

Han kiggede op, da hun nærmede sig.

„Hej," sagde han.

„Hej." Hun kiggede ud i rørskoven hen over hans skulder.

„Hvor er du egentlig på vej hen?" spurgte han. „Forhåbentlig ikke ud. Stormen er på vej."

„Nej," sagde hun og kiggede ned på vandet.

„Er du okay?"

Hendes hals snørede sig sammen om en hulken. Hun nikkede, men kunne ikke tale.

„Er du faret vild?"

Hun virrede med hovedet igen. Hun ville ikke græde som en lille pige.

„Nå ja, jeg farer konstant vild," sagde han og smilede. „Hov, dig kender jeg godt. Du er Jodie Clarks søster."

„Det var jeg engang. Han er rejst."

„Du er jo stadig hans ..." Men han lod emnet falde.

„Hvordan kender du mig?" Hun kastede et hurtigt og direkte blik på hans øjne.

„Nåh, jeg har fisket sammen med Jodie. Jeg så dig et par gange. Du var bare en lille unge. Du hedder Kya, ikke?"

Nogen kendte hendes navn. Hun var målløs. Følte sig forankret til noget; gjort fri af noget andet.

„Ja. Ved du, hvor jeg bor? Kan du finde det herfra?"

„Det tror jeg. Det er også ved at være på høje tid." Han nikkede mod skyerne. „Følg mig." Han trak sin snøre ind, lagde fiskegrejet i en kasse og startede påhængsmotoren. Mens han styrede tværs over flodmundingen, vinkede han, og hun fulgte efter. Han sejlede langsomt frem, direkte ind i den rigtige kanal, kiggede tilbage for at sikre sig, at hun også drejede ind, og fortsatte. Han gjorde det ved hver krumning i egetræslagunerne. Da han drejede ind på det mørke vandløb, der førte hjemad, kunne hun se, hvor hun var sejlet forkert, og ville aldrig begå den fejl igen.

Han guidede hende – selv efter at hun vinkede som tegn til, at hun kendte vejen nu – hen over hendes lagune, op til bredden, hvor hytten lå og trykkede sig i skoven. Hun sejlede hen til den gamle vandmættede pæl og fortøjede båden. Han drev tilbage fra hendes båd, der gyngede i deres krydsende kølvand.

„Er du okay nu?"

„Ja."

Hun nikkede og huskede så, hvad Ma havde lært hende. „Tak."

„Fint nok. Jeg hedder Tate, hvis vi skulle ses igen."

Hun svarede ikke, så han sagde: „Hej så længe."

Da han sejlede væk, smældede langsomme regndråber mod lagunestranden, og hun sagde: „Det kommer til at styrte ned; den knægt bliver gennemblødt."

Hun bøjede sig over benzintanken og stak målepinden ned i den, skærmede den med hænderne, så der ikke kom regn i tanken. Hun kunne måske ikke tælle mønter, men hun vidste i hvert fald, at der ikke må komme vand i benzin.

Det er alt for lavt. Pa opdager det. Jeg må slæbe en dunk hen til Sing Oil, inden Pa er tilbage.

Hun kendte ejeren, mr. Johnny Lane, han omtalte altid hendes familie som sumprakkerpak, men det ville være det værd at tackle ham, stormen og tidevandet, for det eneste, hun kunne tænke på nu, var at komme tilbage til det der rum med græs og himmel og vand. Hun havde været bange, alene, men nynnede allerede af ophidselse. Der var også noget andet. Drengens ro. Hun havde aldrig mødt nogen, der talte eller bevægede sig så roligt. Så sikkert og ubesværet. Bare det at være i nærheden af ham, ikke engang særlig tæt på, havde fået hendes anspændthed til at fortage sig. For første gang siden Ma og Jodie var rejst, trak hun vejret uden smerte; mærkede noget andet end smerten. Hun havde brug for den båd og den dreng.

SAMME EFTERMIDDAG, MED HÆNDERNE på cykelstyret, cyklede Tate Walker gennem byen, nikkede til miss Pansy i Five and Dime, kørte forbi Western Auto og ud til enden af byens mole. Han afsøgte nøje havet for sin fars rejefiskerbåd, *The Cherry Pie,* og fik øje på dens livlige røde farve i det fjerne, bådens brede netvinger gyngede i dønningerne. Da den kom nærmere, eskorteret af sin egen sky af måger, vinkede han, og hans far, en stor mand med massive skuldre og tykt rødt hår og skæg, stak en hånd i luften. Scupper, som alle i landsbyen kaldte ham, kastede linen til Tate, som fortøjede båden og sprang om bord for at hjælpe besætningen med at losse fangsten.

Scupper purrede op i Tates hår. „Nå, min dreng? Tak, fordi du kom forbi."

Tate smilede og nikkede. „Selvfølgelig." De og besætningen myldrede rundt, lastede rejer i kasser, slæbte dem op på kajen, råbte til hinanden, om at snuppe en øl på Dog-Gone, spurgte Tate ud om skolen. Scupper, der var en hånd højere end de andre mænd, tog tre bure op ad gangen, bar dem hen over landgangsbroen og vendte tilbage for at hente flere. Hans næver var bjørnestore, knoerne sprukne og revnede. På mindre end fyrre minutter var dækket spulet, nettene bundet op og linerne sikret.

Han sagde til besætningen, at han ville tage en øl sammen med dem en anden dag; han havde noget vedligeholdelsesarbejde, inden han skulle hjem. Inde i styrehuset lagde Scupper en 78'er med Miliza Korjus på pladespilleren, der var spændt fast på bordet, og skruede op for lyden. Han og Tate gik nedenunder og klemte sig ind i maskinrummet, hvor Tate rakte værktøj til sin far, mens denne smurte dele og strammede bolte i det svage lys fra en elpære. Alt imens den himmelstræbende, sødmefulde operasang steg højere og højere op.

Scuppers tipoldefar, der var emigreret fra Skotland, var forlist ud for North Carolinas kyst i 1760'erne og var den eneste overlevende. Han svømmede ind til kysten og landede i Outer Banks, fandt sig en kone og blev far til tretten børn. Mange kunne spore deres rødder tilbage til denne ene mr. Walker, men Scupper og Tate holdt sig mest for sig selv. De deltog ikke så ofte i de fælles søndagsfrokoster med deres slægtninge ude i det fri, hvor der blev serveret kyllingesalat og æg i sennepssovs. Det var ikke som dengang, hans mor og søster stadig var der.

Da det blev tusmørke, gav Scupper Tate et slag på skulderen. „Alt er klaret. Lad os komme hjem og gå i gang med aftensmaden."

De gik op ad kajen, ned ad Main og ud på den snoede vej, der førte til deres hus, en bygning i to etager fra 1800-tallet med en beklædning af forvitret lærketræ. Den hvide vinduesramme var nymalet, og plænen, der gik næsten helt ned til havet, var nydeligt klippet. Men azaleaerne og rosenbuskene nær huset surmulede i ukrudt.

Scupper trak sine gule støvler af i bryggerset og spurgte: „Er du træt af burgere?"

„Jeg bliver aldrig træt af burgere."

Tate stod ved køkkenbordet, tog klumper af hamburgerkød op, formede dem i hånden og lagde dem på et fad. Hans mor og hans søster, Carianne, begge med baseballkasketter på, grinede til ham fra et billede, der hang ved siden af vinduet. Carianne elskede den Atlanta Crackers-kasket, havde gået med den alle vegne.

Han kiggede væk fra dem, begyndte at skære tomater i skiver og røre rundt i gryden med baked beans. Havde det ikke været for ham, ville de være her. Hans mor ville dryppe en kyllingesteg, Carianne skære biscuitboller ud.

Som sædvanlig var Scuppers burgere brankede, men de var saftige indeni og tykke som en telefonbog. De var begge sultne og spiste i tavshed et stykke tid, og så spurgte Scupper Tate ud om skolen.

„Biologi er fint; det kan jeg godt lide, men vi har om digte i engelsktimerne. Det er jeg ikke så vild med. Vi skal hver læse et digt højt. Du plejede at recitere nogle, men jeg kan ikke huske dem."

„Jeg har et digt til dig, søn," sagde Scupper. „Min favorit – „Kremeringen af Sam McGee" af Robert Service. Jeg plejede at læse det højt for jer alle. Det var din mors yndlingsdigt. Hun lo, hver gang jeg læste det, blev aldrig træt af det."

Tate skubbede bønnerne rundt på tallerkenen.

Scupper fortsatte. „Tro ikke, at digte kun er for tøsedrenge. Der findes godt nok flæbende kærlighedsdigte, men der findes også sjove digte, en masse om natur og også krig. Hele ideen med det – de får dig til at føle noget." Hans far havde fortalt ham mange gange, at definitionen på en rigtig mand er en, der græder uden skam, læser poesi med hjertet, mærker opera i sin sjæl og gør, hvad der er nødvendigt for at forsvare en kvinde. Scupper gik ind i stuen og råbte tilbage: „Jeg kunne de fleste udenad før i tiden, men ikke længere. Men her er det, jeg læser det højt for dig." Han satte sig ned ved bordet og begyndte at læse. Da han kom til denne del, kluklo Scupper og Tate:

„Og dér sad Sam, med kølig, rolig mine, midt i
ovnens vilde buldren;
og hans smil kunne ses på mange mil, da han sagde,
„Luk lige døren for kulden.
Her er fint, men lukke stormen ind med al dens larm –
Efter at jeg forlod Plumtree i Tennessee,
er jeg for første gang rigtig varm."

„Din mor lo altid på det sted."

De smilede og mindedes. Sad der bare et minuts tid. Så sagde Scupper, at han ville vaske op, mens Tate lavede sine lektier. Inde på sit værelse kiggede Tate i bogen med digte efter et, han kunne læse højt for klassen, og fandt et digt af Thomas Moore:

„... Til Dismalmosen stod hendes Sind.
Paa dens Sø, hver Nat, ved Ildormeskin
Hun roer sin hvide Kanoe.

Hendes Ildormelampe jeg snart skal see,
Høre hendes Aareslag;
Langt og kjærligt skal vorde vort Liv;
Jeg skjuler Pigen i høie Siv
Den altfor brændende Dag."[2]

Ordene fik ham til at tænke på Kya, Jodies lillesøster. Hun virkede så lille og alene i den vidtstrakte marsk. Hans far havde ret – digte fik en til at føle noget.

7

Fiskesæsonen

1952

Den aften, efter at den fiskende dreng havde fulgt Kya hjem gennem marsken, sad hun med benene over kors på sin verandaseng. Dis fra regnskyllet sneg sig ind gennem det lappede net og berørte hendes ansigt. Hun tænkte på drengen. Venlig, men stærk, ligesom Jodie. De eneste mennesker, hun talte med, var Pa nu og da, og endnu sjældnere kassedamen i Piggly Wiggly, mrs. Singletary, som for nylig var begyndt at lære Kya forskellen på kvartdollars, femcentstykker og ticentstykker – hun havde allerede styr på pennyerne. Men mrs. Singletary kunne også stille spørgsmål.

„Hvad er det nu, du hedder, lille ven? Og hvorfor kommer din mor her ikke mere? Jeg har ikke set hende, siden majroerne slap op."

„Ma har meget at lave derhjemme, så hun sender mig i butikken."

„Ja, søde, men du køber jo aldrig nær nok til din familie."

„Jeg bliver nødt til at gå nu, frue. Ma skal bruge de her majsgryn med det samme."

Når det var muligt, undgik Kya mrs. Singletary og gik til den anden kassedame, som ikke viste nogen interesse og bare sagde, at børn ikke burde gå barfodede i supermarkedet. Hun overvejede at sige til damen, at hun ikke havde planer om at tage druer op med tæerne. Hvem havde også råd til druer?

Efterhånden talte Kya ikke med andre end mågerne. Hun spekulerede på, om hun kunne lave en slags handel med Pa om at bruge hans båd. Ude i marsken kunne hun indsamle fjer og skaller og måske se drengen sommetider. Hun havde aldrig haft en ven, men hun kunne mærke formålet med det, tiltrækningen. De kunne sejle lidt rundt i flodmundingerne og udforske marsklandet. Han opfattede hende måske som en lille pige, men han kunne finde rundt i marsken og måske lære hende noget.

Pa havde ingen bil. Han brugte båden til at fiske, tage til byen, til at manøvrere gennem sumpen til Swamp Guinea, en bar og pokerbule, nedbrudt af vind og vejr og fortøjet til fast grund med en vakkelvorn gangbro gennem dunhammer. Den var primitivt bygget af brædder og et tag af bliktag, den voksede med tilbygninger til alle sider og gulve i forskellige niveauer afhængig af, hvor højt de murede stankelben holdt den op over sumpen. Når Pa tog der eller et hvilket som helst andet sted hen, brugte han båden, han gik kun sjældent, så hvorfor skulle han låne hende den?

Men han havde ladet hendes brødre bruge båden, når han ikke selv brugte den, sikkert fordi de så fangede fisk til aftensmad. At fiske interesserede hende ikke, men hun kunne måske bytte med noget andet og tænkte, at det var måden at nå ind til ham på. Lave mad måske, lave lidt mere husligt arbejde, indtil Ma kom tilbage.

Regnen stilnede af. En enkelt dråbe her og der fik et blad til at dirre som et svip med et katteøre. Kya sprang op, gjorde rent i frigidaireskabet, moppede det plettede køkkengulv af krydsfiner og skrabede månedgamle majsgrødskorper af brændeovnsblussene. Tidligt næste morgen skrubbede hun Pas lagner, der stank af sved og whisky, og draperede dem over viftepalmerne. Hun støvede sine brødres værelse, der ikke var meget større end et skab, af og fejede. Der lå snavsede strømper i stabler bag i skabet, og gulnede tegneserier lå strøet ud på de to snavsede madrasser på gulvet. Hun prøvede at se drengenes ansigter for sig, fødderne, der passede til strømperne, men detaljerne stod sløret. Selv Jodies ansigt fortonede sig; hun så hans øjne et kort øjeblik, men så smuttede de fra hende igen, lukkede sig i.

Næste morgen tog hun en benzindunk med ned ad sandvejen til Piggly og købte tændstikker, marvben og salt. Gemte to ticentstykker. „Ka' ikke få mælk, må ha' benzin."

Hun standsede ved Singing Oil-tankstationen lige uden for Barkley Cove, som lå i en lille fyrreskov omgivet af rustne trucks og andre gamle skramlekasser stablet op på cementblokke.

Mr. Lane så Kya komme. „Ka' du så komme væk, din lille tiggerske. Marskudskud."

„Jeg har kontanter, mr. Lane. Jeg skal have benzin og olie til Pas bådmotor." Hun rakte to ticent, to femcent og fem penny frem.

„Tja, det er sgu næppe umagen værd for så sølle et beløb, men okay ... Giv mig dem." Han rakte ud efter den firkantede, bulede beholder.

Hun takkede mr. Lane, som gryntede igen. Indkøbene og benzinen vejede mere og mere for hver kilometer, og det tog nogen tid at komme hjem. Til sidst tømte hun dunken ned i benzintanken i skyggen fra lagunen og skrubbede båden med klude og brugte vådt sand som slibemiddel, indtil metalsiderne skinnede.

DEN FJERDE DAG efter at Pa var taget af sted, begyndte hun at holde udkig. Sidst på eftermiddagen blev hun grebet af en kold skræk, og hun trak vejret overfladisk. Her sad hun igen og stirrede ned ad sandvejen. Han var en led stodder, men hun havde brug for, at han kom tilbage. Til sidst, først på aftenen kom han så gående ned ad de sandede hjulspor. Hun løb ud i køkkenet og anrettede en gullasch af kogte sennepsblade, marvben og majsgryn. Hun vidste ikke, hvordan man lavede sovs, så hun hældte kødsuppen – hvor der svømmede klumper af hvidt fedt rundt – i et tomt geléglas. Tallerknerne var revnede og umage, men hun lagde gaflen til venstre og kniven til højre, sådan som Ma havde lært hende det. Så ventede hun og trykkede sig fladt op mod frigidairen som en overkørt stork.

Han smækkede døren op med et brag og tog de tre skridt gennem stuen til sit soveværelse uden at kalde på hende eller kigge ud i køkkenet. Det var normalt. Hun hørte ham sætte sin kasse på gulvet og trække skuffer ud. Han ville bemærke det nyvaskede sengetøj, helt sikkert det rene gulv. Hvis ikke hans øjne, så ville hans næse opfange forskellen.

Få minutter efter kom han ud igen, gik direkte ud i køkkenet og kiggede på bordet, på de dampende skåle med mad. Han så hende stå der op ad køleskabet, og de stirrede på hinanden, som om de aldrig havde set hinanden før.

„Ah, swannee, tøs, hvad er det her? Man sku' tro, du er gået hen og blevet voksen. Laver mad og alt muligt." Han smilede ikke, men hans ansigt var roligt. Han var ubarberet, hans mørke uvaskede hår hang ned over venstre tinding. Men han var ædru; hun kendte tegnene.

„Yessir. Jeg har også lavet majsbrød, men det lykkedes ikke rigtig."

„Nå, men tak. Det kan man da kalde en god pige. Jeg er totalt udkørt og sulten som et svin." Han trak en stol ud og satte sig, så hun gjorde det samme. De øste i tavshed op på deres tallerkner og pillede senet kød af de magre marvben. Han tog et ben op og sugede marven ud, fedtet kødsaft glinsede på hans bakkenbartkinder. Gnavede på benene, indtil de var glatte som silkebånd.

„Det her er bedre end en kold grønkålsmad," sagde han.

„Jeg ville ønske, at majsbrødet var lykkedes. Skulle måske have kommet mere natron i og færre æg." Kya kunne ikke fatte, at hun talte på den måde, men kunne ikke standse sig selv. „Ma var så god til det, men jeg bed vel ikke nok mærke i detaljerne ..." Så tænkte hun, at hun ikke burde tale om Ma, og tav.

Pa skubbede sin tallerken hen mod hende. „Ka' man få lidt mere?"

„Yessir, der er masser."

„Og smid noget af majsbrødet ned i. Jeg vil gerne labbe al sovsen i mig, og det brød er garanteret udmærket, svampet som et spoonbread."

Hun smilede ved sig selv, da hun øste op på hans tallerken. Hvem skulle have troet, at de kunne finde fælles fodslag omkring et majsbrød?

Men nu, efter at have tænkt over det, var hun nervøs for, at han, hvis hun bad om at måtte bruge båden, ville tro, at hun bare havde lavet mad og gjort rent for den tjeneste, og sådan var det også begyndt, men nu føltes det anderledes på en måde. Hun kunne lide at sidde ned og spise som en familie. Hun mærkede et voldsomt behov for at tale med nogen.

Så hun nævnte ikke noget om at ville bruge båden selv, men spurgte i stedet: „Må jeg ta' med dig ud og fiske engang?"

Han lo højt, men det var en venlig latter. Det var første gang, han havde leet, siden Ma og de andre rejste. „Så du vil gerne ud og fiske?"

„Yessir, det vil jeg gerne."

„Du er vel nok en pige," sagde han og kiggede på sin tallerken og tyggede på et ben.

„Yessir, jeg er din pige."

„Tja, jeg kan måske ta' dig med ud en dag."

Næste morgen, da Kya slingrede ned ad sandvejen med armene ud til siden, spruttede hun våde lyde med munden i en støvregn af spyt. Hun ville gå på vingerne og svæve hen over marsken på udkig efter reder, derefter stige op og flyve vinge mod vinge med ørne. Hendes fingre blev til lange fjer bredt ud mod himlen, vinger, som samlede vinden under sig. Hun blev brat revet tilbage til Jorden af Pa, der råbte til hende fra båden. Hendes vinger kollapsede, det vendte sig i maven; han måtte have regnet ud, at hun havde brugt den. Hun kunne allerede mærke padlen mod sin bagdel og på bagsiden af lårene. Hun vidste, hvordan hun skulle gemme sig, vente, til han var fuld og aldrig ville finde hende. Men hun var for langt nede ad sandvejen, fuldt synlig, og han stod der med alle sine fiskestænger og gjorde tegn til, at hun skulle komme. Hun gik derhen, stille og bange. Fiskegrejet lå strøet rundtomkring, en drikkedunk med majsbrændevin var stukket ind under hans sæde.

„Hop ombord," sagde han bare som invitation. Hun begyndte at give udtryk for sin glæde og taknemmelighed, men hans tomme mine fik hende til at dæmpe sig, da hun gik hen til stævnen og satte sig på metalsædet med blikket vendt fremad. Han hev i startsnoren, og de begav sig op ad kanalen og dukkede sig for nedhængende grene, mens de krydsede op og ned ad vandløbene, og Kya prøvede at huske pejlemærkerne, de brækkede træer og gamle stubbe, de kom forbi. Han gassede ned i noget stillestående vand og gjorde tegn til, at hun skulle sætte sig på midtersædet.

„Kom så, tag nogle orme op af dåsen," sagde han med en hjemmerullet cigaret hængende i mundvigen. Han lærte hende at sætte maddingen fast, kaste og hale ind. Det virkede, som om han vred sin krop i underlige stillinger for at undgå at røre ved hende. De talte kun om fiskeri; de vovede sig aldrig ind på andre emner, smilede heller ikke særlig ofte, men de fandt hinanden på fælles grund. Han drak lidt sprut, men fik så travlt med andre ting. Sidst på dagen falmede solen og blev gul som smør, og de bemærkede det måske ikke, men endelig sænkede de skuldrene og slappede af i kroppen.

I sit stille sind håbede Kya ikke, at hun ville fange en fisk, men mærkede så et ryk, hev i snøren og trak en tyk brasen op, der glimtede sølvskinnende og blåt. Pa lænede sig ud og fangede den i nettet, satte sig så tilbage, slog sig på knæet og jublede på en måde, hun aldrig havde set før. Hun smilede bredt, og de så hinanden i øjnene og sluttede et kredsløb.

Inden Pa hængte brasenen op, baskede den rundt i båden, og Kya måtte kigge på en stribe af pelikaner i det fjerne, studere skyernes former, alt andet end se en døende fisks øjne stirre på en verden uden vand, en bred mund, der indsugede værdiløs luft. Men det, som det kostede hende, og det, som det kostede den fisk, var dét værd for at have den lille flig af familie. Måske ikke for fisken, men stadigvæk.

De tog ud med båden igen næste dag, og i en mørk lagune fik Kya øje på en hornugles bløde brystfjer, som flød på overfladen. De var krøllede i begge ender, så de drev rundt som små orange både. Hun samlede dem op og lagde dem i sin lomme. Senere fandt hun en forladt kolibrirede vævet ind i en udstrakt gren og stoppede den ned i stævnen.

Den aften lavede Pa stegt fisk – paneret med majsmel og sort peber – serveret med majsgrød og grøntsager. Da Kya vaskede op bagefter, kom Pa ud i køkkenet med sin gamle soldaterrygsæk fra Anden Verdenskrig. Han stod henne ved døren og kastede den brutalt ned på en af stolene. Den gled ned på gulvet med et bump, hvilket fik hende til at fare sammen og vende sig hurtigt om.

„Tænkte, at du ku' bruge den her til dine fjer, fuglereder og alt det andet, du samler sammen."

„Åh," sagde Kya. „Åh, tak." Men han var allerede på vej ud ad verandadøren. Hun samlede den lasede rygsæk op, den var lavet af lærred, der kunne holde en hel menneskealder, og havde en masse små lommer og hemmelige rum. Ekstra kraftige lynlåse. Hun stirrede ud ad vinduet. Han havde aldrig givet hende noget før.

HVER ENESTE VARME VINTERDAG og hver eneste forårsdag tog Pa og Kya ud med båden, langt op og ned langs kysten, hvor de fiskede med blink, kastede og halede ind. Uanset om det var i en flodmunding eller et vandløb, søgte hun med blikket efter ham drengen Tate i hans båd og håbede at se ham igen. Hun tænkte på ham sommetider, ville gerne være hans ven, men anede ikke, hvordan hun skulle gribe det an, eller bare finde ham. Så en eftermiddag, da hun og Pa kom rundt i en krumning, var han der pludselig i gang med at fiske, næsten på det samme sted, hvor hun så ham første gang. Han grinede straks og vinkede til hende. Uden at tænke over det løftede hun hånden og vinkede tilbage, næsten smilende. Så tog hun hånden ned igen lige så hurtigt, da Pa så overrasket på hende.

„En af Jodies venner, inden han rejste," sagde hun.

„Du skal passe på med folk heromkring," sagde han. „Skovene er fulde af hvidt rakkerpak. Stort set alle herude er ikke en skid værd."

Hun nikkede. Ville gerne kigge tilbage på drengen, men gjorde det ikke. Og så blev hun nervøs for, at han ville synes, hun var uvenlig.

Pa kendte marsken, som en høg kender sin eng: hvordan man jagede, hvordan man gemte sig, hvordan man skræmte ubudne gæster væk. Og Kyas naive spørgsmål ansporede ham til at fortælle om gåsetræk, fiskenes adfærd, hvordan man læste vejret i skyerne og hvirvelstrømme i bølgerne.

Nogle dage pakkede hun et picnicmåltid i rygsækken, og de spiste smuldrende majsbrød, som hun næsten havde lært at lave nu, med løgskiver, mens solen gik ned over marsken. Det hændte, at han glemte sin hjemmebrændte sprut, og de drak te af syltetøjsglas.

„Mine forældre var ikke altid fattige, forstår du," sagde Pa pludselig en dag, de sad i skyggen af en eg og kastede snøren hen over en brun lagune, hvor det summede med lavtflyvende insekter.

„De havde jord, frugtbar jord, dyrkede tobak og bomuld og sådan. Ovre ved Asheville. Din bedstemor på min side gik med kyser så store som vognhjul og lange nederdele. Vi boede i et hus med en veranda, der gik hele vejen rundt, to etager høj. Det var fint, mægtig fint."

En bedstemor. Et sted var der eller havde der været en bedstemor. Hvor var hun nu? Kya ville så gerne spørge om, hvad der var sket med alle. Men hun turde ikke.

Pa fortsatte bare. „Så gik alt galt. Jeg var kun et barn det meste af tiden, så jeg ved ikke, men der var Depressionen, bomuldsbillerne. Og jeg ved ikke hvad, og så var det slut. Der var kun gæld tilbage, masser af gæld."

Kya forsøgte ud fra disse sparsomme detaljer at visualisere hans fortid. Det mindede slet ikke om Mas historie. Pa blev rasende, hvis nogen af dem talte om deres liv, før Kya blev født. Hun vidste, at inden marsken havde hendes familie boet et sted langt væk, nær hendes andre bedsteforældre, et sted, hvor Ma bar konfektionssyede kjoler med små perleknapper, satinbånd og kniplingsbesætninger. Efter at de flyttede ind i hytten, opbevarede Ma kjolerne i kister, tog en frem med nogle års mellemrum og syede den om til en arbejdskittel, for der var ingen penge at købe nyt for. Nu var alt det fine tøj og deres historie forsvundet, brændt på bålet, som Pa havde tændt, efter at Jodie var rejst.

Kya og Pa kastede lidt flere gange, deres snører hvislede hen over den bløde gule pollen, der flød i det stille vand, og hun troede ikke, at der kom mere, men så tilføjede han: „En dag tager jeg dig med til Asheville, viser dig jorden, som var vores, som burde have været din."

Lidt efter hev han i sin snøre. „Se her, skat, jeg har fanget os en stor en, stor som Alabamee!"

Tilbage i hytten stegte de fisken og majskager „så tykke som gåseæg". Så arrangerede hun sine samlinger, fæstnede forsigtigt insekterne til papstykker med knappenåle og fjerene på væggen inde i det bagerste soveværelse til en let, bevægelig kollage. Senere lå hun i sin seng på verandaen og lyttede til fyrretræerne. Hun lukkede øjnene og åbnede dem igen. Han havde kaldt hende „skat".

8

Negative data

1969

Efter at have afsluttet formiddagens efterforskningsarbejde ved brandtårnet fulgte sherif Ed Jackson og vicesherif Joe Purdue med Chases enke, Pearl, og hans forældre, Patti Love og Sam, til et afkølet laboratorium på klinikken, hvor han lå på et stålbord under et lagen. Så de kunne sige farvel. Men det var for koldt for nogen mor; ubærligt for nogen hustru. Begge kvinder måtte hjælpes ud fra rummet.

Tilbage på sherifkontoret sagde Joe: „Tja, så bliver det ikke værre ..."

„Nej. Aner ikke, hvordan nogen kommer igennem det."

„Sam sagde ikke et ord. Han har aldrig været særlig snakkesalig, men det her vil tage livet af ham."

Saltvandsmarsk kan, siger nogle, fortære en cementblok så let som ingenting, og selv ikke sheriffens bunkerlignende kontor kunne holde den stangen. Vandstandsmærker aftegnet med saltkrystaller bølgede hen over de lavere mure, og skimmelsvamp bredte sig som blodkar op mod loftet. Bittesmå mørke svampe lurede i krogene.

Sheriffen tog en flaske op fra den nederste skuffe i sit skrivebord og skænkede dem begge en dobbelt whisky i kaffekrus. De nippede til drikken, indtil solen, så gylden og klistret som bourbonen, gled ned i havet.

FIRE DAGE SENERE viftede Joe i luften med nogle papirer, da han trådte ind på sherifkontoret. „Jeg har fået de første laboratorierapporter."

„Lad os se på det."

De sad på hver deres side af sheriffens skrivebord og studerede dokumenterne. Joe klaskede en flue nu og da.

Ed læste højt: „Dødstidspunkt mellem midnat og klokken to om natten mellem den 29. og 30. oktober 1969. Præcis som vi troede."

Efter at have læst lidt fortsatte han: „Det, vi står med, er negative data."

„Det må du nok sige. Der står ikke en skid her, sherif."

„Bortset fra de to drenge, der nåede op til trappens tredje sving, er der ingen friske fingeraftryk på rækværket eller ristene, intet. Ingen fra Chase eller nogen anden." Eftermiddagens skægstubbe lagde en skygge over sheriffens ellers så rødmossede teint.

„Så nogen tørrede dem af. Alting. Uanset hvad, hvorfor er hans fingeraftryk ikke på rækværket, på risten?"

„Nemlig. Først havde vi ingen fodaftryk – nu ingen fingeraftryk. Der er intet, der påviser, at han gik hen over mudderet til trappen, gik op ad trappen, eller åbnede de to riste på toppen – den oven over trappen og den, han faldt ned igennem. Eller at nogen anden gjorde. Men negative data er stadig data. Nogen har virkelig gjort rent efter sig eller dræbt ham et andet sted og flyttet hans lig til tårnet."

„Men hvis hans lig blev kørt til tårnet, ville der være dækspor."

„Ja, vi må tilbage og lede efter dækmønstre ud over vores egne og ambulancens. Vi kan have overset noget."

Efter at have læst lidt mere sagde Ed: „Under alle omstændigheder er jeg sikker på, at det ikke var nogen ulykke."

„Det er jeg enig i," sagde Joe, „og det er ikke alle og enhver, der kan slette sine spor så godt."

„Jeg er sulten. Lad os tage forbi dineren på vej derud."

„Så må du forberede dig på et baghold. Alle i byen er godt oppe at køre. Mordet på Chase Andrew er det største, der er sket heromkring, måske nogensinde. Sladderen stiger op som røgsignaler."

„Hold ørerne stive. Vi kan måske fange et par interessante oplysninger. De fleste tabere formår ikke at holde munden lukket."

Et helt batteri af vinduer indrammet af stormskodder dækkede forsiden af Barkley Cove Diner, som lå med udsigt til havnen. Kun den smalle gade lå mellem bygningen, der blev opført i 1889, og de våde trin ned til landsbyens mole. Kasserede rejekurve og sammenrullede fiskenet stod langs med muren under vinduerne, og på fortovet flød det med muslingeskaller. Overalt: havfugles skrig, søfugleklatter. Duften af pølser og biscuitboller, kogte majroer og stegt kylling overdøvede heldigvis den kraftige stank fra fisketønderne, der stod på rækker på molen.

Et lettere spektakel strømmede ud, da sheriffen åbnede døren. Alle båse – højryggede, røde, polstrede sæder – var optaget ligesom de fleste af bordene. Joe pegede på to tomme taburetter ved isbaren, og de to mænd gik hen mod dem.

På vejen hørte de mr. Lane fra Sing Oil sige til sin dieselmekaniker: „Jeg vil tro, det var Lamar Sands. Du ka' godt huske, at han tog sin kone i at gøre det frække med Chase lige der på dækket i sin smarte vandskibåd. Der er et motiv, og Lamar havde andre sammenstød med loven."

„Hvilke sammenstød?"

„Han var sammen med den bande, der skar sheriffens dæk op."

„De var jo bare børn dengang."

„Der var også noget andet, jeg kan bare ikke lige komme i tanker om det."

Bag disken fór ejeren, kokken Jim Bo Sweeney, rundt vendte krabbekager på grillen, rørte rundt i en gryde med flødestuvede majs på blusset, stak til kyllingelår i friturekogeren, og vendte så tilbage til krabbekagerne igen. Indimellem stillede han høje stabler af tallerkner frem foran kunderne. Folk sagde, at han kunne blande bolledej med én hånd, mens han fileterede en malle med den anden. Han serverede kun sin berømte specialitet – grillet skrubbe stuvet med rejer og serveret på majsgrød med pimentoost – nogle få gange om året. Det var ikke nødvendigt at annoncere det; det rygtedes.

Mens sheriffen og vicesheriffen snoede sig mellem bordene mod disken, hørte de miss Pansy Price fra Kress' Five and Dime sige til en ven: „Det kunne godt have været hende kvinden, der bor ude i marsken. Hun er skør nok til tosseanstalten. Jeg vil vædde på, at hun godt kunne finde på sådan noget ...“

„Hvad mener du? Hvad har hun med noget som helst at gøre?“

„Nå ja, i et stykke tid var hun selv i lag med ...“

Da sheriffen og vicesheriffen gik op til disken, sagde Ed: „Lad os bare nøjes med at bestille sandwich til at tage med og komme ud herfra. Vi kan ikke lade os trække ind i alt det her.“

9

Jumpin'

1953

Kya sad i stævnen og så lavthængende tågefingre række ud efter deres båd. Til at begynde med strømmede afrevne skystumper hen over deres hoveder, derefter indhyllede disen dem i gråhed, og til sidst var der kun den lille motors tikkende lyd. Nogle minutter efter dannede der sig små plamager af uventet farve, da den vejrbidte marinatankstation gled ind i synsfeltet, som om det var den og ikke dem, som bevægede sig. Pa styrede ind mod bådebroen og ramte den med et blidt bump. Hun havde kun været her én gang. Ejeren, en gammel sort mand, sprang op fra sin stol for at hjælpe dem – det var derfor, alle kaldte ham Jumpin', fordi han altid sprang op. Hans hvide bakkenbarter og gråsprængte hår indrammede et bredt og fyldigt ansigt med ugleøjne. Han var høj og mager, syntes aldrig at holde op med at tale, smile eller kaste hovedet tilbage, han havde sin egen måde at le på med sammenknebne læber. Han gik ikke i overalls, som de fleste arbejdere og håndværkere herude, men var klædt i en strøget blå button-down skjorte, mørke bukser og arbejdsstøvler. Ikke så ofte, men nu og da på de varmeste sommerdage, havde han en laset stråhat på.

Hans bod med Madding & Benzin stod usikkert på sin egen vakkelvorne bådebro. Et kabel løb fra det nærmeste egetræ på bredden omkring tolv meter hen over det stillestående vand og holdt fast af alle kræfter. Jumpin's oldefar havde bygget bådebroen og hytten af lærketræsplanker, længe før nogen kunne huske, engang før Borgerkrigen.

Tre generationer havde sømmet heftigt farvede metalskilte – Nehi Grape Soda, Royal Crown Cola, Camel Filters og North Carolina-nummerplader gennem tyve år – op på hele hytten, og dette farveorgie kunne altid ses fra havet undtagen i meget tæt tåge.

„Hej, mister Jake. Hvordan går det så?"

„Jeg vågnede op på den rigtige side af jorden," svarede Pa.

Jumpin' lo, som om han aldrig havde hørt den fortærskede vending før. „Og du har så din lille datter med. Den er mægtig."

Pa nikkede. Så sagde han som ved eftertanke: „Jeps, det her er min datter, miz Kya Clark."

„Jeg er mægtig stolt over at møde dig, miss Kya."

Kya kiggede på sine bare tæer, men fandt ingen ord.

Det tog Jumpin' sig ikke af og fortsatte med at tale om den seneste tids gode fiskeri. Så spurgte han Pa: „Skal den fyldes op, mister Jake?"

„Ja, helt op."

Mændene snakkede om vejr og fiskeri og vejr igen, indtil tanken var fuld.

„I må ha' en god dag," sagde han, da han kastede linen.

Pa krydsede langsomt tilbage ud på det lyse hav – det tog solen mindre tid at brænde tågen af, end det tog Jumpin' at fylde en tank. De tøffede flere kilometer rundt om en fyrretræsbevokset halvø på vej mod Barkley Cove, hvor Pa fortøjede båden til de gennemtærede bjælker i byens mole. Fiskere myldrede rundt og havde travlt med at pakke fisk og ordne liner.

„Vi kan vel spise lidt mad på en restaurant," sagde Pa og ledte hende langs molen mod Barkley Cove Diner. Kay havde aldrig spist restaurantmad; havde aldrig sat sin fod i en restaurant. Hendes hjerte hamrede, da hun børstede indtørret mudder af sine overalls og glattede sit filtrede hår. Da Pa åbnede døren, holdt alle gæsterne op med at spise. Et par mænd nikkede svagt til Pa; kvinderne rynkede panden og vendte hovedet bort. En af dem snøftede: „De ka' nok ikke læse *skjorte og sko påkrævet.*"

Pa gjorde tegn til, at hun skulle sætte sig ved et lille bord med udsigt til molen. Hun kunne ikke læse menukortet, men han fortalte hende det meste af, hvad der stod, og hun bestilte friturestegt kylling, kartoffelmos, sovs, grønne bønner og små brød, der var lige så bløde og fyldige som friskplukket bomuld. Han fik friturestegte rejer, ostemajsgrød, friturestegt „okree" og friturestegte grønne tomater. Servitricen stillede en hel tallerken med portionssmør på isterninger og en kurv med majsbrød og boller på deres bord, og al den søde iste, de kunne drikke. Bagefter fik de brombærtærte med is til dessert. Der var så meget, at Kya tænkte, hun måske ville blive dårlig, men at det ville være det værd.

Mens Pa betalte regningen henne ved kassen, trådte Kya ud på fortovet, hvor den kraftige lugt af fiskerbåde hang over bugten. Hun holdt i en fedtet serviet, der var svøbt omkring rester af kylling og kuvertbrød. Lommerne i hendes overalls var fyldt med saltkiks, som stod på bordet til fri afbenyttelse.

„Hej." Kya hørte en lillebitte stemme bag sig og vendte sig om og så en pige på omkring fire år med lyse slangekrøller kigge op på hende. Hun var klædt i en lyseblå kjole og rakte hånden frem. Kya stirrede på den lille hånd; den var buttet og blød og måske den reneste ting, Kya nogensinde havde set. Havde aldrig været skrubbet med sæbelud, der var bestemt ikke muslingemudder under neglene. Så så hun ind i pigens øjne, hvor hun så sig selv genspejlet som ethvert andet barn.

Kya flyttede servietten til sin venstre hånd og rakte sin højre langsomt frem mod pigens hånd.

„Hey, ka' du så komme væk!" Mrs. Teresa White, metodistprædikantens kone, kom pludselig farende ud fra Buster Browns skobutik.

Barkley Cove serverede sin religion hårdkogt og friturestegt. Så lille landsbyen end var, så havde den fire kirker, og de var kun for de hvide; de sorte havde tre andre.

Præster og prædikanter, og så sandelig deres koner, var meget respekterede i landsbyen og klædte og opførte sig altid derefter. Teresa White bar ofte pastelfarvede nederdele og hvide bluser med matchende pumps og håndtaske.

Nu ilede hun hen til sin datter og løftede hende op i sine arme. Hun gik væk fra Kya, satte pigen ned på fortovet og satte sig på hug ved siden af barnet.

„Meryl Lynn, lille skat, du må aldrig nærme dig den pige. Hun er snavset."

Kya så moren lade sine fingre glide gennem den lille piges krøller; overså ikke, hvor lang tid de kiggede hinanden i øjnene.

En kvinde kom ud fra Piggly Wiggly og gik hurtigt hen til dem. „Alt vel, Teresa? Hvad skete der? Generede den pige Meryl Lynn?"

„Jeg så hende i tide. Tak, Jenny. Jeg ville ønske, de mennesker lod være med at komme til byen. Se på hende. Snavset. Hæslig, rent ud sagt. Der er en maveinfluenza i omløb for tiden, og jeg ved med sikkerhed, at den kommer fra dem. I fjor kom de med det mæslingetilfælde, og det er en alvorlig sag." Teresa gik væk, mens hun holdt barnet tæt ind til sig.

Netop da kaldte Pa bag hende med nogle øller i en brun papirspose i hånden: „Hvad laver du? Kom, vi må se at komme af sted. Tidevandet er på vej ud." Kya vendte sig om og fulgte efter, og mens de styrede hjem til marsken, så hun barnets krøller og morens øjne for sig.

Pa forsvandt stadig indimellem og kom ikke hjem i flere dage, men ikke så ofte som før. Og når han dukkede op, sank han ikke bare om som en død, men spiste et måltid og snakkede lidt. En aften de spillede ginrommy, skraldgrinede han, da hun vandt, og hun fniste med hænderne for munden som en ganske almindelig pige.

HVER GANG KYA TRÅDTE ned fra verandaen, kiggede hun ned ad sandvejen og tænkte, at selvom den vilde blåregn var ved at visne i det sene forår, og hendes mor var gået i sensommeren året før, ville hun måske få Ma at se, på vej hjem gennem sandet. Stadig i sine højhælede kunstalligatorsko. Nu hvor hun og Pa fiskede og talte sammen, kunne de måske prøve at blive en familie igen. Pa havde tævet dem alle, for det meste når han var fuld. Han var god nok nogle dage ad gangen – de kunne sidde og spise kyllingeret sammen; engang fløj de med drage på stranden. Derefter: drikke, råbe, slå. Detaljerne i nogle af disse hidsighedsudbrud stod skarpt i hendes erindring. Engang maste Pa Ma op mod køkkenvæggen og slog hende, indtil hun sank sammen på gulvet. Kya, der grædende bad ham holde op, rørte ved hans arm. Han greb fat om Kyas skuldre, råbte til hende, at hun skulle trække sine bukser og underbukser ned, og bøjede hende over køkkenbordet. Med en smidig, øvet bevægelse trak han bæltet ud af sine bukser og piskede hende. Hun kunne selvfølgelig godt huske den brændende smerte, der skar i hendes bare ende, men underligt nok mindedes hun mere levende bukserne, der samlede sig omkring hendes magre ankler. Og Ma, der krøb sammen i hjørnet henne ved ovnen og skreg. Kya vidste ikke, hvad alle de skænderier handlede om.

Men hvis Ma kom tilbage nu, da Pa opførte sig ordentligt, kunne de måske begynde forfra. Kya havde aldrig troet, at det ville være Ma, der gik, og Pa, der blev tilbage. Men hun vidste, at hendes mor ikke ville forlade hende for altid; hvis hun var derude i verden et sted, ville hun komme tilbage. Kya kunne stadig se Mas fyldige røde læber for sig, mens hun sang til radioen, og høre hende sige: „Hør nu rigtig godt efter; mr. Orson Welles taler som en sand gentleman. Han siger aldrig *ik'*, det er ikke engang et ord."

Ma havde malet flodmundingerne og solnedgangene i olie og akvarel som taget ud af virkeligheden. Hun havde bragt nogle kunstnerartikler med sig og kunne købe lidt småting hos Kress' Five and Dime. Sommetider havde Ma ladet Kya male sine egne billeder på de brune papirposer fra Piggly Wiggly.

I BEGYNDELSEN AF SEPTEMBER i denne fiskesommer, en eftermiddag der var bleg af varme, gik Kya til postkassen for enden af sandvejen. Hun bladrede sig gennem supermarkedsreklamer og standsede brat, da hun så en blå konvolut med en adresse skrevet med Mas nydelige skrift. Nogle få ahornblade var ved at skifte til samme gule farve, som dengang hun rejste. Al den tid uden det mindste spor og nu et brev. Kya stirrede på det, holdt det op mod lyset, lod sine fingre glide hen over den perfekte skråskrift. Hendes hjerte hamrede.

„Ma lever. Bor et andet sted. Hvorfor er hun ikke kommet hjem?" Hun overvejede at flå brevet op, men det eneste ord, hun med sikkerhed kunne læse, var sit eget navn, og det stod ikke på konvolutten.

Hun løb hen til hytten, men Pa var taget et sted hen med båden. Så hun stillede brevet op ad saltbøssen på bordet, hvor han ville få øje på det. Mens hun kogte sortøjebønner med løg, holdt hun øje med brevet, så det ikke skulle forsvinde.

Med få sekunders mellemrum smuttede hun hen til vinduet for at lytte efter den summende lyd fra båden. Og så kom Pa pludselig haltende op ad trappen. Hun tabte modet fuldstændig og fór forbi ham og råbte, at hun skulle på das; maden ville snart være klar. Hun stod inde ved det stinkende latrin, hendes hjerte sank ned i livet i galopfart. Hun balancerede på træbænken og kiggede gennem kvartmåneåbningen i døren uden rigtig at vide, hvad hun forventede.

Så blev verandadøren smækket i, og hun så Pa gå med hurtige skridt hen mod lagunen. Han gik direkte ned til båden med en drikkedunk i hånden og sejlede af sted. Hun løb tilbage til huset, ind i køkkenet, men brevet var væk. Hun hev skufferne i hans kommode ud, rodede rundt i hans skab og ledte. „Det er også mit! Det er lige så meget mit som dit." Da hun var tilbage i køkkenet, kiggede hun i skraldespanden og fandt asken efter brevet, hvis kanter stadig var blå. Hun samlede asken op med en ske og lagde den på bordet, en lille bunke af sorte og blå rester. Hun fiskede i skraldet; nogle ord var måske sivet ned på bunden. Men der var ikke andet end aske, der klæbede til løgskrællerne.

Hun satte sig ved bordet, bønnerne sang stadig i gryden, og stirrede på den lille bunke. „Ma har rørt ved dem her. Pa vil måske fortælle mig, hvad hun skrev. Hvor er du dum – det er lige så sandsynligt, som at det sner i sumpen."

Også poststemplet var forsvundet. Nu ville hun aldrig få at vide, hvor Ma var. Hun lagde asken i en lille flaske og gemte den i sin cigarkasse ved siden af sin seng.

PA KOM IKKE HJEM den aften eller næste dag, og da han endelig gjorde, var det fulderikken fra gamle dage, som vaklede ind gennem døren. Da hun opbød mod til at spørge om brevet, snerrede han: „Det rager sgu ikke dig." Og så: „Hun kommer ik' tilbage, så glem alt om det." Han sjoskede hen til båden med en drikkedunk.

„Det passer ikke," råbte Kya til hans ryg med knyttede næver ned langs siderne. Hun så ham gå og råbte så til den tomme lagune: „*Ik'* er ikke engang et ord!"

Senere spekulerede hun på, om hun skulle have åbnet brevet selv og ikke vist det til Pa. Så kunne hun have gemt ordene indtil den dag, hun kunne læse dem, og han ville have haft bedre af ikke at kende til dem.

Pa tog hende aldrig med ud at fiske igen. De varme dage var hurtigt ovre. De lavthængende skyer delte sig, solen overstrømmede kortvarigt hendes verden, men lukkede sig så mørk og forknyt.

KYA KUNNE IKKE HUSKE, hvordan man bad. Var det, hvordan man holdt hænderne, eller hvor hårdt man kneb øjnene i, der betød noget? „Hvis jeg nu beder, vil Ma og Jodie måske komme hjem. Selv med alt det råberi og postyr var det liv bedre end den her klumpede majsgrød."

Hun sang stumper af salmer – „og Han går med mig, mens der stadig er dug på roserne" – alt det, hun kunne huske fra den lille hvide kirke, hvor Ma havde taget hende med hen nogle få gange. Deres sidste kirkegang havde været påskesøndag, inden Ma rejste, men det eneste, Kya kunne huske fra helligdagen, var råben og blod, nogen, der faldt, hun og Ma, der løb, så hun opgav at huske noget overhovedet.

Kya kiggede gennem træerne på Mas køkkenhave med majs og majroer, som nu var gået til i ukrudt. Der var i hvert fald ingen roser.

„Glem det. Der kommer ingen gud til denne have."

10

Bare græs i vinden

1969

Sand bevarer hemmeligheder bedre end mudder. Sheriffen parkerede sin vogn der, hvor vejen op til brandtårnet begyndte, så de ikke kom til at køre hen over spor efter nogen, som kørte her den nat, hvor det angivelige mord fandt sted. Men mens de gik hen ad stien og kiggede efter dækmønstre, som ikke stammede fra dem selv, skiftede sandkornene til formløse fordybninger for hvert skridt, de tog.

Men så, henne ved mudderhullerne og de sumpede områder nær tårnet, afslørede et væld af detaljerede historier sig selv: En vaskebjørn med sine fire unger havde trasket ind og ud af mudderet; en snegl havde vævet et kniplingsmønster, som blev afbrudt ved en bjørns ankomst; og en lille skildpadde havde ligget i det kølige mudder, dens mave havde formet en lille flad skål.

„Det står jo lysende klart, men bortset fra vores biler stammer intet af det her fra mennesker."

„Det ved jeg ikke rigtig," sagde Joe. „Se den lige kant her, og så den lille trekant. Det kunne godt være fra et dæk."

„Nej, jeg tror, det er fra en kalkun, og så har en hjort trådt på det, så det er kommet til at se geometrisk ud."

Efter et kvarters tid sagde sheriffen: „Lad os gå ud til den lille bugt. Se, om nogen kom herover i båd i stedet for kørende i en truck.“ De skubbede kraftigt duftende myrte væk fra deres ansigter og gik hen til den lille vig. Det fugtige sand afslørede aftryk fra krabber, hejrer og sneppefugle, men ikke fra mennesker.

„Nå, men se lige her.“ Joe pegede på et større mønster af forstyrrede sandkrystaller, der spredte sig vifteformet ud i en perfekt halvcirkel. „Det kunne være et aftryk fra en båd med en rund stævn, der blev trukket op på land.“

„Nej. Se, hvordan vinden har blæst den her knækkede græsstængel frem og tilbage i sandet. Og tegnet den her halvcirkel. Det er bare græs i vinden.“

De stod der og så sig omkring. Resten af den lille halvmånestrand var dækket af et tykt lag af knuste muslingeskaller, et virvar af krebsdyrdele og krabbekløer. Skaller er de bedste af alle til at holde på hemmeligheder.

11

En fyldt sækkelærredspose

1956

I vinteren 1956, da Kya var ti år, kom Pa stadig sjældnere haltende hjem. Der gik uger, hvor der ikke var nogen whiskyflasker på gulvet, ingen krop, der lå henslængt i sengen, ingen mandagspenge. Hun blev ved med at forvente at se ham komme humpende mellem træerne med sin drikkedunk. Det blev fuldmåne, og så endnu en, uden at hun så ham.

Ahorn og nøddetræer strakte nøgne grene op mod en mat himmel, og den ubønhørlige vind sugede enhver glæde ud, som vintersolen kunne have spredt over det dystre landskab. En nytteløs, udtørrende vind i et havland, som ikke kunne tørre.

Hun sad på trappen op til verandaen og tænkte over det. Et pokerslagsmål kunne være endt med, at han var blevet tævet og smidt i sumpen en kold regnfuld nat. Eller han var måske bare dejset om i fuldskab, havde strejfet rundt i skoven og var faldet på hovedet lige ned i en mose med stillestående vand.

„Han er nok væk for altid."

Det var ikke ligesom da Ma rejste – faktisk måtte hun kæmpe for overhovedet at sørge over ham. Men at være så mutters alene var så enorm en følelse, at den gav genlyd, og myndighederne ville helt sikkert opdage det og fjerne hende. Hun måtte lade, som om Pa stadig var her, også over for Jumpin'.

Og der ville ikke være nogen mandagspenge. Hun havde fået de sidste få dollar til at strække i uger, overlevet på majsgrød, kogte muslinger og nu og da et efterladt æg fra de omstrejfende høns. De eneste forsyninger, hun havde tilbage, var nogle få tændstikker, en gnalling sæbe og en håndfuld majsgryn. En nævefuld Blue Tips-tændstikker var ikke nok til at klare sig igennem vinteren. Uden dem kunne hun ikke koge majsgrynene, som hun lavede til sig selv, mågerne og hønsene.

„Jeg ved ikke, hvordan man overlever uden majsgryn."

I det mindste, tænkte hun, havde Pa været til fods, uanset hvor han var forsvundet hen denne gang. Kya havde båden.

Hun var selvfølgelig nødt til at finde på en anden udvej til at skaffe sig mad, men lige nu forviste hun tanken til en fjern afkrog i sit sind. Efter et aftensmåltid bestående af kogte muslinger, som hun havde lært at mose til en pasta og smøre på saltkiks, bladrede hun igennem Mas elskede bøger og dramatiserede eventyrene. Selv i en alder af ti år kunne hun stadig ikke læse.

Så blafrede petroleumslampen, og flammen døde hen, og lyset svandt bort. I et minut var der det bløde omrids af en verden, og så mørke. Hun sukkede. Pa havde altid købt petroleum og fyldt på lampen, så hun havde ikke tænkt så meget over det. Indtil det blev mørkt.

Hun sad i nogle sekunder og prøvede at presse lys ud af resterne, men der var næsten intet tilbage. Så begyndte frigidairens runde pukkel og vindueskarmen at tage form i halvmørket, så hun førte sine fingre hen over køkkenbordet, indtil hun fandt en lysestump. Det ville koste en tændstik at tænde den, og der var kun fem tilbage. Men mørket var lige nu og her.

Hun strøg tændstikken, tændte lyset, og mørket trak sig tilbage til krogene. Men hun havde set nok til at vide, at hun var nødt til at have lys, og petroleum koster penge. Hun åbnede munden og stønnede lavmælt: „Jeg burde måske gå til byen og melde mig hos myndighederne. De vil i det mindste give mig mad og sende mig i skole."

Men efter at have tænkt over det et øjeblik sagde hun: „Nej, jeg kan ikke forlade mågerne, hejren, hytten. Marsken er al den familie, jeg har."

Da hun sad der, mens lyset brændte ned, fik hun en ide.

Hun stod op næste morgen, tidligere end hun plejede, da tidevandet stod lavt, trak i sine overalls og smuttede ud med en spand, en østerskniv og tomme bæreposer. Hun satte sig på hug i mudderet og samlede muslinger i sumphullerne, sådan som Ma havde lært hende det, og efter fire timer i sammenkrøben tilstand, knælende på jorden, havde hun to fulde sækkelærredsposer.

Solen steg langsomt op fra havet, mens hun sejlede gennem tæt tåge til Jumpin's Madding & Benzin. Han rejste sig, da hun nærmede sig.

„Hejsa, miss Kya, ska' du ha' benzin?"

Hun så væk. Havde ikke talt et ord med nogen siden sin sidste tur til Piggly Wiggly, og det kneb med at formulere sig. „Benzin måske. Men det kommer an på. Jeg hører, at du køber muslinger, og jeg har nogle muslinger her. Kan du betale mig kontant og smide lidt benzin oveni?" Hun pegede på poserne.

„Det kan du tro. Er de friske?"

„Jeg gravede dem op før daggry. Lige nu."

„Jeg kan give dig halvtreds cent for én pose, en fuld tank for den anden."

Kya smilede svagt. Rigtige penge, som hun selv tjente. „Tak," sagde hun bare.

Mens Jumpin' fyldte tanken op, gik Kya ind i hans lille butik på bådebroen. Hun havde aldrig rigtig lagt mærke til den, fordi hun handlede i Piggly, men nu så hun, at han ud over madding og tobak også solgte tændstikker, spæk, sæbe, sardiner, wienerpølser, majsgryn, saltkiks, toiletpapir og petroleum. Alt det, hun skulle bruge, var lige her. På disken stod fem krukker fyldt med billigt slik – Red Hots, bolsjer og Sugar Daddys. Mere slik, end der fandtes i hele verden.

For muslingepengene købte hun tændstikker, et lys og majsgryn. Petroleum og sæbe måtte vente, til hun havde en ny posefuld. Hun måtte virkelig beherske sig for ikke at købe en Sugar Daddy i stedet for et lys.

„Hvor mange poser køber du på en uge?" spurgte hun.

„Nå, er vi ved at lave en handel?" svarede han og lo på sin særlige måde – med lukket mund og hovedet kastet tilbage. „Jeg køber omkring fyrre pund hver anden eller tredje dag. Men altså, der kommer også andre. Hvis du kommer med nogle, og jeg allerede har købt, nå ja, så er du ude. Først til mølle. Jeg kan ikke gøre det på anden måde."

„Okay. Tak, men det er fint. Hej, Jumpin'." Og så tilføjede hun: „Nå jo, for resten, jeg skulle hilse fra min far."

„Godt. Hils også ham fra mig, hvis du vil være sød. Og farvel til dig, miss Kya." Han smilede, mens hun sejlede væk. Hun var også lige ved selv at smile. At købe sin egen benzin og købmandsvarer gjorde hende virkelig voksen. Senere, da hun pakkede sine beskedne indkøb ud, så hun en gul og rød overraskelse i bunden af posen. Hun var ikke for voksen til den Sugar Daddy, som Jumpin' havde smidt oveni.

For at være foran de andre muslingesamlere smuttede Kya ned til marsken med et lys i hånden eller ved månens hjælp – hendes skygge flakkede om på det glinsende sand – og samlede muslinger om natten. Hun indsamlede også lidt østers og sov sommetider tæt på mågerne under stjernerne for at kunne være hos Jumpin' ved daggry. Muslingepengene viste sig at være en mere pålidelig indtægtskilde, end mandagspengene nogensinde havde været, og hun kom som regel de andre muslingesamlere i forkøbet.

Hun holdt op med at gå til Piggly, hvor mrs. Singletary altid spurgte, hvorfor hun ikke var i skole. Før eller senere ville de slå en klo i hende og slæbe hende med. Hun fik sine forsyninger fra Jumpin' og havde flere muslinger, end hun kunne spise. De smagte ikke så tosset, når man mosede dem sammen med majsgrød til ukendelighed. De havde ikke øjne, som gloede på hende, sådan som fisk havde.

12

Mønter og majsgryn

1956

I flere uger efter at Pa var forsvundet, kiggede Kya op, når ravnene skræppede, de havde måske set ham rave gennem skoven. Ved hver underlig lyd i vinden lagde hun hovedet på skrå og lyttede efter, om der kom nogen. Hvem som helst. Selv et hidsigt angreb fra inspektoren ville være god underholdning.

Mest kiggede hun efter den fiskende dreng. Hun havde set ham i det fjerne et par gange i årenes løb, men havde ikke talt med ham, siden hun var syv, for tre år siden, da han viste hende vej hjem gennem marsken. Han var den eneste sjæl, hun kendte i hele verden, ud over Jumpin' og nogle få kassedamer. Hver gang hun sejlede ned ad vandløbene, spejdede hun efter ham.

En morgen, da hun styrede ind mod et vadegræsområde, så hun hans båd inde mellem rørene. Tate havde en anden baseballkasket på og var højere nu, men selv på over halvtreds meters afstand kunne hun genkende hans lyse krøller. Kya lod motoren gå i tomgang, styrede stille ind i det høje græs og spejdede efter ham. Hun prøvede at forme læberne til ord og overvejede at sejle hen til ham, hun kunne måske spørge, om han havde fanget noget. Ligesom når Pa og alle andre i marsken mødte nogen og råbte: „Er der hug? Napper de?"

Men hun stirrede bare, uden at bevæge sig. Hun følte sig både stærkt draget mod ham og stærkt frastødt, så resultatet var, at hun ikke rørte sig ud af stedet. Til sidst begyndte hun at sejle hjemad, mens hendes hjerte slog mod ribbenene.

Det var det samme, hver gang hun så ham: Hun kiggede på ham, som hun kiggede på hejrerne.

Hun samlede stadig fjer og skaller, men efterlod dem salte og sandede rundtomkring på trappen. Hun smølede en del af tiden væk hver dag, mens opvasken hobede sig op i vasken, og hvorfor også vaske overalls, der alligevel blev snavsede af mudder igen? Hun var for længst begyndt at gå med de gamle kasserede overalls, som hendes forsvundne søskende havde gået med. Hendes trøjer var fulde af huller. Hun havde ikke længere nogen som helst sko.

En aften tog Kya den lyserøde og grønne blomstrede sommerkjole, den som Ma havde gået med, når hun skulle i kirke, ned fra metalbøjlen. Hun havde gået og fingereret ved den i årevis – den eneste af Mas kjoler, som Pa ikke havde brændt – havde rørt ved de små lyserøde blomster. Der var en plet foran, en falmet brun skjold under skulderstropperne, blod måske. Men den var næsten væk nu som andre dårlige minder.

Kya trak kjolen over hovedet og ned over sin magre krop. Sømmen nåede næsten helt ned til tæerne; det her duede ikke. Hun trak kjolen op over hovedet igen og hængte den op, så den kunne vente et par år endnu. Det ville være synd at klippe i den, have den på, når hun gravede efter muslinger.

Nogle dage senere sejlede Kya over til Den hvide strand, et forklæde af hvidt sand flere kilometer syd for Jumpin'. Tiden, bølgerne og vinden havde formet den til en langstrakt tange, som opsamlede flere skaldyr end andre strande, og hun havde også fundet sjældne ting der. Efter at have fortøjet båden i den sydlige ende vandrede hun mod nord, mens hun ledte. Pludselige stemmer – skingre og ophidsede – svævede i luften.

Hun løb straks hen over stranden mod skoven, hvor et kæmpestort gammelt egetræ stod i tropiske bregner til knæene. Skjult bag træet betragtede hun en flok unger, der rendte rundt i sandet, nu og da fór de ud i bølgerne og sparkede skumsprøjt op. En dreng løb forrest; en anden spillede bold. Mod det hvide sand lignede deres brogede shorts farvestrålende fugle og markerede årstidens skiften. Sommeren var tydeligvis på vej.

Da de kom nærmere, trykkede hun sig fladt op ad egen og kiggede rundt. Fem piger og fire drenge, lidt ældre end hende, måske tolv år. Hun genkendte Chase Andrews, der kastede bolden til de drenge, han altid var sammen med.

Pigerne – Højemagrelyse, Hestehalefregnefjæs, Kortsorthår, Găraltidmedperler og Rundbuttetkindede – hang bagefter i en lille flok, gik langsommere, snakkede og fnisede. Deres stemmer steg op til Kya som klokkeklang. Hun var for ung til at være interesseret i drenge; hendes øjne var fikseret på pigetruppen. De satte sig sammen på hug for at se en krabbe smutte sidelæns hen over sandet. De lo, lænede sig mod hinandens skuldre, indtil de væltede om i sandet i en bunke.

Kya bed sig i underlæben, mens hun betragtede dem. Spekulerede på, hvordan det ville føles at være sammen med dem. Deres munterhed skabte en aura, der var næsten synlig mod den mørknende himmel. Ma havde sagt, at kvinder har mere brug for hinanden end for mænd, men havde aldrig fortalt, hvordan man blev optaget i flokken. Hun smuttede dybere ind i skoven og kiggede på bag ved kæmpebregnerne, indtil ungerne begyndte at gå tilbage på stranden, og blev til små prikker i sandet, ligesom da de kom.

DAGGRYET ULMEDE BAG grå skyer, da Kya lagde til ved Jumpin's bådebro. Han kom ud fra den lille butik og rystede på hovedet.

„Jeg er morderlig ked af det, miss Kya," sagde han. „Men de kom dig i forkøbet. Jeg har fået min uges kvote af muslinger, ka' ikke købe fler'."

Hun slukkede for motoren, og båden slog mod en pæl. Det var den anden uge nu, at hun var kommet for sent. Hun havde ikke flere penge og kunne intet købe. Intet tilbage, hverken mønter eller majsgryn.

„Miss Kya, du må finde andre måder at tjene penge på. Du kan ikke lægge alle æggene i én kurv."

Da hun var hjemme igen, sad hun og grublede på fortrappen og fik en ny ide. Hun fiskede otte timer i træk og lod så sin fangst på tyve fisk ligge i saltlage natten over. Ved daggry lagde hun dem op på hylderne i Pas gamle røgeri – af form og størrelse som et das – byggede et bål i gruben og stak grønne pinde ind i flammerne, sådan som han havde gjort. Blågrå røg bølgede og vældede op i skorstenen og gennem hver revne i væggene. Hele skuret prustede.

Næste dag sejlede hun til Jumpin og holdt sin spand op, stadig stående i sin båd. Det var en ynkelig samling af små brasener og karper, der gik op i sømmene. „Vil du købe røget fisk, Jumpin? Jeg har nogle her."

„Ja, det må jeg nok sige, miss Kya. Nu skal du høre: Jeg tager dem i kommission. Hvis jeg sælger dem, får du pengene; hvis jeg ikke gør, får du dem tilbage, som de er. Okay?"

„Okay, tak, Jumpin'."

SAMME AFTEN GIK JUMPIN' ned ad vejen til Mosebyen – en klynge hytter og sheltere og et par rigtige huse, som lå og trykkede sig omkring kærmoser og sumphuller. Den spredte bebyggelse lå dybt inde i skoven, trukket tilbage fra havet, uden nogen brise og med „flere myg end i hele staten Jawja".

Efter at have gået omkring fem kilometer kunne han lugte røgen fra madlavningsbålene gennem fyrretræerne og høre nogle af sine børnebørns pludren. Der var ingen veje i Mosebyen, kun stier, som førte væk gennem skoven den ene vej og hen til forskellige familieboliger den anden vej. Hans hus var et rigtigt hus, han og hans far havde bygget det af fyrretømmer med et hegn i uhøvlet træ omkring en gårdsplads med stampet jord, som Mabel, hans velvoksne kone, fejede fuldstændigt rent, som var det et gulv. Ingen slange kunne snige sig tættere end tredive meter på trappen uden at blive kløvet af hendes lugejern.

Hun kom ud fra huset for at møde ham med et smil, som hun så ofte gjorde, og han rakte hende spanden med Kyas røgede fisk.

„Hvad er det her?" spurgte hun. „Det ligner noget, som selv hundene ikke ville slæbe ind."

„Det er den pige igen. Miss Kya kom med dem. Hun er også begyndt at røge fisk. Vil ha' mig til at sælge dem."

„Herregud, vi må gøre noget for det barn. Ingen vil købe de fisk; jeg kan lave en fiskegryde. Vores kirke kan finde noget tøj og andre ting til hende. Vi siger til hende, at der er noget familie, der vil bytte bluser med karper. Hvad størrelse er hun?"

„Spør' du mig? Mager. Jeg ved bare, at hun er mager som et flueben på en flagstang. Hun er der nok meget tidligt i morgen. Hun har ikke en reje."

EFTER AT HAVE SPIST en morgenmad bestående af muslinger i opvarmet majsgrød sejlede Kya over til Jumpin' for at se, om der var kommet nogen penge ind fra de røgede fisk. I alle disse år havde der kun været ham eller enkelte kunder, men da hun langsomt nærmede sig, så hun en stor sort kvinde feje bådebroen, som var det et køkkengulv. Jumpin' sad i sin stol lænet op ad butiksvæggen og skrev tal ned i sin regnskabsbog. Da han så hende, sprang han op og vinkede.

„Morn," sagde hun stille og lagde rutineret til ved bådebroen.

„Hejsa, miss Kya. Der er en, du skal møde. Det her er min kone, Mabel." Mabel gik hen og stillede sig ved siden af Jumpin', så de stod tæt sammen, da Kya trådte op på broen.

Mabel rakte ud og tog Kyas hånd, holdt den blidt i sin, og sagde: „Så dejligt at møde dig, miss Kya. Jumpin' har fortalt mig, hvilken dygtig pige du er. En af de bedste østerssamlere."

Til trods for at Mabel lugede i sin have, lavede mad halvdelen af tiden hver dag og vaskede gulv og lappede tøj for hvide, var hendes hånd blød. Kya lod sine fingre ligge i denne fløjlshandske, men vidste ikke, hvad hun skulle sige, så hun stod der bare tavs.

„Se, miss Kya, vi har familie, der vil bytte tøj og andre ting, du har brug for, til dine røgede fisk."

Kya nikkede. Smilede til sine fødder. Spurgte så: „Hvad me' benzin til min båd?"

Mabel så spørgende på Jumpin'.

„Nå, men ..." sagde han. „Jeg vil gi' dig noget i dag, for jeg ved, at du mangler. Men bliv ved med at komme med muslinger og så'n, når du kan."

Mabel sagde med sin store stemme: „Herregud dog, lad os ikke bekymre os om detaljer. Lad mig se dig engang. Jeg skal kunne give dem din størrelse." Hun førte hende ind i den lille butik. „Vi sætter os her, og så fortæller du mig, hvad for tøj og hvad ellers du har brug for."

Da de havde drøftet listen, tegnede Mabel omridset af Kyas fødder på et stykke af en brun papirspose og sagde så: „Nå, men kom tilbage i morgen, så ligger der en stabel til dig her."

„Jeg siger mange tak, Mabel." Så sagde hun med lav stemme: „Der er en anden ting. Jeg fandt de her gamle pakker med frø, men jeg ved ikke noget om at dyrke have."

„Jaså." Mabel lænede sig tilbage og lo dybt i sin fyldige barm. „Jeg ved i hvert fald noget om at dyrke en have." Hun gennemgik hvert trin meget detaljeret, stak så hånden ned i nogle dåser på hylden og fandt squashfrø, tomatfrø og græskarfrø frem. Hun foldede hver slags ind i noget papir og tegnede et billede af grøntsagen udenpå. Kya vidste ikke, om Mabel gjorde det, fordi hun ikke kunne skrive, eller fordi hun vidste, at Kya ikke kunne læse, men det fungerede fint for dem begge.

Hun takkede dem, da hun trådte ned i sin båd.

„Jeg er kun glad for at hjælpe dig, miss Kya. Og kom så tilbage i morgen efter dine ting," sagde Mabel.

Samme eftermiddag begyndte Kya at luge i rækkerne, der hvor Mas have havde ligget. Lugejernet lavede dumpe lyde, mens det bevægede sig ned gennem rækkerne og frigjorde jordagtige lugte og rykkede lyserøde orme op. Så lød der en anderledes klirrende lyd, og Kya bøjede sig frem og opdagede et af Mas gamle hårspænder af metal og plastic. Hun gned det forsigtig mod sine overalls, indtil alt snavset var væk. Mas røde mund og mørke øjne stod klarere, end de havde gjort i årevis, som om de blev genspejlet i den billige genstand. Kya så sig omkring; Ma kom sikkert gående op ad sandvejen nu, kom for at hjælpe med at vende den her jord. Endelig hjemme. Sådan en stilhed var sjælden; selv kragerne var stille, og hun kunne høre sit eget åndedræt.

Hun samlede lokker af sit hår og satte hårspændet fast over venstre øre. Måske kom Ma aldrig hjem. Nogle drømme skal måske bare falme bort. Hun løftede lugejernet og slog en klump hård ler i stumper og stykker.

DA KYA SEJLEDE op til Jumpin's bådebro næste morgen, var han alene. Måske havde hans kones store skikkelse og hendes fine ideer været en illusion. Men dér, på bådebroen, stod to kasser med varer, som Jumpin' pegede på med et bredt smil i ansigtet.

„Morn, miss Kya. Det her er til dig."

Kya sprang op på broen og stirrede på de stuvende fulde kasser.

„Værsgo," sagde Jumpin'. „Det er alt sammen dit."

Hun tog forsigtigt overalls, bukser og bluser op, ikke bare T-shirts. Et par marineblå lærredssko med snørebånd og nogle tofarvede sko fra Buster Brown, pudset i brunt og hvidt så mange gange, at de glødede. Kya holdt en hvid bluse med kniplingskrave og en blå satinsløjfe i halsen op.

I den anden kasse var der tændstikker, majsgryn, en bakke oleomargarine, tørrede bønner og en stor bøtte med hjemmelavet svinefedt.

Øverst, pakket ind i avispapir, var der friske majroer og grøntsager, kålrabi og okra.

„Jumpin'", sagde hun forsigtigt, „det her er mere, end de fisk ville koste. Her må da være for en hel måneds fisk."

„Tja, hvad skal folk ha' alt det gamle tøj liggende for? Hvis de har de her ting i overskud, og du har brug for dem, og du har fisk, og de skal have fisk, så er det sådan, aftalen er. Du må tage det med nu, for jeg har ikke plads til det ragelse her."

Kya vidste, at det var sandt. Jumpin' havde ingen ekstra plads, så hun ville gøre ham en tjeneste ved at fjerne tingene fra hans bådebro.

„Så tager jeg dem med. Men sig tak til dem fra mig? Og jeg vil røge flere fisk og komme med dem, så snart jeg kan."

„Godt, miss Kya. Det vil være fint. Kom med fisk, når du har dem."

Kya tøffede ud mod havet. Da hun havde rundet halvøen og var ude af syne for Jumpin's sted, lod hun motoren gå i tomgang, stak hænderne i kassen og trak blusen med kniplingskrave ud. Hun tog den på direkte over sine kradsende smækbukser med lappede knæ og bandt det lille satinbånd i en sløjfe om halsen. Så gled hun med den ene hånd på styrepinden og den anden på kniplingerne hen over hav og flodmundinger hjemad.

13

Fjer

1960

Ranglet, men stærk af en fjortenårig at være stod Kya på stranden en eftermiddag og kastede krummer til mågerne. Hun kunne stadig ikke tælle dem, kunne stadig ikke læse. Hun dagdrømte heller ikke længere om at gå på vingerne med ørne; når man skal skrabe sin mad op fra mudderet, bliver ens fantasi måske klemt flad som en voksens. Mas sommerkjole sad tæt over hendes bryster og nåede ned lige under knæene; hun havde indhentet det, mente hun, og mere til. Hun gik tilbage til hytten, hentede en fiskestang og snøre og gik direkte hen til et buskads i den fjerne ende af lagunen for at fiske.

Lige da hun kastede, brækkede en gren bag hende. Hun drejede hovedet og kiggede. Lyden af fodtrin i krat. Ikke en bjørns, hvis store labber laver kvasende lyde, men et ordentligt *bump* i brombærkrattet. Så skræppede kragerne. Krager er lige så dårlige som mudder til at holde på hemmeligheder; når de ser noget underligt i skoven, er de nødt til at fortælle alle det. De, der lytter, bliver belønnet: De bliver enten advaret mod rovdyr eller får nys om føde. Kya vidste, der var noget i gære.

Hun trak snøren ind, bandt den omkring fiskestangen, mens hun uden at lave en lyd banede sig vej gennem krattet. Standsede igen og lyttede. En skyggefuld lysning – et af hendes favoritsteder – bredte sig huleagtigt under fem ege, der var så tætte, at kun disede striber af sollys sivede gennem løvtaget og ramte frodige pletter med trillium og hvide violer. Hun afsøgte lysningen med blikket, men så ingen.

Så sneg en skikkelse sig gennem et buskads på den anden side, og hendes blik fór derhen. Den standsede. Hendes hjerte slog hårdere. Hun gik ned på hug og løb foroverbøjet hurtigt og lydløst gennem krattet til udkanten af lysningen. Da hun kiggede tilbage gennem grenene, så hun en ældre dreng gå hurtigt gennem skoven med virrende hoved. Han standsede, da han fik øje på hende.

Kya dukkede sig bag en tjørnebusk, krummede sig så sammen og satte i løb som en kanin, der snor sig gennem brombærkrat så tykt som en fæstningsmur. Hun kravlede, stadig foroverbøjet, videre og rev sine arme på torne i krattet. Standsede igen, lyttede. Skjulte sig derinde i den brændende hede, det gjorde ondt i halsen af tørst. Der gik ti minutter, hvor ingen kom, så hun krøb hen til en kilde, der sprang frem i mosset, og drak som en hjort. Hun spekulerede på, hvem den dreng var, og hvorfor han var kommet. Det var det, der ikke var så godt ved at tage til Jumpin' – folk så hende der. Hun var blottet som bugen på et hulepindsvin.

Til sidst, inden tusmørket gik over i rigtigt mørke, på det tidspunkt hvor skyggerne flakkede, gik hun tilbage til hytten gennem egetræslysningen.

„Fordi han sniger sig rundt, fangede jeg ikke nogen fisk at røge."

Midt i lysningen stod en rådden træstub med et mostæppe så tæt, at det lignede en gammel mand, der skjuler sig under en kappe. Kya gik hen mod den og standsede så. Kilet ind i stubben stak en tynd, sort, femseks centimeter lang fjer direkte op i luften. De fleste ville synes, den så ganske almindelig ud, måske en krages vingefjer. Men hun vidste, at den var usædvanlig, for det var en stor blåhejres „øjenbryn", fjeren, der buer yndefuldt hen over øjet og strækker sig bagud på dens elegante hoved. En af kystmarskens mest raffinerede fund, lige her. Hun havde aldrig fundet en før, men vidste med det samme, hvad det var, for hun havde siddet på hug og studeret hejrer hele sit liv.

En stor blå hejre har samme farve som grå dis, der reflekteres i blåt vand. Og ligesom dis kan den gå i ét med baggrunden og forsvinde helt, bortset fra de koncentriske cirkler omkring dens blinkende øjne. Det er en tålmodig, solitær jæger, som står alene i al den tid, det kræver for den at fange sit bytte. Eller den vil, når den får øje på sit bytte, gå frem med et langsomt, stort skridt ad gangen, som en rovgrisk brudepige. Men ved sjældne lejligheder jager den på vingerne, suser gennem luften og styrtdykker med sit sværdlignende næb forrest.

„Hvordan har den sat sig fast i den stub?" sagde Kya hviskende og så sig omkring. „Ham drengen må have plantet den der. Han kigger måske på mig lige nu." Hun stod stille, igen med bankende hjerte. Hun trak sig baglæns væk, lod fjeren være og løb hen til hytten og låste netdøren, hvad hun sjældent gjorde, for det var en meget ringe beskyttelse.

Men så snart morgengryet sneg sig ind mellem træerne, følte hun en stærk dragning mod fjeren, efter i det mindste at se på den igen. Ved solopgang løb hun hen til lysningen, så sig forsigtigt omkring og gik så hen til stubben og løftede fjeren. Den var glat, næsten fløjlsagtig. Tilbage i hytten fandt hun et særligt sted til den midt i sin samling – fra bittesmå kolibrifjer til store ørnehaler – som flaksede hen over væggen. Hun spekulerede på, hvorfor en dreng ville bringe hende en fjer.

NÆSTE MORGEN VILLE KYA helst styrte hen til stubben for at se, om der sad en ny fjer, men hun tvang sig selv til at vente. Hun måtte ikke løbe ind i drengen. Til sidst, sent på morgenen, gik hun hen til lysningen, hun nærmede sig langsomt, lyttede. Hun hørte og så ikke nogen, så hun gik frem, og et sjældent kortvarigt smil lyste op i hendes ansigt, da hun så en tynd hvid fjer stukket ned i toppen af stubben. Den nåede fra hendes fingerspidser til hendes albue og smalnede yndefuldt ind. Hun tog den op og lo højt. En prægtig halefjer fra en tropikfugl. Hun havde aldrig set disse havfugle, for de var ikke almindelige på denne egn, men ved sjældne lejligheder blev de blæst ind over land af orkanvinger.

Kyas hjerte fyldtes med undren over, at nogen havde sådan en samling af sjældne fjer, at han kunne undvære den her.

Eftersom hun ikke kunne læse Mas gamle guidebog, kendte hun ikke navnene på ret mange af fuglene og insekterne, så hun opfandt sine egne. Og selvom Kya ikke kunne skrive, havde hun fundet en måde at mærke sine eksemplarer på. Hendes talent var modnet, og nu kunne hun tegne, male og skitsere alt. Hun brugte kridt og vandfarver fra Five and Dime og tegnede fugle, insekter eller skaller på indkøbsposerne og fæstnede dem ved sine eksemplarer.

Samme aften flottede hun sig og tændte to lys og satte dem i underkopper på køkkenbordet, så hun kunne se alle farverne i det hvide; så hun kunne male tropikfuglefjer.

I OVER EN UGE var der ingen fjer på stubben. Kya gik derhen flere gange om dagen, kiggede forsigtigt gennem bregnerne, men så ikke noget. Hun sad i hytten ved middagstid, noget hun sjældent gjorde.

„Burde have lagt bønner i blød til aftensmaden. Nu er det for sent." Hun gik gennem køkkenet, ledte i skabet, trommede med fingrene på bordet. Overvejede at male, men gjorde det ikke. Gik hen til stubben igen.

Selv på afstand kunne hun se en lang stribet halefjer fra en vild kalkun. Det overrumplede hende. Kalkuner havde været en af hendes favoritter. Hun havde set op til tolv kyllinger putte sig under morens vinge, mens hun skred adstadigt fremad, nogle få tumlede rundt bagved, men kæmpede så for at indhente hende.

Men for cirka et år siden, da Kya vandrede gennem en gruppe fyrretræer, havde hun hørt et skingert skrig. En flok på femten vilde kalkuner – de fleste af dem høner, nogle enkelte var ældre og yngre hanner – fór rundt og pikkede på noget, der lignede en olieindsmurt klud på jorden. Støv hvirvlede op fra deres fødder og indhyllede skoven, svævede op gennem grenene og blev fanget der. Da Kya sneg sig tættere på, så hun, at det var en kalkunhøne, der stod der på jorden, og fuglene fra hendes egen flok pikkede til hende og kradsede med deres kløer i hendes hals og hoved. På en eller anden måde var det lykkes den at få vingerne så indfiltret i tornekrat, at dens fjer stak ud i underlige vinkler, og den kunne ikke længere flyve. Jodie havde sagt, at hvis en fugl bliver anderledes end de andre – skamferet eller såret – vil den formentlig i højere grad tiltrække sig rovdyr, så resten af flokken vil slå den ihjel, hvilket er bedre end at tiltrække en ørn, som måske vil tage en af dem med oven i handlen.

En stor hun fægtede med sine kraftige, hornede fødder efter den medtagede høne, låste den så fast til jorden, mens en anden hun stak til dens nøgne hals og hoved. Hønen skreg og så sig omkring med vilde øjne, mens hendes egen flok overfaldt den.

Kya løb ind i lysningen fægtende med armene. „Hey, hvad laver I? Kom så væk. Stop det der!“ En brusen af vinger sparkede mere støv op, da kalkunerne fór ind i buskadset, to af dem ramte et træ. Men Kya kom for sent. Hønen lå slap med opspilede øjne. Der løb blod fra den rynkede, skævvredne hals ned på jorden.

„Kom så væk!“ Kya jagtede de sidste af de store fugle, indtil de sjokkede væk med forrettet sag. Hun knælede ved siden af den døde kalkunhøne og dækkede fuglens øjne til med et ahornblad.

Aftenen efter at hun havde set kalkunerne, spiste hun et måltid bestående af rester af majsbrød og bønner, lagde sig så i sin verandaseng og så månen strejfe lagunen. Pludselig hørte hun stemmer inde fra skoven, der var på vej mod hytten. De lød nervøse og skingre. Drenge, ikke mænd. Hun satte sig ret op. Der var ingen bagdør. Hun måtte enten komme væk nu eller stadig sidde i sengen, når de kom. Hun pilede hurtigt som en mus hen til døren, men netop da dukkede lys op i mørket med flakkende skær, som bevægede sig op og ned. Det var for sent at stikke af.

Stemmerne blev højere. „Nu kommer vi, Marskpige!"

„Hallo – er du derinde? Miss Missing Link!"

„Vis os dine tænder! Vis os dit sumpgræs!" Latterkaskader.

Hun dukkede sig bag verandaens halvmur, da fodtrinene kom nærmere. Flammerne blafrede vildt, gik så alle ud, da fem drenge på måske tretten eller fjorten år løb hen over gårdspladsen. Al snak standsede, da de spænede hen til verandaen og slog på døren med deres håndflader og lavede klaskende lyde.

Hvert klask et stik i kalkunhønens hjerte.

Kya stod op ad væggen og holdt vejret. De kunne bryde gennem døren så let som ingenting. Et hårdt ryk, og de ville være inde.

Men de vendte om på trappen, løb ind mellem træerne igen og hujede og råbte af lettelse over, at de havde overlevet Marskpigen, Ulvebarnet, pigen, som ikke kunne stave til *dog*. Deres ord og latter svævede tilbage til hende gennem skoven, da de forsvandt i mørket, ind i sikkerhed igen. Hun så lysene hoppe op og ned mellem træerne. Satte sig så og stirrede ind i det dødsensstille mørke. Skamfuld.

Kya tænkte på den dag og aften, hver gang hun så vilde kalkuner, men var begejstret over at se halefjeren på stubben. Bare det at vide, at legen fortsatte.

14

Røde fibre

1969

Lummer hede fik morgenen til at sitre i en dis af hav og himmel. Joe kom ud fra sherifbygningen og mødte Ed, der steg ud af patruljevognen. „Kom herover, sherif. Jeg har mere fra laboratoriet om Chase Andrews-sagen. Her er varmt som en bjørns ånde." Han førte an til en stor eg, hvis ældgamle rødder skød op gennem den nøgne jord som knytnæver. Sheriffen fulgte efter med knasende skridt hen over agern, så stod de i skyggen med ansigterne vendt mod brisen fra havet.

Han læste højt. „'Blå mærker på kroppen, indre skader, som stemmer overens med et fald fra stor højde.' Han knaldede faktisk hovedet mod den bjælke – blod- og hårprøverne derfra matchede hans – hvilket fremkaldte alvorlige kvæstelser og skader på baglappen, men det slog ham ikke ihjel."

„Der kan du se; han døde der, hvor vi fandt ham, han var ikke blevet flyttet. Blodet og håret på tværbjælken beviser det. 'Dødsårsag: pludseligt slag mod nakke- og isselap i bagerste hjernebark, brækket ryg' – fra faldet ned fra tårnet."

„Så nogen fjernede alle fod- og fingeraftryk. Ellers noget?"

„Prøv at høre her. De fandt en masse fremmede fibre på hans jakke.

Røde uldfibre, der ikke stammede fra noget af hans tøj. Her er en prøve." Sheriffen rystede en lille plasticpose.

Begge mænd stirrede på de lodne røde tråde, der lå trykket flade i plasticposen som edderkoppespind.

„Uld, står der. Kan være fra en sweater, et tørklæde, en hat," sagde Joe.

„Skjorte, nederdel, strømper, kappe. For fanden, det kan være hvad som helst. Og vi er nødt til at finde det."

15

Legen

1960

Næste eftermiddag nærmede Kya sig varsomt stubben næsten som i bøn. Men ingen fjer i stubben.

„Jeg må lægge noget til ham.“

I lommen havde hun en halefjer fra en ikke udvokset hvidhovedet havørn, som hun havde fundet samme morgen. Kun en, der havde forstand på fugle, kunne vide, at denne plettede og nussede fjer stammede fra en ørn. En tre år gammel ørn, stadig uden krone. Ikke så kostbar som halefjeren fra tropikfuglen, men stadig dyrebar. Hun lagde den forsigtigt på stubben med en sten ovenpå, så den ikke fløj væk i blæsten.

Samme aften lå hun med armene foldet under hovedet på sin verandaseng og et svagt smil på læberne. Hendes familie havde forladt hende og dømt hende til at overleve i en sump, men her var der nogen, som kom af sig selv og lagde gaver til hende i skoven. Uvisheden nagede, men jo mere hun tænkte over det, des mindre sandsynligt virkede det, at drengen ville hende noget ondt. Det gav ikke rigtig mening, at en, der kunne lide fugle, skulle være ondsindet.

Næste morgen sprang hun op af sengen og gik i gang med, hvad Ma havde kaldt „forårsrengøring“. I Mas kommode ville Kya blot samle de sidste ting op fra skufferne, men da hun tog Mas saks af messing og stål op – fingerhullerne var snoede og formet med kringlede liljemønstre – trak hun pludselig sit hår tilbage, som ikke havde været klippet, siden Ma rejste for over syv år siden, og klippede tyve centimeter af. Nu nåede det lige under hendes skuldre. Hun så på sig selv i spejlet, kastede lidt med hovedet, smilede. Skrubbede sine negle og børstede sit hår, til det skinnede.

Hun lagde børste og saks på plads og kiggede ned på noget af Mas gamle kosmetik. Den flydende foundation og rougen var indtørret og sprukken, men en læbestift måtte kunne holde i flere årtier, for da hun skruede hætten af, så den frisk ud. Hun havde aldrig leget udklædning som lille pige og smurte for første gang nogensinde noget på sine læber. Smaskede med læberne og smilede så igen til sig selv i spejlet. Syntes, hun så lidt smuk ud. Ikke ligesom Ma, men tiltalende nok. Hun fniste og tørrede det så af. Lige inden hun lukkede skuffen, så hun en flaske indtørret Revlon-neglelak – Barely Pink.

Kya løftede den lille krukke op, huskede, hvordan Ma var kommet tilbage fra byen en dag med denne lille flaske neglelak, af alle ting. Ma sagde, den ville se virkelig godt ud sammen med deres olivenhud. Hun satte Kya og hendes to storesøstre på række i den falmede sofa, bad dem stikke deres bare fødder frem og lakerede alle deres tæer og så deres fingernegle. Så lakerede hun sine egne, og de lo og morede sig med at tulle rundt på gårdspladsen og vise deres lyserøde negle frem. Pa var forsvundet et sted, men båden var fortøjet i lagunen. Ma foreslog, at alle pigerne skulle sejle en tur i båden, noget, de aldrig havde gjort før.

De klatrede op i den gamle jolle og var stadig fjollede, som om de var berusede. Der skulle et par træk til, før påhængsmotoren gik i gang, men til sidst startede den, og de stævnede ud. Ma styrede tværs over lagunen og ind i den smalle kanal, der førte til marsken. De strøg frem på vandløbene, men Ma vidste ikke rigtig noget om det hele, og da de kom ind i en lavvandet lagune, gik de på grund i gummiagtigt sort mudder, tyk som tjære. De prøvede at stage den ene og den anden vej, men kom ikke ud af stedet. Der var ikke andet at gøre end at klatre over bord med skørter og det hele og synke ned i mudder til knæene.

Ma råbte: „Nu må I ikke krænge den over, piger, den må ikke krænge over," og de halede i båden, indtil den var kommet fri, og hvinede ad hinandens mudderplettede ansigter. Det krævede kræfter at komme op i jollen igen, de røg ind over siden som landede fisk. Og i stedet for at sidde på sæderne lagde de sig alle fire på række i bunden af båden og løftede deres fødder op mod himlen og vrikkede med tæerne, de lyserøde negle glimtede gennem mudderet.

Mens de lå der, sagde Ma: „Nu skal I høre godt efter, det her er en lektie for livet. Ja, vi sad fast, men hvad gjorde vi piger så? Vi lavede sjov, vi lo. Det er det, at være søstre og veninder handler om. At holde sammen selv i mudderet, især i mudder."

Ma havde ikke købt neglelakfjerner, så da lakken begyndte at flage af, var neglene falmede og plettede på alle deres fingre og tæer, det mindede dem om den gode stund, de havde haft sammen, og var den virkelige lektie i livet.

Kya kiggede på den gamle flaske og prøvede at se sine søstres ansigter for sig. Og sagde højt: „Hvor er du nu, Ma? Hvorfor blev du ikke?"

SÅ SNART KYA NÅEDE til egetræslysningen næste eftermiddag, så hun livlige, unaturlige farver lyse mellem skovens dæmpede grønne og brune. På stubben sad en lille rød og hvid mælkekarton og ved siden af den en ny fjer. Det lod til, at drengen havde hævet indsatsen. Hun gik hen og tog fjeren op først.

Den var sølvfarvet og blød, fra fjerdusken på en nathejre, en af de smukkeste i marsken. Så kiggede hun i mælkekartonen. I den lå stramt sammenbundne pakker med frø – majroer, gulerødder og grønne bønner – og i bunden af kartonen, pakket ind i brunt papir, et tændrør til hendes bådmotor. Hun smilede igen og drejede lidt rundt om sig selv. Hun havde lært at klare sig uden de fleste ting, men nu og da havde hun brug for et tændrør. Jumpin' havde lært hende lidt om at reparere en motor, men hver reservedel betød en gåtur til byen og kontanter.

Men her var der så et ekstra tændrør, som kunne gemmes, indtil der blev brug for det. Noget overskydende. Hendes hjerte fyldtes. Det var samme følelse som at have en fuld tank benzin eller se solnedgangen under en himmel malet med en pensel. Hun stod bomstille, prøvede at fordøje, hvad det betød. Hun havde set fuglehanner gøre kur til hunner ved at bringe dem gaver. Men hun var lidt for ung til redebygning.

I bunden af kartonen var der en seddel. Hun foldede den ud og kiggede på ordene, en enkel skrift affattet med stor omhu, som et barn kunne læse. Kya vidste alt om tidevandet, kunne finde hjem ved stjernernes hjælp, kendte hver fjer på en ørn, men selv i en alder af fjorten år kunne hun ikke læse disse ord.

Hun havde glemt at tage noget med, som hun kunne lægge. I hendes lommer lå kun almindelige fjer, skaller og frøkapsler, så hun skyndte sig tilbage til hytten og stillede sig foran sin fjervæg og studerede udvalget. De smukkeste var halefjer fra en pibesvane. Hun tog en ned fra væggen for at lægge den på stubben næste gang, hun kom forbi.

Da det blev aften, tog hun sit tæppe og sov i marsken, tæt på en lille kløft fuld af måne og muslinger, og havde to poser fyldt ved daggry. Benzinpenge. De var for tunge at bære på, så hun slæbte den første pose tilbage mod lagunen. Selvom det ikke var den korteste rute, gik hun omkring egetræslysningen for at lægge svanefjeren. Hun gik ind mellem træerne uden at kigge, og dér, lænet op ad stubben, var fjerdrengen. Hun genkendte ham som Tate, ham, der havde vist hende vejen hjem gennem marsken, da hun var en lille pige. Tate, som hun i flere år havde iagttaget på afstand uden at turde nærme sig. Han var selvfølgelig højere og ældre, nok atten. Hans gyldne hår stak ud fra hans kasket i krøller og tjavser, og hans ansigt var solbrændt og tiltalende at se på. Han var rolig og smilede bredt, hele hans ansigt strålede. Men det var hans øjne, som fangede hende; de var gyldenbrune med grønne pletter og fikserede hende på samme måde som en hejre, der fanger en elritse.

Hun standsede op, chokeret ved det pludselige brud på de uskrevne regler. Det var det sjove ved legen, at de ikke behøvede at tale sammen eller endda se hinanden. Hun blev varm i kinderne.

„Hej, Kya. Nej … lad være … med at løbe. Det er … bare mig … Tate," sagde han meget stille, langsomt, som om hun var stum eller noget. Det var nok det, man sagde om hende i landsbyen, at hun knap nok kunne tale menneskesprog.

Tate kunne ikke lade være med at stirre. Hun måtte være tretten eller fjorten, tænkte han. Men selv med den alder havde hun det smukkeste ansigt, han nogensinde havde set. Hendes store øjne var næsten sorte, hendes næse tynd over velformede læber, hun fremstod i et næsten eksotisk lys. Hun var høj og smal, havde et skrøbeligt, smidigt udseende, som om vinden havde formet hende på en vild måde. Men unge stærke muskler skinnede igennem med stille kraft.

Hendes umiddelbare tilskyndelse var som altid at løbe sin vej. Men der var samtidig en anden følelse. En fylde, som hun ikke havde mærket i årevis. Som om noget varmt var blevet hældt ned i hendes hjerte. Hun tænkte på fjerene, tændrøret og frøene. Det kunne være slut med alt det, hvis hun løb. Uden at sige noget løftede hun hånden og rakte den elegante svanefjer frem mod ham. Langsomt, som om hun kunne finde på at springe væk som en forskrækket dåkalv, gik han hen til hende og studerede fjeren i hendes hånd. Hun så på i tavshed, kiggede kun på fjeren, ikke på hans ansigt, intet sted nær hans øjne.

„En pibesvane, ikke? Fantastisk, Kya. Tak," sagde han. Han var meget højere end hende og bøjede sig svagt, da han tog den fra hende. Nu burde hun selvfølgelig takke ham for hans gaver, men hun stod der tavst og ønskede, at han bare ville gå, ønskede, at de kunne holde sig til deres leg.

Han prøvede at udfylde tavsheden og fortsatte: „Det er min far, der har lært mig om fugle."

Til sidst kiggede hun op på ham og sagde: „Jeg kan ikke læse din seddel."

„Nej, selvfølgelig ikke, eftersom du ikke går i skole. Det havde jeg glemt. Der stod bare, at jeg har set dig et par gange, mens jeg fiskede, og det fik mig til at tænke på, at du måske kunne bruge frøene og tændrøret. Jeg havde et ekstra og tænkte, det ville spare dig for en tur til byen. Jeg tænkte, at du ville synes om fjerene."

Kya bøjede hovedet og sagde: „Tak for dem; det var mægtig pænt af dig."

Tate bemærkede, at hendes ansigt og krop viste tidlige ansatser til det at være kvinde, mens hendes manerer og måde at formulere sig på var lidt barnlige, i kontrast til landsbyens piger, hvis manerer – overdreven makeup, banden og rygning – overgik deres spirende attributter.

„Det var så lidt. Nå, men jeg må hellere komme af sted, det er ved at være sent. Jeg kigger forbi i ny og næ, hvis det er i orden."

Det sagde Kya ikke et ord til. Legen måtte være forbi. Så snart det gik op for ham, at hun ikke ville sige mere, nikkede han til hende, rørte ved sin kasket og vendte sig om for at gå. Men lige da han dukkede hovedet for at gå ind gennem brombærkrattet, kiggede han tilbage på hende.

„Jeg kunne jo lære dig at læse."

16

Læsning

1960

Der gik flere dage, uden at Tate vendte tilbage for at lære hende at læse. Inden fjerlegen havde ensomhed været et naturligt vedhæng for Kya, som en arm. Nu skød den rødder inde i hende og trykkede mod hendes bryst.

Sent en eftermiddag sejlede hun ud i sin båd. „Jeg kan ikke bare sidde her og vente."

I stedet for at lægge til ved Jumpin', hvor hun ville blive bemærket, gemte hun sin båd i en lille vig lige sydfor og gik ned ad den skyggefulde sti mod Mosebyen med en lærredspose. Det havde regnet stille det meste af dagen, og nu, da solen nærmede sig horisonten, dannede skoven sin egen tåge, som svævede gennem frodige skovsletter. Hun havde aldrig været i Mosebyen, men vidste, hvor den lå, og regnede med, at hun kunne finde Jumpin' og Mabels hus, når først hun var der.

Hun havde cowboybukser og en lyserød trøje på, som hun havde fra Mabel. I lærredsposen lå to store syltetøjsglas med meget tyndtflydende brombærsyltetøj, som hun selv havde lavet for at gengælde Jumpin' og Mabels venlighed. Et behov for at være sammen med nogen, en chance for at tale med en kvinde drev hende mod dem. Hvis Jumpin' endnu ikke var kommet hjem, kunne hun sætte sig sammen med Mabel og snakke lidt.

Så, da Kya nærmede sig en bugt i vejen, hørte hun stemmer, der var på vej mod hende. Hun standsede op og lyttede omhyggeligt. Hun skyndte sig væk fra stien og ind i skoven og gemte sig bag et myrtekrat. Et øjeblik senere kom to hvide drenge, klædt i lasede smækbukser, rundt i svinget, de bar på fiskegrej og en snor med maller så lange som hendes arm. Hun stivnede bag brombærkrattet og ventede.

En af drengene pegede på sandvejen. „Se lige der."

„Hvor er vi heldige. Her kommer der en nigger gående på vej til Niggerby." Kya kiggede ned ad stien, og der kom Jumpin', som var på vej hjem efter fyraften. Han var ganske tæt på og måtte have hørt drengene, men dukkede sig bare, trådte ind i skoven for at give dem plads, og gik derefter videre.

Hvad er der i vejen med ham, hvorfor gør han ikke noget? sagde Kya rasende til sig selv. Hun vidste, at *nigger* var et rigtig slemt ord – hun vidste det ud fra den måde, Pa havde brugt det på som et bandeord. Jumpin' kunne have knaldet drengenes hoveder sammen, givet dem en lærestreg. Men han gik bare hurtigt videre.

„Der har vi en nigger, der går til byen. Pas nu på, niggerdreng, fald nu ikke om," spottede de Jumpin', som kiggede stift ned på sine tæer. En af drengene bøjede sig ned, tog en sten op og kastede den mod Jumpin's ryg. Den ramte ham lige under skulderbladet med et bump. Han vaklede lidt, men fortsatte med at gå. Drengene lo, da han forsvandt rundt i svinget, de samlede så flere sten op og fulgte efter ham.

Kya sneg sig gennem krattet, indtil hun var foran dem, hendes blik var limet til deres kasketter, der hoppede op og ned over grenene. Hun krøb sammen et sted, hvor tæt buskads voksede lige ved siden af sandvejen, og hvor de ville komme forbi hende helt tæt på. Jumpin' var ude af syne længere fremme. Hun snoede stofposen, så den sad helt stramt og knudret omkring syltetøjsglassene. Da drengene kom forbi krattet, der hvor hun sad, svang hun den tunge pose og gav den nærmeste et hårdt slag i baghovedet. Han tumlede frem og faldt med ansigtet nedad. Hun styrtede frem mod den anden dreng, mens hun råbte og skreg, parat til at også at slå ham i hovedet, men han flygtede. Hun skyndte sig omkring halvtreds meter væk ind mellem træerne og holdt øje, indtil den første dreng rejste sig og tog sig bandende til hovedet.

Hun slæbte sin pose med syltetøjsglas med sig og vendte tilbage til sin båd og sejlede hjem. Tænkte, at hun nok aldrig ville gå på besøg igen.

NÆSTE DAG, DA KYA hørte den tøffende lyd fra Tates motor på vej gennem kanalen, løb hun ned til lagunen og stod i buskene og så ham stige ud af båden med en rygsæk. Han så sig omkring og kaldte på hende, og hun kom langsomt frem klædt i bukser, der passede hende, og en hvid bluse med umage knapper, der var knappet skævt.

„Hej, Kya. Undskyld, jeg ikke kunne komme noget før. Måtte hjælpe min far, men vi lærer dig at læse på ingen tid."

„Hej, Tate."

„Lad os sætte os her." Han pegede på et egeknæ i den dybe skygge fra lagunen. Op fra rygsækken trak han en tynd, slidt ABC-bog og en linjeret skriveblok. Med rolig hånd formede han bogstaverne mellem linjerne, *a A, b B,* bad hende gøre det samme og ventede tålmodigt, mens hun arbejdede med tungen stikkende ud af munden. Mens hun skrev, sagde han bogstaverne højt. Blidt og langsomt.

Hun kunne huske nogle af bogstaverne fra Jodie og Ma, men vidste ikke, hvordan man skulle sætte dem sammen til rigtige ord.

Efter blot nogle minutter sagde han: „Der kan du se, du kan allerede skrive et ord."

„Hvad mener du?"

„*C-a-b.* Du kan skrive ordet *cab.*"

„Hvad er *cab?*" spurgte hun. Han var klog nok til ikke at grine.

„Pyt med at du ikke ved det. Bare fortsæt. Snart kan du skrive et ord, du kender."

Senere sagde han: „Du skal arbejde meget mere med alfabetet. Det vil tage nogen tid, men du kan allerede læse lidt. Jeg viser dig det." Han havde ikke nogen læsebog, så hendes første bog var hans fars eksemplar af Aldo Leopolds *A Sand County Almanac.* Han pegede på den første sætning og bad hende læse den op for ham. Det første ord var *There,* og hun måtte gå tilbage til alfabetet og øve lyden af hvert bogstav, men han var tålmodig, forklarede den særlige *th*-lyd, og da det lykkedes hende at sige ordet til sidst, kastede hun armene i vejret og lo. Han så glædestrålende på hende.

Hun stavede sig langsomt gennem hvert ord i sætningen: „'There are some who can live without wild things, and some who cannot.'"

„Åh," sagde hun. „Åh."

„Du kan læse, Kya. Den tid er forbi, hvor du ikke kan læse."

„Det er ikke bare det." Hun sagde det næsten hviskende. „Jeg vidste ikke, at ord kunne rumme så meget. Jeg vidste ikke, at en sætning kunne være så fuld."

Han smilede. „Det er en rigtig god sætning. Ikke alle ord rummer lige så meget."

I DE KOMMENDE DAGE, siddende på egeknæet i skygge eller på kysten i sol, lærte Tate hende, hvordan man læste ordene, som sang af gæs og traner, der virkelig fandtes omkring dem. „Hvad nu, hvis der ikke kommer mere gåsemusik?"

Indimellem at han hjalp sin far eller spillede baseball med sine venner, kom han til Kyas sted flere gange om ugen, og nu lyttede hun, uanset hvad hun beskæftigede sig med – lugede have, fodrede hønsene eller ledte efter skaller – efter lyden af hans båd, der kom plutrende op ad kanalen.

En dag på stranden, da hun læste om, hvad mejserne spiser til frokost, spurgte hun ham: „Bor du sammen med din familie i Barkley Cove?"

„Jeg bor sammen med min far. I Barkley, ja."

Kya spurgte ikke, om han havde mere familie, som nu var forsvundet. Hans mor måtte også have forladt ham. En del af hende længtes efter at røre ved hans hånd, en sær trang, men hendes fingre ville ikke gøre det. I stedet memorerede hun de blå årer på indersiden af hans håndled, så kringlede som dem, der er aftegnet i en hvepsevinge.

OM AFTENEN SAD HUN ved køkkenbordet og læste lektier i skæret fra petroleumslampen, hvis dæmpede lys sivede ud gennem hyttens vinduer og strejfede egetræets lavthængende grene. Det eneste lys i mange mils mørke bortset fra det svage skær fra ildfluerne.

Hun skrev og sagde omhyggeligt hvert ord igen og igen. Tate sagde, at lange ord bare var små ord, der var sat sammen – så hun var ikke bange for dem, lærte straks ordet *Pleistocæn* ved siden af ordet *sad*. At lære at læse var det sjoveste, hun nogensinde havde prøvet. Men hun kunne ikke forstå, hvorfor Tate havde tilbudt at undervise et fattigt hvidt udskud som hende, hvorfor han overhovedet var kommet med disse smukke fjer til hende. Men hun spurgte ikke, hun var bange for at få ham til at tænke over det og jage ham bort.

Nu kunne Kya i det mindste sætte etiketter på alle sine dyrebare fund. Hun tog hver fjer, insekt, skal eller blomst, slog op i Mas bøger for at se, hvordan det stavedes, og skrev det omhyggeligt ned på sine malerier på de brune papirsposer.

• • •

„HVAD KOMMER EFTER NIOGTYVE?" spurgte hun Tate en dag.

Han kiggede på hende. Hun vidste mere om snegæs, ørne og stjerner, end de fleste nogensinde kom til at gøre, men hun kunne ikke tælle til tredive. Han ville ikke gøre hende flov, så han viste ingen overraskelse. Hun var frygtelig god til at læse øjne.

„Tredive," sagde han bare. „Her, jeg viser dig tallene, og så laver vi lidt grundlæggende regning. Jeg tager nogle bøger med til dig om det."

Hun gik rundt og læste alt – vejledningerne på majsgrynposerne, Tates noter og historierne i sine eventyrbøger, som hun i årevis havde foregivet at læse. Så en aften tog hun den gamle bibel ned fra hylden. Hun sad ved bordet og vendte forsigtigt de tynde sider hen til siden med familienavnene. Hun fandt sit eget navn allernederst. Der stod hendes fødselsdag: Miss Catherine Danielle Clark, 10. oktober, 1945. Da hun bevægede sig op ad listen, læste hun sine søskendes rigtige navne.

Master Jeremy Andrew Clark, 2. januar, 1939. „Jeremy," sagde hun højt. „Jodie, jeg har godt nok aldrig tænkt på dig som Master Jeremy."

Miss Amanda Margaret Clark, 17. maj, 1937. Kya rørte ved navnet med sine fingre. Gentog det flere gange.

Hun læste videre. *Master Napier Murphy Clark, 4. april, 1936.* Kya sagde lavmælt: „Murph, du hed egentlig Napier."

Øverst stod den ældstes navn, *Miss Mary Helen Clark, 19. september, 1934.* Hun gned fingrene over navnene igen, hvilket fik ansigterne til at vise sig for hendes øjne. De stod sløret, men hun kunne se dem alle klemt sammen omkring bordet, mens de spiste gryderet, lod majsbrødet gå rundt og også lo lidt. Hun var flov over, at hun havde glemt deres navne, men nu da hun havde fundet dem, ville hun aldrig glemme dem igen.

Oven over listen over børn læste hun: *Mister Jackson Henry Clark gift med Miss Julienne Maria Jacques, 12. juni 1933.* Hun havde ikke kendt sine forældres rigtige navne før nu.

Hun sad der i nogle minutter med Bibelen slået op på bordet. Med sin familie foran sig.

Tiden gør, at børn aldrig oplever deres forældre som unge. Kya ville aldrig komme til at se den flotte Jake spankulere ind på en isbar i Asheville i begyndelsen af 1930, hvor han fik øje på Maria Jacques, der var på besøg fra New Orleans, en skønhed med sorte krøller og røde læber. Over en milkshake fortalte han hende, at hans familie ejede en plantage, og efter high school skulle han læse til advokat og bo i et palæ med en søjlegang.

Men da Depressionen blev endnu værre, bortauktionerede banken jorden under familien Clarks fødder, og hans far tog Jake ud af skolen. De flyttede ned ad vejen til en lille fyrretræshytte, som engang for ikke så længe siden havde været beboet af slaver. Jake arbejdede på tobaksmarkerne med at stakke blade sammen med sorte mænd og kvinder, som havde deres babyer bundet fast bag på ryggen med farverige sjaler.

En aften to år senere brød Jake op før daggry uden at sige farvel og tog så meget fint tøj og familieklenodier med sig – deriblandt sin oldefars guldlommeur og sin bedstemors diamantring – som han kunne bære. Han blaffede til New Orleans og fandt Maria der, som boede med sin familie i et elegant hjem nær havnefronten. De var efterkommere af en fransk handelsmand og ejede en skofabrik.

Jake pantsatte arvestykkerne og trakterede hende på fine restauranter behængt med røde fløjlsgardiner, fortalte hende, at han ville købe et palæ med søjlegang til hende. Da han knælede under en magnolie, sagde hun ja til at gifte sig med ham, og de blev viet i 1933 under en beskeden ceremoni i en lille kirke, mens hendes familie tavst så til.

På det tidspunkt var pengene sluppet op, så han accepterede et job hos sin svigerfar på skofabrikken. Jake antog, at han skulle gøres til leder, men mr. Jacques var ikke sådan at løbe om hjørner med og insisterede på, at Jake skulle lære faget fra grunden som enhver anden ansat. Så Jake arbejdede med at skære skosåler ud.

Han og Maria boede i en lille garagelejlighed møbleret med nogle få flotte ting fra hendes medgift blandet med borde og stole købt på loppemarkeder. Han tilmeldte sig aftenskolen for at gøre high school færdig, men det endte som regel med, at han smuttede ud for at spille poker, og han stank af whisky, når han kom sent hjem til sin nye kone. Efter kun tre uger bortviste læreren ham fra undervisningen.

Maria tryglede ham om at holde op med at drikke og vise lidt begejstring for sit arbejde, så hans far ville forfremme ham. Men børnene begyndte at komme, og drikkeriet stoppede aldrig. Mellem 1934 og 1940 fik de fire børn, og Jake blev kun forfremmet én gang.

Krigen med Tyskland var en udlignende faktor. Nu var han klædt i samme uniform som alle andre, han kunne skjule sin skam og atter spille stolt. Men en nat de sad i en mudret skyttegrav i Frankrig, råbte nogen, at sergenten var blevet skudt og lå på jorden tyve meter væk og forblødte. De var kun drenge og burde være blevet siddende i et beskyttelsesrum og have ventet nervøst, som skulle de slå til en hurtig bold. Men de sprang straks til og styrtede hen for at redde den sårede mand – alle på nær én.

Jake gemte sig i et hjørne, for bange til at røre på sig, men en morter eksploderede gullighvidt lidt ved siden af hullet og sprængte knoglerne i hans venstre ben i stumper og stykker. Da soldaterne tumlede ned i skyttegraven igen, mens de slæbte sergenten med sig, antog de, at Jake var blevet ramt, mens han prøvede at hjælpe de andre med at redde deres kammerat. Han blev udråbt som en helt. Ingen ville nogensinde få andet at vide. Bortset fra Jake.

Han blev sendt hjem med en medalje og fritagelse på grund af invaliditet. Jake var fast besluttet på ikke at arbejde på skofabrikken igen og blev kun nogle få nætter i New Orleans. Mens Maria tavst så til, solgte han alle hendes fine møbler og sølvtøj, satte så sin familie på toget og flyttede dem til North Carolina. Han erfarede fra en gammel ven, at hans mor og far var døde, hvilket banede vejen for hans plan.

Han havde overbevist Maria om, at det at bo i en hytte, som hans far havde bygget som et fiskested på North Carolinas kyst, ville blive en ny start. Der ville ikke være nogen husleje, og Jake kunne gøre high school færdig. Han købte en lille fiskerbåd i Barkley Cove og sejlede kilometervis gennem marsken med alle deres ejendele stablet op omkring dem – med nogle få fine hatteæsker øverst. Da de omsider kom ind i lagunen, hvor den tarvelige hytte med sine rustne net krøb sammen under egene, klyngede Maria sig til sin yngste, Jodie, og kæmpede for at holde tårerne tilbage.

Jake beroligede hende: „Det der skal du ikke tage dig af. Det får jeg ordnet på ingen tid.“

Men Jake fik aldrig gjort noget ved hytten og gjorde heller ikke high school færdig. Så snart de var ankommet, begyndte han at drikke og spille poker på Swamp Guinea og prøvede at drukne minderne om skyttegraven i whisky.

Maria gjorde, hvad hun kunne for at skabe et hjem. Hun købte lagner på loppemarkeder til gulvmadrasserne og et fritstående badekar af blik; hun vaskede tøj under pumpen i gården og planlagde, hvordan hun skulle anlægge en have og holde høns.

Kort efter at de var ankommet klædt i deres fineste tøj, slæbte hun børnene med til Barkley Cove for at tilmelde dem skolen. Men Jake fnøs ved tanken om undervisning, og de fleste af dagene sagde han til Murph og Jodie, at de skulle springe skolen over og skaffe egern eller fisk til aftensmad.

Jake tog Maria med ud på én sejltur i måneskin, og resultatet blev deres sidste barn, en datter ved navn Catherine Danielle; senere fik hun kælenavnet Kya, for det sagde hun, at hun hed, første gang hun blev spurgt.

Det hændte, når Jake var ædru, at han igen drømte om at gøre skolegangen færdig og skabe et bedre liv for dem alle, men skyttegraven kastede stadig en skygge over hans tanker. Engang var han så selvsikker og kæphøj, flot og i god form, men nu kunne han ikke længere bære at være den mand, han var blevet, så han tog en slurk af sin drikkedunk. At blive marskmenneske og slås, drikke og bande, var alt hvad Jake fik udrettet.

17

Træde over tærsklen

1960

En dag den sommer, hvor hun lærte at læse, lagde hun til ved Jumpin's bådebro. Han sagde: „Hør lige, miss Kya, der er en anden ting. Nogle mænd har snuset rundt og spurgt efter dig."

Hun så direkte på ham i stedet for til siden. „Hvem? Hvad ville de?"

„Jeg tror, de er fra skolemyndighederne. De stiller alle slags spørgsmål. Om din far stadig er heromkring, hvor din mor er, om du kommer i skole til efteråret. Og hvornår du kommer her; de vil især gerne vide, på hvilke tidspunkter du kommer her."

„Hvad sagde du til dem, Jumpin'?"

„Nå ja, jeg gjorde mit bedste for at få dem til at gå igen. Sagde til dem, at din far har det fint, er ude og fiske og sådan." Han lo og kastede hovedet tilbage. „Så sagde jeg til dem, at jeg aldrig ved, hvornår du lægger til her. Nu skal du ikke blive bekymret, miss Kya. Jumpin' vil sende dem ud på sneppejagt, hvis de kommer her igen."

„Tak." Efter at have fyldt tanken op sejlede Kya direkte hjem. Hun var nødt til at passe mere på nu, måske finde et sted i marsken, hvor hun kunne gemme sig, indtil de opgav hende.

Sent samme eftermiddag, da Tate trak sin båd op på land med svagt knasende lyde i sandet, sagde hun: „Kan vi mødes et andet sted u'or her?"

„Hej, Kya, godt at se dig." Tate hilste på hende, mens han stadig sad ved styrepinden.

„Kan vi det?"

„Det hedder *ud over,* ikke u'or, og det er høfligt at hilse på folk, inden man beder om en tjeneste."

„Du siger da også *u'or* nogle gange," sagde hun næsten smilende.

„Ja, vi taler alle med magnoliamund, eftersom vi kommer fra North Carolinas bøhland, men vi er nødt til at forsøge."

„Godeftermiddag, mr. Tate," sagde hun og lavede et lille kniks. Han fik et glimt af livligheden og næsvisheden et sted derinde. „Kan vi ikke mødes et andet sted end lige her? Tak."

„Det kan vi vel, men hvorfor?"

„Jumpin' sagde, at de sociale myndigheder leder efter mig. Jeg er bange for, at de vil hale mig ind som en ørred, anbringe mig i en plejefamilie eller sådan noget."

„Så må vi nok hellere gemme os, der hvor flodkrebsene synger. Jeg har ondt af enhver plejeforælder, der skal have med dig at gøre." Tate smilede i hele ansigtet.

„Hvad mener du med, der hvor flodkrebsene synger? Det var noget, Ma plejede at sige." Kya kunne huske, hvordan Ma altid opfordrede hende til at udforske marsken. „Tag så langt væk, du kan – helt derud hvor flodkrebsene synger."

„Det betyder bare langt inde i krattet, hvor dyr lever vildt og stadig opfører sig som dyr. Har du så et forslag til, hvor vi kan mødes?"

„Der er et sted, jeg faldt over engang, en gammel faldefærdig hytte. Når først man ved, hvor man skal dreje af, kan man komme derhen med båd; jeg kan gå derhen herfra."

„Okay, så hop op. Vis mig det denne gang; næste gang mødes vi så dér."

„Hvis jeg er derude, lægger jeg en lille bunke sten lige ved fortøjningspælen." Kya pegede på et sted på lagunestranden. „Og ellers er jeg et sted i nærheden og kommer frem, når jeg hører din motor."

De tøffede langsomt gennem marsken og gled så sydpå over åbent hav væk fra byen. Hun hoppede op og ned i stævnen med vindtårer strømmende ned ad sine kinder og kildende kølighed i ørerne. Da de nåede til en lille vig, guidede hun ham op ad en smal ferskvandsbæk med tæt brombærkrat omkring. Flere gange syntes bækken at ebbe ud, men hun gjorde tegn til, at det var okay at fortsætte, og de maste sig gennem endnu mere krat.

Til sidst trængte de igennem til en bred eng, hvor strømmen løb forbi en gammel bjælkehytte, der var styrtet sammen i den ene ende. Bjælkerne havde slået sig, nogle lå på jorden som pindebrænde. Taget, der stadig sad på det halve af væggen, skrånede nedad som en skæv hat. Tate trak båden op på mudderet, og de gik tavse hen til den åbne dør.

Der var mørkt indenfor og stank af rottepis. „Jeg håber da ikke, at du har planer om at bo her – det hele kan jo falde sammen om ørerne på dig." Tate skubbede til væggen. Den virkede robust nok.

„Det er bare et skjul. Jeg kan gemme noget mad her, hvis jeg nu bliver nødt til at stikke af et stykke tid."

Tate vendte sig om og så på hende, mens deres øjne vænnede sig til mørket.

„Kya, har du nogensinde tænkt på at vende tilbage til skolen? Du dør ikke af det, og de vil måske lade dig være i fred, hvis du gjorde det."

„De må have regnet ud, at jeg er alene, og hvis jeg tager i skole, snupper de mig og anbringer mig på et hjem. Jeg er for gammel til at gå i skole nu. Hvor skulle de anbringe mig? I første klasse?" Hun gjorde store øjne ved tanken om at skulle sidde på en lillebitte stol omgivet af små børn, som kunne sige ord og tælle til halvtreds.

„Hvad så? Er det din plan at bo alene i marsken for altid?"

„Hellere det end en plejefamilie. Pa plejede at sige, at han ville få os anbragt, hvis vi opførte os dårligt. Sagde, at de er ondskabsfulde."

„Nej, det er de ikke. Ikke altid. De fleste af dem er søde mennesker, som kan lide børn," sagde han.

„Siger du, at du hellere vil anbringes hos en plejefamilie end leve i marsken?" spurgte hun med hagen stukket frem og hånden på hoften.

Han blev tavs et øjeblik. „Nå, men tag nogle tæpper med herud, tændstikker, hvis nu det bliver koldt. Måske nogle dåser sardiner. De holder evigt. Men du må ikke opbevare fersk mad; det lokker bjørnene til."

„Jeg ik' bange for bjørne."

„Jeg er ikke bange for bjørne."

RESTEN AF SOMMEREN læste Kya og Tate sammen i den faldefærdige hytte. Midt i august havde de læst sig gennem *A Sand County Almanac,* og selvom hun ikke kunne læse hvert ord, forstod hun det meste af det. Aldo Leopold lærte hende, at flodsletter er levende udvidelser af floderne, som kunne lægge beslag på dem igen, når som helst de ville. At bo på en flodslette er som at sidde og vente på tærsklen til floden. Hun lærte, hvor gæssene flyver hen om vinteren, og om meningen med deres musik. Hans blide ord, der næsten lød som poesi, lærte hende, at jord er fyldt med liv og er en af Jordens mest kostbare skatte; at man ved at dræne vådområder udtørrer jorden i mange kilometers omkreds og dræber planter og dyr, der lever i og omkring vandet. Nogle af frøene ligger i dvale i den udtørrede jord i årtier og venter, og når vandet til sidst vender tilbage, bryder de gennem jorden og viser deres ansigter. Undere og viden om det virkelige liv, som hun aldrig ville have lært om i skolen. Sandheder, som alle bør kende, men som på en eller anden måde, selvom de ligger blotlagt alle vegne, syntes at skjule sig ligesom frøene.

De mødtes i bjælkehytten flere gange om ugen, men hun sov de fleste nætter i sin hytte eller på stranden med mågerne. Hun måtte samle brænde til vinteren, så hun gjorde det til sin opgave og slæbte læssevis af brænde fra nær og fjern og stablede det i nydelige bunker mellem to fyrretræer. Majroerne i hendes have stak knap nok deres hoveder op over gyldenrisen; men hun havde stadig flere grøntsager, end hun og hjortene kunne spise. Hun høstede det sidste af sensommerens afgrøder og gemte squash og roer væk i den kølige skygge under trappen.

Men hun lyttede konstant efter de rumlende lyde fra en bil fyldt med mænd, der kom for at fjerne hende. Sommetider var det så trættende og uhyggeligt at lytte, at hun gik hen til bjælkehytten og sov om natten på jordgulvet svøbt ind i sit ekstra tæppe. Hun tilrettelagde sin muslingeindsamling og fiskerøgning, så Tate kunne tage det med til Jumpin' og vende tilbage med hendes forsyninger. På den måde holdt hun sin bug bedre beskyttet.

„Kan du huske, da du læste din første sætning og sagde, at nogle ord rummer en masse?" sagde Tate en dag, da de sad på åbredden.

„Ja, det kan jeg godt huske. Hvorfor?"

„Altså især digte. Ord i digte gør mere end bare at sige ting. De vækker følelser. Får dig også til at le."

„Ma plejede at læse digte, men jeg kan ikke huske nogen af dem."

„Hør det her; det er af Edward Lear." Han tog en sammenfoldet konvolut frem og læste.

„Hr. Stankelben og Fluen
løb mod den lyse strand.
De ville over havet,
mod horisontens rand.
Og ude dér på stranden
en lille båd der lå,
hvis sejl var lyserøde
og skinnende og grå.
De sejled' ud gennem nætter
til de grumbuliske sletter."[3]

Hun sagde smilende: „Det laver en rytme, ligesom bølger, der slår mod stranden."

Så gik hun ind i en digtskrivende fase, fandt på digtene, mens hun sejlede gennem marsken eller ledte efter skaller – simple vers, messende og fjollede. „Op fra en gren flyver en skademor; jeg vil også flyve, når jeg bliver stor." De fik hende til at le højt; udfyldte nogle få ensomme minutter en lang ensom dag.

EN SEN EFTERMIDDAG, da hun sad og læste ved køkkenbordet, kom hun i tanker om Mas digtbog og ledte, indtil hun fandt den. Bindet var slidt, omslaget var for længst forsvundet, siderne blev holdt sammen af to flossede elastikker. Kya tog dem forsigtigt af og bladrede gennem siderne, læste Mas notater i margenerne. Sidst i bogen var en liste med sidetallene til Mas favoritter.

Kya valgte et af James Wright:

„Med ét fortabt og kold
vidste jeg, at gården var tom,
jeg længtes efter at røre, holde om
mit barn, mit barn så snakkende,
leende eller tæmmet eller flakkende ...

Træerne og solen var forsvundet,
alt var forsvundet, blot ikke os.
Hans mor sang i vores hus
og holdt middagen varm
og elsked' os, kun Gud ved hvordan
den vide jord så mørk den blev."

Og det her af Galway Kinnell:

„Det betød noget for mig …
Jeg sagde alt, hvad jeg tænkte
med de blideste ord, jeg kendte. Og nu …
Jeg må sige, at jeg er lettet over, det er slut:
Til sidst følte jeg kun medynk
for denne higen efter mere liv.
… Farvel."

Kya rørte ved ordene, som om de var et budskab, som om Ma havde fremhævet dem specielt i den hensigt, at hendes datter skulle læse dem en dag i det svage skær fra petroleumsflammen og forstå. Det var ikke det store, ikke en håndskrevet seddel stukket ind bagerst i en strømpeskuffe, men det var dog noget. Hun fornemmede, at ordene sat sammen havde en stærk betydning, men hun kunne ikke vriste den fri. Hvis hun nogensinde blev digter, ville hun gøre sit budskab tydeligt.

EFTER AT TATE VAR begyndt på sit sidste skoleår, kunne han ikke komme hen til Kyas sted så ofte, men når han gjorde, havde han kasserede lærebøger fra skolen med til hende. Han sagde ikke et ord om, at biologibøgerne var for avancerede for hende, så hun pløjede sig gennem kapitler, som hun aldrig ville have læst i de fire år, hun ikke havde gået i skole. „Bare rolig," sagde han, „du forstår lidt mere, for hver gang du læser det." Og det var sandt.

Da dagene blev kortere, mødtes de igen i nærheden af hendes hytte, fordi der ikke var dagslys nok til at nå hen til læsehytten. De havde altid læst udenfor, men da der en morgen blæste en vanvittig vind, tændte Kya op i brændeovnen. Ingen andre var trådt over tærsklen til hytten, siden Pa forsvandt for over fire år siden, og det syntes utænkeligt at invitere nogen som helst indenfor. Undtagen Tate.

„Vil du sidde i køkkenet ved ovnen?" sagde hun, da han trak sin båd op på lagunens kyst.

„Gerne," sagde han og vidste, at han ikke skulle gøre et stort nummer ud af invitationen.

Så snart han trådte ind på verandaen, brugte han næsten tyve minutter på at studere hendes fjer og skaller og knogler og komme med begejstrede udbrud. Da de til sidst satte sig ved bordet, trak hun sin stol hen til hans, så deres arme og albuer næsten rørte ved hinanden. Bare for at mærke hans nærhed.

Da Tate nu havde meget travlt med at hjælpe sin far, syntes dagene ingen ende at tage. Sent en aften tog hun sin første roman, *Rebecca* af Daphne du Maurier, ned fra Mas boghylde og læste om kærlighed. Efter et stykke tid lukkede hun bogen og gik hen til skabet. Hun smuttede i Mas sommerkjole og susede omkring i rummet, slog med skørtet og snurrede rundt foran spejlet. Hendes manke og hofter svajede, og hun forestillede sig Tate byde hende op til dans. Hans hånd om hendes liv. Som om hun var Mrs. de Winter.

Hun tog brat sig selv i det og knækkede fnisende sammen. Og stod så meget stille.

„KOM HEROP, BARN," kaldte Mabel en eftermiddag. „Jeg har nogle ting til dig." Jumpin' havde som regel nogle kasser med varer med til Kya, men når Mabel viste sig, var der gerne noget særligt.

„Værsgo, tag dine ting. Jeg fylder din tank op," sagde Jumpin', så Kya hoppede op på bådebroen.

„Se her, miss Kya," sagde Mabel, da hun løftede en ferskenfarvet kjole med et lag af chiffon over det blomstrede skørt, den smukkeste beklædningsdel, Kya nogensinde havde set, smukkere end Mas sommerkjole. „Den her kjole passer til en prinsesse som dig." Hun holdt den op foran Kya, som rørte ved den og smilede. Så kiggede Mabel væk fra Jumpin', bøjede sig forover med et vist besvær og tog en hvid bh op fra kassen.

Kya blev varm over det hele.

„Så, så, frøken Kya, nu skal du ikke blive genert. Du får brug for den her nu. Og hvis der er noget du vil tale med mig om, hvad som helst du ikke forstår, så fortæl gamle Mabel om det. Hører du?"

„Ja, frue. Tak, Mabel." Kya stoppede bh'en dybt ned i kassen under nogle cowboybukser og T-shirts, en pose sortøjebønner og et syltetøjsglas med henkogte ferskner.

Nogle uger senere, mens Kya så pelikaner svæve over havet og dykke ned for at fange fisk, og hendes båd gyngede i bølgerne, trak hendes mave sig pludselig sammen i kramper. Hun havde aldrig været søsyg, og det her føltes slet ikke som nogen form for smerte, som hun havde oplevet før. Hun trak sin båd op på land ved Den hvide strand og satte sig i sandet med benene foldet ud til den ene side som en vinge. Smerten blev skarpere, og hun skar en grimasse, stønnede lidt. Det måtte være diarré.

Pludselig hørte hun en motors spindende lyde og så Tates båd skære sig gennem skumsprøjtene i brændingen. Han drejede ind mod land, i samme øjeblik han så hende, og styrede mod kysten. Hun slyngede et par af sin fars eder ud. Hun var altid glad for at se Tate, men ikke når hun konstant blev nødt til at stikke af til egetræerne med sin diarré. Da han havde trukket sin båd op ved siden af hendes, plumpede han ned i sandet ved siden af hende.

„Hej, Kya. Hvad laver du? Jeg var på vej hen til dig."

„Hej, Tate. Godt at se dig." Hun prøvede at lyde normal, men hendes mave snørede sig stramt sammen.

„Hvad er der galt?"

„Hvad mener du?"

„Du ser ikke frisk ud. Hvad er der galt?"

„Jeg tror, jeg er syg. Min mave kramper virkelig meget."

„Nåh." Tate så ud over havet. Stak sine bare tæer ned i sandet.

„Det er måske bedst, du går," sagde hun med bøjet hoved.

„Jeg skulle måske blive, til du får det bedre. Hvad nu, hvis du ikke selv kan klare at komme hjem?"

„Jeg skal måske gå ind i skoven. Jeg skal måske kaste op."

„Det kan være. Men jeg tror ikke, at det vil hjælpe," sagde han stille.

„Hvad mener du? Du ved da ikke, hvad der er galt med mig."

„Føles den her mavepine anderledes end ellers?"

„Ja."

„Du er næsten femten, ikke?"

„Ja. Hvad har det med noget at gøre?"

Han tav et minuts tid. Slæbte på fødderne, stak sine tæer dybere ned i sandet. Uden at se på hende sagde han: „Det kan jo være det, der sker for piger i din alder. Kan du huske, at jeg gav dig en pjece om det for nogle måneder siden? Sammen med biologibøgerne." Tate kastede et hurtigt blik på hende, han var rød i hovedet og kiggede væk igen.

Kya sænkede blikket, da hun mærkede, hvordan hun blev hed i hele kroppen. Der havde selvfølgelig ikke været nogen Ma til at fortælle hende om det, men pjecen, som Tate havde givet hende, havde forklaret noget af det. Nu var hendes tid kommet, og her sad hun på stranden og blev til kvinde lige foran en dreng. Hun fyldtes med skam og panik. Hvad skulle hun gøre? Hvad kom der præcist til at ske? Hvor meget blod ville der være? Hun forestillede sig, at det sivede ud i sandet omkring hende. Hun sad tavs, da en skarp smerte jog gennem livet.

„Kan du selv komme hjem?" spurgte han, stadig uden at se på hende.

„Det tror jeg nok."

„Det skal nok gå, Kya. Alle piger kommer igennem det her uden problemer. Tag hjem. Jeg følger efter på afstand for at være sikker på, at du når frem."

„Det behøver du ikke."

„Du skal ikke tænke på mig. Se så at komme af sted." Han rejste sig og gik hen til sin båd uden at se på hende. Han sejlede et stykke ud og ventede ganske langt ude, indtil hun begyndte at sejle op langs kysten mod sin kanal. Så langt væk var han kun en lille prik, han fulgte efter hende, indtil hun nåede til sin lagune. Hun blev stående på bredden og vinkede kortvarigt til ham med sænket hoved uden at møde hans blik.

Ligesom Kya selv havde fundet ud af det meste i sit liv, fandt hun sikkert også ud af at blive kvinde på egen hånd. Men næste morgen ved daggry sejlede hun over til Jumpin'. En bleg sol syntes at være ophængt i tæt tåge, da hun nærmede sig hans bådebro og kiggede efter Mabel, selvom hun godt vidste, at der ikke var de store chancer for, at hun ville være der. Ganske rigtigt var det kun Jumpin', der gik ud for at tage imod hende.

„Hej, miss Kya. Skal du allerede have mere benzin?"

Kya blev siddende i båden og svarede stille: „Jeg må tale med Mabel."

„Jeg er virkelig ked af det, barn, men Mabel er her ikke i dag. Kan jeg hjælpe dig?"

Hun sagde nedtrykt: „Jeg har virkelig brug for at tale med Mabel. Hurtigt."

„Jamen så." Jumpin' kiggede hen over den smalle bugt ud mod havet uden at få øje på nogen både på vej ind. Enhver, der havde brug for benzin på ethvert tidspunkt af dagen og hver dag, også juleaftensdag, kunne regne med, at Jumpin' var der – han havde ikke misset en eneste dag i halvtreds år, på nær dengang da deres lille englebarn, Daisy, døde. Han kunne ikke forlade sin post. „Bliv lige her, miss Kya, jeg løber en tur op ad vejen og får nogle børn til at hente Mabel. Kommer der både, så sig til dem, at jeg er tilbage lige om lidt."

„Det skal jeg nok. Tak."

Jumpin' skyndte sig hen ad bådebroen og forsvandt, mens Kya ventede, kiggede ud over bugten med få sekunders mellemrum og hver gang frygtede for, at en båd ville være på vej ind. Men han var tilbage på ingen tid og sagde, at nogle unger var løbet hen for at hente Mabel; Kya skulle „bare vente et øjeblik".

Jumpin' gik i gang med at pakke skrå ud og lægge den frem på hylderne og lave andre ting. Kya blev i sin båd. Til sidst kom Mabel farende hen over plankerne, der rystede under hende, som om et klaver blev skubbet ned ad bådebroen. Hun bar på en papirspose og kom ikke med en råbende hilsen, som hun ellers ville have gjort, men stod på broen oven over Kya og sagde stille: „Morn, miss Kya, hvad handler alt det her om, barn? Hvad er der galt, skat?"

Kya sænkede hovedet endnu mere og mumlede noget, som Mabel ikke kunne høre.

„Kan du ikke komme ud af den båd? Eller skal jeg komme ned til dig?"

Kya svarede ikke, så Mabel trådte med sine næsten hundred kilo, først med den ene fod og så den anden, ned i den lille båd, som brokkede sig ved at bumpe mod pæleværket. Hun satte sig på midterbænken og så på Kya med en streng mine.

„Fortæl mig så, hvad der er i vejen, barn."

De to kvinder stak hovederne sammen, Kya hviskede, og Mabel trak Kya ind mod sin fyldige barm og krammede hende og vuggede hende. Kya var først helt stiv i kroppen, hun var ikke vant til at give efter for omfavnelser, men det afskrækkede ikke Mabel, og til sidst blev Kya slap i kroppen og gav sig selv lov til at hvile i disse trøsterige puder. Efter et stykke tid lænede Mabel sig tilbage og åbnede den brune papirspose.

„Ja, jeg regnede ud, hvad problemet var, så jeg tog nogle ting med til dig." Og dér, i båden ved Jumpin's bådebro, forklarede Mabel det hele for Kya.

„Så, miss Kya, det er ikke noget at skamme sig over. Det er ikke nogen forbandelse, sådan som folk påstår; det her er begyndelsen til alt liv, og kun en kvinde kan gøre det. Du er en kvinde nu, mit barn."

DA KYA HØRTE Tates båd næste eftermiddag, skjulte hun sig i det tætte brombærkrat og iagttog ham. Det virkede sært nok, at nogen overhovedet kendte hende, men nu kendte han til den mest personlige og private begivenhed i hendes liv. Hendes kinder brændte ved tanken om det. Hun ville gemme sig, indtil han forsvandt igen.

Da han trak båden op på lagunens kyst og trådte ud af den, bar han en hvid æske med en snor omkring. „Yo! Kya, hvor er du?" kaldte han. „Jeg har småkager med til dig fra Parker's."

Kya havde ikke smagt sådan noget som kager i årevis. Tate løftede nogle bøger ud af båden, så Kya luntede frem fra buskadset bag ham.

„Nå, der er du. Se her." Han åbnede æsken, og der var så nogle nydeligt arrangerede små kager, som kun var på et par kvadratcentimeter hver, og var dækket af vaniljeglasur med en lillebitte lyserød rose på toppen. „Bare forsyn dig."

Kya tog en kage op og bed i den, stadig uden at se på Tate. Så proppede hun resten af den i munden. Slikkede sine fingre.

„Her." Tate satte æsken ved siden af deres egetræ. „Tag lige så mange, du vil. Lad os komme i gang. Jeg har en ny bog med." Og det var så det. De gik i gang med undervisningen og nævnte ikke den anden ting med et ord.

EFTERÅRET VAR PÅ VEJ; de stedsegrønne planter bemærkede det måske ikke, men ahorntræerne gjorde. De blinkede med tusinder af gyldne blade mod den skifergrå himmel. En sen eftermiddag, efter undervisningen, blev Tate hængende i stedet for at tage hjem, som han plejede, og han og Kya sad på en stamme i skoven. Hun stillede omsider spørgsmålet, som hun havde villet stille i månedsvis: „Tate, jeg er virkelig glad for, at du lærer mig at læse, og for alle de ting, du giver mig. Men hvorfor gør du det? Har du ikke nogen kæreste eller sådan noget?"

„Nah – altså sommetider har jeg. Jeg havde en, men ikke nu. Jeg kan godt lide at være herude i stilheden, og jeg kan godt lide, at du er så interesseret i marsken, Kya. De fleste skænker den ikke en tanke, ud over at de fisker i den. De synes, det er brakjord, som bør drænes og dyrkes. Folk forstår ikke, at de fleste havdyr – deriblandt dem, de selv spiser – har brug for marsken."

Han nævnte ikke noget om, hvor ondt han havde af hende, fordi hun var alene, at han vidste, hvordan de andre børn havde behandlet hende igennem årene; at landsbyboerne kaldte hende for Marskpigen og opdigtede historier om hende. At snige sig ud til hendes hytte, løbe gennem mørket og klistre sedler op på hytten var blevet en fast tradition, et ritual, der markerede drenges overgang til voksenlivet. Hvad sagde det om mænd? Nogle af dem væddede om, hvem der ville tage hendes mødom. Ting, som gjorde ham rasende og bekymrede ham.

Men det var ikke den vigtigste grund til, at han havde lagt fjer til Kya i skoven, og til at han blev ved med at komme for at se hende. Det andet, som Tate ikke sagde noget om, var de følelser han havde for hende, der syntes at være den bittersøde kærlighed til en mistet søster og den heftige kærlighed til en pige på en og samme tid. Han kunne slet ikke hitte rede i det, men han havde aldrig været ramt af en stærkere bølge. Et følelsesvirvar, der var både smertefuldt og behageligt.

Hun pirkede med et græsstrå i et myrehul og spurgte til sidst: „Hvor er din mor?"

En brise susede gennem træerne og fik grenene til at sitre. Tate svarede ikke.

„Du behøver ikke at sige noget," sagde hun.

„Du skal bare spørge."

„Du behøver ikke at sige noget."

„Min mor og min lillesøster døde i en bilulykke ovre i Asheville. Min søster hed Carianne."

„Åh. Det er jeg ked af at høre, Tate. Din mor var garanteret virkelig sød og smuk."

„Ja. Det var de begge." Han talte ned i jorden, gennem sine knæ. „Jeg har aldrig talt om det før. Med nogen."

Heller ikke jeg, tænkte Kya. Hun sagde: „Min mor gik bare en dag og kom aldrig tilbage. Hjortemoren kommer altid tilbage."

„Nå, men så kan du i det mindste håbe på, at hun gør. Min kommer i hvert fald ikke tilbage."

De sad tavse et øjeblik, så fortsatte Tate: „Jeg tror …" Men han tav igen og kiggede væk.

Kya kiggede på ham, men han så tavs ned i jorden.

„Hvad?" sagde hun. „Hvad tror du? Du kan fortælle mig alt."

Han sagde stadig ingenting. Hun ventede med en tålmodighed, der var affødt af vished.

Til sidst sagde han meget dæmpet: „Jeg tror, de tog til Asheville for at købe min fødselsdagsgave. Der var en bestemt cykel, jeg gerne ville have, jeg måtte bare have den. Western Auto solgte ikke cykler, så jeg tror, de tog til Asheville for at købe den cykel til mig."

„Det betyder jo ikke, at det er din skyld," sagde hun.

„Det ved jeg godt, men det føles sådan," sagde Tate. „Jeg kan ikke engang huske, hvad det var for en cykel."

Kya lænede sig tættere ind mod ham, men ikke så tæt, at de rørte ved hinanden. Men hun fornemmede det – det var næsten, som om rummet mellem deres skuldre havde flyttet sig. Hun spekulerede på, om Tate mærkede det. Hun ville gerne læne sig endnu tættere på, lige akkurat så meget, at deres arme strejfede hinanden let. Røre ved ham. Og hun spekulerede på, om Tate ville bemærke det.

Og lige i det sekund friskede vinden op, og tusinder og atter tusinder af gule ahornblade rev sig fri fra deres livline og flagrede gennem luften. Efterårsblade falder ikke, de flyver. De tager sig tid og slentrer rundt i luften, det er deres eneste chance for at stige op. De snurrede rundt i sollysets reflekser og sejlede og flagrede i vindstødene.

Tate sprang op fra stammen og råbte til hende: „Se, hvor mange blade du kan fange, inden de rammer jorden!" Kya sprang op, og de to unge sprang rundt og fór gennem tæpper af faldende blade, bredte armene ud og fangede dem, inden de faldt ned på jorden. Tate dykkede leende ned mod et blad blot få tommer fra jorden, fangede det og rullede rundt og holdt sit trofæ op i luften. Kya kastede hænderne i vejret og slap alle de blade, som hun havde favnet, ud i vinden igen. Da hun løb tilbage gennem dem, glimtede de som guld i hendes hår.

Så, da hun hvirvlede rundt, bumpede hun ind i Tate, som havde stået og set på, og de stivnede begge to og stirrede ind i hinandens øjne.

De holdt op med at le. Han tog hende om skuldrene, tøvede et øjeblik, og kyssede hende så på munden, mens bladene regnede og dansede omkring dem så stille som snefnug.

Hun vidste intet om at kysse og var helt stiv i nakken og havde stramme læber. De gjorde sig fri og kiggede på hinanden, spekulerede på, hvad der var sket, og hvad de nu skulle gøre. Han fjernede blidt et blad fra hendes hår og lod det falde til jorden. Hendes hjerte slog i vilter galop. Af alle de tilfældige udtryk for kærlighed, hun kendte fra en lunefuld familie, havde intet nogensinde føltes som det her.

„Er jeg så din kæreste nu?" spurgte hun.

Han smilede. „Vil du gerne være det?"

„Ja."

„Du er måske for ung," sagde han.

„Men jeg ved noget om fjer. Jeg vil vædde på, at andre piger ikke ved noget om fjer."

„Godt, så siger vi det." Og han kyssede hende igen. Denne gang lagde hun hovedet lidt på skrå, og hendes læber blev bløde. Og for første gang i hendes liv var hendes hjerte fuldt.

18

Hvide båd

1960

Nu begyndte hvert nyt ord med et hvin, hver ny sætning var et kapløb. Tate greb fat i Kya, og de tumlede som børn og ikke som børn gennem skræpper, der var røde af efterår.

„Vær nu lidt alvorlig et øjeblik," sagde han. „Den eneste måde at lære at gange på, er at lære det udenad." Han skrev *12 x 12 = 144* i sandet, men hun løb forbi ham, dykkede ned i brændingen, ned til det rolige vand, og svømmede, indtil han fulgte med hende ind til et sted, hvor gråblå lysstråler faldt skråt ned og optegnede deres skikkelser. Glinsende som marsvin. Senere rullede de, tilsandede og saltdækkede, rundt på stranden med armene tæt om hinanden, som om de var én.

Næste eftermiddag sejlede han ind i hendes lagune, men blev siddende i sin båd efter at have lagt til. En stor kurv dækket af et rødternet klæde stod ved hans fødder.

„Hvad er det der? Hvad har du taget med?" spurgte hun.

„En overraskelse. Hop ned."

De flød gennem de langsomt strømmende kanaler ud mod havet, derefter sydpå mod en lille halvmånebugt. Efter at have foldet tæppet ud på sandet med et svirp med håndleddet stillede han den tildækkede kurv på det, og da de satte sig, løftede han op i klædet.

„Tillykke med fødselsdagen, Kya," sagde han. „Du er blevet femten." En lagkage i to lag så høj som en hatteæske og dekoreret med skaller af lyserød glasur steg op fra kurven. Hendes navn stod skrevet på toppen. Gaver pakket ind i farvestrålende papir med sløjfer omkring omgav kagen.

Hun stirrede himmelfalden, med åben mund. Siden Ma rejste, havde ingen husket på hendes fødselsdag. Ingen havde nogensinde givet hende en kage med navn på fra bageren. Hun havde aldrig før fået gaver i rigtigt gavepapir med sløjfer.

„Hvordan vidste du, at det er min fødselsdag?" Hun havde ingen kalender og havde ingen anelse om, at det var i dag.

„Jeg læste det i din bibel."

Mens hun bønfaldt ham om ikke at skære gennem hendes navn, skar han enorme skiver af kagen ud og plumpede dem ned på paptallerkner. De stirrede ind i hinandens øjne, brækkede bidder af og proppede dem i den andens mund. Smaskede højlydt. Slikkede sig på fingrene. De lo med glasur i hele ansigtet. Spiste kage, sådan som en kage bør spises, sådan som alle gerne vil spise den.

„Har du lyst til at åbne dine gaver?" Han smilede.

Den første: et lille forstørrelsesglas, „så du kan se de fine detaljer i insektvinger". Den næste: et sølvmalet plasticspænde dekoreret med en måge af rhinsten, „til dit hår". Han skubbede lidt kejtet nogle hårlokker om bag hendes øre og lod hårspændet lukke sig i. Hun rørte ved det. Det var smukkere end Mas.

Den sidste gave var i en større æske, og Kya åbnede den og opdagede ti små krukker med oliemaling, dåser med vandfarver og pensler i forskellige størrelser, „til dine malerier".

Kya tog hver farve, hver pensel op. „Jeg kan skaffe dig mere, når du får brug for det. Også lærreder, fra Sea Oaks."

Hun bøjede hovedet. „Tak, Tate."

„SMÅ SLAG. Langsomt nu," kaldte Scupper, da Tate, omgivet af fiskenet, olieklude og selvhøjtidelige pelikaner, satte spillet i gang. Stævnen på *The Cherry Pie* hoppede op og ned på beddingen, skælvede og gled så ind på undervandsskinnerne ved Pete's Boat Yard, den skæve mole og det gennemrustede bådehus, det eneste ophalingssted i Barkley Cove.

„Okay, hun er på. Tag hende så op." Tate øgede kraften i spillet, og båden kravlede op ad skinnerne og ind i tørdokken. De gjorde båden fast med kabler og begyndte at skrabe skjolder af rankefødder af dens skrog, mens krystalskarpe arier fra Miliza Korjus steg op fra pladespilleren. De skulle give båden grunding, derefter det årlige lag rød maling. Tates mor havde valgt farven, og den ville Scupper aldrig ændre på. Indimellem holdt Scupper op med at skrabe og bevægede sine lange svajende arme til musikken.

Her i den tidlige vinter betalte Scupper Tate voksenlønninger for at arbejde for ham efter skole og i weekenderne, så Tate kunne ikke tage ret meget ud til Kya. Han nævnte det ikke for sin far; han nævnte aldrig noget om Kya for sin far.

De skrabede løs på rankefødderne, indtil det blev mørkt, indtil Scuppers arme brændte. „Jeg er for træt til at lave mad, og det er du nok også. Lad os snuppe noget foder i dineren på vej hjem."

De nikkede til alle, for der var ikke én person, som de ikke kendte, og satte sig ved et hjørnebord. De bestilte begge stedets specialitet: panerede og friturestegte skiver af oksekød, kartoffelmos og sovs, majroer og coleslaw. Biscuitboller. Valnøddetærte med is. Ved bordet ved siden af tog en familie på fire hinanden i hænderne og sænkede hovederne, mens faren højlydt velsignede måltidet. Ved „Amen" kyssede de ud i luften, gav hinandens hænder et klem og lod majsbrødet gå rundt.

„Hør her, min ven," sagde Scupper, „jeg ved, at det her job forhindrer dig i at gøre ting. Sådan er det, men du deltog ikke i elevfesten eller noget andet sidste efterår, og jeg synes ikke, at du skal gå glip af alt det der, nu det er dit sidste år i skolen. Der bliver holdt et stort bal ved pavillonen. Vil du invitere en pige med?"

„Nah. Måske tager jeg derhen, er ikke helt sikker. Men der er ikke nogen, jeg vil spørge."

„Er der ikke en eneste pige i skolen, du kunne finde på at invitere?"

„Niks."

„Jamen så." Scupper lænede sig tilbage, da servitricen stillede hans tallerken med mad foran ham. „Tak, Betty. Du er sandelig ikke nærig." Betty gik rundt om bordet og satte Tates tallerken, der var endnu mere overlæsset, på bordet.

„Nu skal I spise op," sagde hun. „Der er mere, der hvor det kommer fra. All you can eat-specialiteten." Hun smilede til Tate, inden hun gik tilbage til køkkenet med et ekstra sving i hofterne.

„Pigerne i skolen er så fjollede," sagde Tate. „Det eneste, de kan snakke om, er deres frisurer og høje hæle."

„Nå ja, sådan er piger jo. Sommetider må man tage tingene, som de er."

„Måske."

„Hør, søn, jeg lytter ikke til sladder, har aldrig gjort det. Men der bliver jævnligt snakket en masse om, at du har noget kørende med hende pigen i marsken." Tate kastede hænderne i vejret. „Rolig nu, rolig nu," fortsatte Scupper. „Jeg tror ikke på alle de historier om hende; hun er sikkert sød. Men pas nu på, sønMan skal ikke stifte familie for tidligt. Du forstår vel, hvad jeg mener, ikke?"

Tate hvæsede lavmælt: „Først siger du, at du ikke tror på de historier om hende, så siger du, at jeg ikke bør stifte familie og viser mig, at du faktisk tror, hun er sådan en pige. Nå, men lad mig fortælle dig noget: Det er hun ikke. Hun er mere ren og uskyldig end nogen af de piger, som du vil have mig til at gå til fest med. Manner, nogle af pigerne i den her by … Lad os bare sige, at de jager i flok og tager ingen fanger. Og ja, jeg har været en del ude ved Kya. Ved du hvorfor? Jeg lærer hende at læse, fordi folk her i byen er så lede mod hende, at hun ikke engang kan gå i skole."

„Det er fint, Tate. Det er flot af dig. Men prøv at forstå, at det er min pligt at sige den her slags ting. Det er måske ikke særlig behageligt for nogen af os at tale om, men forældre er nødt til at advare deres børn mod ting. Det er min opgave, så lad være at blive så fornærmet over det."

„Jeg ved det godt," mumlede Tate, mens han smurte en bolle. Han følte sig meget krænket.

„Kom nu. Lad os få en portion til og så noget af den der valnøddetærte."

Da tærten blev serveret, sagde Scupper: „Nå, men eftersom vi har talt om ting, vi ellers aldrig nævner, kan jeg lige så godt sige noget andet, som jeg også tænker på."

Tate himlede med øjnene.

Scupper fortsatte: „Du skal vide, søn, hvor stolt jeg er af dig. Du har klaret alt alene, du har studeret livet i marsken, klaret dig rigtig godt i skolen, søgt ind på college for at få en universitetsgrad. Og er blevet optaget. Jeg er ikke typen, der taler højt om det. Men jeg er enormt stolt af dig, okay?"

„Ja. Okay."

Senere, da Tate sad på sit værelse, reciterede han fra sit yndlingsdigt:

„O, NAAR SKAL JEG see den mørke Strøm
    Og min Kjærestes hvide Baad?"[4]

• • •

TATE PRØVEDE SÅ VIDT muligt at finde tid midt i alt sit arbejde til at tage ud til Kya, men kunne aldrig blive så længe. Sommetider sejlede han i fyrre minutter bare for at gå en tur på stranden med hende, hånd i hånd. Og kysse en masse. Ikke spilde et minut. Sejle tilbage. Han ville gerne røre ved hendes bryster; han ville gøre hvad som helst bare for at få lov til at se dem. Når han lå vågen om natten, tænkte han på hendes lår, på hvor bløde, men alligevel faste de måtte være. At tænke længere end lårene fik ham til at vende sig uroligt i sengen. Men hun var så ung og sky. Hvis han gjorde noget forkert, kunne det på en eller anden måde gøre noget ved hende, og så ville han være værre end drengene, der kun talte om at snave med hende. Hans trang til at beskytte hende var lige så stærk som den anden trang. Sommetider.

PÅ HVER TUR UD til Kya tog Tate skole- eller biblioteksbøger med, især bøger om marsklevende dyr og marskbiologi. Hun gjorde forbløffende fremskridt. Hun kunne læse alt nu, sagde han, og når først man kan læse alt, kan man lære alt. Det var op til hende. „Ingen vil nogensinde komme i nærheden af at fylde deres hjerner op," sagde han. „Vi er ligesom giraffer, der ikke bruger deres halse til at nå bladene højere oppe."

Kya sad alene i timevis og læste i skæret fra lygten om, hvordan planter og dyr forandrer sig med tiden for at tilpasse sig den evigt foranderlige Jord; hvordan nogle celler deler sig og specialiserer sig til lunge- eller hjerteceller, mens andre forholder sig passive som stamceller, for det tilfælde at der bliver brug for dem senere. Fugle synger fortrinsvis ved daggry, fordi den kølige, fugtige morgenluft fører deres sange og deres betydninger langt videre. Hele livet havde hun betragtet disse undere i øjenhøjde, så hun havde meget let ved at forstå naturens veje.

I alle biologiens verdener søgte hun efter en forklaring på, hvordan en mor kunne forlade sit afkom.

• • •

EN KOLD DAG, længe efter at ahornene havde tabt alle deres blade, trådte Tate ud af sin båd med en gave pakket ind i rødt og grønt papir.

„Jeg har ikke noget til dig," sagde hun, da han rakte gaven frem til hende. „Jeg vidste ikke, at det er jul."

„Det er det heller ikke." Han smilede. „Langtfra," løj han. „Det er altså ikke det store."

Hun fjernede forsigtigt papiret og så en brugt Webster's Dictionary.

„Åh, Tate, tusind tak."

„Kig indeni," sagde han. Under P-sektionen var der stukket en pelikanfjer ind, en forglemmigej lå presset mellem to sider i F-sektionen, en tørret svamp under S. Der skjulte sig så mange skatte mellem siderne, at man ikke kunne lukke bogen helt.

„Jeg vil prøve at komme tilbage første juledag. Jeg kan måske komme med en kalkun." Han kyssede hende farvel. Da han var gået, bandede hun højt. Hendes første chance, siden Ma var rejst, for at give en gave til nogen, hun elskede, og hun havde forspildt den.

Nogle dage senere ventede hun på Tate på lagunekysten, rystende af kulde i sin ærmeløse ferskenfarvede chiffonkjole. Hun gik frem og tilbage med sin gave til ham trykket ind mod kroppen – en hovedkvast fra en kardinalhan – pakket ind i det papir, han havde brugt. Så snart han trådte ud fra sin båd, stak hun gaven i hans hænder og insisterede på, at han skulle åbne den med det samme, så det gjorde han. „Tak, Kya, sådan en har jeg ikke."

Hendes jul var fuldendt.

„Lad os nu få dig indenfor. Du må fryse i den kjole." Køkkenet var varmt på grund af brændeovnen, men han foreslog alligevel, at hun skiftede til sweater og bukser.

De hjalp hinanden med at varme maden, som han havde med: kalkun, majsbrødfyld, tranebærsovs, en gryde med søde kartofler og græskartærte – alt sammen rester fra julemiddagen på dineren sammen med hans far. Kya havde bagt biscuitboller, og de spiste ved køkkenbordet, som hun havde pyntet med vild kristtjørn og strandskaller.

„Jeg vasker op," sagde hun, mens hun hældte varmt vand fra brændeovnen ned i vaskefadet.

„Jeg hjælper dig." Og han gik hen bag hende og lagde armene omkring hendes liv. Hun lænede sit hoved tilbage mod hans bryst med lukkede øjne. Hans fingre bevægede sig langsomt rundt under hendes sweater, hen over hendes glatte mave, mod hendes bryster. Hun havde som sædvanlig ingen bh på, og hans fingre kredsede om hendes brystvorter. Hans berøring dvælede der, men der bredte sig en følelse ned gennem hendes krop, som om hans hænder havde bevæget sig ind mellem hendes ben. En hulhed, der straks måtte udfyldes, pulserede gennem hende. Men hun vidste ikke, hvad hun skulle gøre eller sige, så hun trak sig væk.

„Det er okay," sagde han. Og holdt hende bare sådan. De trak begge vejret dybt.

SOLEN, DER STADIG VAR sky og vinteren underdanig, tittede frem nu og da mellem dage med ond vind og bitter regn. Så en eftermiddag, bare sådan, brød foråret for alvor igennem. Dagen blev varmere, og himlen skinnede, som var den blevet pudset. Kya talte sagte, mens hun og Tate gik på den græsbevoksede bred ved et dybt vandløb med høje ambratræer voksende henover. Pludselig greb han hendes hånd og tyssede på hende. Hendes blik fulgte hans til vandkanten, hvor en femten centimeter bred oksefrø sad på hug under et bladhang. Synet var egentlig ikke usædvanligt, bortset fra at den her frø var skinnende hvid over det hele.

Tate og Kya smilede bredt til hinanden og iagttog den, indtil den i et stort spring forsvandt i græsset. Men de forholdt sig stadig helt stille, mens de trak sig fem meter baglæns ind i krattet. Kya lagde hænderne for munden og fnisede. Sprang væk fra ham med et piget spjæt i en krop, der var knap så piget.

Tate så på hende et sekund og tænkte ikke længere på frøer. Han gik målbevidst hen mod hende. Hans ansigtsudtryk fik hende til at stoppe foran et stort egetræ. Han tog hende om skuldrene og pressede hende op mod træet. Han holdt hendes arme ned langs siderne, kyssede hende og pressede sit skridt ind mod hendes. Lige siden jul havde de kysset og udforsket hinanden langsomt; ikke på den her måde. Han havde altid taget teten, men havde kigget spørgende på hende efter tegn på, om han skulle holde op; ikke som nu.

Han trak sig væk, de dybe gyldenbrune lag i hans øjne borede sig ind i hendes. Hun knappede langsomt sin trøje op og tog den af og blottede sine bryster. Han tog sig tid til at undersøge dem med sine øjne og fingre og kredsede om hendes brystvorter. Så åbnede han hendes shorts og trak dem ned, indtil de faldt til jorden. Hun stod for første gang næsten nøgen foran ham og prøvede stakåndet at dække sig til med sine hænder. Han fjernede blidt hendes hænder og gav sig god tid til at betragte hendes krop. Hendes lyske dunkede, som om alt hendes blod havde samlet sig der. Han trådte ud af sine shorts og skubbede sin erektion frem mod hende, mens han blev ved med at stirre på hende.

Da hun vendte sig bort i generthed, løftede han op i hendes hage og sagde: „Se på mig. Se mig i øjnene, Kya."

„Tate, Tate," Hun rakte ud, prøvede at kysse ham, men han holdt hende væk, tvang hende til at tage ham til sig kun med øjnene. Hun vidste ikke, at ren nøgenhed kunne fremkalde sådan et begær. Han lod sine hænder stryge mod hendes inderlår, og hun spredte instinktivt sine ben. Hans fingre bevægede sig mellem hendes ben og masserede langsomt dele af hende, som hun aldrig havde vidst eksisterede. Hun kastede hovedet tilbage og klynkede.

Han skubbede hende brat fra sig og trådte tilbage. „Åh gud, Kya, undskyld. Undskyld."

„Tate, jeg vil gerne."

„Ikke sådan her, Kya."

„Hvorfor ikke? Hvorfor ikke sådan her?"

Hun rakte ud efter hans skulder og prøvede at trække ham ind til sig igen.

„Hvorfor ikke?" sagde hun igen.

Han samlede hendes tøj op og gav hende det på. Uden at røre hende der, hvor hun gerne ville røres, hvor dele af hendes krop stadig dunkede. Så løftede han hende op og bar hende hen til åbredden. Lagde hende ned og satte sig ved siden af hende.

„Kya, jeg vil have dig mere end noget andet. Jeg vil have dig for evigt. Men du er for ung. Du er kun femten."

„Og hvad så? Du er kun fire år ældre. Det er jo ikke, fordi du pludselig er en hr. voksen-der-ved-det-hele."

„Nej, men jeg kan ikke blive gravid. Og jeg kan ikke så let tage skade af det. Jeg kan ikke, Kya, fordi jeg elsker dig." Elsker. Der var intet ved det ord, hun forstod.

„Du synes stadig, jeg er en lille pige," klynkede hun.

„Kya, du lyder mere og mere som en lille pige, for hvert sekund der går." Men han smilede, da han sagde det og trak hende tættere ind til sig.

„Hvornår så, hvis ikke nu? Hvornår kan vi?"

„Bare ikke endnu."

De sad stille et øjeblik, og så spurgte hun: „Hvordan vidste du, hvad du skulle gøre?" Med bøjet hoved, genert igen.

„På samme måde som du gjorde."

EN EFTERMIDDAG I MAJ, da de gik fra lagunen, sagde han: „Jeg rejser jo snart, ved du. Tager på college."

Han havde talt om at læse i Chapel Hill, men Kya havde fortrængt det med bevidstheden om, at de i det mindste havde sommeren.

„Hvornår? Vel ikke nu?"

„Om ikke så lang tid. Nogle uger."

„Men hvorfor? Jeg troede, college først startede til efteråret."

„Jeg har fået et job på et biologilaboratorium på campus. Den chance kan jeg ikke lade gå fra mig. Så jeg begynder i sommerterminen."

Af alle de mennesker, der havde forladt hende, havde kun Jodie sagt farvel. Alle andre var bare gået deres vej for altid, men det her føltes ikke spor bedre. Det brændte i hendes bryst.

„Jeg vil komme hjem så tit, jeg kan. Det er faktisk ikke så langt væk. Det tager mindre end en dag med bussen."

Hun sad tavs. Til sidst sagde hun: „Hvorfor skal du rejse, Tate? Hvorfor kan du ikke bare blive her og fange rejer ligesom din far?"

„Kya, du ved godt hvorfor. Det kan jeg bare ikke. Jeg vil studere marsken, blive biologiforsker." De var nået til stranden og sad i sandet.

„Og så? Der er jo ikke den slags job her. Du kommer aldrig hjem igen."

„Jo, jeg gør. Jeg forlader dig ikke, Kya. Det lover jeg. Jeg kommer tilbage til dig."

Hun sprang på benene og forskrækkede præstekraverne, som fløj skrigende op. Hun løb fra stranden og ind i skoven. Tate løb efter hende, men så snart han nåede hen til træerne, stoppede han op og så sig omkring. Hun var allerede forsvundet.

Men bare for det tilfælde, at hun kunne høre ham, råbte han højt: „Kya, du kan ikke altid bare løbe din vej. Sommetider er man nødt til at tale om ting. Se ting i øjnene." Og så mindre tålmodigt: „For fanden, Kya. Fanden tage det!"

EN UGE SENERE hørte Kya Tates båd summe tværs hen over hendes lagune og skjulte sig bag en busk. Mens han lod båden glide gennem kanalen, løftede hejren sig på langsomme sølvvinger. En del af hende ville løbe sin vej, men hun trådte frem på kysten og ventede.

„Hej," sagde han. Han havde for en gangs skyld ikke kasket på, og hans viltre blonde krøller svævede omkring hans solbrændte ansigt. Hans skuldre så ud, som om de havde fået mandsbredde i løbet af de sidste par måneder.

„Hej."

Han trådte op fra båden, tog hendes hånd og førte hende til læsestammen, hvor de satte sig.

„Jeg kommer åbenbart til at rejse, før jeg havde troet. Jeg dropper eksamensceremonierne, så jeg kan begynde i mit job, Kya. Jeg er kommet for at sige farvel." Selv hans stemme virkede mandig og parat til en mere alvorlig verden.

Hun svarede ikke, men kiggede væk fra ham. Hendes hals snørede sig sammen. Han stillede to poser med kasserede skole- og biblioteksbøger, mest videnskabelige bøger, foran hendes fødder.

Hun vidste ikke rigtig, om hun kunne sige noget. Hun ville gerne have ham til at føre hende hen til stedet med den hvide frø igen. Hvis han nu aldrig vendte tilbage, ville hun have ham til at tage hende dér nu.

„Jeg kommer til at savne dig, Kya. Hver dag, dagen lang."

„Du vil måske glemme mig. Når du får travlt med alt dit collegehalløj og ser alle de kønne piger."

„Jeg vil aldrig glemme dig. Aldrig nogensinde. Pas på marsken, indtil jeg er tilbage, hører du? Og pas på dig selv."

„Det skal jeg nok."

„Jeg mener det her, Kya. Pas på folk; lad ikke fremmede komme for tæt på dig."

„Jeg vil tro, jeg kan undslippe eller skjule mig for enhver."

„Det tror jeg også, du kan. Jeg kommer hjem om en måneds tid, det lover jeg. Til den fjerde juli. Jeg er tilbage, inden du aner det."

Hun svarede ikke, og han rejste sig og stak hænderne i sine bukselommer. Hun stod ved siden af ham, men de kiggede begge væk, ind mod træerne.

Han tog hende om skuldrene og kyssede hende i lang tid.

„Farvel, Kya." Hun så hen over hans skuldre et kort øjeblik og så ind i hans øjne. En afgrund, hvis største dybder hun kendte.

„Farvel, Tate."

Uden at sige et ord mere satte han sig ned i sin båd og sejlede tværs over lagunen. Lige inden han gled ind mellem kanalens tætte brombærkrat, vendte han sig om og vinkede. Hun løftede sin hånd højt over hovedet og rørte så ved sit hjerte med den.

19

Noget kørende

1969

Om morgenen på den ottende dag siden fundet af Chase Andrews' lig i sumpen, efter at have læst den anden laboratorierapport, skubbede vicesherif Purdue døren til sheriffens kontor op med sin fod og trådte indenfor. Han havde to papbægre kaffe og en pose varme donuts med.

„Uh, lugten af Parker's," sagde Ed, da Joe stillede varerne på skrivebordet. De fiskede begge en enorm donut, godt stænket til med fedtpletter, op af den brune papirpose. Begge smaskede højlydt og slikkede på deres fedtede fingre.

Så sagde de i munden på hinanden: „Nå, men jeg har noget at fortælle."

„Sig frem," sagde Ed.

„Jeg har hørt fra flere kilder, at Chase havde noget kørende i marsken."

„Kørende? Hvad mener du?"

„Det ved jeg ikke helt, men nogle fyre på Dog-Gone siger, at for omkring fire år siden begyndte han at tage på en masse ture ud i marsken alene, var meget hemmelighedsfuld omkring det. Han tog stadig med sine venner ud for at sejle eller fiske, men tog også på en masse ture alene. Jeg tænker, at han måske blev involveret med nogle hashvrag eller værre endnu. Fik ørerne i maskinen hos en eller anden narkobisse. Man lægger sig med hundene og står op med lopper. Eller står slet ikke op, som i det her tilfælde."

„Tja. Han var sådan en atlet; det er svært at se ham blive involveret i noget med stoffer," sagde sheriffen.

„Tidligere atlet. Og mange af dem bliver alligevel involveret i narko. Når heltenes storhedstid er forbi, må de finde deres sus på en anden måde. Eller han havde måske en kvinde derude."

„Jeg kender bare ikke nogen damer derude, der kunne være hans type. Han hang kun ud med den såkaldte Barkley-elite. Ikke rakkerpak."

„Joh, men hvis han selv mente, at han var ved at forslumme, så er det måske derfor, han var så tavs omkring det."

„Sandt nok," sagde sheriffen. „Uanset hvad han havde gang i derude, så åbner det op for en hel ny side af hans liv, som vi ikke kendte til. Lad os snuse rundt og se, hvad han havde for."

„Du havde også noget at fortælle?"

„Jeg ved ikke helt, hvad det handler om. Chases mor ringede og sagde, at hun havde noget vigtigt at fortælle os om sagen. Noget med en halskæde med en muslingeskal, som han altid gik med. Hun er sikker på, at det er et spor. Vil gerne komme herind og fortælle os om det."

„Hvornår kommer hun?"

„Her i eftermiddag, om ikke så længe."

„Det ville være rart at have et rigtigt spor. Det er bedre end at rende rundt og lede efter en fyr, som går i en rød uldsweater med et påhæftet motiv. Vi må jo indrømme, at hvis det her er et mord, så er det godt gået. Marsken har nedbrudt og slugt alt bevismateriale, hvis der var noget. Har vi tid til at spise frokost, inden Patti Love kommer?"

„Selvfølgelig. Og dagens ret er friturestegte koteletter. Brombærtærte."

20

Den 4. juli

1961

Kya gik, klædt i sin nu alt for korte ferskenfarvede chiffonkjole, barfodet til lagunen den 4. juli og satte sig på læsestammen. En brutal hede brændte de sidste tågestriber væk, og en tæt fugtighed, som hun knap kunne ånde i, fyldte luften. Nu og da knælede hun ved lagunen og pjaskede køligt vand på sin hals, mens hun hele tiden lyttede efter den summende lyd af Tates båd. Det gjorde hende ikke noget at vente; hun læste bøgerne, som han havde givet hende.

Dagen slæbte sig af sted, solen satte sig fast et sted midti. Stammen begyndte at føles hård, så hun satte sig på jorden med ryggen op ad et træ. Til sidst styrtede hun sulten tilbage til hytten efter lidt tiloversbleven pølse og biscuitboller. Spiste hurtigt af frygt for, at han kom, mens hun havde forladt sin post.

Den lummerhede eftermiddag fik myggene til at samle sig. Ingen båd; ingen Tate. Hun stod rank og ubevægelig og stille som en stork i skumringen og stirrede på den tomme og fredelige kanal. Det gjorde ondt at trække vejret. Hun smuttede ud af kjolen, gled ned i vandet og svømmede i den mørke kølighed, vandet rislede hen over hendes hud og lod varme sive ud fra hendes indre. Hun gik op af lagunen og satte sig på en mosgroet plet på bredden, nøgen, indtil hun var blevet tør, indtil månen gled under jordskiven. Så gik hun hjem igen med sit tøj under armen.

Hun ventede den næste dag. Det blev stadig varmere frem til middagstid, varmen fik hendes hud til at vable om eftermiddagen, den dunkede efter solnedgang. Senere kastede månen nyt håb over vandet, men det døde også. Endnu en solopgang, endnu en hvidglødende middagsstund. Solnedgang igen. Nu nærede hun kun et neutralt håb. Hendes øjne bevægede sig sløvt, og selvom hun lyttede efter Tates båd, stod hun ikke længere på spring.

Lagunen lugtede af liv og død på én gang, et organisk rodsammen af løfter og forfald. Frøer kvækkede. Hun så med et mat blik ildfluer lave kruseduller i mørket. Hun samlede aldrig ildfluer i flasker; man lærer mere om noget, når det ikke er i et syltetøjsglas. Jodie havde lært hende, at ildfluehunnen blinker med lyset under sin hale for at signalere til hannen, at den er parat til at parre sig. Hver art ildflue har sit eget sprog af glimt. Mens Kya så på, tegnede nogle hunner *prik, prik, prik, streg* i en flyvende zigzagdans, mens andre blinkede *streg, streg, prik* i et anderledes mønster. Hannerne kender selvfølgelig deres egen arts signaler og flyver kun hen til deres egne hunner. Og så, som Jodie havde formuleret det, gnider de deres ender mod hinanden, som de fleste dyr gør, når de laver unger.

Kya satte sig pludselig op og blev opmærksom: En af hunnerne havde ændret sin kode. Først blinkede den med den korrekte sekvens af streger og prikker, tiltrak en han fra sin egen art, og de parrede sig. Så blinkede den et anderledes signal, og en han fra en anden art fløj hen til hende. Den anden han afkodede hendes meddelelse og var overbevist om, at den havde fundet en villig hun fra sin egen art og svævede over hende for at parre sig. Men pludselig rakte ildfluehunnen op, greb ham med sin mund og åd ham, slugte alle seks ben og begge vinger.

Kya så andre. Hunnerne fik, hvad de ville have – først en mage, så et måltid – bare ved at ændre deres signaler.

Kya vidste, at man ikke kunne fælde dom over det her. Der var ikke tale om ondskab, det var bare livet, der pulserede, også på bekostning af nogle af de medvirkende. Biologi opfatter rigtigt og forkert som den samme farve i et forskelligt lys.

Hun ventede endnu en time på Tate og gik så til sidst hjem mod hytten.

NÆSTE MORGEN KLYNGEDE HUN sig til resterne af et grusomt håb og gik tilbage til lagunen. Hun sad ved vandkanten og lyttede efter lyden af en båd, der huggede sig ned gennem kanalen eller tværs over fjerne flodmundinger.

Ved middagstid rejste hun sig og skreg: „TATE, TATE, NEJ, NEJ." Så faldt hun på knæ med ansigtet nede i mudderet. Hun mærkede den stærke sugende bevægelse under sig. Et tidevand, som hun udmærket kendte.

21

Coop

1961

Hed vind fik viftepalmens blade til at rasle som små indtørrede knogler. I tre dage efter at have opgivet at få Tate at se blev Kya liggende i sengen. Hun var bedøvet af fortvivlelse og varme, kastede rundt med tøj og lagner, der var våde af sved, hendes hud var klæbrig. Hun sendte sine tæer ud for at spejde efter kølige steder mellem lagnerne, men de fandt intet.

Hun bemærkede ikke, da månen steg op, eller da en stor hornugle tog et dyk i dagslyset mod en skade. Fra sengen hørte hun marsken, da solsorte gik på vingerne, men blev liggende. Det skar hende i hjertet at høre de grædende sange over stranden fra mågerne, som kaldte på hende. Men for første gang i sit liv gik hun ikke ud til dem. Hun håbede, at smerten ved at ignorere dem ville sætte sig i stedet for såret i hendes hjerte. Det gjorde den ikke.

Hun spekulerede på, hvad hun havde gjort, siden alle forlod hende. Hendes egen mor. Hendes søstre. Hele hendes familie. Jodie. Og nu Tate. Hendes mest intense minder var knyttet til familiemedlemmer, der på ukendte datoer forsvandt ned ad sandvejen. Det sidste syn af et hvidt tørklæde gennem bladene. En stabel strømper efterladt på en gulvmadras.

Tate og liv og kærlighed havde været den samme ting. Nu var der ingen Tate.

„Hvorfor, Tate, hvorfor?" Hun mumlede ned i lagnerne. „Du skulle jo være anderledes. Blive. Du sagde, du elskede mig, men sådan noget findes ikke. Der findes ingen på Jorden, som man kan stole på." Et sted inderst inde gav hun sig selv det løfte aldrig at stole på nogen eller elske nogen igen.

Hun havde altid fundet mod og styrke til at trække sig selv op af hængedyndet, til at tage det næste skridt, uanset hvor vaklende det var. Men hvad havde al den karakterstyrke givet hende? Hun gled ind og ud af en svag søvn.

Pludselig ramte solen hende i ansigtet – skarpt og skærende. Hun havde aldrig før sovet helt til middagstid. Hun hørte en svag raslende lyd, og da hun løftede sig op på albuerne, så hun en ravnestor Cooper's Hawk, en gråkronet duehøg, stå på den anden side af netdøren og titte ind. For første gang i flere dage blev der vakt en interesse i hende. Hun tog sig sammen, da duehøgen fløj bort.

Nu lavede hun en mos af varmt vand og majsgryn og gik ned til stranden for at fodre mågerne. Da hun kom ud på stranden, hvirvlede de alle rundt i luften og dykkede ned i byger, og hun faldt på knæ og kastede maden ud i sandet. Mens de samledes omkring hende, mærkede hun deres fjer strejfe sine arme og lår og kastede hovedet tilbage, smilede sammen med dem. Selv mens tårerne strømmede ned ad hendes kinder.

I EN MÅNEDS TID EFTER den 4. juli forlod Kya ikke sit hjem, drog ikke ind i marsken og tog heller ikke til Jumpin' for at hente benzin og forsyninger. Hun levede af tørret fisk, muslinger, østers. Majsgryn og grøntsager.

Da alle hendes hylder var tomme, sejlede hun til sidst til Jumpin' for at købe nye forsyninger, men hun sludrede ikke med ham, som hun plejede. Hun foretog sine indkøb og lod ham stå der og stirre efter hende. At have behov for mennesker endte med at gøre ondt.

Nogle få morgener senere var duehøgen tilbage på hendes trappe og tittede igen ind til hende gennem nettet. *Hvor sært*, tænkte hun og så på den med hovedet på skrå. „Hej, Coop."

Den lettede med et lille hop, fløj forbi og steg så højt op på himlen. Mens Kya iagttog den, sagde hun til sidst til sig selv: „Jeg må tilbage til marsken," og hun tog båden ud, gled ned ad kanalerne og brakvandsstrømmene, ledte efter fuglereder, fjer eller skaller for første gang, siden Tate havde forladt hende. Men hun kunne alligevel ikke undgå at tænke på ham. Den intellektuelle fascination eller de kønne piger i Chapel Hill havde opslugt ham. Hun kunne ikke forestille sig collegekvinder, men uanset hvilken skikkelse de havde, måtte det være bedre end en barfodet muslingesamler med pjusket hår, som boede i en hytte.

I slutningen af august fandt hun fodfæstet igen; båd, samle ind, male. Månederne gik. Hun tog kun hen til Jumpin', når hun var nødt til at købe varer, men talte meget lidt med ham.

Hendes samlinger udviklede sig, de blev kategoriseret metodisk efter orden, slægt og art; efter alder baseret på knogleslid; efter størrelse målt på fjerenes millimeter; eller efter de mest sarte nuancer af grønt. Videnskab og kunst blev vævet sammen med gensidig styrke: farverne, lyset, arterne, livet; hun vævede et mesterværk af viden og skønhed, som fyldte hvert hjørne af hendes hytte. Hendes verden. Hun voksede med dem – som vinstokken – alene, men holdt sammen på alle vidunderne.

Men ligesom hendes samlinger voksede, voksede også hendes ensomhed. En smerte så stor som hendes hjerte levede i hendes bryst. Intet lindrede den. Hverken mågerne eller en prægtig solnedgang, selv ikke den sjældneste strandskal.

Måneder blev til et år.

Ensomheden blev større, end hun kunne rumme. Hun higede efter nogens stemme, nærvær, berøring, men higede endnu mere efter at beskytte sit hjerte.

Måneder blev til endnu et år. Og endnu et.

ANDEN DEL

Sumpen

22

Samme tidevand

1965

Kya sad på Den hvide strand, nitten år gammel, med længere ben og øjne, der var større og tilsyneladende mere sorte, og så sandkrabber grave sig baglæns ned i det våde sand. Pludselig hørte hun stemmer fra syd og sprang på benene. Gruppen af børn – nu unge voksne – som hun havde set fra tid til anden gennem årene, kom slentrende hen mod hende, kastede med en football, løb rundt og sparkede med benene i brændingen. Hun var nervøs for, at de skulle få øje på hende, og løb med fjedrende skridt hen mod træerne med sandet sprøjtende fra hælene og gemte sig bag et stort egetræ. Vidste, hvor sær det her gjorde hende.

Ikke meget har forandret sig, tænkte hun, *de ler, jeg gemmer mig ligesom en sandkrabbe.* En vild ting, der er flov over sine egne besynderligheder.

Højemagrelyse, Hestehalefregnefjæs, Gåraltidmedperler og Rundbuttetkindede tumlede rundt på stranden, viklet ind i latter og omfavnelser. På sine sjældne ture til landsbyen havde hun hørt deres nedsættende bemærkninger. „Ja, hende Marskpigen får sit tøj fra farvede; må bytte muslinger med majsgryn."

Men efter alle disse år var de stadig en gruppe af venner. Det var altid noget. Ja, de så fjollede ud set udefra, men som Mabel havde sagt flere gange, så var de en sammentømret flok. „Man har brug for veninder, skat, for dem har man for altid. Uden noget løfte. En samling kvinder er det kærligste og mest barske sted på Jorden."

Kya kunne ikke lade være med at le sammen med dem, mens de sparkede saltvand på hinanden. Så fór de skrigende i samlet flok ind i den dybere brænding. Kyas smil falmede, da de steg op fra vandet og samledes i deres traditionelle gruppekram.

Deres hvin gjorde Kyas tavshed endnu mere højlydt. Deres fællesskab nagede hendes ensomhed, men hun vidste, at hun måtte holde sig skjult bag egetræet, fordi hun blev betegnet som marskrakkerpak.

Hendes blik faldt på den højeste af fyrene. Iført kakishorts og med bar overkrop kastede han fodbolden. Kya betragtede muskeltovene på hans ryg. Hans solbrændte skuldre. Hun vidste, at han hed Chase Andrews, og hun havde gennem årene, lige siden han nær havde kørt hende ned på sin cykel, set ham med venner på stranden, gå til dineren efter milkshakes eller hos Jumpin' for at købe benzin.

Nu da gruppen kom tættere på, så hun kun ham. Da en anden kastede bolden, løb han frem for at fange den og kom tæt på hendes træ, hans bare fødder borede sig ned i det varme sand. Da han hævede armen for at kaste, kom han til at kigge tilbage og fangede Kyas blik. Efter at have kastet bolden vendte han sig om, uden at give tegn til de andre, og fastholdt hendes blik. Hans hår var sort ligesom hendes, men hans øjne var lyseblå, hans ansigt stærkt og udtryksfuldt. Hans læber formede skyggen af et smil. Så gik han tilbage til de andre med afslappede skuldre, selvsikker.

Men han havde bemærket hende. Havde fastholdt hendes blik. Hendes ånde stivnede, da varmen bølgede gennem hende.

Hun fulgte dem med blikket, mest ham, ned ad kysten. Hendes sind kiggede den ene vej, hendes begær den anden. Hendes krop iagttog Chase Andrews, ikke hendes hjerte.

Hun vendte tilbage næste dag – samme tidevand, et andet tidspunkt, men der var ingen, kun støjende ryler og bølgeridende sandkrabber.

Hun prøvede at tvinge sig selv til at undgå den strand og holde sig til marsken, hvor hun ledte efter fuglereder og fjer. Blive i sikkerhed, fodre måger med majsgryn. Livet havde gjort hende til ekspert i at mose følelser sammen til en håndterlig størrelse.

Men ensomhed har sit eget kompas. Og hun gik tilbage til stranden for at kigge efter ham den næste dag. Og den næste.

EN SEN EFTERMIDDAG, efter at have holdt udkig efter Chase Andrews, går Kya fra sin hytte og lægger sig på ryggen på et stykke strand, som er glat efter den sidste bølge. Hun strækker armene over hovedet, fejer med dem i det våde sand og strækker ben og tæer ud. Med lukkede øjne ruller hun langsomt mod havet. Hendes hofter og arme efterlader svage fordybninger i det glinsende sand, som først lyser op og så fortoner sig, mens hun ruller videre. Hun ruller tættere på bølgerne, hun fornemmer havets brølen i hele sin krops længde og mærker spørgsmålet: *Hvornår vil havet røre ved mig? Hvor vil det røre mig først?*

Den skummende brænding slår ind mod kysten og rækker ud mod hende. Hun trækker vejret dybt med en forventningsfuld prikken i hele kroppen. Ruller videre, langsommere. For hver rulning, lige før hendes ansigt rammer sandet, løfter hun hovedet forsigtigt op og indsnuser lugten af sol og salt. *Jeg er tæt på, meget tæt på. Det kommer. Hvornår vil jeg mærke det?*

Hun gribes af en feberagtig stemning. Sandet under hende bliver endnu vådere, brændingens rumlen endnu højere. Hun bevæger sig stadig langsommere og venter på berøringen. Snart, snart. Mærker den næsten, før den kommer.

Hun vil gerne åbne øjnene for at smugkigge, se, hvor meget længere. Men hun står imod, kniber øjnene endnu mere i, himlen er klar bag dem og giver ingen antydninger.

Pludselig skriger hun, da kraften farer ind under hende, kærtegner hendes lår, mellem benene, strømmer langs hendes ryg, laver hvirvler under hendes hoved, trækker hendes hår ud i blæksorte strenge. Hun ruller hurtigere ind i den voksende bølge, mod strømmende skaller og lidt af hvert fra havet, vandet omslutter hende. Hun prøver at gøre sig fri af havets stærke krop, hun er fanget, bliver holdt fast. Ikke alene.

Kya sætter sig op og åbner øjnene mod havet, der skummer omkring hende i afdæmpede hvide mønstre, altid i forandring.

SIDEN CHASE HAVDE KIGGET på hende på stranden, havde hun allerede taget turen til Jumpin's bådebro to gange på én uge. Hun ville ikke indrømme over for sig selv, at hun håbede at se Chase der. At blive bemærket af nogen havde antændt en social tændsnor. Og nu spurgte hun Jumpin': „Hvordan har Mabel det for øvrigt? Er nogen af jeres børnebørn hjemme?“ ligesom i gamle dage. Jumpin' bemærkede forandringen, men var for klog til at kommentere det. „Jamen såmænd, vi har fire af dem hos os nu. En masse fnidder-fnadder i huset og jeg ved ikke hvad.“

Men nogle morgener senere, da Kya sejlede til bådebroen, var Jumpin' ingen steder at se. Brune pelikaner, som sad krumbøjede på pælene, kiggede på hende, som om de passede butikken. Kya smilede til dem.

En berøring af hendes skulder fik hende til at fare sammen.

„Hej.“ Hun vendte sig om og så Chase stå bag sig. Hun tørrede smilet væk.

„Jeg hedder Chase Andrews.“ Hans øjne, blå som pakis, gennemborede hendes egne. Han lod til at have det helt fint med at stå og stirre hende ind i øjnene.

Hun sagde ikke noget, men skiftede vægt fra fod til fod.

„Jeg har set dig en del heromkring. Igennem årene, i marsken. Hvad hedder du?“ Et kort øjeblik troede han, at hun ikke ville sige noget; hun var måske stum eller talte et primalt sprog, sådan som nogle sagde. En mindre selvsikker mand ville måske være gået sin vej.

„Kya.“ Han kunne tydeligvis ikke huske deres fortovs-cykel-møde og kendte hende ikke på nogen anden måde end som Marskpigen.

„Kya – det er usædvanligt. Men et fint navn. Vil du med på en picnic? I min båd på søndag?"

Hun så forbi ham og tog sig tid til at vurdere hans ord, men kunne ikke tænke det igennem. Her var en chance for at være sammen med nogen.

Til sidst sagde hun: „Okay." Han sagde, hun skulle møde ham på egetræshalvøen nord for Den hvide strand ved middagstid. Så trådte han ned i sin blå og hvide vandskibåd, hvis metaldele glimtede i alle overflader, og speedede op og sejlede væk.

Hun vendte sig om ved lyden af flere fodtrin. Jumpin' kom farende op ad bådebroen. „Hej, miss Kya. Undskyld, jeg har slæbt tomme kasser væk. Skal jeg fylde op?"

Kya nikkede.

På vejen hjem slukkede hun for motoren og lod båden drive af sted med kysten i sigte. Hun lænede sig mod den gamle rygsæk, kiggede op på himlen, reciterede digte udenad, som hun gjorde nogle gange. En af hendes favoritter var John Masefields „Havfeber":

„... Jeg beder blot om en blæsevejrsdag med flyvende hvide skyer
og sprøjt i luften, og havskum, der pustes, og
måger, der skriger."

Kya mindedes et digt skrevet af en mindre kendt digter, Amanda Hamilton, som for nylig var blevet publiceret i den lokale avis, hun havde købt i Piggly Wiggly:

„Spærret inde,
kærlighed er et vilddyr i et bur,
som æder sit eget kød.

Kærlighed skal kunne vandre frit
og gå i land på den valgte kyst
og ånde."

Ordene fik hende til at tænke på Tate, og hendes vejrtrækning gik i stå. Han skulle bare finde noget bedre, og så var han skredet. Kom ikke engang for at sige farvel.

KYA VIDSTE DET IKKE, men Tate var faktisk kommet tilbage for at se hende.

Dagen før han skulle tage bussen hjem denne 4. juli, var dr. Blum, professoren, som havde ansat ham, kommet ind på protozoologilaboratoriet og havde spurgt Tate, om han kunne tænke sig at deltage i en gruppe med kendte økologer, som skulle på en fugleekspedition i weekenden.

„Jeg har bemærket din interesse for ornitologi og spekulerede på, om du mon kunne have lyst til at tage med. Jeg har kun plads til én studerende, og jeg tænkte på dig."

„Ja, helt sikkert. Jeg skal nok komme." Da dr. Blum var gået, stod Tate der alene midt blandt laboratorieborde, mikroskoper og den summende lyd fra et steriliseringsapparat og tænkte over, hvor hurtigt han havde givet efter. Hvor hurtigt han var sprunget til for at imponere sin professor. Stoltheden ved at blive udvalgt, den eneste studerende, der blev inviteret med.

Hans næste chance for at komme hjem – og kun for en enkelt aften – var kommet femten dage senere. Han længtes vanvittigt efter at undskylde over for Kya, som ville forstå det, når hun hørte om dr. Blums invitation.

Han havde gasset ned, da han forlod havet og drejede ind i kanalen, hvor stammerne var foret med solbadende duers glinsende rygge. Da han var kommet næsten halvvejs, fik han øje på hendes båd, der lå omhyggeligt skjult i det høje vadegræs. Han satte straks farten ned og så hende knæle på en bred sandrevle længere fremme, tilsyneladende fascineret af et eller andet lille krebsdyr.

Hun havde hovedet helt nede ved jorden og havde hverken hørt eller set hans langsomt drivende båd. Han drejede stille sin jolle ind mod rørene, ude af syne. Han havde vidst i flere år, at hun sommetider udspionerede ham og tittede gennem græssernes kvaster. Han besluttede spontant, at han ville gøre det samme.

Hun rejste sig op, barfodet, klædt i cowboybukser med afklippede ben og i en hvid T-shirt, og strakte armene i vejret. Fremviste sin hvepsetalje. Hun knælede igen og skovlede sand op i sine hænder, lod det rinde gennem fingrene, undersøgte organismer, der blev efterladt sprællende i hendes håndflade. Han smilede ad den opslugte, fraværende unge biolog. Han forestillede sig hende stå bag fuglekiggergruppen, forsøge ikke at gøre sig bemærket, men være den første til at få øje på og identificere hver fugl. Hun ville genert og dæmpet have opregnet, præcis hvilke græsser der var vævet ind i hver rede, eller alderen talt i dage på hver flyvefærdig hun, baseret på de fremspirende farver i dens vingespidser. Fine detaljer, som unddrog sig enhver guidebog eller den samlede viden i den ansete økologigruppe. De mindste enkeltheder, som en art roterer om. Essensen.

Tate blev pludselig forskrækket, da Kya sprang på benene med sandet løbende mellem fingrene og kiggede op ad strømmen, væk fra Tate. Han kunne lige akkurat høre den lave kværnende lyd af en påhængsmotor på vej mod dem, formentlig en fisker eller en marskbeboer på vej til byen. En kurrende lyd, så almindelig og rolig som duers. Men Kya snuppede sin rygsæk, løb hen over sandrevlen og styrtede ind i det høje græs. Hun trykkede sig ned mod jorden og kastede hurtige blikke for at se, om båden var inden for syne, og vraltede som en and hen mod sin egen båd. Med knæene næsten helt oppe omkring hagen. Hun var tættere på Tate nu, og han så hendes øjne, der var mørke og forrykte. Da hun nåede hen til sin båd, sank hun ned i den og dukkede hovedet.

Fiskeren – en gammel mand med hat og et muntert ansigt – kom tøffende til syne, han så hverken Kya eller Tate og forsvandt efter den næste krumning. Men hun sad stivnet og lyttede, indtil motorlyden blev til en svag piben, rejste sig så og duppede sig i panden. Fortsatte med at kigge i retning af båden, ligesom en hjort, der betragter det tomme aftryk efter en panter, der er forsvundet.

Han vidste godt på en eller anden måde, at hun opførte sig sådan, men havde ikke siden fjerlegen bevidnet den nøgne, afskrællede kerne. Så forpint, isoleret og fremmed.

Han havde været på college i mindre end to måneder, men var allerede trådt direkte ind i den verden, han ønskede sig, analyserede dna-molekylets forbløffende symmetri, som om han krøb rundt inde i en glitrende katedral af kvejlende atomer og klatrede op ad spiralens snoede syreholdige trin. Han så, at alt liv afhænger af denne præcise og indviklede kode, transskriberet på skrøbelige organiske strimler, der straks ville gå til grunde i en lidt varmere eller lidt koldere verden. Omsider, omgivet af enorme spørgsmål og mennesker, der var lige så nysgerrige som han efter at finde svar, blev han draget mod sit mål som forskningsbiolog i sit eget laboratorium og havde samarbejdet med andre forskere.

Kyas intellekt kunne nemt trives der, men hun kunne ikke. Han trak vejret heftigt og stirrede på sin beslutning skjult der i vadegræsset: Kya eller alt andet.

„Kya, Kya, jeg kan ikke det her," hviskede han. „Jeg er ked af det."

Efter at hun havde fjernet sig, steg han ned i sin båd og sejlede tilbage mod havet. Bandede ad krysteren inden i sig, som ikke ville sige farvel til hende.

23

Skallen

1965

Aftenen efter at have mødt Chase Andrews på Jumpin's bådebro sad Kya ved sit køkkenbord i det svage skær fra lygten. Hun var begyndt at lave mad igen, og hun småspiste af en aftensmad bestående af kærnemælksboller, majroer og pintobønner. Men tankerne om picnicstævnemødet med Chase næste dag fik hende til at løbe sur i det.

Kya rejste sig og gik ind i natten, ind i trekvartmånens flødefarvede lys. Marskens blide luft føltes silkeagtig omkring hendes skuldre. Måneskinnet valgte en uventet vej gennem fyrretræerne og kastede rytmiske skygger. Hun gik som en søvngængerske, mens månen trak sig nøgen op fra vandet og klatrede gren for gren op gennem egetræerne. Lagunekystens glatte mudder glødede i det intense lys, og hundredvis af ildfluer lavede prikker i skoven. Kya havde en hvid genbrugskjole på med et bølgende skørt og svajede med armene omkring sig, valsede til musikken fra løvgræshopper og leopardfrøer. Hun lod sine hænder glide op ad siderne og halsen. Bevægede dem så mellem sine lår, mens hun så Chase Andrews' ansigt for sig. Hun ville have ham til at røre ved hende på den måde. Hendes åndedræt blev dybere. Ingen havde nogensinde betragtet hende, som han gjorde. Selv ikke Tate.

Hun dansede mellem døgnfluernes blege vinger, der flaksede hen over det månelyse mudder.

NÆSTE MORGEN RUNDEDE HUN halvøen og så Chase i sin båd, lige ud for kysten. Her i dagslyset ventede virkeligheden og kom hende i møde, og hun blev tør i halsen. Hun styrede ind mod stranden, trådte op og trak med knasende lyde sin båd op i sandet.

Chase kom hen til hende: „Hej."

Hun kiggede hen over skulderen og nikkede. Han trådte ud af sin båd og rakte hende sin hånd – lange solbrændte fingre, åben håndflade. Hun tøvede; at røre ved noget betød at afgive noget af sig selv, en del af sig selv, som hun aldrig fik tilbage.

Men hun lagde alligevel let sin hånd i hans. Han støttede hende, mens hun trådte ned i bagstavnen og satte sig på den polstrede bænk. En varm, dejlig dag strålede ned, og Kya, der bar afklippede cowboybukser og en hvid bomuldsbluse – tøj, som hun havde kopieret fra de andre – så normal ud. Han satte sig ved siden af hende, og hun mærkede hans ærme glide blidt hen over sin arm.

Han lod båden sejle langsomt ud mod havet. Ude på åbent vand blev båden kastet mere rundt end inde i den stillestående marsk, og hun vidste, at havets kastende bevægelser ville få hendes arm til at strejfe hans. Denne forventning om berøring fik hende til at stirre stift ud i luften, men hun flyttede sig ikke.

Til sidst steg en stor bølge op og sank, og hans solide og varme arm kærtegnede hendes. Den trak sig hastigt væk, men rørte så ved hende igen ved hver stigning og fald i bølgerne. Og da en dønning svulmede op under dem, strejfede hans lår hendes, og hendes vejrtrækning gik i stå.

Mens de styrede sydpå langs kysten som den eneste båd herude i dette øde, speedede han op. Ti minutter senere strakte flere kilometer hvid strand sig langs tidevandslinjen, beskyttet mod resten af verden af en rund tæt skov. Længere fremme foldede Den hvide strand sig ud i vandet som en gnistrende hvid vifte.

Chase havde ikke sagt et ord, siden han hilste på hende; hun havde intet sagt overhovedet. Han lod båden glide op på kysten og satte picnickurven ned i bådens skygge på sandet.

„Har du lyst til at gå lidt?" spurgte han.

„Ja."

De gik i vandkanten, hver lille bølge dannede hvirvler om deres ankler og sugede så i deres fødder, mens bølgen blev trukket tilbage ud mod havet.

Han holdt hende ikke i hånden, men deres fingre strejfede hinanden på en naturlig måde nu og da. Indimellem knælede de for at undersøge en strandskal eller et stykke gennemsigtig tang, der dannede kunstneriske spiraler. Chases blå øjne var spøgefulde; han havde let ved at smile. Hans hud var mørk og solbrændt ligesom hendes. Sammen var de høje, elegante, ens.

Kya vidste, at Chase havde valgt ikke at gå på college, men at arbejde for sin far. Han var en prominent skikkelse i byen, kalkunhannen. Og et sted i sit indre var hun nervøs for, at hun også var et stykke strandkunst, en kuriositet, som ville blive vendt og drejet i hans hænder og kastet ned i sandet igen. Men hun gik videre. Hun havde givet kærligheden en chance; nu ønskede hun bare at udfylde tomrummene. Lindre ensomheden, mens hun skærmede sit hjerte.

Efter en lille kilometer vendte han sig mod hende og bukkede dybt, slog ud med armen med en overdreven bevægelse for at indbyde dem til at sætte sig i sandet op ad noget drivtømmer. De borede deres fødder ned i de hvide krystaller og lænede sig tilbage.

Chase tog en mundharpe op fra sin lomme.

„Nå," sagde hun, „så du spiller." Ordene føltes ru på hendes tunge.

„Ikke særlig godt. Men når jeg har en tilhører, der læner sig op ad drivtømmer på stranden ..." Han lukkede øjnene og spillede „Shenandoah", hans håndflade flagrede hen over instrumentet som en fugl fanget bag glas. Det var en smuk og klagende lyd, som en tone fra et fjernt hjem. Så standsede han brat midt i sangen og tog en strandskal op, der ikke var meget større end en ticent, flødefarvet med lyse skjolder af rødt og lilla.

„Hey, se lige den her," sagde han.

„Nåh, det er en *Pecten ornatus,* en rigt prydet kammusling," sagde Kya. „Jeg ser dem kun sjældent. Der er mange fra den slægt her, men denne specielle art lever normalt i egne syd for denne breddegrad, fordi vandet her er for koldt til dem."

Han stirrede på hende. Ingen havde, i al den sladder, der verserede om Marskpigen, pigen, der ikke kunne stave til *dog,* nævnt, at hun kendte de latinske navne på muslingeskaller, vidste, hvor de fandtes – og hvorfor, for himlens skyld.

„Alt det ved jeg ikke noget om," sagde han, „men se her, den er forvredet." De små skaller, der hang i hver side af hængslet, var skæve, og der var et perfekt lille hul forneden. Han vendte og drejede den i sin håndflade. „Her, behold du den. Du er skalpigen."

„Tak." Hun lod den glide ned i sin lomme.

Han spillede nogle flere melodier, sluttede af med en vild gengivelse af „Dixie", og så gik de tilbage til picnickurven og satte sig på en plaid og spiste kold stegt kylling, saltet skinke og boller og kartoffelsalat. Søde pickles med dild. Skiver af lagkage med en halv tomme tyk karamelglasur. Det hele var hjemmelavet og pakket ind i vokspapir. Han åbnede to flasker Royal Crown Cola og hældte op i Dixie-bægre – det var hendes første sodavandsdrik nogensinde. Traktementet virkede overvældende på hende med de nydeligt arrangerede stofservietter, plastictallerkner og gafler. Der var endog bittesmå salt- og peberbøsser. Hans mor måtte have pakket det, tænkte hun, uden at vide, at han skulle møde Marskpigen.

De førte en lavmælt samtale om havting – svævende pelikaner og spankulerende ryler – de rørte ikke ved hinanden og lo kun lidt. Da Kya udpegede en ujævn stribe af pelikaner i luften, nikkede han og bevægede sig tættere ind mod hende, så deres skuldre strejfede hinanden let. Da hun så på ham, løftede han op i hendes hage med sin hånd og kyssede hende. Han rørte let ved hendes hals, lod så sine fingre stryge ned over hendes trøje mod hendes bryst. Han kyssede igen og holdt hende mere fast nu, lænede sig tilbage, indtil de lå ned på tæppet. Han bevægede sig langsomt rundt, indtil han lå oven på hende, pressede sit skridt ind mellem hendes ben og hev med en hurtig bevægelse op i hendes trøje. Hun rev hovedet væk og gjorde sig sprællende fri af ham med flammende øjne, der var sortere end natten. Trak ned i sin trøje.

„Rolig nu. Det er okay."

Der lå hun – med håret spredt ud over sandet, rødmende ansigt, let adskilte røde læber – og så pragtfuld ud. Han rakte forsigtigt op for at røre ved hendes ansigt, men hun sprang væk, hurtig som en kat, og rejste sig op.

Kya trak vejret tungt. Forrige nat, da hun dansede alene på lagunens kyst og svajede i takt med månen og døgnfluerne, havde hun forestillet sig, at hun var parat. Troede, at hun vidste alt om at parre sig ved at iagttage duer. Ingen havde nogensinde fortalt hende om sex, og hendes eneste erfaring med forspil havde været med Tate. Men hun kendte til detaljer fra sine biologibøger og havde set flere dyr kopulere – og det var ikke bare noget med at „gnide deres ender mod hinanden", som Jodie havde sagt – end de fleste nogensinde kom til at gøre.

Men det her var for abrupt – picnic, så parre sig med Marskpigen. Selv fuglehanner kurtiserer hunnerne et stykke tid, fremviser strålende fjer, bygger løvhytter, iscenesætter prægtige danse og kærlighedssange. Ja, Chase havde dækket et festmåltid, men hun var mere værd end lidt stegt kylling. Og „Dixie" kunne ikke regnes for en kærlighedssang. Hun burde have vidst, at det ville være sådan her. Pattedyrshanner står kun på spring, når de er i brunst.

Tavsheden voksede, mens de stirrede på hinanden, kun afbrudt af lyden af deres åndedræt og brændingen længere ude. Chase satte sig op og rakte ud efter hendes arm, men hun slog den væk.

„Undskyld. Det er okay," sagde han, da han rejste sig op. Han var ganske rigtigt kommet her for at snave med hende, for at være den første, men da han så disse ildsprudende øjne, blev han tryllebundet.

Han prøvede igen. „Kom nu, Kya. Jeg har jo sagt undskyld. Lad os bare glemme det. Jeg tager dig med tilbage til din båd."

Hvorpå hun vendte sig om og gik hen over sandet mod skoven. Hendes lange krop svajede.

„Hvad laver du? Du kan ikke gå tilbage herfra. Det er mange kilometer."

Men hun var allerede inde mellem træerne og gik i fugleflugtslinje, først ind i landet, så tværs over halvøen hen mod sin båd. Området var ukendt for hende, men solsorte guidede hende gennem indlandsmarsken. Hun lod sig ikke sinke af moser og regnkløfter, vadede direkte gennem vandløbene, sprang over stammer.

Til sidst knækkede hun sammen og faldt på knæ. Råbte med opbrugte bandeord. Så længe hun skvaldrede op, kunne gråden ikke komme til. Men intet kunne standse den brændende skam og bitre sorg. Et simpelt håb om at være sammen med nogen, om rent faktisk at være ønsket, om at blive rørt ved, havde trukket hende ind i det her. Men disse overivrige famlende hænder handlede kun om at *tage*, ikke om at *dele* eller *give*.

Hun lyttede efter lyde, der tydede på, at han fulgte efter hende, og var ikke sikker på, om hun gerne ville have ham til at bryde gennem krattet og holde om hende, trygle om tilgivelse eller ej. Rasede igen over dét. Derefter rejste hun sig helt afkræftet op og gik resten af vejen til sin båd.

24

Brandtårnet

1965

Tordenskyer samlede sig og pressede mod horisonten, da Kya sejlede ud på eftermiddagshavet. Hun havde ikke set Chase siden deres strandpicnic for ti dage siden, men kunne stadig mærke formen og fastheden i hans krop, der låste hendes fast i sandet.

Der var ingen andre både at se, da hun styrede mod vigen syd for Den hvide strand, hvor hun engang havde bemærket nogle usædvanlige sommerfugle – så kolossalt hvide, at de kunne have været albinoer. Men fyrre meter længere fremme gassede hun pludselig ned, da hun så Chases venner pakke picnickurve og farvestrålende håndklæder ned i deres både. Kya vendte hurtigt rundt for at sejle væk, men noget fik hende til at vende om og sejle tilbage og kigge efter ham. Hun vidste, at intet i denne dybe længsel gav nogen mening. Ulogisk adfærd for at udfylde en tomhed ville ikke kunne tilfredsstille hende i længden. Hvor meget vil man give for at besejre ensomhed?

Og der, nær stedet hvor han kyssede hende, så hun ham komme gående med fiskestænger hen mod sin båd. Bag ham gik Gåraltidmedperler med en køletaske.

Pludselig vendte Chase hovedet og så direkte på hende i den drivende båd. Hun vendte sig ikke bort, men stirrede tilbage på ham. Som altid fik genertheden overtaget, så hun slap øjenkontakten, speedede væk og styrede ind i en skyggefuld vig. Hun ville vente, indtil deres lille flåde var sejlet, inden hun selv gik op på stranden.

Ti minutter senere sejlede hun tilbage til havet og fik øje på Chase længere fremme, der sad alene i sin båd, hoppende på bølgerne. Ventende.

Den gamle længsel svulmede op. Han var stadig interesseret. Han havde godt nok været for nærgående på skovturen, men han var stoppet, da hun skubbede ham væk. Havde undskyldt. Måske skulle hun give ham en chance til.

Han gjorde tegn til, at hun skulle komme, og kaldte: „Hej, Kya."

Hun sejlede ikke hen mod ham, men heller ikke væk. Han sejlede tættere på hende.

„Kya, jeg er ked af det der forleden dag. Okay? Kom, jeg vil gerne vise dig brandtårnet."

Hun sagde ikke noget, men drev stadig hen mod ham, vidste, det var svaghed.

„Hvis du aldrig har været oppe i det tårn, så er det altså en fantastisk måde at se marsken på. Følg med mig."

Hun gassede op og vendte sin båd mod hans, mens hun kiggede ud over havet for at sikre sig, at hans venner var ude af syne.

Chase gjorde tegn til, at hun skulle tage med op nordpå forbi Barkley Cove – landsbyen lå fredfyldt og farvestrålende i det fjerne – og de nåede stranden i en lille bugt, der skjulte sig inde i en dyb skov. Efter at have fortøjet bådene førte han hende ned ad en sti overgroet med pors og stikkende kristtjørn. Hun havde aldrig været i denne sumpede og rodskudte skov, for den befandt sig på den anden side af landsbyen og lå for tæt på mennesker. Mens de gik, sivede tynde bække af stillestående vand frem under krattet – snigende påmindelser om, at havet ejede dette land.

Så nåede de til ægte sump, dybtliggende med lugt af lavtliggende jord og muggen luft. Pludselig, ganske umærkeligt og tavst, strakte den sig ind i munden på den mørke vigende skov.

Kya fik øje på den forvitrede træplatform på det forladte brandtårn oven over løvtaget, og få minutter senere ankom de til dens skrævende fundament lavet af råt tilhuggede pæle. Sort mudder sivede omkring benene og under tårnet, og fugtigt råd åd sig op ad bjælkerne. Trappen drejede i knæk op til toppen og blev smallere for hvert niveau.

Efter at have krydset slammet begyndte de at klatre op. Chase førte an. Ved det femte knæk tumlede den runde egeskov mod vest, så langt de kunne se. I alle retninger bugtede brakvandsstrømme, laguner, vandløb og flodmundinger sig gennem skinnende grønt græs til havet. Kya havde aldrig prøvet at være så højt oppe over marsken. Nu lå alle delene under hende, og hun så for første gang sin vens fulde ansigt.

Da de nåede til det sidste trin, skubbede Chase jernristen, der lå over trappen, op. Da de var steget ud på platformen, lirkede han den forsigtigt på plads igen. Inden Kya trådte ud på platformen, testede hun den ved at banke på den med tæerne. Chase lo svagt: „Der sker ikke noget." Han førte hende hen til rækværket, hvorfra de kiggede ud over marsklandet. To rødhalede våger steg op, med vinden pibende gennem deres vinger, i øjenhøjde med dem, med deres hoveder på skrå i overraskelse over at se en ung mand og kvinde stå der i deres luftrum.

Chase vendte sig om mod hende og sagde: „Tak, fordi du fulgte med, Kya. For at give mig en ny chance for at sige undskyld for forleden dag. Jeg gik langt over stregen, og det kommer ikke til at ske igen."

Hun sagde ikke noget. Noget i hende ville gerne kysse ham nu, mærke hans styrke mod sig.

Hun stak hænderne i bukselommerne og sagde: „Jeg har lavet en halskæde med den skal, du fandt. Du behøver ikke gå med den, hvis du ikke vil." Hun havde knyttet skallen til lædersnoren aftenen før, hun tænkte, at hun selv ville gå med den, men vidste hele tiden, at hun håbede på at se Chase igen, og ville give ham den, hvis hun fik chancen.

Men selv i sin længselsfulde dagdrøm havde hun ikke forestillet sig dem stå sammen på toppen af brandtårnet og kigge ud over verden. En tinde.

„Tak, Kya," sagde han. Han så på den, trak den så over hovedet og følte på muslingeskallen i kæden om sin hals. „Selvfølgelig vil jeg gå med den."

Han sagde ikke noget banalt som: *Jeg vil gå med den for evigt, lige til jeg dør.*

„Tag mig med til dit hus," sagde Chase. Kya så hytten for sig, der trykkede sig under egene, dens grå brædder, der var plettet af blod fra det rustne tag. Nettene, der mere var huller end tråde. Et sted fuld af lapper.

„Det ligger langt væk," sagde hun bare.

„Kya, jeg er ligeglad med, hvor langt væk det ligger, eller hvordan det ser ud. Kom, vi går."

Den her chance for accept kunne forsvinde, hvis hun sagde nej.

„All right." De gik ned ad tårntrappen, og han førte hende tilbage til bugten og gjorde tegn til, at hun skulle vise vej i sin båd. Hun krydsede mod syd til labyrinten af flodmundinger og dukkede hovedet, da hun gled ind i sin kanal med de overhængende grene. Hans båd var næsten for stor til at være der i junglebevoksningen, i hvert fald for blå og hvid, men den maste sig igennem, mens grene skrabede mod skroget.

Da lagunen åbnede sig foran dem, blev alle de fine detaljer i hver mosgroet gren og skinnende blad reflekteret i det klare mørke vand. Guldsmede og snehvide hejrer tog kortvarigt flugten fra hans mærkelige båd, men dalede så ned igen på tavse vinger. Kya fortøjede båden, da Chase var sejlet op på kysten. Den store blå hejre, der for længst havde accepteret disse mindre vilde arter, stod stille som en stork blot nogle fod væk.

Falmede, lasede overalls og T-shirts hang på tørresnoren, og majroerne havde spredt sig så langt ind i skoven, at det var svært at sige, hvor haven sluttede, og vildmarken begyndte.

Han kiggede på den lappede netveranda og spurgte: „Hvor længe har du boet her alene?"

„Jeg ved ikke præcist, hvornår Pa rejste. Men i cirka ti år, tror jeg."

„Det må jeg nok sige. At leve herude uden nogen forældre til at fortælle dig, hvad du skal gøre."

Kya svarede bare: „Der er ikke noget at se indenfor." Men han var allerede på vej op ad trappen. Det første han fik øje på, var hendes samlinger, der fyldte de hjemmelavede hylder. En collage af flimrende liv lige bag nettet.

„Har du lavet alt det her?" sagde han.

„Ja."

Han kiggede på nogle sommerfugle, men mistede hurtigt interessen. Tænkte: *Hvorfor opbevare ting, som man kan se lige uden for sin dør?*

Hendes lille madras på verandagulvet var dækket af et tæppe så slidt som en gammel badekåbe, men sengen var nydeligt redt. Et par skridt til førte dem gennem stuen med den sammensunkne sofa, og så kastede han et blik ind i soveværelset bagved, hvor fjer i alle former og farver og størrelser prydede væggene.

Hun viste ham ud i køkkenet og spekulerede på, hvad hun kunne byde ham på. For hun havde i hvert fald ingen Coca-Cola eller iste, ingen småkager eller bare kolde biscuitboller. Der var lidt rester af majsbrød oven på komfuret ved siden af en krukke med sortøjebønner, som var bælgede og klar til at blive kogt. Intet, som man kunne byde en gæst på.

Af gammel vane puttede hun lidt brænde ind i ovnens brændkammer. Brugte ildrageren til at flytte rundt med det; flammerne sprang straks op.

„Det var det," sagde hun med ryggen til ham, mens hun pumpede med håndsvinget og fyldte den bulede kedel op – et billede af 1920'erne, som poppede op her i 1960'erne. Intet rindende vand, ingen elektricitet, intet badeværelse. Badekarret af blik, rustent og bulet, stod i hjørnet af køkkenet, restmaden i det fritstående køkkenskab var nydeligt tildækket med viskestykker, og det pukkelryggede køleskab stod på vid gab med en fluesmækker i gabet. Chase havde aldrig set noget lignende.

Han drejede på pumpen, så vandet strømme ud i emaljefadet, der gjorde det ud for en vask. Rørte ved brændet, der stod nydeligt stablet henne ved ovnen. Det eneste lys kom fra nogle få petroleumslygter, hvis lampeglas var grå af røg.

Chase var hendes første gæst siden Tate, der havde virket lige så naturlig og accepterende som andre marsklevende væsner. Med Chase følte hun sig blottet, som om nogen fileterede hende som en fisk. Skamfølelsen vældede op. Hun blev ved med at vende ham ryggen, men mærkede ham bevæge sig rundt i rummet ledsaget af den velkendte knirken fra gulvet. Så kom han hen bag hende, vendte hende blidt rundt og omfavnede hende let. Han trykkede sine læber mod hendes hår, og hun kunne mærke hans ånde tæt på sit øre.

„Kya, ingen, jeg kender, kunne have boet herude alene på den her måde. De fleste unger, selv fyrene, ville aldrig have turdet."

Hun troede, at han ville kysse hende, men han lod sine arme falde ned og gik hen til bordet.

„Hvad vil du egentlig med mig?" spurgte hun. „Sig sandheden."

„Hør her, jeg vil ikke lyve for dig. Du er fantastisk, fri, vild som et stormvejr. Forleden dag ville jeg komme så tæt på dig, jeg kunne. Hvem ville ikke det? Men sådan bør det ikke være. Jeg vil bare gerne være sammen med dig, okay? Lære dig at kende."

„Og så?"

„Lad os bare finde ud, hvad vi føler. Jeg gør ikke noget, medmindre du gerne vil have mig til det. Hvad siger du til det?"

„Det er fint."

„Du sagde, du havde en strand. Lad os gå ned til stranden."

Hun skar skiver af det tiloversblevne majsbrød til mågerne og gik foran ham hen ad en sti, indtil den åbnede op til det lyse sand og havet. Da hun udstødte sit dæmpede kald, viste mågerne sig og kredsede over hende og omkring hendes skuldre. Den store han, Store Røde, landede og gik frem og tilbage hen over hendes fødder.

Chase stod et lille stykke væk og så på, mens Kya forsvandt ind i spiralerne af fugle. Han havde ikke haft planer om at føle noget som helst for denne sære og vilde barfodede pige, men da han så hende svinge armene rundt hen over sandet med fugle ved sine fingerspidser, blev han fascineret af hendes selvtillid og også hendes skønhed. Han havde aldrig kendt sådan en som Kya; han blev grebet af både nysgerrighed og begær. Da hun kom tilbage til stedet, hvor han stod, spurgte han, om han måtte komme igen næste dag, lovede, at han end ikke ville holde hende i hånden, at han bare gerne ville være hende nær. Hun nikkede blot. Det første håb i hjertet siden Tate rejste.

25

Et besøg af Patti Love

1969

Der lød en let banken på døren til sheriffens kontor. Joe og Ed kiggede op, da Patti Love, Chases mor, viste sig som en brudt skygge gennem det matterede glas. Men de kunne stadig genkende hende i hendes sorte kjole og hat. Grånende hår samlet i en nydelig knold. En passende læbestift i en mat nuance.

Begge mænd rejste sig op, og Ed åbnede døren. „Goddag, Patti Love. Kom indenfor og sæt dig. Kan jeg byde dig på en kop kaffe?“

Hun kiggede på de halvtomme krus med våde læbemærker langs kanterne. „Nej tak, Ed.“ Hun satte sig i stolen, som Joe trak frem. „Har I nogen spor? Har I fået mere at vide siden laboratorierapporten?“

„Nej. Nej, det har vi ikke. Vi finkæmmer alt, og du og Sam bliver de første, der får det at vide, hvis vi opdager noget.“

„Men det var ikke en ulykke, Ed. Vel? Jeg ved, det ikke var en ulykke. Chase ville aldrig være faldet ned fra det tårn af sig selv. Du ved, hvor atletisk han var. Og klog.“

„Vi er enige i, at der er bevismateriale nok til at nære mistanke om en kriminel handling. Men det er en igangværende undersøgelse, og intet er afgjort endnu. Du sagde, at du havde noget at fortælle os?“

„Ja, og jeg tror, at det er vigtigt." Patti Love kiggede fra Ed til Joe og til Ed igen. „Der var en halskæde med en muslingeskal, som Chase gik med altid. I årevis. Jeg ved, han havde den på, den aften han gik hen til tårnet. Sam og jeg havde ham ovre til middag, det fortalte jeg jer jo – Pearl kunne ikke komme; det var hendes bridgeaften – og han havde halskæden på, inden han tog ud til tårnet. Og så efter at han … Nå ja, da vi så ham på klinikken, havde han ikke halskæden på. Jeg antog, at retsmedicineren havde fjernet den fra ham, så jeg nævnte det ikke dengang, og med begravelsen og alting glemte jeg alt om det. Så forleden dag kørte jeg over til Seven Oaks og spurgte ligsynsmanden, om jeg måtte se Chases ting, hans personlige ejendele. De havde beholdt dem i forbindelse med analyserne på laboratoriet, men jeg ville gerne holde dem, bare mærke, hvad han havde haft på denne sidste aften. Så de lod mig sidde ved et bord og gå tingene igennem, og, sherif, skalhalskæden var der ikke. Jeg spurgte ligsynsmanden, om han havde taget den af, og han sagde, at det havde han ikke. Han sagde, at han slet ikke havde bemærket nogen halskæde."

„Det er virkelig underligt," sagde Ed. „Hvad sad muslingeskallen fast i? Den røg måske af, da han faldt."

„Det var en enkelt skal i en lædersnor, der lige akkurat kunne trækkes ned over hans hoved. Den var ikke løs og var bundet med en knude. Jeg kan bare ikke se, hvordan den kan være blevet flået af."

„Jeg er enig. En lædersnor er stærk og knuden virkelig stærk," sagde Ed. „Hvorfor gik han med den altid? Havde nogen lavet den specielt til ham? Givet ham den?"

Patti Love sad tavst med blikket rettet mod et sted siden af sheriffens skrivebord. Hun gruede for at sige mere, for hun havde aldrig villet indrømme, at hendes søn havde haft med marskrakkerpak at gøre. Der havde selvfølgelig verseret rygter i byen om, at Chase og Marskpigen havde haft noget kørende i mere end et år, inden han blev gift. Og Patti Love havde haft mistanke om, at det var fortsat selv efter ægteskabet, men når venner havde spurgt ind til de historier, havde hun altid benægtet dem. Men nu var situationen anderledes. Nu måtte hun tale lige ud af posen, for hun vidste bare, at den tøs havde noget med hans død at gøre.

„Ja, jeg ved, hvem der lavede halskæden til Chase. Det var hende kvinden, der sejler rundt i den der gamle smadderkasse af en båd; har gjort det i årevis. Hun lavede den og gav ham den, dengang de så noget til hinanden i et stykke tid."

„Taler du om Marskpigen?" spurgte sheriffen.

„Har du set hende for nylig?" sagde Joe nu. „Hun er ikke en pige længere, hun er nok midt i tyverne og noget af et skår."

„Clark-kvinden? Bare for at få det på det rene," spurgte Ed. Med sammentrukne øjenbryn.

„Jeg kender ikke hendes navn," sagde Patti Love. „Jeg ved ikke engang, om hun har et. Folk kalder hende faktisk for Marskpigen. Hun solgte jo muslinger til Jumpin' i årevis."

„Javel. Så vi taler om den samme person. Fortsæt."

„Nå, men jeg blev chokeret, da ligsynsmanden sagde, at Chase ikke havde halskæden på. Og så slog det mig, at hun måtte være den eneste, der kunne have nogen interesse i at tage den. Chase havde afbrudt deres forhold og giftet sig med Pearl. Hun kunne ikke få ham, så måske dræbte hun ham og fjernede halskæden fra hans hals."

Patti Love skælvede let, men snappede så efter vejret.

„Javel. Tja, det her er meget vigtigt, Patti Love, og værd at undersøge. Men lad os nu ikke forhaste os," sagde Ed. „Er du sikker på, at hun gav ham den?"

„Ja, jeg er sikker. Jeg ved det, for Chase ville ikke fortælle mig det, men gjorde det alligevel til sidst."

„Ved du noget andet om halskæden eller deres forhold?"

„Meget lidt. Jeg ved ikke engang rigtig, hvor længe de så hinanden. Han var meget fordækt omkring det. Som sagt gik der flere måneder, hvor han ikke fortalte mig det. Og efter at han gjorde, vidste jeg aldrig, om han tog ud i sin båd sammen med sine andre venner eller med hende."

„Vi skal nok undersøge det. Det lover jeg dig."

„Tak. Jeg er sikker på, at det er et spor." Hun rejste sig for at gå, og Ed åbnede døren for hende.

„Kom og tal med os, når som helst du vil, Patti Love."

„Farvel, Ed og Joe."

DA DØREN VAR BLEVET LUKKET, satte Ed sig igen, og Joe spurgte: „Nå, hvad mener du så om det?"

„Hvis nogen tog halskæden af Chase ved tårnet, vil det i det mindste placere dem på scenen, og jeg kan godt se nogen fra marsken være involvereret i det her. De har deres egne love. Men jeg er bare ikke sikker på at en kvinde kan have skubbet en stor fyr som Chase igennem det hul."

„Hun kan have lokket ham derop, åbnet risten, inden han nåede helt op, og da han så kom hen mod hende i mørket, givet ham et skub, inden han så hende," sagde Joe.

„Det kan tænkes. Det er ikke let, men muligt. Det er ikke noget lysende spor. *Fraværet* af en halskæde med en skal," sagde sheriffen.

„På nuværende tidspunkt er det vores eneste spor. Ud over *fraværet* af fingeraftryk samt nogle mystiske røde fibre."

„Ja."

„Men det jeg ikke rigtig kan greje," sagde Joe, „er, hvorfor hun skulle ulejlige sig med at tage den halskæde af ham? Okay, hun var den forurettede kvinde og fast besluttet på at slå ham ihjel. Selv det motiv er lidt langt ude, men hvorfor tage halskæden, når den kunne knytte hende direkte til mordet?"

„Du ved, hvordan det er. Det virker, som om der er noget i enhver drabssag, der ikke rigtig giver mening. Folk kludrer i det. Måske var hun chokeret og rasende over, at han stadig gik med halskæden, og efter at have begået mordet syntes det ikke at have nogen større betydning at rive den af hans hals. Hun kan ikke have vidst, at nogen kunne forbinde hende med halskæden. Dine kilder sagde, at Chase havde noget kørende derude. Måske handlede det slet ikke om stoffer, men om en kvinde. Denne kvinde."

„En anden slags stoffer," sagde Joe.

„Og marskfolk ved, hvordan de skal skjule deres spor, for de lægger snarer, spor og fælder ud og sådan. Det vil ikke skade at tage derud og få en snak med hende. Spørge hende, hvor hun var den aften. Vi kan spørge hende ud om halskæden og se, om det måske vil ryste hende lidt."

„Ved du, hvordan man kommer hen til hendes sted?" spurgte Joe.

„Jeg ved ikke rigtig med båd, men jeg tror, jeg kan finde vej med trucken. Man skal ned ad en meget bugtet vej, som fører forbi en lang række laguner. Engang for længe siden måtte jeg foretage et par hjemmebesøg for at tale med hendes far et par gange. En grimmer karl."

„Hvornår kører vi?"

„Ved daggry, vi ser, om vi kan nå derud, inden hun smutter. I morgen. Men først må vi hellere tage ud til tårnet og lede grundigt efter den halskæde. Måske har den ligget der hele tiden."

„Det har jeg svært ved at tro. Vi har ledt overalt det sted, kigget efter dækaftryk, hjulmønstre, spor."

„Men vi bliver stadig nødt til at gøre det. Lad os køre."

Senere, da de havde finkæmmet dyndet under tårnet med river og fingre, måtte de se i øjnene, at der ikke lå nogen halskæde.

BLEGT LYS SIVEDE UD under et lavt tungt daggry, da Ed og Joe kørte ned ad marskvejen i håb om at nå frem til Marskpigens hytte, inden hun sejlede nogen steder hen. De drejede forkert flere gange og endte i blindgyder og ved en forfalden bolig. I en af hytterne råbte nogen: „Sherif!" og kroppe, nøgne for det meste, fór gennem krattet i alle retninger.

„De skide narkomaner," sagde sheriffen. „Hjemmebrænderne beholdt i det mindste tøjet på."

Men til sidst kom de til den lange sandvej, der førte til Kyas hytte. „Det er her," sagde Ed.

Han drejede sin store pickup ind på hjulsporet og kørte langsomt hen mod boligen og standsede bilen omkring femten meter fra døren. Begge mænd steg ud uden en lyd. Ed bankede på trækarmen omkring netdøren. „Hallo! Er der nogen hjemme?" Tavshed, så han prøvede igen. De ventede to-tre minutter. „Lad os kigge omme bagved og se, om hendes båd er der."

„Niksen. Det der ligner den stamme, som hun fortøjer båden til. Hun er allerede væk. Satans," sagde Joe.

„Jeps, hun hørte os komme. Hun kan formentlig høre en sovende kanin."

Næste gang tog de af sted før daggry, parkerede længere nede ad vejen og fandt hendes båd fortøjet til sin stamme. Stadig ingen, der lukkede op.

Joe hviskede: „Jeg har en følelse af, at hun er lige i nærheden og iagttager os. Har du ikke også? Hun trykker sig ned lige her mellem de forbandede viftepalmer. Meget tæt på. Det kan jeg bare mærke." Han drejede hovedet og afsøgte brombærkrattet med blikket.

„Nå, men det her duer ikke. Hvis vi kan komme med noget mere, kan vi få en kendelse. Lad os komme væk herfra."

26

Båden i land

1965

Den første uge, de var sammen, sejlede Chase ind i Kyas lagune næsten hver dag efter fyraften på Western Auto, og de udforskede fjerne egebevoksede kanaler. En lørdag morgen tog han hende med på en ekspedition langt op ad kysten til et sted, hvor hun aldrig havde været, for det lå uden for hendes lille båds rækkevidde. Her – i stedet for flodmundinger og enorme græsarealer som i hendes marsk – strømmede det klare vand, så langt hendes øje rakte, gennem en lys og åben cypresskov. Skinnende hvide hejrer og storke stod blandt åkander og flydende planter, der var så grønne, at de syntes at gløde. De satte sig på cypressernes knæ, så store som lænestole, og spiste sandwicher med pimentoost og kartoffelchips til og grinede, da gæs gled frem lige under deres tæer.

Som de fleste andre opfattede Chase marsken som en ting, der skulle bruges, hvor man kunne sejle rundt og fiske eller dræne den med henblik på at skabe dyrkningsjord, så Kyas viden om dyr, strømme og dunhammere pirrede hans nysgerrighed. Men han fnøs ad hendes blide facon, sejle rundt i langsom fart, drive tavst forbi hjorte, hviske nær fuglereder. Han havde ingen interesse i selv at lære om skaller og fjer og spurgte hende ud, når hun kradsede notater ned i sin dagbog eller indsamlede eksemplarer.

„Hvorfor maler du græs?" spurgte han hende en dag i hendes køkken.

„Jeg maler deres blomster."

Han lo. „Græs har ikke blomster."

„Selvfølgelig har de det. Se de her blomster. De er bittesmå, men smukke. Hver græsart har sin egen blomst eller blomsterstand."

„Hvad vil du i det hele taget med alle de ting?"

„Jeg laver et arkiv, så jeg kan lære om marsken."

„Det eneste, man har brug for at vide, er, hvor og hvornår fiskene bider på, og det kan jeg fortælle dig," sagde han.

Hun lo for hans skyld, noget, hun aldrig havde gjort før. Give endnu en del af sig selv væk bare for at have en anden.

SAMME EFTERMIDDAG, DA CHASE var taget af sted, sejlede Kya alene ind i marsken. Men hun følte sig ikke ensom. Hun gassede lidt mere op, end hun plejede, hendes lange hår svævede i vinden, et svagt smil strejfede hendes læber. Bare det at vide, at hun snart fik ham at se igen, være sammen med nogen, løftede hende op til et nyt sted.

Da hun rundede et sving med højt græs, fik hun øje på Tate. Han var ganske langt væk, måske fyrre meter, og havde ikke hørt hendes båd. Hun slap straks gashåndtaget og slukkede motoren. Greb åren og roede baglæns ind i græsset.

„Han er vel hjemme fra college," hviskede hun. Hun havde set ham nogle få gange i årenes løb, men aldrig så tæt på. Men nu var han der, hans viltre hår kæmpede for at få plads under en ny rød kasket. Hans ansigt var solbrændt.

Tate havde waders på med høje sider og skrævede gennem en lagune, samlede vandprøver op i små glas. Ikke gamle syltetøjsglas, som dengang de var barfodede unger, men små rør, der klirrede i et særligt bærestativ. Professoragtigt. Der kunne hun ikke være med.

Hun roede ikke væk, men iagttog ham et stykke tid, tænkte, at alle piger sikkert kan huske deres første kærlighed. Hun pustede langsomt ud og roede så tilbage samme vej, som hun var kommet.

NÆSTE DAG, DA CHASE og Kya krydsede rundt nordpå langs kysten, bevægede fire marsvin sig i deres kølvand og fulgte efter dem. Det var en grå og overskyet dag, og tågefingre flirtede med bølgerne. Chase slukkede for motoren, og mens båden drev af sted, tog han sin mundharmonika frem og spillede den gamle sang „Michael Row the Boat Ashore", en vemodig og melodisk sang, som blev sunget af slaverne i 1860'erne, mens de roede ind til fastlandet fra Sea Islands i South Carolina. Ma plejede at synge den, mens hun skurede gulv, og Kya kunne til en vis grad huske ordene. Som inspireret af musikken svømmede marsvinene tættere på og kredsede om båden, deres ivrige øjne fikserede Kyas. Så lænede to af dem sig svagt mod skroget, og hun bøjede ansigtet, så det kun var få tommer fra deres, og sang blidt:

„Sister, help to trim dat boat, hallelujah
Brudder lend a helpin' hand, hallelujah.
Ma fadder gone to unknown land, hallelujah.
Michael, row the boat ashore, hallelujah.

„Jordan's river is deep and wide,
Meet my mother on the other side, hallelujah.
Jordan's river is chilly and cold
Chills the body but not the soul, hallelujah."

Marsvinene stirrede på Kya nogle sekunder til og gled så tilbage ned i havet.

I de næste par uger tilbragte Chase og Kya aftenerne med at dovne sammen med mågerne på hendes strand, ligge på ryggen i sandet, der stadig var varmt efter solen. Chase tog hende ikke med til byen, til filmforestillinger eller sock hops; der var bare de to, marsken, havet og himlen. Han kyssede hende ikke, holdt hende bare i hånden og lagde en let arm om hendes skuldre i den kølige luft.

Så en aften blev han hængende længe i mørket, og de sad på stranden under stjernerne ved et lille bål, svøbt ind i et tæppe, så deres skuldre rørte ved hinanden. Flammerne kastede lys hen over deres ansigter og mørke tværs over kysten bag dem, som lejrbål gør. Han så hende ind i øjnene og spurgte: „Er det okay, hvis jeg kysser dig nu?" Hun nikkede, så han bøjede sig ned og kyssede hende blidt til at begynde med, og så som en mand.

De lå ned på tæppet, og hun vrikkede sig så tæt på ham, hun kunne. Mærkede hans stærke krop. Han holdt tæt om hende med begge arme, men hans hænder rørte kun ved hendes skuldre. Ikke mere. Hun trak vejret dybt, indåndede varmen, lugtene af ham og havet, samhørigheden.

BLOT FÅ DAGE SENERE ræsede Tate, der stadig var hjemme fra universitetet, mod Kyas marskkanal, det var første gang i fem år. Han kunne stadig ikke forklare for sig selv, hvorfor han ikke var vendt tilbage til hende før nu. Mest fordi han havde været en kujon, skamfuld. Nu ville han omsider finde hende, sige til hende, at han aldrig var holdt op med at elske hende, og trygle hende om at tilgive ham.

I de fire år, han havde gået på universitetet, havde han overbevist sig selv om, at Kya ikke ville passe ind i den akademiske verden, han tragtede efter. Han havde gennem hele studiet prøvet at glemme hende; der fandtes trods alt nok af kvindelige adspredelser på Chapel Hill. Han havde også haft nogle få længerevarende forhold, men intet, der tålte sammenligning. Hvad han havde lært, lige efter dna, isotoper og protozoer, var, at han ikke kunne ånde uden hende. Sandt nok, Kya kunne ikke leve i den universitetsverden, han havde længtes efter, men nu kunne han leve i hendes verden.

Tate havde planlagt det hele. Hans professor havde sagt, at han kunne tage sin eksamen i løbet af de næste tre år, for han havde arbejdet på sin ph.d.-afhandling gennem hele studiet, og den var næsten færdig. Så hørte Tate for nylig, at der skulle opføres et statsligt forskningslaboratorium nær Sea Oaks, og at han ville have en strålende chance for at blive ansat som videnskabelig forsker på fuld tid. Ingen på Jorden var mere kvalificeret; han havde studeret den lokale marsk det meste af sit liv, og snart ville han have en ph.d. til at bakke det op. Om blot nogle få korte år kunne han bo her i marsken med Kya og arbejde i laboratoriet. Gifte sig med Kya. Hvis hun ville have ham.

Mens han hoppende fór hen over bølgerne mod hendes kanal, susede Kyas båd pludselig mod syd vinkelret på hans kurs. Han slap styrepinden, kastede begge arme over hovedet og vinkede som en gal for at få hendes opmærksomhed. Råbte hendes navn højt. Men hun kiggede mod øst. Tate kiggede i samme retning og fik øje på Chases vandskibåd, der drejede af mod hende. Tate gled langsomt tilbage, mens han så Kya og Chase snurre rundt omkring hinanden i de blågrå bølger, i stadig mindre cirkler, som ørne, der kurtiserer på himlen. Deres kølvand skummede og hvirvlede.

Tate stirrede, da de mødtes og rørte ved hinanden med deres fingre tværs over det frådende vand. Han havde hørt rygter fra sine gamle venner i Barkley Cove, men håbet, at de ikke var sande. Han forstod godt, at Kya kunne falde for sådan en flot og sikkert også romantisk mand, som susede rundt med hende i sin smarte båd og tog hende med på smarte picnicer. Hun ville intet ane om Chases liv i byen – hvor han mødtes med og kurtiserede andre yngre kvinder i Barkley, og også i Seven Oaks.

Og, tænkte Tate, *kan jeg tillade mig at sige noget? Jeg behandlede hende ikke spor bedre. Jeg brød et løfte, havde ikke engang modet til at slå op med hende.*

Han bøjede hovedet, stjal sig så til endnu et blik lige i tide til at se Chase læne sig frem for at kysse hende. *Kya, Kya,* tænkte han. *Hvordan kunne jeg forlade dig?* Han speedede langsomt op og vendte tilbage mod byens havn for at hjælpe sin far med at pakke fangsten i kasser og bære dem væk.

NOGLE DAGE EFTER sad Kya, der aldrig vidste, hvornår Chase kunne komme, endnu en gang og lyttede efter lyden af hans båd. Ligesom hun havde lyttet efter Tates. Så uanset om hun trak ukrudt op, huggede brænde eller indsamlede muslinger, lagde hun hovedet til siden, så hun kunne opfange lyden. „Knib ørerne sammen," plejede Jodie at sige.

Hun blev træt af at være knuget af håb, smed biscuitboller, koldt rygkød og sardiner i sin rygsæk og gik ud til den gamle faldefærdige bjælkehytte; „læsehytten", som hun kaldte den. Derude i det virkelig fjerne var hun fri til at strejfe om, indsamle ting, hun havde lyst til, læse ordene, læse naturen. Ikke at vente på lyden af nogens komme var en befrielse. Og en styrke.

I et egekrat, lige efter den første krumning fra hytten, fandt hun den lillebitte fjer fra en rødstrubet lom og lo højt. Havde ønsket sig den fjer, så længe hun kunne huske, og her var den så et stenkast nede ad floden.

Hun kom mest for at læse. Efter at Tate havde forladt hende for alle disse år siden, havde hun ikke længere adgang til bøger, så en morgen sejlede hun forbi Den hvide strand og endnu femten kilometer videre til Seven Oaks, en lidt større og langt mere moderne by end Barkley Cove. Jumpin' havde sagt, at alle kunne låne bøger på biblioteket der. Hun havde tvivlet på, at det også gjaldt for en, som boede i en sump, men havde været fast besluttet på at finde ud af det.

Hun fortøjede båden ved byens mole og krydsede torvet med dets krans af træer, hvorfra der var udsigt over havet. Da hun gik hen mod biblioteket, var der ikke nogen, der kiggede på hende, hviskede bag hendes ryg eller gennede hende væk fra en butiksrude. Her var hun ikke Marskpigen.

Hun rakte mrs. Hines, bibliotekaren, en liste over collegelærebøger. „Kan De hjælpe mig med at finde *The Principles of Organic Chemistry* af Geissman, *Invertebrate Zoology of the Coastal March* af Jones og *Fundamentals of Ecology* af Odum …" Hun havde set henvisninger til disse titler i de sidste af de bøger, som Tate havde givet hende, inden han tog på college.

„Jamen dog. Nu skal jeg se. Vi kommer til at låne disse bøger fra biblioteket på University of North Carolina."

Og nu da hun sad uden for den gamle hytte, tog hun et videnskabeligt tidsskrift op. En artikel om reproduktive strategier havde titlen „Sneaky Fuckers". Kya lo.

Det er velkendt, begyndte artiklen, at det i naturen normalt er hannerne med de mest fremtrædende sekundære seksuelle karakteristika såsom de største gevirer, dybeste stemmer, bredeste brystkasser og overlegen viden, der sikrer sig de bedste territorier, fordi de har jaget de svagere hanner bort. Hunnerne vælger at parre sig med de mest imponerende alfahanner og bliver derfor insemineret med den bedste dna, der er at få, som går i arv til hunnens afkom – et af de mest kraftfulde fænomener i tilpasningen til livet og dets fortsættelse. Foruden at hunnerne skaffer deres unger det bedste territorium.

Men nogle forkrøblede hanner, der ikke er stærke, pyntede eller dygtige nok til at sætte sig på de gode territorier, har forskellige trick, der skal narre hunnerne. De spankulerer rundt med deres mindre kroppe i oppustede positurer eller råber jævnligt – om end med skingre stemmer. Ved at foregive og sende falske signaler lykkes det dem at snuppe sig en kopulering hist og her. Små oksefrøer, skrev forfatteren, trykker sig ned i græsset og gemmer sig nær en alfahan, som kvækker veloplagt for at hidkalde mager. Mens flere hunner bliver tiltrukket af hans stærke vokaler samtidigt, og mens alfahannen har travlt med at kopulere med én hun, springer den svagere han på en af de andre og parrer sig med den. De bedrageriske hanner blev omtalt som „sneaky fuckers", luskede horebukke.

Kya kunne huske, at Ma for mange år siden advarede hendes ældre søstre mod unge mænd, som gassede op i tomgang i deres rustne pickupper eller kørte rundt i gamle smadderkasser med radioen tændt for fuldt drøn. „Værdiløse drenge laver en masse larm," havde Ma sagt.

Hun læste om en trøst for hunnerne. Naturen er djærv nok til at sikre, at hannerne, som udsender uærlige signaler eller går fra den ene hun til den anden, oftest ender med at blive alene.

En anden artikel fordybede sig i sperms vilde rivalisering. I de fleste livsformer konkurrerer hanner om at inseminere hunner. Løvehanner kæmper undertiden til døden; rivaliserende hanelefanter låser hinandens stødtænder fast og ødelægger jorden under deres fødder, mens de flår i hinandens kød. Selvom disse konflikter er meget ritualiserede, kan de stadig ende med død og lemlæstelse.

For at undgå sådanne skader konkurrerer inseminatorer i nogle arter på mindre voldsomme, mere kreative måder. Insekterne er de mest fantasifulde. Penissen på en vandnymfehan er udstyret med en lille skovl, som fjerner sperm udstødt af en tidligere modstander, inden den sprøjter sin egen sæd ind.

Kya lod tidsskriftet falde ned i sit skød, hendes tanker svævede videre sammen med skyerne. Nogle insekthunner æder deres mager, overbebyrdede pattedyrsmødre lader deres unger i stikken, mange hanner udvikler risikofyldte og lyssky måder at overgå deres konkurrenter på med deres sperm. Intet syntes upassende, så længe livet bare tikker videre. Hun vidste, at det ikke var en mørk side ved naturen, det var bare opfindsomme måder at holde ved imod al sandsynlighed. Hvad mennesker gjaldt, fandtes der sikkert endnu flere måder.

EFTER AT HAVE BESØGT Kya forgæves tre dage i træk begyndte Chase at spørge, om han kunne komme på en bestemt dag på et aftalt tidspunkt for at se hende i hytten eller på den ene eller den anden strand, og ankom altid til tiden. I det fjerne kunne hun se hans livligt farvede båd – som de farvestrålende fjer i en fuglehans yngledragt – svæve på bølgerne og vidste, at han kom bare for hendes skyld.

Kya begyndte at forestille sig, at han tog hende med på en picnic med sine venner. Alle lo, løb ud i bølgerne, sparkede til brændingen. Han løftede hende op og hvirvlede hende rundt. Så sad de sammen med de andre og delte sandwicher og sodavander fra køletaskerne. Lidt efter lidt dannede der sig billeder af ægteskab og børn trods hendes modstand. *Formentlig en slags biologisk drift, der skal få mig til at formere mig,* sagde hun til sig selv. Men hvorfor kunne hun ikke have sine elskede omkring sig ligesom alle andre? Hvorfor ikke?

Men hver gang hun prøvede at spørge, om han ville præsentere hende for sine venner og forældre, satte ordene sig fast i halsen.

En varm dag nogle måneder efter at de var mødtes, sagde han, at vandet var perfekt til en svømmetur. „Jeg kigger ikke," sagde han. „Tag tøjet af og spring i, så følger jeg efter." Hun stod foran ham og holdt balancen i båden, men da hun trak T-shirten op over hovedet, vendte han sig ikke bort. Han rakte ud og lod sine fingre glide let hen over hendes faste bryster. Hun stoppede ham ikke. Han trak hende tættere på, lynede hendes shorts ned og lod dem glide uhindret ned ad hendes slanke hofter. Så tog han sin trøje og shorts af og skubbede hende blidt ned mod håndklæderne.

Uden at sige et ord knælede han foran hendes fødder, lod sine fingre løbe let hen over hendes venstre ankel op til indersiden af hendes knæ og langsomt op ad indersiden af hendes lår. Hun løftede sin krop frem mod hans hånd. Hans fingre dvælede øverst på hendes lår, gned hen over hendes trusser, bevægede sig så hen over hendes mave let som en tanke. Hun mærkede hans fingre bevæge sig op ad hendes mave mod hendes bryster og vred kroppen væk fra ham. Han trykkede hende fladt ned med et fast greb, lod sine fingre glide over hendes bryster og tegnede cirkler omkring brystvorten med én finger. Han så på hende uden at smile, mens han bevægede hånden ned og hev i kanten på hendes trusser. Hun begærede ham, hele ham, og hendes krop skød sig op mod hans. Men få sekunder efter lagde hun sin hånd over hans.

„Kom nu, Kya," sagde han. „Vær nu sød. Vi har ventet i en evighed. Jeg har været temmelig tålmodig, synes du ikke?"

„Chase, du lovede det."

„Pokker tage det, Kya. Hvad venter vi på?" Han satte sig op. „Jeg har jo vist dig, at jeg holder af dig. Hvorfor ikke?"

Hun satte sig op og trak ned i sin T-shirt. „Hvad så bagefter? Hvordan ved jeg, at du ikke vil forlade mig?"

„Hvordan kan man nogensinde vide noget? Men, Kya, jeg går ingen steder. Jeg er blevet forelsket i dig. Jeg vil være sammen med dig hele tiden. Hvad kan jeg ellers gøre for at vise dig det?"

Han havde aldrig talt om kærlighed før. Kya søgte i hans øjne efter sandheden, men fandt kun en hård stirren. Uudgrundelig. Hun vidste ikke helt, hvilke følelser hun havde for Chase, men hun var ikke længere alene. Det syntes at være nok.

„Snart, okay?"

Han trak hende ind til sig. „Det er okay. Kom her." Han holdt om hende, og de lå der under solen, drivende på havet med bølgerne skvulpende under sig.

Dagen sivede bort, og mørket faldt tungt på, landsbyens lys dansede hist og her på den fjerne kyst. Stjerner tindrede oven over deres verden af hav og himmel.

„Jeg gad vide, hvad der får stjerner til at tindre," sagde Chase.

„Forstyrrelser i atmosfæren. Høje atmosfæriske vinde, du ved."

„Er det sandt?"

„Jeg er sikker på, at du ved, at de fleste stjerner er for langt væk, til at vi kan se dem. Vi ser kun deres lys, som kan blive forvrænget af atmosfæren. Men stjerner er selvfølgelig ikke stationære, de bevæger sig meget hurtigt."

Kya vidste fra Albert Einsteins bøger, at tiden ikke er mere fikseret end stjernerne. Tid farer rundt og bøjer sig omkring planeter og sole, tiden er en anden i bjergene end i dalene og er en del af det samme stof som rum, der kurver sig og svulmer op, som havet gør. Genstande, hvad enten det er planeter eller æbler, falder eller går i kredsløb, ikke på grund af tyngdekraftsenergi, men fordi de plumper ned i rumtidens silkeagtige folder – som i en dams krusninger – skabt af dem i en højere masse.

Men alt det sagde Kya ikke noget om. Desværre har tyngdekraften ingen magt over den menneskelige tanke, og i skolen lærte man stadig, at æbler falder ned på grund af Jordens stærke kraft.

„Nu skal du lige høre," sagde Chase. „De har bedt mig om at hjælpe med at træne footballholdet på high school."

Hun smilede til ham.

Tænkte så: *Som alt andet i universet tumler vi mod dem, der har højere masse.*

NÆSTE MORGEN, PÅ EN af de sjældne ture til Piggly Wiggly for at købe personlige ting, som Jumpin' ikke førte, trådte Kya ud fra supermarkedet og var nær bumpet ind i Chases forældre – Sam og Patti Love. De vidste, hvem hun var – det gjorde alle.

Hun havde set dem nu og da gennem årene, mest på afstand. Sam kunne ses bag disken i Western Auto, hvor han betjente kunder, åbnede og lukkede kasseapparatet. Kya kunne huske, at han gennede hende væk fra vinduet, da hun var en lille pige, som om hun kunne skræmme de rigtige kunder væk. Patti Love arbejdede ikke på fuld tid i butikken, så hun havde tid til at fare gennem gaden og uddele brochurer for Annual Quilting Contest eller Blue Crab Festival. Hun var altid fint klædt i højhælede sko, håndtaske og hat i farver, der modsvarede den sydlige årstid. Uanset samtaleemnet fik hun altid indskudt, at Chase var den bedste quarterback, byen nogensinde havde haft.

Kya smilede genert, så direkte ind i Patti Loves øjne og håbede, at de ville tale til hende på en personlig måde og præsentere sig selv. Måske anerkende hende for at være Chases kæreste. Men de standsede brat, sagde ingenting og gik uden om hende i en langt større bue end nødvendigt. Gik videre.

Om aftenen, efter at være rendt ind i dem, drev Kya og Chase rundt i hendes båd under et egetræ, der var så stort, at dets knæ stak op over vandet og skabte små grotter for oddere og ænder. Kya talte dæmpet, delvist for ikke at forstyrre gråænderne og delvist af frygt, og snakkede med Chase om at besøge hans forældre og spurgte, om hun ikke snart kom til at møde dem.

Chases tavshed gav hende en knude i maven.

Til sidst sagde han: „Selvfølgelig gør du det. Snart, det lover jeg." Men han så ikke på hende, da han sagde det.

„De kender vel til mig, ikke? Til os?" spurgte hun.

„Selvfølgelig."

Båden måtte være drevet for tæt på egen, for i samme øjeblik dalede en stor hornugle, trind og magelig som en dunpude, ned fra træet med udstrakte vinger, strøg så langsomt og ubesværet hen over lagunen, dens brystfjer reflekterede vandets bløde mønstre.

Chase rakte ud og tog Kyas hånd og knugede tvivlen ud af hendes fingre.

I ugevis fulgte solnedgange og måneopgange Chase og Kyas lette færd gennem marsken. Men hver gang hun gjorde modstand mod hans tilnærmelser, stoppede han. Billeder af duer eller kalkunhøner alene med deres krævende unger, mens hannerne for længst var gået videre til andre hunner, tyngede hendes tanker.

Det gik aldrig videre end til at ligge halvnøgne i båden, uanset hvad folk i byen sagde. Men selvom Chase og Kya holdt sig for sig selv, var det en lille by, og folk så dem sammen i hans båd eller på strandene. Der var ikke meget, rejefiskerne på havet overså. Der var snak. Sladder.

27

Ude på Hog Mountain Road

1966

Hytten stod der tavst mod solsortevingernes tidlige bevægelser, da en tæt vintertåge sneg sig hen ad jorden og klumpede sig sammen ved væggene som store vattotter. Kya havde brugt flere ugers muslingepenge og købt luksusvarer og stegt sirupsmarinerede skinkeskiver, rørt redeye-sovs og serveret det med biscuitboller med syrnet fløde i og brombærsyltetøj til. Chase drak Maxwell House-pulverkaffe; hun drak varm Tetley-te. De havde været sammen i næsten et år, men ingen af dem nævnte det. Chase sagde, hvor heldigt det var for ham, at hans far ejede Western Auto. „På den her måde kan vi få et fint hus, når vi bliver gift. Jeg vil bygge et hus i to etager på stranden med en veranda hele vejen rundt. Eller hvad du nu vil have for et hus, Kya."

Kya kunne knap trække vejret. Han ønskede hende i sit liv. Det var ikke bare en hentydning, men noget, der mindede om et frieri. Hun skulle høre sammen med nogen. Være en del af en familie. Hun satte sig mere rank op i sin stol.

Han fortsatte. „Jeg synes ikke, vi skal bo i selve byen. Det bliver for stort et spring for dig. Men vi kan bygge et hus i udkanten. Tæt på marsken, du ved."

Hun havde på det seneste haft vage tanker om at blive gift med Chase, men havde ikke turdet dvæle ved dem. Men nu sagde han det højt. Kya trak vejret overfladisk, hun var mistroisk og prøvede at få styr på alle detaljer. *Jeg kan godt det her,* tænkte hun. *Hvis vi bor fjernt fra mennesker, kan det fungere.*

Så spurgte hun med sænket hoved: „Hvad med dine forældre? Har du fortalt dem det?"

„Kya, der er noget, du skal forstå ved mine forældre. De elsker mig. Hvis jeg siger, du er mit valg, så er det sådan. De vil blive forelsket i dig, når de lærer dig at kende."

Hun tyggede på sine læber. Ønskede at tro det her.

„Jeg vil bygge et atelier til alle dine ting," fortsatte han. „Med store vinduer, så du kan se detaljerne i alle de forbistrede fjer."

Hun vidste ikke, om hun havde sådanne følelser for Chase, som en hustru burde have, men i det øjeblik brusede hendes hjerte af noget, der lignede kærlighed. Slut med at grave efter muslinger.

Hun rakte ud og rørte ved skallen i halskæden under hans hals.

„Nå jo, for resten," sagde Chase. „Jeg skal køre over til Asheville om nogle dage for at købe varer til butikken. Jeg tænkte på, om du ikke kunne tage med."

Hun sagde med sænket blik: „Men det er en stor by. Der vil være en masse mennesker. Og jeg har ikke noget passende tøj, jeg ved ikke engang, hvad passende tøj er, og …"

„Kya, Kya, hør her. Du vil være sammen med mig. Jeg ved alt. Vi behøver ikke køre til et smart sted. Du vil få en masse af North Carolina at se bare på køreturen – Piedmont, Great Smoky Mountains, for himlens skyld. Og når vi så er der, kan vi bare hente nogle drive-in-burgere. Du kan have det samme på som nu. Du behøver ikke tale med en eneste sjæl, hvis du ikke vil. Jeg tager mig af alt. Jeg har været der en masse gange. Også i Atlanta. Asheville er røv og nøgler. Hør her, hvis vi skal giftes, kan du lige så godt begynde at komme lidt ud i verden. Sprede dine lange vinger."

Hun nikkede. Om ikke andet så for at se bjergene.

Han fortsatte. „Det tager to dage, så vi kommer til at blive der natten over. Et afslappet sted. Et lille motel, du ved. Det er okay, for vi er voksne."

„Åh," sagde hun bare. Og hviskede så: „Javel."

KYA HAVDE ALDRIG KØRT bare et stykke op ad vejen, så nogle dage senere, da hun og Chase kørte mod vest fra Barkley, stirrede hun ud ad vinduet, mens hun holdt fast i sædet med begge hænder. Vejen snoede sig gennem kilometervis af avneknipper og viftepalmer og efterlod sig havet i baggrunden.

I over en time gled de velkendte græsområder og vandløb forbi truckens vinduer. Kya identificerede marskgærdesmutter og hejrer og følte sig trøstet ved ensartetheden, som om hun ikke havde forladt sit hjem, men taget det med sig.

Så endte marskengene brat ved en linje trukket hen over terrænet, og den støvede jord – nyvendt, hegnet ind i firkanter og med lange rækker af plovfurer – bredte sig ud foran dem. Marker med forrevne stubbe i fældede skove. Hegnspæle med ledninger spændt ud mellem sig vandrede ud mod horisonten. Hun vidste selvfølgelig godt, at hele kloden ikke var dækket af kystmarsk, men hun havde aldrig været uden for marsken. Hvad havde folk gjort ved jorden? Hvert hus i samme skoæskefacon lå og trykkede sig på klippede plæner. En flok lyserøde flamingoer søgte efter føde et sted, men da Kya vendte sig hurtigt i forbløffelse, så hun, at de var af plastic. Hjortene af cement. De eneste ænder, der var, fløj på bemalede postkasser.

„De er utrolige, ikke?" sagde Chase.

„Hvad?"

„Husene. Du har nok aldrig set noget lignende, vel?"

„Nej, det har jeg ikke."

Nogle timer senere, da de bevægede sig ud i Piedmonts lavland, så hun Appalacherne aftegnet i blide blå linjer mod horisonten. Da de nærmede sig, steg tinderne op omkring dem, og skovklædte bjerge strømmede blidt ud mod det fjerne, så langt Kya kunne se.

Skyer lå dovent i bjergenes foldede arme, bølgede så op og drev bort. Nogle slyngtråde snoede sig til tætte spiraler og fulgte de varmere kløfter og opførte sig ligesom tåge, der sporer sig frem gennem de fugtigkolde sprækker i marsken. Det var de samme naturlove, der var på spil i en anden slags biologisk miljø.

Kya kom fra lavlandet, et land af horisonter, hvor solen gik ned, og månen steg op til tiden. Men her, hvor topografien var et virvar, gik solen balancegang langs med toppene, dykkede ned bag en ås det ene øjeblik og dukkede så op igen, når Chases truck kørte op over den næste stigning i terrænet. I bjergene, bemærkede hun, afhang solnedgangen af, hvor man stod på bjerget.

Hun spekulerede på, hvor hendes bedstefars jord lå. Hendes slægt havde måske holdt svin i en lade, som var grå af vind og vejr, som den hun så på en eng med en å, der løb forbi. En familie, der burde have været hendes, sled og slæbte og lo og græd engang i dette landskab. Der ville stadig være nogen af dem her, spredt rundtom i landskabet. Ukendte.

Vejen blev til en firesporet motorvej, og Kya klamrede sig til bilen, mens Chases truck ræsede ganske tæt forbi andre hurtigkørende biler. Han drejede ind på en bugtet kørebane, der steg op i luften på magisk vis og førte dem hen mod byen. „En kløverbladsudfletning," sagde han stolt.

Enorme bygninger, otte og ti etager høje, aftegnede sig mod bjergenes omrids. Snesevis af biler pilede rundt som sandkrabber, og der var så mange mennesker på fortovene, Kya pressede ansigtet mod bilruden, kiggede undersøgende på deres ansigter og tænkte, at Ma og Pa helt sikkert måtte være blandt dem. En solbrændt og mørkhåret dreng, der løb ned ad fortovet, lignede Jodie, og hun vendte sig hurtigt for at iagttage ham. Hendes bror ville selvfølgelig være voksen nu, men hun fulgte drengen med blikket, indtil de drejede rundt om et hjørne.

I den anden ende af byen bookede Chase dem ind på et motel ude ved Hog Mountain Road, der bestod af en række brune værelser i ét plan, oplyst af neonrør af form som palmetræer, for at det ikke skal være løgn.

Da Chase havde låst døren op, trådte hun ind i et værelse, der virkede rent nok, men stank af Pine-Sol og var indrettet med billigt amerikansk kram: falske panelvægge, en sammensunket seng med en ticent-vibratormaskine og et sort-hvidt tv, som var låst fast til bordet med en helt utrolig stor kæde og hængelås. Sengetæpperne var limegrønne, tæppet havde en grov orange luv. Kya tænkte på alle de steder, hvor de havde ligget sammen – i det krystalklare vand ved tidevandsdamme, i månelys, mens de drev rundt i en båd. Her var sengen midtpunktet, men værelset mindede på ingen måde om kærlighed.

Hun blev stående bag døren med vilje. „Det er ikke det store," sagde han og stillede sin køjesæk bag døren.

Han gik hen mod hende. „Tiden er inde, synes du også ikke det, Kya? Tiden er inde."

Det havde selvfølgelig været hans plan. Men hun var parat. Hendes krop havde higet efter det her i månedsvis, og efter al den snak om ægteskab gav hendes sind efter. Hun nikkede.

Han kom langsomt hen mod hende og knappede hendes trøje op, vendte hende så blidt rundt og løste hendes bh op. Lod sine fingre glide rundt om hendes bryster. Hun mærkede varme og ophidselse strømme fra sine bryster til sine lår. Da han trak hende ned i sengen i skæret fra det røde og grønne neonlys, der sivede ind gennem de tynde gardiner, lukkede hun øjnene. Før, næsten alle de gange, hvor hun havde stoppet ham, havde berøringen fra hans undersøgende fingre haft en magisk virkning, vakt dele af hende til live og fået hendes krop til at krumme sig opad mod ham, til at længes og begære. Men nu, da han omsider havde fået tilladelsen, kunne det ikke gå hurtigt nok, og han tog ikke hensyn til hendes behov, men trængte straks ind i hende. Hun skreg højt, da hun mærkede noget blive flået op med en skarp smerte, og troede, at der var noget galt.

„Det er okay. Det bliver bedre fra nu af," sagde han med stor autoritet. Men det blev ikke meget bedre, og snart faldt han ned ved siden af hende med et bredt smil.

Mens han faldt i søvn, kiggede hun på de blinkende lys fra *Ledigt*-skiltet.

FLERE UGER SENERE, efter at have spist en morgenmad bestående af spejlæg og majsgrød med skinkestykker, sad hun og Chase ved hendes køkkenbord. Hun havde svøbt sig godt ind i et tæppe efter deres elskov, som var begyndt at føles en smule bedre efter deres første forsøg på motellet. Hver gang lå hun der stadig med et savn, men anede ikke, hvordan hun skulle bringe sådan et emne på bane. Og hun vidste jo heller ikke, hvordan hun kunne forvente at føle. Måske var det her det normale.

Chase rejste sig fra bordet, løftede hendes hage op med fingrene, kyssede hende og sagde: „Jeg kommer ikke så meget ud de næste par dage, nu det bliver jul og alt det der. Der sker en masse ting, og der kommer familie på besøg."

Kya så på ham og sagde: „Jeg havde håbet, at jeg måske kunne … du ved, komme med til nogle af festerne og sådan. Måske i det mindste spise julemiddag sammen med din familie."

Chase satte sig på sin stol igen. „Kya, jeg har villet tale med dig om det her. Jeg ville gerne invitere dig med til dans i Elks Club og den slags, men jeg ved, hvor genert du er, at du aldrig laver ting inde i byen. Jeg ved, du vil have det dårligt med det. Du kender ikke nogen, du har ikke det rigtige tøj. Kan du overhovedet danse? Alt det der er ting, du ikke gør. Du forstår vel, hvad jeg mener?"

Hun kiggede ned i gulvet og sagde: „Ja, og det er sandt nok, det hele. Men jeg må jo begynde at passe ind i dele af dit liv. Sprede mine vinger, som du sagde. Jeg må vel skaffe mig det rigtige tøj, møde nogle af dine venner." Hun løftede hovedet. „Du kunne jo lære mig at danse."

„Bestemt, og det vil jeg også gøre. Men jeg tænker på os to som det, vi har sammen herude. Jeg elsker vores tid her sammen, bare os to. For at sige det ærligt er jeg ved at være lidt træt af de åndssvage baller. Det har været det samme i årevis. Sportshallen på high school. Gamle og unge sammen. Samme åndssvage musik. Jeg er klar til at komme videre. Når vi bliver gift, vil vi alligevel ikke lave den slags ting, så hvorfor trække dig ind i det nu? Det giver ikke rigtig nogen mening. Okay?"

Hun kiggede ned i gulvet igen, så han løftede op i hendes hage igen og fastholdt hendes blik med sit eget. Så smilede han bredt og sagde: „Og manner, med hensyn til at spise julemiddag med min familie. Mine gamle tanter kommer hertil fra Florida. De snakker i et væk. Det vil jeg ikke ønske for nogen. Især ikke dig. Tro mig, du går ikke glip af noget."

Hun sagde ikke noget.

„Altså, Kya, jeg vil gerne have, du er okay med det her. Det, vi to har sammen herude, er noget af det mest specielle, nogen kunne håbe på. Alt det andet" – han lavede en fejende bevægelse med hænderne i luften – „er bare dumt."

Han rakte over og trak hende ned i sit skød, og hun lod sit hoved hvile mod hans skulder.

„Det er det her, det handler om, Kya. Ikke det andet pjat." Og han kyssede hende varmt og inderligt. Og rejste sig så. „Okay. Jeg er nødt til at gå nu."

Kya tilbragte juleaftenen alene med mågerne, som hun havde gjort hvert år, siden Ma rejste.

TO DAGE EFTER JUL var Chase stadig ikke kommet. Kya brød sit løfte til sig selv om aldrig at vente på nogen igen og gik frem og tilbage på lagunens kyst med håret samlet i en fransk fletning og munden malet med Mas gamle læbestift.

Marsken længere borte lå dækket af sin vinterkappe af brunt og gråt. Kilometervis af vissent græs, der havde spredt frø, bøjede hovederne mod vandet for at overgive sig. Vinden hev og sled og fik de ru stilke til at stemme sammen i et støjende kor. Kya løsnede fletningen og tørrede sine læber med bagsiden af hånden.

Om morgenen den fjerde dag sad hun alene i køkkenet og skubbede rundt med biscuitboller og æg på sin tallerken. „Al hans snak om, at '*det er det her, det handler om*', og hvor er han så nu?" hvæsede hun. Hun så for sit indre blik Chase spille football med venner eller danse til fester. „Alle de åndssvage ting, som han er blevet træt af."

Endelig hørte hun lyden af hans båd. Hun sprang op fra bordet, smækkede døren hårdt i og løb fra hytten ned til lagunen, mens båden kom tøffende til syne. Men det var ikke Chases vandskibåd eller Chase, men en ung mand med gyldengult hår, det var klippet kortere, men kunne stadig knap holdes på plads under en skikasket. Det var den gamle fiskerbåd, og det var Tate, der stod der, selv mens båden bevægede sig fremad, nu en voksen mand at se på. Hans ansigt var ikke længere drengeagtigt, men smukt og voksent. Hans øjne formede et spørgsmål, hans læber et genert smil.

Hendes første tanke var at løbe. Men i sit indre skreg hun *NEJ! Det her er min lagune; jeg løber altid min vej*. Ikke denne gang. Hendes næste tanke var at samle en sten op, og hun slyngede den mod hans ansigt fra omkring seks meters afstand. Han dukkede sig hastigt, og stenen susede forbi hans pande.

„Pis, Kya! Hvad fanden? Vent," sagde han, da hun samlede en ny sten op og tog sigte. Han skærmede med hænderne foran sit ansigt. „Kya, for guds skyld, stop. Kan vi ikke snakke sammen?"

Stenen ramte ham hårdt på skulderen.

„KOM VÆK FRA MIN LAGUNE! DIT LILLE BESKIDTE KRYB! HVAD SIGER DU TIL DEN SNAK?!" Den skrigende rappenskralde ledte hektisk efter en ny sten.

„Kya, hør på mig. Jeg ved, at du er sammen med Chase nu. Det respekterer jeg. Jeg vil bare gerne tale med dig. Vær nu sød, Kya."

„Hvorfor skulle jeg tale med dig? Jeg vil aldrig NOGENSINDE se dig igen." Hun samlede en håndfuld mindre sten op og slyngede dem mod hans ansigt.

Han sprang til side, bøjede sig frem og greb fat i rælingen, da hans båd løb på grund.

„FORSVIND HERFRA, SAGDE JEG!" Hun råbte stadig, men sagde så lidt mere afdæmpet: „Ja, jeg er sammen med en anden nu."

Tate fik rettet sig op efter at have ramt kysten og satte sig nu på bænken i stævnen af sin båd. „Kya, prøv nu at høre her, der er nogle ting, du skal vide om ham." Tate havde ikke planlagt at føre en samtale om Chase. Intet her ved dette overraskelsesbesøg hos Kya gik, som han havde forestillet sig det.

„Hvad snakker du om? Du har ingen ret til at tale med mig om mit privatliv." Hun stod ganske tæt på ham nu og spyttede ordene ud.

„Det ved jeg godt, men jeg gør det alligevel," sagde han i et bestemt tonefald.

Nu vendte Kya sig om for at gå, men Tate talte endnu højere til hendes ryg. „Du bor ikke i byen. Du ved ikke, at Chase går ud med andre kvinder. Så sent som forleden aften så jeg ham køre væk efter en fest med en blondine i sin pickup. Han er ikke god nok til dig."

Hun hvirvlede rundt. „Jaså! Det var DIG, der forlod mig, som ikke kom tilbage, dengang du lovede det, som aldrig kom tilbage. Det var dig, der aldrig skrev for at forklare hvorfor, eller om du overhovedet levede eller var død. Du turde ikke slå op med mig. Du var ikke mand nok til at se mig i øjnene. Du forsvandt bare. DIN LILLE FEJE SKID. Du kommer drivende her efter alle disse år … Du er værre, end han er. Han er måske ikke perfekt, men du er langt, langt værre." Hun holdt brat inde og stirrede på ham.

Han sagde bedende med opadvendte åbne håndflader: „Du har ret, hvad mig angår. Alt det, du sagde, er sandt. Jeg var en fej skid. Og jeg havde ingen ret til at bringe Chase på bane. Det rager ikke mig. Og jeg vil aldrig nogensinde genere dig igen. Jeg har bare brug for at sige undskyld og forklare nogle ting. Jeg har været ked af det i årevis, Kya, jeg beder dig."

Hun hang som et sejl, som vinden var taget ud af. Tate var ikke blot hendes første kærlighed: Han delte hendes kærlighed til marsken, havde lært hende at læse, og han var den eneste forbindelse, så spinkel den end var, til hendes forsvundne familie. Han var en side i tiden, et udklip klæbet ind i en scrapbog, for det var alt, hun havde. Hendes hjerte hamrede, mens raseriet lagde sig.

„Og hvor ser du smuk ud. En kvinde. Klarer du dig? Sælger du stadig muslinger?" Han var forbløffet over, hvor forandret hun var, hendes træk var endnu mere forfinede, men uforglemmelige, hendes kindben skarpe, hendes læber fyldige.

„Ja. Ja."

„Her, jeg har taget noget med til dig." Han tog en lille rød kindfjer fra en guldspætte frem fra en konvolut. Hun overvejede at smide den på jorden, men hun havde aldrig fundet sådan en fjer; hvorfor skulle hun ikke beholde den? Hun stak den i lommen uden at takke ham.

Han talte hurtigt og sagde: „Kya, at forlade dig var ikke bare forkert, det er den værste ting, jeg har gjort eller nogensinde vil gøre i mit liv. Jeg har fortrudt det i årevis og vil altid fortryde det. Jeg tænker på dig hver dag. I resten af mit liv vil jeg være ked af, at jeg forlod dig. Jeg troede virkelig ikke, at du ville være i stand til at forlade marsken og leve i en anden verden, så jeg kunne ikke se, hvordan vi kunne blive sammen. Men det var forkert, og det var noget pis, at jeg ikke kom tilbage for at tale med dig om det. Jeg vidste, hvor mange gange du før var blevet forladt. Jeg ønskede ikke at vide, hvor hårdt jeg sårede dig. Jeg var ikke mand nok. Som du selv lige sagde." Han tav og kiggede på hende.

Til sidst sagde hun: „Hvad vil du så nu, Tate?"

„Hvis du bare på en eller måde kunne tilgive mig." Han åndede dybt ind og ventede.

Kya så på sine tæer. Hvorfor skulle hun, den sårede, den endnu blødende, bære tilgivelsens byrde? Hun svarede ikke.

„Jeg måtte bare sige det her til dig, Kya."

Da hun stadig ikke sagde noget, fortsatte han. „Jeg er ved at tage min eksamen i zoologi. Det er mest protozoologi. Du ville elske det."

Hun kunne ikke forestille sig det og kiggede tilbage hen over lagunen for at se, om Chase var på vej. Det undgik ikke Tates opmærksomhed; han havde straks regnet ud, at hun var herude for at vente på Chase.

Så sent som ugen før havde Tate bemærket Chase i sin hvide smoking danse med forskellige kvinder til juleballet. Ballet var, som de fleste begivenheder i Barkley Cove, blevet afholdt i sportshallen på high school. Mens „Wooly Bully" kæmpede for at blive hørt fra et lille stereoanlæg, der var rigget til under basketballnettet, slyngede Chase rundt med en brunette. Da „Mr. Tambourine Man" begyndte, havde han forladt dansegulvet og brunetten og delt slurke af Wild Turkey fra sin Tar Heels-drikkedunk med andre tidligere sportsidioter. Tate stod i nærheden med to af sine gamle lærere fra high school og hørte Chase sige: „Ja, hun er lige så vild som en hunræv i en snare. Lige hvad man kunne forvente af et viltert pigebarn fra marsken. Hun er hver eneste øre benzin værd."

Tate måtte tvinge sig selv til at gå sin vej.

EN KOLD VIND BLÆSTE op og fik lagunen til at bølge. Kya havde ventet at se Chase og var løbet ud iført bukser og en let sweater. Hun knugede hårdt om sig selv.

„Du fryser, lad os gå indenfor." Tate pegede mod hytten, hvor røgen stod op i stød fra det rustne kakkelovnsrør.

„Tate, jeg synes, du skal gå nu." Hun kastede flere hurtige blikke på kanalen. Hvad nu hvis Chase ankom, mens Tate var her?

„Kya, giv mig bare nogle minutter. Jeg vil virkelig gerne se dine samlinger igen."

Som svar vendte hun sig om og løb hen mod hytten, og Tate fulgte efter hende. Inde på verandaen standsede han brat. Hendes samlinger var vokset fra at være et barns hobby til at blive et naturhistorisk museum for marsken. Han tog en kammuslingeskal op, hvor der med vandfarve var skrevet, hvilken strand den var blevet fundet på, med bilag, der viste dyret spise havets mindre skabninger. For hvert eksemplar – der var hundreder, måske tusinder af dem – var det på samme måde. Han havde set nogle af dem før, som dreng, men nu, som ph.d.-kandidat så han på dem som en videnskabsmand.

Han vendte sig mod hende, stadig i døråbningen. „Kya, det her er så vidunderligt og beskrevet i så smukke detaljer. Du kunne udgive det her. Det her kunne blive til en bog – mange bøger."

„Nej, nej. De er kun til for min skyld. De hjælper mig til at lære, ikke andet."

„Kya, hør på mig. Du ved bedre end nogen anden, at der næsten ingen håndbøger findes om det her område. Disse bøger med alle de noter, tekniske data og fantastiske tegninger er det, alle har ventet på." Det var sandt. Mas gamle guidebøger til strandskaller, planter, fugle og pattedyr i området var de eneste, der var blevet trykt, og de var ynkeligt mangelfulde og indeholdt blot sort-hvide billeder og magre oplysninger om hver indførsel.

„Hvis jeg må tage et par eksemplarer med, vil jeg opsøge et forlag og høre, hvad de siger."

Hun stirrede og vidste ikke rigtig, hvad hun skulle stille op med det her. Skulle hun så tage steder hen, møde mennesker? Tate oversa ikke spørgsmålstegnene i hendes øjne.

„Du behøver ikke at tage hjemmefra. Du kan sende smagsprøver med posten til et forlag. Det vil give dig lidt penge. Måske ikke ligefrem et enormt beløb, men du kunne slippe for at skulle grave muslinger op resten af livet."

Kya sagde stadig ingenting. Endnu en gang gav Tate hende et puf til at tage sig af sig selv, han tilbød ikke bare at tage sig af hende. Det virkede, som om han havde været der hele hendes liv. Og så var forsvundet.

„Giv det en chance, Kya. Hvad kan der ske ved det?"

Hun gik omsider med til, at han kunne tage nogle smagsprøver, og han tog et udvalg af akvareller af skaller malet med bløde strøg og den store blåhejre med de detaljerede tegninger af fuglen på hver årstid samt et lille fint oliebillede af den kurvede øjenbrynsfjer.

Tate løftede maleriet af fjeren op – en overflod af flere hundreder helt tynde penselstrøg med mættede farver, der kulminerede i en dyb sort farve, der var så reflekterende, at det så ud, som om sollyset rørte ved lærredet. Detaljen med den svage flænge i ribben var så tydelig, at det gik op for Tate og Kya i samme sekund, at det her var maleriet af den allerførste fjer, som han havde givet hende i skoven. De kiggede op fra fjeren og så ind i hinandens øjne. Hun vendte sig væk fra ham. Tvang sig selv til ikke at føle noget. Hun ville ikke drages tilbage mod en, som hun ikke kunne stole på.

Han gik hen til hende og rørte ved hendes skulder. Prøvede forsigtigt at vende hende rundt. „Kya, jeg er ked af, at jeg forlod dig. Vil du ikke være sød at tilgive mig?"

Til sidst vendte hun sig om og så på ham. „Jeg ved ikke, hvordan man gør, Tate. Jeg vil aldrig kunne stole på dig igen. Vær nu sød, Tate, du må gå nu."

„Det ved jeg. Tak, fordi du hørte på mig, for at give mig den her chance for at undskylde." Han ventede et øjeblik, men hun sagde ikke mere. Han tog i det mindste væk herfra med noget. Håbet om at finde et forlag var en god grund til at kontakte hende igen.

„Farvel, Kya." Hun svarede ikke. Han stirrede på hende, og hun så ind i hans øjne, men vendte sig så væk. Han gik ud ad døren og hen mod sin båd.

Hun ventede, til han var forsvundet, satte sig så på lagunens fugtige, kolde sand og ventede på Chase. Hun gentog de ord højt, som hun havde sagt til Tate: „Chase er måske ikke perfekt, men du er værre."

Men mens hun stirrede dybt ned i det mørke vand, kunne hun ikke glemme Tates ord om Chase – *„køre væk efter en fest med en blondine i sin pickup"*.

• • •

CHASE KOM FØRST TILBAGE en uge efter jul. Han trak båden op på kysten, sagde, han kunne blive hele natten og fejre nytår sammen med hende. Arm i arm gik de hen til hytten, hvor den samme tåge syntes at lægge sig som et tæppe over taget. Efter at have elsket puttede de sig under tæpperne omkring ovnen. Den tætte luft kunne ikke rumme endnu et molekyle af fugt, så da kedlen kogte, svulmede tunge dråber op på de kølige ruder.

Chase tog mundharpen op fra sin lomme, trykkede den mod læberne og spillede den vemodige sang „Molly Malone". „Now her ghost wheels her barrow through the streets broad and narrow, crying cockles and mussels, alive, alive-o."

Det forekom Kya, at Chase havde mest sjæl, når han spillede disse vemodige melodier.

28

Rejefiskeren

1969

Når det var tid til at snuppe sig en øl, var der mere sladder at hente på Dog-Gone end i dineren. Sheriffen og Joe trådte ind i den aflange stuvende fulde ølstue og gik hen til baren, der var lavet af en enkelt sumpfyrsplanke, som strakte sig ned langs venstre side af lokalet, næsten usynlig i den dunkle atmosfære. De lokale – lutter mænd, eftersom kvinder ikke havde adgang – sad på taburetter ved baren eller omkring de spredte borde. De to bartendere lavede hotdogs, friturestegte rejer, østers og majsboller – hush puppies, rørte rundt i majsgrød, skænkede øl og bourbon. Det eneste lys, der var, kom fra de svingende ølflasker, som kastede et ravfarvet skær over det hele, som lejrbål, der slikker hen over skæggede ansigter. Fra baglokalet hørtes klirrende lyde af billardkugler.

Ed og Joe anbragte sig forsigtigt midt i baren blandt en gruppe fiskere, og så snart de havde bestilt to Millers og friturestegte østers, begyndte spørgsmålene: Noget nyt? Hvordan kunne der ingen fingeraftryk være, var det rygte virkelig sandt? Har I overvejet gamle Hanson? Han har knald i låget, det var lige sådan noget, han kunne finde på at gøre, klatre op i tårnet, skubbe enhver ud, der kom derop. I ved ikke en skid om noget som helst, vel?

Joe kiggede den ene vej, Ed den anden, lyttede til rygterne. Svarede, lyttede, nikkede. Så opfangede sheriffens øre en rolig stemme midt i al larmen, et velmoduleret tonefald, og vendte sig om og fik øje på Hal Miller, der arbejdede som besætningsmedlem på Tim O'Neals rejefiskerbåd.

„Kan vi lige tale sammen et øjeblik, sherif? Alene?"

Ed trak sig væk fra baren. „Naturligvis, Hal, følg med mig." Han førte ham hen til et lille bord ved væggen, og de satte sig. „Skal du have fyldt op?"

„Nej, jeg klarer mig. Men tak for tilbuddet."

„Er der noget, du går og tænker over, Hal?"

„Det er der godt nok. Jeg må have det ud. Det har gjort mig lidt kulret."

„Lad mig høre."

„Åh, manner." Hal rystede på hovedet. „Jeg ved ikke rigtig. Det er måske ikke noget, eller også burde jeg have fortalt det noget før. Det, jeg så, har plaget mig."

„Fortæl mig det nu bare, Hal. Vi finder ud af i fællesskab, om det er vigtigt eller ej."

„Nå, men det er det med Chase Andrews. Det var samme nat, han døde, jeg arbejdede på Tims båd, og vi ankom sent til bugten, det var langt over midnat, og mig og Allen Hunt så hende kvinden, hende, folk kalder Marskpigen, på vej ud af bugten."

„Jaså? Hvor længe efter midnat?"

„Klokken har nok været cirka kvart i to."

„Hvor sejlede hun henad?"

„Ja, det er jo dét, sherif. Hun havde kurs direkte mod brandtårnet. Hvis hun holdt kursen, må hun være landet i den lille bugt ud for tårnet."

Ed åndede ud. „Ja, Hal. Det er vigtig information. Meget vigtig. Er du sikker på, at det var hende?"

„Ja, Allen og jeg talte om det dengang og var ret sikre på, at det var hende. Jeg mener, vi tænkte begge det samme. Spekulerede på, hvad fanden hun lavede ude så sent og sejlede rundt uden tændte lygter. Det var heldigt, vi så hende, vi kunne have vædret hende. Men så glemte vi alt om det. Det var først senere, jeg lagde to og to sammen og indså, at det var samme nat, Chase døde ved tårnet. Nå, men jeg tænkte, at det var bedst at få det sagt."

„Så nogen andre på båden hende?"

„Det ved jeg ikke rigtig. Der var skam andre på benene, vi var på vej ind. Alle mand på dæk. Men jeg talte aldrig med de andre om det. Der var ligesom ikke nogen grund til det dengang. Og jeg har ikke spurgt dem siden."

„Jeg er med, Hal, du gjorde ret i at fortælle det her til mig. Det er din pligt at berette det her. Du skal ikke blive nervøs. Du skal bare fortælle mig, hvad du så. Jeg vil bede dig og Allen om at afgive forklaring. Kan jeg byde dig på den øl nu?"

„Nej, jeg tror bare, jeg går hjem nu. Nat."

„Godnat. Og tak endnu en gang." Så snart Hal rejste sig, vinkede Ed efter Joe, som havde kigget hvert andet øjeblik på sheriffen for at læse hans ansigt. De gav Hal et minut til at tage afsked med alle i lokalet, derefter gik de ud på gaden.

Ed fortalte Joe, hvad Hal havde set.

„Manner," sagde Joe, „det afgør ligesom sagen. Synes du ikke?"

„Jeg tror, vi måske kan få dommeren til at give os en ransagningskendelse. Men jeg føler mig ikke sikker, og jeg vil gerne være sikker, inden jeg spørger. Med en kendelse kan vi ransage hendes hus for ethvert spor af røde fibre, der matcher dem, der blev fundet på Chases tøj. Vi må have rede på hendes historie for den aften."

29

Tang

1967

Vinteren igennem kom Chase ofte til Kyas hytte og tilbragte normalt en nat der hver weekend. Selv på kolde, fugtige dage gled de gennem disede tykninger, hun samlede ting, og han spillede snurrige melodier på sin mundharpe. Tonerne svævede i tågen og syntes at gå i opløsning i lavlandsskovenes mørkere indre og blive memoreret af marsken, for hver gang Kya senere sejlede forbi disse kanaler, hørte hun hans musik.

En morgen tidligt i marts styrede Kya alene over havet mod landsbyen, himlen var klædt i en tanteagtig sweater af grå skyer. Chase havde fødselsdag om to dage, og hun var på vej til Piggly for at købe ingredienser til en særlig middag – som bød på hendes første karamelkage. Hun havde forestillet sig at sætte kagen med lysene foran ham på bordet – noget, der ikke var sket, siden Ma rejste. Han havde sagt flere gange i den senere tid, at han sparede op til deres hus. Hun tænkte, at hun hellere måtte lære at bage.

Da hun havde fortøjet båden og gik hen ad molen mod den enlige række af butikker, fik hun øje på Chase, der stod for enden af molen og talte med nogle venner. Han havde armen lagt om skuldrene på en slank lyshåret pige. Kyas hoved kæmpede for at finde en mening i det, også nu mens hendes ben blev ved med at bevæge sig frem af sig selv. Hun havde aldrig kontaktet ham, når han var sammen med andre eller inde i byen, men havde ingen chance for at undgå dem nu, hvis hun ikke ligefrem skulle springe i vandet.

Chase og hans venner vendte sig straks om for at se på hende, og i samme øjeblik slap han pigen med armen. Kya var klædt i hvide afklippede denimbukser, der fremhævede hendes lange ben. En sort fletning faldt ned over hvert bryst. Gruppen holdt op med at tale sammen og stirrede bare. Tanken om, at hun ikke kunne løbe hen til ham, fik hendes hjerte til at brænde med en følelse af, hvor forkert det her var.

Da hun nåede hen for enden af molen, hvor de stod, sagde han: „Nå, hej, Kya."

Hun så fra ham til dem og sagde: „Hej, Chase."

Hun hørte ham sige: „Kya, du kan godt huske Brian og Tim, Pearl, Tina." Han lirede nogle flere navne af sig, indtil hans stemme døde hen. Han vendte sig om mod Kya og sagde: „Og det her er Kya Clark."

Selvfølgelig kunne hun ikke huske dem; hun var aldrig blevet præsenteret for dem. Kendte dem kun som Højemagrelyse og alt det andet. Hun følte sig som et stykke tang, der blev trukket ind med en snøre, men det lykkedes hende at smile og sige goddag. Det her var chancen, hun havde ventet på. Her stod hun blandt de venner, som hun gerne ville være en del af. Hun kæmpede for at finde på noget at sige, noget begavet, der kunne interessere dem. Til sidst sagde to af dem køligt farvel til hende og vendte sig brat væk, de andre fulgte efter ned ad gaden som en stime elritser.

„Nå, men her er vi så," sagde Chase.

„Jeg ville ikke afbryde noget. Jeg skal bare købe ind og hjem igen."

„Du afbryder ikke noget. Jeg løb lige ind i dem. Jeg kommer ud på søndag, som jeg sagde."

Chase flyttede vægten fra en fod til den anden, rørte ved halskæden med muslingeskallen.

„Men så ses vi," sagde hun, men han havde allerede vendt sig om for at indhente de andre. Hun skyndte sig hen til markedet, veg uden om en familie af gråænder, som vraltede ned ad Main Street, deres skinnende fødder virkede overraskende orange mod brolægningens matte farve. Inde i Piggly Wiggly, hvor hun fortrængte synet af Chase og pigen fra sine tanker, rundede hun enden af brøddisken og så inspektoren, mrs. Culpepper, stå bare en meter væk. De stod der som en kanin og en prærieulv fanget i en indhegning. Kya var højere end kvinden nu og langt bedre uddannet, selvom ingen af dem ville tænke sådan. Efter altid at have løbet sin vej havde hun mest lyst til bare at stikke af, men hun holdt stand og gengældte mrs. Culpeppers stirrende blik. Kvinden nikkede svagt og gik så videre.

Kya fandt det, hun skulle bruge til skovturen – ost, franskbrød og ingredienser til kagen – det kostede hende alle de penge, som det var lykkedes hende at spare op til lejligheden. Men det virkede, som om det var en andens hånd, der tog varerne ned fra hylderne og lagde dem i indkøbsvognen. Det eneste, hun kunne se, var Chases arm, der hvilede på pigens skulder. Hun købte en lokal avis, fordi overskrifterne nævnte et havbiologisk laboratorium, der skulle åbne på kysten i nærheden.

Da hun var kommet ud fra butikken med bøjet hoved, skyndte hun sig som en røverisk fritte hen til molen. Da hun var tilbage i hytten, satte hun sig ved køkkenbordet for at læse artiklen om det nye laboratorium. Og ganske rigtigt, et supermoderne videnskabeligt anlæg var ved at blive opført tredive kilometer syd for Barkley Cove nær Sea Oaks. Forskere skulle studere marskens økologi, som bidrog til overlevelsen af næsten halvdelen af det marine liv på den ene eller den anden måde, og …

Kya vendte siden for at læse videre, og dér var der et stort billede af Chase og en pige oven over en bekendtgørelse om en forlovelse: *Andrews-Stone.* Ordene væltede ud, så gråd, før hun endelig måtte hive efter vejret. Hun rejste sig og så på avisen på afstand. Tog den op igen for at se efter – det måtte være noget, hun havde bildt sig ind. Men der var de, med ansigterne tæt stukket sammen, smilende. Pigen, Pearl Stone, smuk, flot udstyret med en perlehalskæde og en blondebluse. Hende, som hans arm havde ligget omkring. *Gåraltidmedperler.*

Kya støttede sig til væggen og gik ud på verandaen og faldt om på sengen med hænderne over sin åbne mund. Så hørte hun en motor. Hun satte sig brat op, kiggede hen mod lagunen og så Chase trække sin båd op på kysten.

Hurtigt som en mus, der flygter ud af en kasse uden låg, smuttede hun ud gennem verandadøren, inden han fik øje på hende, og løb ind i skoven, væk fra lagunen. Hun satte sig på hug bag viftepalmerne og så ham gå ind i hytten og kalde på hende. Han ville se artiklen, der lå bredt ud på bordet. Få minutter efter kom han ud igen og gik ned mod stranden, han regnede nok med, at han ville finde hende der.

Hun rørte sig ikke ud af stedet, heller ikke da han kom tilbage, mens han stadig kaldte på hende. Hun dukkede først frem fra krattet, da han begyndte at sejle væk. Hun bevægede sig trægt, hentede mad til mågerne og fulgte solen ned til stranden. En kraftig brise fra havet blæste op gennem stien, så da hun nåede stranden, havde hun i det mindste vinden at læne sig op ad. Hun kaldte på mågerne og kastede store humpler af flutes op i luften. Bandede så højere og mere ondskabsfuldt end vinden.

30

Hvirvelstrømmene

1967

Fra stranden styrede Kya sin båd for fuld gas ud i havet direkte mod hvirvelstrømmene. Hun lagde hovedet tilbage og skreg: „Din lede, SKID … MØGMÆR!" Sjaskede og forvirrede bølger tvang stævnen sidelæns og hev i styrepinden. Som altid virkede havet vredere end marsken. Dybere, det havde mere at sige.

Kya havde for længe siden lært at læse almindelige strømme og hvirvelstrømme; hvordan man klarede sig igennem eller brød væk ved at skære vinkelret på deres kurs. Men hun havde aldrig styret direkte ind i de dybere strømme, nogle af dem sat i bevægelse af Golfstrømmen, som fosser frem med hundred og tretten millioner liter i sekundet, en større kraft end alle floder på Jorden tilsammen – som alt sammen strømmer lige forbi North Carolinas udstrakte arme. Brændingen producerer brutale understrømme, knyttede hvirvler og modsatte omløb, der hvirvler sammen til kysthvirvelstrømme og afføder en af de hæsligste slangereder i planetens have. Kya havde undgået disse områder hele sit liv, men ikke nu. I dag fløj hun direkte i struben på dem, alt for at slippe væk fra smerten, vreden.

Frådende vand skubbede sig ind under stævnen og tvang båden

mod styrbord. Den hævede sig og sank tungt, men rettede sig så op. Hun blev suget ind i en rasende hvirvelstrøm, som fik hende til at fare hurtigere frem. Det virkede for risikabelt at prøve at slippe ud af den, så hun kæmpede for at styre med strømmen og holdt udkig efter sandrevler, som dannede evigt skiftende barrierer under overfladen. Bare en let berøring kunne få hende til at kæntre.

Bølger skyllede over hendes ryg og gennemvædede hendes hår. Hurtige mørke skyer strømmede lige hen over hendes hoved, spærrede for sollyset og gjorde det svært at se tegn på strømhvirvler og turbulens. Som slugte dagens hede.

Men hun mærkede stadig ingen frygt, selv ikke da hun higede efter at føle sig skrækslagen, alt for at fjerne kniven, der stak i hendes hjerte.

Pludselig skiftede det mørke tumlende vand i strømmen, og den lille jolle snurrede til styrbord og lagde sig på siden. Kraften sendte hende hovedkulds ned i bunden af båden med havvand plaskende over hende. Hun sad som lammet i vandet og forberedte sig på en ny bølge.

Hun var selvfølgelig slet ikke i nærheden af den rigtige Golfstrøm. Det her var træningslejren, blot legepladser for det rigtige hav. Men for hende betød det, at hun havde vovet sig ud i alt det onde og ville klare sig igennem. Vinde noget. Slå smerten ihjel.

De skifergrå bølger havde mistet enhver fornemmelse for symmetri og mønster og slog ind fra alle vinkler. Hun trak sig op på sin bænk igen og greb styrepinden, men vidste ikke, i hvilken retning hun skulle styre. Kysten var en fjern streg og dukkede kun op nu og da mellem skumtoppene. Lige da hun fik et glimt af fast grund, snurrede båden rundt eller tippede, og hun tabte den af syne. Hun havde følt sig så sikker på, at hun kunne klare strømmen, men den havde fået muskler og halede hende længere ind mod det frådende, mørknende hav. Skyerne stimlede sammen og lagde sig i lav højde, spærrede for sollyset. Hun var gennemblødt og rystede over det hele, mens hendes kræfter slap op og gjorde det vanskeligt at styre. Hun havde ikke taget noget grej med til at imødegå dårligt vejr, ingen mad, intet vand.

Til sidst meldte frygten sig. Fra et sted dybere end havet. Frygten ved at vide, at hun ville blive alene igen. Formentlig for altid. En livstidsdom. Hæslige, gispende lyde undslap hendes hals, da båden drejede og lagde sig på bredsiden. Den vippede faretruende ved hver bølge.

På dette tidspunkt var bådens bund dækket af femten centimeter skumfyldt vand og fik hendes fødder til at gøre ondt af kulde. Så hurtigt havet og skyerne besejrede forårets varme. Hun lagde sin ene arm over sit bryst og prøvede at varme sig selv, mens hun styrede usikkert med den anden hånd uden at kæmpe imod vandet, men blot bevægede sig i takt med det.

Til sidst blev søen mere rolig, og selvom strømmen rev hende med sig efter forgodtbefindende, var havet holdt op med at fråde og bruse. Længere fremme så hun en lille aflang sandrevle, måske tredive meter lang, som glinsede af hav og våde skaller. Hun kæmpede med den stærke understrøm, og lige i det rette øjeblik hev Kya i styrepinden og drejede sig fri af strømmen. Hun styrede rundt til læsiden af revlen og landede i det stille vand i sandet så blidt som et første kys. Hun trådte ned på den smalle stribe og sank ned i sandet. Lagde sig på ryggen og mærkede den faste grund under sig.

Hun vidste, at det ikke var Chase, hun sørgede over, men et liv defineret af afvisninger. Mens himlen og skyerne tog livtag med hinanden oven over hende, sagde hun højt: „Jeg kommer til at klare livet alene. Men det vidste jeg godt. Jeg har vidst i lang tid, at folk ikke bliver."

Det havde ikke været et tilfælde, at Chase så lusket havde nævnt ægteskab for hende som madding, straks var gået i seng med hende og så havde droppet hende for en andens skyld. Hun vidste fra sine studier, at hanner går fra den ene hun til den anden, så hvorfor var hun faldet for denne mand? Hans smarte vandskibåd var som den oppustede hals og det overstore gevir hos en buk i brunst: vedhæng, der skulle afskrække andre hanner og tiltrække den ene hun efter den anden. Alligevel var hun faldet for den samme list som Ma: *bukkespringende listige horebukke.* Hvilke løgne havde Pa fortalt hende? Hvilke dyre restauranter havde han inviteret hende på, inden hans penge slap op, og han bragte hende hjem til sit virkelige territorium – en sumphytte? Kærlighed har måske bedst af at ligge brak.

Hun reciterede et digt højt af Amanda Hamilton:

„Jeg må give slip nu.
Give slip på dig.
Kærlighed er for ofte
svaret på at blive.
For sjældent grunden
til at gå.
Jeg giver slip på linen
og ser dig drive væk.

Du troede
hele tiden,
den hede strøm
fra din elskers bryst
trak dig ned i dybet.
Men det var mit hjertes tidevand,
der slap dig ud
til at drive rundt
med tangen."

Den blege sol fandt plads mellem de tykke lave skyer og rørte ved sandrevlen. Kya så sig omkring. Strømmen, havets fejende bevægelser og dette sand var gået sammen om at danne et fint fangstnet, for hele vejen rundt omkring hende lå den mest forbløffende samling af strandskaller, hun nogensinde havde set. Vinklen på revlen og dens blide tilstrømning samlede skallerne på læsiden og lagde dem forsigtigt i sandet uden at slå dem i stykker. Hun fik øje på flere sjældne skaller og mange af sine favoritter, stadig intakte og perlemorsskinnende. Stadig glinsende.

Hun gik rundt mellem dem og udvalgte sig de mest dyrebare og stablede dem op i en bunke. Hun vendte båden rundt, tømte den for vand og stillede omhyggeligt skallerne op langs kanten i bunden. Nu planlagde hun sin tur ved at stille sig op og studere vandet. Hun læste havet og ville, takket være det hun havde lært fra skallerne, stævne ud fra læsiden og styre direkte mod land herfra. Helt undgå de stærkeste strømme.

Da hun stødte fra, vidste hun, at hun aldrig ville komme til at se denne sandrevle igen. Elementerne havde skabt et kortvarigt og skiftende smil af sand i netop denne vinkel. Det næste tidevand, den næste strøm ville forme en ny sandrevle og endnu en, men aldrig en som den her. Ikke den, der greb hende. Den, som fortalte hende en ting eller to.

SENERE, MENS HUN GIK på stranden, reciterede hun sit yndlingsdigt af Amanda Hamilton.

„Svindende måne, følg
mine fodspor
gennem lys ubrudt
af skygger på land,
og del mine sanser,
der mærker de kølige
skuldre af stilhed.

Kun du ved,
hvordan én side af et øjeblik
er strakt ud af ensomhed,
milevidt
til den anden ende,
og hvor meget himmel
der er i ét åndedrag

når tiden glider bagud
fra sandet."

Om nogen forstod ensomhed, så var det månen.

Mens Kya sivede tilbage til de forudsigelige cyklusser af haletudser og balletten af ildfluer, gravede hun sig dybere ned i den ordløse vildmark. Naturen syntes at være den eneste sten, der ikke ville løsne sig midt i strømmen.

31

En bog

1968

Den gennemtærede postkasse på en pæl, som Pa havde skåret til, stod for enden af vejen, som intet navn havde. Kyas eneste post var de forsendelser, som blev sendt ud til alle beboere. Hun havde ingen regninger at betale, ingen veninder eller gamle tanter at sende søde og fjollede breve til. Bortset fra det ene brev fra Ma for flere år siden var hendes post ganske neutral, og der kunne gå uger, hvor hun ikke tømte postkassen.

Men i sit toogtyvende år, mere end et år efter at Chase og Pearl havde bekendtgjort deres forlovelse, gik hun hver dag ned ad sandvejen, med blærer af varme på huden, til postkassen og kiggede i den. Og til sidst, en morgen, fandt hun en omfangsrig manilakuvert, åbnede den og lod indholdet – et fortryk af *Østkystens strandskaller* af Catherine Danielle Clark – glide ned i sine hænder. Hun tog en indånding, der var ingen at vise den til.

Hun sad på stranden og studerede hver side. Da Kya havde skrevet til forlaget, efter at Tate havde formidlet kontakten, og indsendt flere tegninger, havde de sendt hende en kontrakt med en returforsendelse. Eftersom alle hendes malerier og tekster havde været færdiggjort i årevis, skrev hendes forlægger, mr. Robert Foster, til hende, at bogen kunne udgives på rekordtid, og at hendes næste bog om fugle ville følge lige efter. Han vedlagde et forskud på fem tusind dollar. Pa ville være snublet over sit haltende ben og have spildt af sin drikkedunk.

Nu sad hun her med det færdige tryk – hvert penselstrøg, hver omhyggeligt udtænkt farve, hvert ord i naturhistorien stod trykt i en bog. Der var også tegninger af dyrene, som levede i det indre – der viste, hvordan de spiser, hvordan de bevæger sig, hvordan de parrer sig – for folk glemmer alt om dyr, der lever i skaller.

Hun rørte ved siderne og huskede hver skal og historien bag fundet af den, hvor den lå på stranden, årstiden, solopgangen. Et familiealbum.

I de følgende måneder stillede gavebutikker og boghandler op og ned langs North Carolinas, South Carolinas, Georgias, Virginias, Floridas og New Englands kyster hendes bog frem i deres butiksruder eller lagde den frem på borde. Royaltyudbetalingerne ville komme hvert halve år, sagde de, og kunne være på flere tusind dollar hver.

HUN SAD VED KØKKENBORDET og udarbejdede et takkebrev til Tate, men da hun læste det, tøvede hendes hjerte. Et brev syntes ikke at være nok. På grund af hans venlighed kunne hendes kærlighed til marsken nu blive hendes livsværk. Hendes liv. Hver fjer, skal eller insekt, som hun indsamlede, kunne deles med andre, og hun skulle ikke længere grave rundt i mudder efter sin aftensmad. Hun skulle måske ikke engang spise majsgrød hver dag.

Jumpin' havde fortalt hende, at Tate arbejdede som økolog på det nye institut og laboratorium nær Sea Oaks, som havde tildelt ham en veludstyret forskningsbåd. Det hændte, at hun så ham i det fjerne, men styrede væk.

Hun føjede en efterskrift til brevet: „Hvis du er i nærheden af mit sted engang, så kig forbi. Jeg vil gerne give dig et eksemplar af bogen," og stilede det til ham på laboratoriet.

Ugen efter hyrede hun en håndværker, Jerry, som indlagde rindende vand, en vandvarmer og et fuldt indrettet badeværelse med et badekar med løvefødder i det bageste soveværelse. Han indsatte en håndvask i et skab beklædt med fliser og installerede et toilet med skyl. Kya insisterede på at beholde det gamle brændeovnskomfur med brændet stablet op lige ved siden af det, fordi det opvarmede hytten, men mest fordi det havde bagt tusind boller efter hendes mors hjerte. Hvad nu, hvis Ma kom tilbage, og hendes ovn var væk? Han lavede køkkenskabe af kernefyr, satte en ny fordør op, et nyt net omkring verandaen og lavede hylder til hendes samling fra gulv til loft. Hun bestilte en sofa, stole, senge, madrasser og tæpper fra Sears, Roebuck, men beholdt det gamle køkkenbord. Og nu havde hun et rigtigt skab til at opbevare lidt souvenirer – et lille scrapskab med hendes forsvundne familie.

Ligesom før var hytten stadig umalet på ydersiden, de forvitrede fyrretræsbrædder og bliktaget var rige på grå og rustrøde farver, som blev strejfet af spansk mos fra den overhængende eg. Mindre vakkelvornt, men stadig vævet ind i marskens trend. Kya fortsatte med at sove på verandaen, undtagen i de koldeste vintre. Men nu havde hun en seng.

EN MORGEN FORTALTE JUMPIN' Kya, at entreprenører var kommet til området med store planer om at dræne den „plumrede sump" og bygge hoteller. Hun havde fra tid til anden igennem det sidste års tid bemærket store maskiner fælde store områder med egetræer på en uge, derefter grave kanaler for at udtørre marsken. Når de var færdige, flyttede de til nye steder og efterlod sig et spor af tørke og jord hårdt som cement. De havde åbenbart ikke læst Aldo Leopolds bog.

Et digt af Amanda Hamilton sagde det tydeligt.

„Barn til barn
øje til øje
voksede vi som ét,

delte sjæle.
Vinge for vinge,
blad for blad
forlod du denne verden,
foran barnet du døde.
Min ven, du vildmarksøde."

Kya vidste ikke, om hendes familie ejede jorden eller bare havde slået sig ned der, som de fleste marskfolk havde gjort gennem fire århundreder. I årenes løb, mens hun søgte efter ledetråde til, hvor hendes mor kunne være, havde hun læst hver stump papir i hytten og havde aldrig bemærket noget, der mindede om et skøde.

Så snart hun kom hjem fra Jumpin', svøbte hun den gamle bibel ind i et klæde og tog den med til domhuset i Barkley Cove. Embedsmanden, en hvidhåret mand med en enorm pande og smalle skuldre, fremdrog et stort læderindbundet bind med tinglysninger, nogle kort og nogle få luftfotos, som han spredte ud på skranken. Kya lod sin finger løbe hen over kortet, udpegede sin lagune og tegnede et groft omrids af, hvad hun mente var hendes jord. Embedsmanden kontrollerede referencenummeret og ledte efter skødet i et gammelt arkivskab af træ.

„Jeps, her har vi det," sagde han. „Det blev målt op på korrekt vis og købt i 1897 af mr. Napier Clark."

„Det er min farfar," sagde Kya. Hun bladrede gennem de tynde sider i Bibelen, og der, under de bogførte fødsler og dødsfald, stod navnet på en vis Napier Murphy Clark. Sådan et prægtigt navn. Det samme navn som hendes brors. Hun fortalte embedsmanden, at hendes far var død, hvilket han sikkert også var.

„Det er aldrig blevet solgt, så den er god nok, jorden må tilhøre Dem. Men jeg må desværre fortælle Dem, miz Clark, at der er nogle ubetalte skatter, og for at beholde jorden kommer De til at betale dem. Faktisk, ma'am, som loven siger det, så vil jorden tilhøre enhver, som betaler disse ubetalte skatter, selvom de ikke har noget skøde."

„Hvor meget er det?" Kya havde ikke åbnet en bankkonto, og alle de kontanter, hun havde tilbage efter istandsættelsen af sit hus, omkring tre tusind dollar, lå lige her i hendes rygsæk. Men der måtte være tale om fyrre års ubetalte skatter – tusinder og atter tusinder af dollar.

„Tja, lad os se. Det står opført under kategorien „brakjord", så skatterne var i de fleste af de år på omkring fem dollar. Lad os se, jeg må lige regne det ud." Han gik hen til en tyk og klodset regnemaskine, trykkede tallene ind og trak efter hver indtastning håndtaget tilbage med en skurrende lyd, som om maskinen faktisk lagde tallene sammen.

„Det ser ud til at dreje sig om cirka otte hundred dollar i alt – så er alt betalt."

Kya forlod domhuset med et fuldt skøde i sit navn på hundred og femogtyve hektar frodig lagune, sprudlende marsk, egeskove og en lang privat strand langs North Carolinas kyst. „Brakjord-*kategori*. Plumret sump."

Da hun vendte tilbage til sin lagune i skumringen, fik hun en snak med hejren. „Det er i orden. Stedet er dit nu."

NÆSTE DAG VED MIDDAGSTID lå der en seddel fra Tate i hendes postkasse, hvilket virkede underligt og lidt formelt, eftersom han før kun havde efterladt beskeder til hende på fjerstubben. Han takkede hende for invitationen til at komme forbi og hente et eksemplar af hendes bog og tilføjede, at han ville være der selvsamme eftermiddag.

Hun tog et af de seks eksemplarer af den nye bog, som forlaget havde sendt hende, og sad på den gamle læsestamme og ventede. Da der var gået tyve minutter, hørte hun lyden af Tates gamle båd, der tøffede op ad kanalen, og rejste sig op. Da han lige så langsomt kom til syne gennem krattet, vinkede de til hinanden og smilede venligt. Begge på vagt. Sidste gang han havde lagt til her, havde hun kastet sten efter hans ansigt.

Efter at have fortøjet båden gik Tate hen til hende. „Kya, din bog er et mirakel." Han bøjede sig svagt frem som for at omfavne hende, men den hårde skal om hendes hjerte holdt hende tilbage.

I stedet rakte hun ham bogen. „Her, Tate. Den er til dig."

„Tak, Kya," sagde han, mens han åbnede bogen og bladrede i den. Han nævnte selvfølgelig ikke, at han allerede havde købt et eksemplar i Sea Oaks Bookshelf og gjorde store øjne over hver side. „Sådan noget som det her er aldrig blevet udgivet før. Jeg er sikker på, at det her kun er begyndelsen for dig."

Hun bøjede bare hovedet og smilede svagt.

Så kiggede han på titelsiden og sagde: „Åh, du har ikke signeret den. Du bliver nødt til at skrive en dedikation. Hvis du vil være så sød."

Hun gjorde et kast med hovedet. Det havde hun ikke tænkt på. Hvilke ord kunne hun skrive til Tate?

Han tog en kuglepen frem fra sin bukselomme og rakte hende den.

Hun tog imod den, og efter et par sekunder skrev hun:

Til Fjerdrengen

Tak

Fra Marskpigen

Tate læste ordene, vendte sig så væk og stirrede ud over marsken, for han kunne ikke holde om hende. Til sidst tog han hendes hånd op og gav den et klem.

„Tak, Kya."

„Det var dig, Tate," sagde hun og tænkte så: *Det var altid dig.* Den ene side af hendes hjerte længtes, den anden side skærmede sig.

Han stod der et minuts tid, og da hun ikke sagde mere, vendte han sig om for at gå. Men da han var kommet ned i sin båd, sagde han: „Kya, når du ser mig ude i marsken, så lad være med at gemme dig i græsset som en plettet dåkalv. Bare kald på mig, og så kan vi udforske marsken lidt sammen. Okay?"

„All right.“

„Endnu en gang tak for bogen.“

„Farvel, Tate.“ Hun holdt øje med ham, indtil han var forsvundet i buskadset, og sagde så: „Jeg kunne i det mindste have inviteret ham på en kop te. Det ville ikke have gjort nogen skade. Jeg kunne være hans ven.“ Så tænkte hun med en sjælden stolthed på sin bog. „Jeg kunne være hans kollega.“

EN TIME EFTER at Tate var taget af sted, sejlede Kya til Jumpin's bådebro med endnu et eksemplar af sin bog stukket ned i sin rygsæk. Da hun nærmede sig, så hun ham læne sig op ad væggen til sin forvitrede butik. Han rejste sig og vinkede til hende, men hun vinkede ikke tilbage. Han vidste, at noget var anderledes, og ventede tavst, mens hun fortøjede båden. Hun gik hen til ham, løftede op i hans hånd og lagde bogen i hans håndflade. Først forstod han ingenting, men så pegede hun på sit navn og sagde: „Jeg er okay nu, Jumpin'. Tak, og tak Mabel for alt det, I har gjort for mig.“

Han stirrede på hende. I en anden tid og på et andet sted kunne en gammel sort mand og en ung hvid kvinde have omfavnet hinanden. Men ikke der, ikke dengang. Hun lagde sin hånd over hans, vendte om og sejlede væk. Det var første gang, hun havde set ham så stum. Hun blev ved med at købe benzin og varer hos ham, men hun tog ikke længere imod almisser fra dem. Og hver gang hun kom til hans bådebro, så hun sin bog stillet op i det lille vindue, så alle kunne se den. Som en far ville have vist den frem.

32

Alibi

1969

Lave mørke skyer ilede hen over et stålgråt hav mod Barkley Cove. Vinden ramte først, fik vinduer til at klapre og slyngede bølger over molen. Både, der lå fortøjet ved molen, hoppede op og ned som legetøjsbåde, mens mænd i gule regnfrakker sikrede den ene og den anden line. Så ramte en sidelæns regn landsbyen og fordunklede alt undtagen den sære gule form, der bevægede sig rundt i det grå.

Vinden piftede ind gennem sheriffens vindue, og han hævede stemmen: „Nå, Joe, du havde noget at fortælle mig?"

„Det kan du tro. Jeg fandt ud af, hvor miss Clark vil påstå, at hun var den nat, Chase døde."

„Hvad? Fik du omsider fat i hende?"

„Laver du sjov? Hun er mere glat end en skide ål. Er væk, hver gang jeg nærmer mig. Så jeg kørte over til Jumpin's marina i morges for at se, om han vidste, hvornår hun kom næste gang. Hun må hente benzin der som alle andre, så jeg tænkte, at der ville jeg nok slå kloen i hende før eller senere. Du vil ikke tro det, når du hører, hvad jeg fandt ud af."

„Kom med det."

„Jeg hørte fra to pålidelige kilder, at hun var taget væk den nat."

„Hvad? Hvem? Hun tager aldrig nogen steder, og selv hvis hun gjorde, hvem ville så vide det?"

„Kan du huske Tate Walker? Dr. Walker nu. Arbejder ude ved det nye økologiske laboratorium."

„Ja, ham kender jeg godt. Hans far er rejefisker. Scupper Walker."

„Nå, men Tate siger, at han kendte Kya – han kalder hende Kya – ganske godt, da de var yngre."

„Jaså?"

„Ikke på den måde. De var bare børn. Han lærte hende åbenbart at læse."

„Har han selv fortalt dig det her?"

„Jeps. Han var derude ved Jumpin'. Jeg spurgte Jumpin', om han vidste, hvor og hvordan jeg kunne komme til at stille Marskpigen nogle spørgsmål. Han sagde, at han aldrig anede, hvornår han fik hende at se."

„Jumpin' har altid været sød mod hende. Han vil næppe fortælle os særlig meget."

„Nå, men jeg spurgte ham, om han tilfældigvis vidste, hvad hun lavede, den nat Chase døde. Og han sagde, at det gjorde han faktisk, at hun var kommet hen til ham, morgenen efter at Chase døde, og at det var ham selv, der fortalte hende, at han var død. Han sagde, at hun havde været i Greenville i to nætter, altså også den nat Chase døde."

„Greenville?"

„Det var det, han sagde, og så stemte Tate, som havde stået der hele tiden, i og sagde, at hun ganske rigtigt havde været i Greenville, at det var ham, der havde fortalt hende, hvordan hun skulle købe busbilletten."

„Se, det var noget nyt," sagde sherif Jackson. „Og meget belejligt, at de begge stod der og kom med den samme historie. Hvorfor skulle hun tage til Greenville?"

„Tate sagde, at et forlag – du ved godt, at hun har skrevet en bog om strandskaller og en om søfugle – altså, at de havde dækket hendes udgifter for at tage derover og mødes med dem."

„Det er svært at forstille sig, at nogle smarte forlagsfolk skulle ønske at møde hende. Det bliver nok ikke svært kontrollere. Hvad sagde Tate om det med at lære hende at læse?"

„Jeg spurgte ham, hvordan han kendte hende. Han sagde, at han plejede at tage ud i nærheden af hendes sted for at fiske, og da han opdagede, at hun ikke kunne læse, lærte han hende det."

„Aha. Virkelig?"

„Under alle omstændigheder ændrer det alt," sagde Joe. „Hun har faktisk et alibi. Et godt et. At have opholdt sig i Greenville vil jeg kalde et temmelig godt alibi."

„Ja. På overfladen. Du ved, hvad man siger om gode alibier. Og vi har ham rejefiskeren, der siger, at han så hende sejle direkte mod brandtårnet, samme nat Chase faldt ned fra det."

„Han kan have taget fejl. Det var mørkt. Månen viste sig først efter klokken to om natten. Hun var måske i Greenville, og han så en anden derude i en båd, der ligner hendes."

„Tja, som sagt, den der formodede tur til Greenville burde være let nok at kontrollere."

Stormen løjede af og nøjedes med at pibe og støvregne; men i stedet for at gå hen til dineren sendte de to politimænd bud efter kylling og dumplings, smørbønner, sammenkogte sommersquash, sukkerrørssirup og boller.

LIGE EFTER FROKOST blev der banket på sheriffens dør. Miss Pansy Price åbnede den og trådte ind. Joe og Ed rejste sig. Hendes turbanhat glinsede med en rosenrød farve.

„Godeftermiddag, miss Pansy." De nikkede begge.

„Godeftermiddag, Ed. Joe. Må jeg sætte mig? Jeg vil gøre det kort. Jeg tror, jeg har vigtige oplysninger angående sagen."

„Ja, naturligvis. Sæt dig endelig." De to mænd satte sig, så snart miss Pansy havde bredt sig som en fyldig høne i sin stol og stak nogle fjer ind her og der, hendes håndtaske lå i hendes skød som et kostbart æg. Sheriffen kunne ikke dy sig og fortsatte: „Og hvilken sag taler vi så om, miss Pansy?"

„Åh, for himlens skyld, Ed. Det ved du da godt. Hvem myrdede Chase Andrews. Den sag."

„Vi ved ikke, om han blev myrdet, miss Pansy. All right? Lad os så høre, hvad du har at fortælle os."

„Som I ved, er jeg ansat hos Kress'." Hun nedværdigede sig aldrig til at nævne hele navnet: Kress' Five and Dime. Hun ventede på, at sheriffen skulle anerkende hendes bemærkning med et nik – selvom de alle vidste, at hun havde arbejdet der, lige siden hun havde solgt ham legetøjssoldater, da han var dreng – og fortsatte så: „Jeg mener at vide, at Marskpigen er en mistænkt. Er det korrekt?"

„Hvem har fortalt dig det?"

„Det er alle jo overbevist om, men jeg har det mest fra Patti Love."

„Javel."

„Nå, fra Kress' så jeg og nogle af de andre ansatte Marskpigen stige på og af bussen ud af byen, den nat Chase døde. Jeg kan bevidne disse datoer og tidspunkter."

„Jaså?" Joe og Ed udvekslede blikke. „Hvilke datoer og tidspunkter?"

Miss Pansy satte sig mere ret op i sin stol. „Hun tog bussen kl. 14.30 den 28. oktober og vendte tilbage kl. 13.16 den 30."

„Du sagde, at der også var andre, der så hende?"

„Ja, jeg kan lave en liste, hvis I gerne vil have den."

„Det bliver ikke nødvendigt. Vi kommer over til Five and Dime, hvis vi vil optage forklaringer. Tak, miss Pansy." Sheriffen rejste sig, så miss Pansy og Ed gjorde det samme.

Hun gik hen mod døren. „Nå, men tak for jeres tid. Som du selv sagde, så ved du, hvor I kan finde mig."

De sagde farvel til hinanden.

Joe satte sig igen. „Nå, men så er det sådan, det er. Det bekræfter, hvad Tate og Jumpin' sagde. Hun var i Greenville den nat, eller hun sprang i det mindste på en bus og kørte et sted hen."

Sheriffen pustede langsomt ud. „Det virker sådan. Men hvis man kan køre i bus til Greenville om dagen, kan man også tage bussen tilbage hertil om aftenen. Gøre det, man skal. Tage bussen tilbage til Greenville. Og ingen vil ane noget."

„Det kan man vel. Men det er lidt langt ude."

„Vi må have fat i bussens køreplan. Vi må se, om tiderne stemmer. Om det er muligt at tage turen frem og tilbage på én nat."

Inden Joe gik ud, fortsatte Ed: „Hun ville måske gerne ses derude ved højlys dag, mens hun steg på og af bussen. Når man tænker over det, så måtte hun gøre noget ekstraordinært for at skaffe sig et alibi. At sige, at hun havde været alene i sin hytte, den nat Chase døde, som hun normalt er, ville slet ikke være noget alibi. Så hun lagde planer sådan, at en masse mennesker ville se hende rejse. Skabe sig et førsteklasses alibi lige for øjnene af alle menneskerne på Main Street. Genialt."

„Du har fat i noget. Men vi behøver ikke snuse rundt længere. Vi kan bare sidde her og drikke kaffe og lade damerne i denne by valse ind og ud med alle lækkerbisknerne. Jeg får fat i buskøreplanen."

Joe vendte tilbage et kvarter senere.

„Nå, men du har ret," sagde han. „Se her, man kan godt tage bussen fra Greenville til Barkley Cove og være tilbage igen samme nat. Det er faktisk let nok."

„Ja, der er masser af tid mellem de to busser til at skubbe nogen ned fra brandtårnet. Jeg synes, vi skal skaffe os en ransagningskendelse."

33

Arret

1968

En morgen i vinteren 1968 sad Kya ved sit køkkenbord og malede med orange og lyserøde vandfarver på papir og skabte en trivelig, rund svampeform. Hun havde afsluttet sin bog om havfugle og arbejdede nu på en guide til svampe. Havde allerede planer om en ny bog om sommerfugle og natsværmere.

Sortøjebønner, rødløg og saltet skinke kogte i den gamle bulede gryde på brændeovnskomfuret, som hun stadig foretrak frem for det nye komfur. Især om vinteren. Bliktaget sang under en let regn. Så kom der pludselig lyde fra en lastbil, der sled sig ned ad hendes sandvej. Det rumlede højere end regnen på taget. Hun mærkede en voksende panik og gik hen til vinduet og så en rød pickup slingre gennem de mudrede hjulspor.

Kyas første tanke var at løbe sin vej, men lastbilen var allerede ved at standse foran verandaen. Sammenkrøbet under vindueskarmen så hun en mand i en grå-grøn militæruniform stige ud. Han stod bare der med døren til lastbilen på klem, kiggede gennem skoven, ned ad stien mod lagunen. Så lukkede han stille døren, løb gennem regnen til verandadøren og bankede på.

Hun bandede. Han var formentlig faret vild, ville spørge om vej og køre videre, men hun ville intet have med ham at gøre. Hun kunne skjule sig her i køkkenet og håbe på, at han forsvandt. Men hun hørte ham kalde. „Hallo! Er der nogen hjemme? Hallo?"

Irriteret, men nysgerrig gik hun gennem den nyligt indrettede stue til verandaen. Den fremmede, en høj mand med mørkt hår, stod på det øverste trin og holdt netdøren åben, cirka en meter fra hende. Hans uniform så ud, som om den var så stiv, at den kunne stå af sig selv, som om det var den, der holdt sammen på ham. Brystsiden af hans jakke var dækket af farverige, rektangulære medaljer. Men det mest iøjnefaldende var et forrevet rødt ar, der delte hans ansigt i to halve fra venstre øre til overlæben. Kya gispede.

På et øjeblik vendte hun tilbage til påskesøndagen, et halvt år før Ma forlod hjemmet for stedse. Hun og Ma sang „Rock of Ages" og gik arm i arm gennem stuen til køkkenet og samlede de farvestrålende æg sammen, som de havde malet aftenen før. De andre børn var ude at fiske, så hun og Ma havde tid til at gemme æggene og så sætte kyllingen og bollerne i ovnen. De andre søskende var for gamle til at lege skattejagt, men de løb alligevel rundt og ledte, lod, som om de ikke kunne finde æggene og holdt så deres fundne skatte højt op i vejret, mens de lo.

Ma og Kya var på vej ud af køkkenet med deres kurv med æg og chokoladekaniner fra Five and Dime, netop da Pa kom rundt om hjørnet fra gangen.

Han flåede Kyas påskekyse af hendes hoved, svingede rundt med den og skreg til Ma: „Hvad har du givet for de her fancy ting? Kyser og blanke lædersko? De der morderlig fine æg og chokoladekaniner? Hva'?"

„Dæmp dig nu lidt, Jake. Det er påske; det er for børnenes skyld."

Han skubbede Ma baglæns. „Går du rundt og horer? Er det sådan, du skaffer pengene? Fortæl mig det *nu*." Han greb Ma i armene og ruskede så hårdt i hende, at det så ud som om hendes ansigt løsrev sig fra hendes øjne, som var opspilede og helt ubevægelige. Æg væltede ned fra kurven og rullede rundt i matte pastelfarver hen over gulvet.

„Pa, stop så!" skreg Kya og begyndte så at græde.

Han løftede hånden og stak Kya en lussing. „Hold så kæft, din lille sippede tudeunge! Tag den åndssvage kjole og de der smarte sko af. Ludertøj!"

Hun dukkede sig, skærmede ansigtet og jagtede Mas håndmalede æg.

„Jeg taler til dig, kvinde! Hvor får du dine penge fra?" Han tog jern-ildrageren op fra hjørnet og gik hen mod Ma.

Kya skreg, så højt hun kunne, og greb fat i Pas arm, da han slog med ildrageren hen over Mas bryst. Blod strintede ud på den blomstrede sommerkjole som røde polkaprikker. Så bevægede en stor krop sig gennem gangen, og Kya kiggede op og så Jodie tackle Pa bagfra, så de begge væltede om på gulvet. Hendes bror kom imellem Ma og Pa og råbte til Kya og Ma, at de skulle løbe deres vej, og det gjorde de. Men inden Kya vendte sig om, så hun Pa løfte ildrageren og smadre den i ansigtet på Jodie, så hans kæbe blev slået ud af facon, og blodet sprøjtede. Hele den scene udspillede sig i hendes tanker nu i et glimt. Hendes bror, der krøb sammen på gulvet, mellem lilla-lyserøde æg og chokoladekaniner. Hun og Ma, der løb gennem viftepalmerne og skjulte sig i krattet. Ma sagde, iført sin blodindsmurte kjole, at alt var i orden, æggene ville ikke gå i stykker, og de kunne stadig stege kyllingen. Kya forstod ikke, hvorfor de holdt sig skjult der – hun var sikker på, at hendes bror var døende, havde brug for deres hjælp, men hun var for skrækslagen til at røre på sig. De ventede i lang tid og sneg sig så tilbage og kiggede ind gennem vinduerne for at være sikre på, at Pa var gået.

Jodie lå bevidstløs på gulvet midt i en blodpøl, og Kya skreg, at han var død. Men Ma fik liv i ham og flyttede ham hen til sofaen, hvor hun syede sting i hans ansigt med sin synål. Da der var faldet ro over det hele igen, snuppede Kya sin kyse fra gulvet og løb hurtigt gennem skoven og kastede den af alle kræfter ind i avneknipperne.

Nu kiggede hun ind i øjnene på den fremmede, der stod på hendes veranda, og sagde: „Jodie."

Han smilede, så arret fik en skæv facon, og svarede: „Kya, jeg håbede, du ville være her." De stirrede, ledte begge efter hinanden i ældre øjne. Jodie kunne ikke vide, at han havde været hos hende i alle disse år, at han snesevis af gange havde vist hende vejen gennem marsken, igen og igen lært hende om hejrer og ildfluer. Mere end noget andet havde hun ønsket at se Jodie eller Ma igen. Hendes hjerte havde udvisket arret og al smerten fra dengang. Det var ikke så sært, at hendes sind begravede den scene; eller at Ma var rejst. Slået med en ildrager hen over brystet. Kya så igen de udtværede pletter på den blomstrede sommerkjole som blod.

Han ville gerne omfavne hende, omslutte hende i sine arme, men da han bevægede sig hen mod hende, hang hun lavt med hovedet til den ene side og veg tilbage, dybt genert. Så han trådte bare op på verandaen.

„Kom ind," sagde hun og førte ham ind i den lille stue, der var propfuld med alle hendes fund.

„Åh," sagde han. „Ja, jeg så godt din bog, Kya. Jeg var ikke helt sikker på, om det var dig, men nu kan jeg se, at det var det. Det er utroligt." Han gik rundt og kiggede på hendes samlinger, undersøgte også stuen med dens nye møbler, kiggede ned ad gangene på soveværelserne. Han ville ikke snage, bare tage det hele ind.

„Vil du have kaffe, te?" Hun vidste ikke, om han var kommet for at besøge hende eller for at blive. Hvad ville han egentlig efter alle disse år?

„Kaffe ville være alle tiders. Tak."

I køkkenet genkendte han det gamle brændeovnskomfur ved siden af det nye gaskomfur og køleskabet. Han lod sin hånd løbe hen over det gamle køkkenbord, som hun havde beholdt, som det var. Med hele den historie, der gemte sig i dets afskallende maling. Hun hældte kaffe op i krus, og de satte sig.

„Så du er soldat nu."

„To ture til Vietnam. Jeg bliver i hæren nogle måneder endnu. De har været gode ved mig. Betalt for min collegeuddannelse – maskiningeniør, Georgia Tech. Det mindste, jeg kan gøre, er at blive hængende lidt."

Georgia lå slet ikke så langt væk – han kunne have besøgt hende noget før. Men han var her nu.

„I rejste alle," sagde hun. „Pa blev et stykke tid, efter at du tog afsted, men så forsvandt han også. Jeg ved ikke hvorhen, jeg ved ikke engang, om han lever eller ej."

„Har du boet her alene lige siden?"

„Ja."

„Kya, jeg burde ikke have efterladt dig hos det uhyre. Det har gjort ondt, jeg har haft det frygtelig dårligt med det i årevis. Jeg var en kryster, en åndssvag kryster. De her forbandede medaljer betyder ikke en skid." Han fejede hånden hen over sit bryst. „Jeg overlod dig, en lille pige, til at overleve i en sump alene med en galning. Jeg forventer ikke, at du nogensinde vil kunne tilgive mig."

„Jodie, det er okay. Du var selv kun et barn. Hvad kunne du stille op?"

„Jeg kunne være kommet tilbage, da jeg var blevet ældre. I starten handlede det om at overleve fra dag til dag i Atlantas lurvede gader." Han smilede hånligt. „Jeg tog herfra med femoghalvfjerds cent på lommen. Stjal dem fra de penge, som Pa efterlod i køkkenet; tog dem, selvom jeg vidste, at det ville koste dig. Jeg hutlede mig igennem med alle mulige tilfældige job, indtil jeg kom ind i hæren. Efter træningslejren gik turen direkte til krigen. Da jeg kom hjem, var der gået så lang tid, jeg tænkte, at du også var stukket af. Det var grunden til, at jeg ikke skrev; jeg tror, jeg ansøgte om at vende tilbage som en slags selvafstraffelse. Hvilket jeg fortjente, fordi jeg havde forladt dig. Så efter at jeg tog min eksamen fra Tech for et par måneder siden, så jeg din bog i en butik. Catherine Danielle Clark. Mit hjerte både bristede og jublede af glæde på en gang. Jeg var nødt til at finde dig – jeg tænkte, jeg ville begynde her og så opspore dig."

„Nå, men her sidder vi så." Hun smilede for første gang. Hans øjne var de samme, som de altid havde været. Ansigter ændrer sig med livets slid, men øjne forbliver et vindue til det, der var engang, og hun kunne se ham der. „Jodie, jeg er så ked af, at du havde det så dårligt med at forlade mig. Jeg bebrejdede dig det ikke det mindste. Vi var ofrene, ikke de skyldige."

Han smilede. „Tak, Kya." Tårer vældede op, og de kiggede begge væk.

Hun tøvede, men sagde så: „Det kan måske være svært at tro, men Pa var faktisk sød mod mig et stykke tid. Han drak mindre, lærte mig at fiske, og vi tog på en masse ture i båden, overalt i marsken. Men så vendte han selvfølgelig tilbage til sit drikkeri og lod mig klare mig selv."

Jodie nikkede. „Ja, jeg så den side af ham nogle få gange, men han vendte altid tilbage til flasken. Han fortalte mig engang, at det havde noget med krigen at gøre. Jeg har selv været i krig og set ting, der kan drive en mand til at drikke. Men han burde ikke have ladet det gå ud over sin kone, sine egne børn."

„Hvad med Ma, og de andre?" spurgte hun. „Hørte du nogensinde fra dem, ved du, hvor de tog hen?"

„Jeg ved intet om Murph, Mandy eller Missy. Jeg ville ikke kunne kende dem, hvis jeg mødte dem på gaden. Men nu er de vel spredt for alle vinde. Men med hensyn til Ma, Kya, nå ja, det er endnu en grund til, at jeg gerne ville finde dig. Jeg har nyt at fortælle om hende."

„Nyt? Hvad? Lad mig høre." Kuldegysninger ilede ned ad Kyas arme til hendes fingerspidser.

„Det er ikke godt nyt, Kya. Jeg fandt først ud af det i sidste uge. Ma døde for to år siden."

Hun knækkede sammen, skjulte ansigtet i sine hænder. Der kom en dæmpet stønnen fra hendes hals. Jodie prøvede at holde om hende, men hun flyttede sig væk fra ham.

Jodie fortsatte: „Ma havde en søster, Rosemary, som prøvede at opspore os gennem Røde Kors, da Ma døde, men uden held. Så for et par måneder siden fandt de frem til mig gennem hæren og satte mig i kontakt med Rosemary."

Kya mumlede hæst: „Ma var i live indtil for to år siden. Jeg har ventet i alle disse år på at se hende komme gående ned ad sandvejen." Hun rejste sig og støttede sig til vasken. „Hvorfor kom hun ikke tilbage? Hvorfor fortalte ingen mig, hvor hun var? Og nu er det for sent."

Jodie gik hen til hende, og selvom hun prøvede at vende sig væk, lagde han sine arme omkring hende. „Jeg er ked af det, Kya. Kom og sæt dig. Jeg vil fortælle dig, hvad Rosemary sagde."

Han ventede, til hun var klar, og sagde så: „Ma var syg efter et større nervesammenbrud, da hun forlod os og tog til New Orleans – det var der, hun voksede op. Hun var psykisk og fysisk syg. Jeg kan huske en lille smule af New Orleans. Jeg var nok fem år, da vi rejste. Det eneste, jeg kan huske, er et fint hus, store vinduer med udsigt til en have. Men da vi først var flyttet hertil, ville Pa ikke høre nogen snak fra os om New Orleans, vores bedsteforældre eller noget af det. Så det hele blev visket ud."

Kya nikkede. „Det har jeg aldrig vidst."

Jodie fortsatte. „Rosemary sagde, at deres forældre havde været imod Mas ægteskab med Pa fra starten, men Ma tog til North Carolina med sin mand uden en øre på lommen. Efterhånden begyndte Ma at skrive til Rosemary og fortalte hende om sine omstændigheder – at hun boede i en sumphytte med en fordrukken mand, som tævede hende og hendes børn. Så en dag, nogle år senere, dukkede Ma op. Hun havde de der højhælede sko af kunstigt alligatorskind på, som hun var så glad for. Havde ikke været i bad eller friseret sit hår i dagevis. I flere måneder var Ma stum og sagde ikke et ord. Hun opholdt sig i sit gamle værelse i sine forældres hjem og spiste knap nok noget. De fik selvfølgelig en læge til at komme og tilse hende, men ingen kunne hjælpe hende. Mas far kontaktede sheriffen i Barkley Cove for at spørge, om Mas børn havde det godt, men hans kontor svarede, at de ikke engang forsøgte at holde rede på marskfolkene."

Kya kom med en snøften nu og da.

„Til sidst, næsten et år senere, blev Ma hysterisk og sagde til Rosemary, at hun kunne huske, at hun havde forladt sine børn. Rosemary hjalp hende med at skrive et brev til Pa og spørge, om hun kunne komme og hente os og tage os med tilbage, så vi kunne bo sammen med hende i New Orleans. Han svarede, at hvis hun vendte tilbage eller kontaktede nogen af os, ville han tæve os til ukendelighed. Hun vidste, at han var i stand til den slags.“

Brevet i den blå konvolut. Ma havde spurgt efter dem, efter dem alle. Ma havde villet se hende. Men brevet havde fået en helt anden virkning. Ordene havde gjort Pa stiktosset og fået ham til at drikke igen, og så havde Kya også mistet ham. Hun nævnte ikke for Jodie, at hun stadig opbevarede asken efter brevet i en lille krukke.

„Rosemary sagde, at Ma aldrig fik nogen venner, aldrig spiste sammen med familien eller plejede omgang med nogen. Hun tillod ikke sig selv at have et liv, nogen glæder. Efter et stykke tid begyndte hun at tale mere, og det eneste, hun talte om, var sine børn. Rosemary sagde, at Ma elskede os hele livet igennem, men var frosset fast et frygteligt sted i den tro, at vi ville lide overlast, hvis hun vendte tilbage, og være blevet forladt, hvis hun ikke gjorde. Hun forlod os ikke for at slå sig løs; hun var blevet drevet til galskab og vidste knap nok, at hun var rejst.“

„Hvordan døde hun?“ spurgte Kya.

„Hun havde leukæmi. Rosemary sagde, at den muligvis kunne behandles, men hun afviste enhver form for lægehjælp. Hun blev bare mere og mere svækket og gik bort for to år siden. Rosemary sagde, at hun døde, nogenlunde som hun havde levet. I mørke, i stilhed.“

Jodie og Kya sad der i stilhed. Kya tænkte på digtet af Galway Kinnell, som Ma havde understreget i sin bog:

„Jeg må sige, at jeg er lettet over, det er slut:
Til sidst følte jeg kun medynk
for denne higen efter mere liv.
… Farvel.“

Jodie rejste sig. „Kom med mig, Kya, jeg vil vise dig noget." Han førte hende udenfor til sin pickup, og de satte sig op bagi. Han fjernede forsigtigt et stykke presenning og åbnede en stor papkasse og tog nogle uindpakkede oliemalerier ud, et efter et. Han stillede dem op langs ladet af lastbilen. Et af dem var af tre unge piger – Kya og hendes søstre – som sad på hug ved lagunen og iagttog guldsmede. Et andet billede forestillede Jodie og deres bror, som viser de fisk, de har fanget.

„Jeg tog dem med, hvis nu du stadig var her. Rosemary sendte dem til mig. Hun sagde, at Ma havde malet os i årevis, dag og nat."

Et maleri viste alle fem børn, mens de kiggede på kunstneren. Kya stirrede ind i øjnene på sine søstre og brødre og kiggede tilbage på sig selv.

Hun spurgte i et hviskende tonefald: „Hvem er hvem?"

„Hvad?"

„Der blev aldrig taget fotografier. Jeg kender dem ikke. Hvem er hvem?"

„Nåh." Han tabte helt pusten, men sagde til sidst: „Nå, men det her er Missy, den ældste. Og så Murph. Mandy. Og den lille søde fyr her er selvfølgelig mig. Og det der er dig."

Han gav hende lidt tid og sagde så: „Kig på det her."

Foran ham stod et forbløffende farvestærkt oliebillede af to børn, der sad på hug i hvirvler af grønt græs og vilde blomster. Pigen var kun en lille rolling, måske tre år, hendes glatte sorte hår faldt ned over hendes skuldre. Drengen, der var lidt ældre og havde gyldne krøller, pegede på en monarksommerfugl, hvis sorte og gule vinger bredte sig hen over en tusindfryd. Hans hånd lå på pigens arm.

„Jeg tror, det der er Tate Walker," sagde Jodie. „Og dig."

„Det har du vist ret i. Det ligner ham. Hvorfor skulle Ma have malet Tate?"

„Han plejede at komme her en del, for at fiske sammen med mig. Han viste dig altid insekter og den slags ting."

„Hvorfor kan jeg ikke huske alt det der?"

„Du var meget lille. En eftermiddag sejlede Tate ind i vores lagune, hvor Pa drak af sin flaske og var plørefuld. Du vadede rundt, og det var meningen, at Pa skulle holde øje med dig. Pludselig, uden nogen grund overhovedet, greb Pa dig i armene og ruskede dig så hårdt, at dit hoved blev kastet tilbage. Så smed han dig ned i mudderet og begyndte at le. Tate sprang ud af båden og løb hen til dig. Han var kun syv-otte år, men han råbte ad Pa. Pa gav ham selvfølgelig en på kassen og skreg til ham, at han skulle fjerne sig fra hans jord og aldrig komme tilbage, ellers ville han skyde ham. På det tidspunkt var vi alle løbet ned for at se, hvad der skete. Selvom Pa skvaldrede op og skummede af raseri, samlede Tate dig op og rakte dig til Ma. Han sikrede sig, at du havde det godt, inden han gik igen. Vi tog stadig på fisketure efter det der, men han kom aldrig tilbage til vores sted."

Ikke før han ledte mig hjem, den der første gang jeg tog båden ud i marsken, tænkte Kya. Hun kiggede på maleriet – så pastelagtigt, så fredfyldt. På en eller anden måde havde Mas sind formået at uddrage skønhed af galskab. Enhver, der så på disse portrætter, ville tro, at de forestillede den lykkeligste familie, der fandtes, som levede på en kyst og legede i solskin.

Jodie og Kya satte sig på kanten af ladet og kiggede stilfærdigt på malerierne.

Han fortsatte. „Ma var isoleret og alene. Under sådanne omstændigheder opfører folk sig anderledes."

Kya gav et lille suk. „Vær sød ikke at fortælle mig noget om isolation. Ingen behøver at fortælle mig, hvordan det forandrer et menneske. Jeg har levet i den. Jeg er isolation," hviskede Kya en anelse skarpt. „Jeg tilgiver Ma for at have forladt os. Men jeg forstår ikke, hvorfor hun ikke kom tilbage – hvorfor hun opgav mig. Du kan sikkert ikke huske det, men efter at hun var gået sin vej, fortalte du mig, at en hunræv sommetider forlader sine unger, hvis hun sulter eller er under en anden form for ekstremt pres. Ungerne dør – hvilket de sandsynligvis ville have gjort alligevel – men hunræven lever videre for at kunne formere sig igen, når betingelserne er bedre, når hun kan opfostre et nyt kuld, der vil overleve. Jeg har læst en masse om det siden dengang. I naturen – derude hvor flodkrebsene synger – forøger denne tilsyneladende hensynsløse adfærd faktisk morens antal af unger gennem hele hendes levetid, og hendes gener for at forlade afkommet i vanskelige tider bliver således givet videre til næste generation. Og så videre og så videre. Det samme sker også for mennesker. Visse former for adfærd, der kan virke barske på os nu, sikrede overlevelsen for de første mennesker, uanset hvilken sump de befandt sig i dengang. Uden dem ville vi ikke være her. Vi lagrer stadig disse instinkter i vores gener, og de kommer til udtryk under særlige omstændigheder. Nogle dele af os vil altid være, hvad vi var, hvad vi var nødt til at være for at overleve – engang langt tilbage i tiden. Måske var det en primitiv drift – nogle ældgamle gener, som ikke egner sig til i dag – der drev Ma til at forlade os på grund af presset, rædslen og den reelle fare ved at leve sammen med Pa. Det gør det ikke mere rigtigt; *hun burde have valgt at blive.* Men at vide, at disse tilbøjeligheder findes i vores genetiske arvemateriale, kan hjælpe en til at tilgive selv en fejlslagen mor. Det kan måske forklare, at hun forlod os, men jeg kan stadig ikke forstå, hvorfor hun ikke kom tilbage. Hvorfor hun ikke engang skrev til mig. Hun kunne have skrevet brev efter brev, år efter år, indtil et af dem omsider nåede frem til mig."

„Der findes vel ting, som ikke kan forklares, kun tilgives eller ej. Jeg kender ikke svaret. Måske er der ikke noget svar. Jeg er ked af at skulle overbringe dig denne sørgelige nyhed."

„Jeg har ingen familie haft, intet hørt om min familie det meste af mit liv. Nu har jeg på få minutter fundet en bror og mistet min mor."

„Jeg er så ked af det, Kya."

„Det skal du ikke være. Faktisk mistede jeg Ma for mange år siden, og nu er du tilbage, Jodie. Du aner ikke, hvor meget jeg gerne ville se dig igen. Det her er en af de lykkeligste og samtidig sørgeligste dage i mit liv." Hun rørte ved hans arm med sine fingre, og han kendte hende allerede godt nok til at vide, at det var noget sjældent.

De gik tilbage og ind i hytten, og han kiggede rundt på de nye ting, de nymalede vægge, de håndlavede køkkenskabe.

„Hvordan klarede du dig igennem, Kya? Før din bog, hvor fik du så penge og mad fra?"

„Nåh, det er en lang og kedsommelig historie. Jeg solgte for det meste muslinger, østers og røget fisk til Jumpin'."

Jodie kastede hovedet tilbage og lo højt. „Jumpin'! Ham har jeg ikke tænkt på i årevis. Lever han stadig?"

Kya lo ikke. „Jumpin' har været min bedste ven, i mange år min eneste ven. Min eneste familie, hvis man da ikke tæller sølvmågerne med."

Jodie blev alvorlig. „Havde du ingen venner i skolen?"

„Jeg har kun gået i skole én dag i mit liv," klukkede hun. „Børnene grinede ad mig, så jeg tog aldrig tilbage. Jeg brugte uger på at overliste inspektorer, der blev sendt ud for at hente mig. Hvilket, efter alt det, du havde lært mig, ikke var særlig svært."

Han så forbavset ud. „Hvordan har du lært at læse? At skrive din bog?"

„Det var faktisk Tate, der lærte mig at læse."

„Ser du ham nogensinde?"

„Det hænder." Hun stod med ansigtet vendt mod komfuret. „Mere kaffe?"

Jodie fornemmede det ensomme liv, der hang i hendes køkken. Det var der i den lille beholdning af løg i grøntsagskurven, den enlige tallerken, der stod til tørre i stativet, majsbrødet, der omhyggeligt var pakket ind i et viskestykke, sådan som en gammel enke kunne finde på at gøre.

„Tak, jeg har fået rigeligt. Men hvad med en tur rundt i marsken?" spurgte han.

„Selvfølgelig. Du vil ikke tro det, jeg har fået en ny motor, men bruger stadig den samme gamle båd."

Solen var brudt gennem skydækket og skinnede lyst og varmt på denne vinterdag. Mens hun styrede dem gennem snævre kanaler og spejlblanke flodmundinger, kom han med udbrud ved tanken om en grenstump, han huskede fra tidligere, og et bæverbo, der stadig lå stablet op nøjagtig det samme sted. De lo, da de kom til lagunen, hvor Ma, Kya og deres søstre var gået på grund i mudderet.

Da de var tilbage ved hytten, lavede hun en picnickurv, som de spiste på stranden sammen med mågerne.

„Jeg var så lille, da de alle rejste," sagde hun. „Fortæl mig om de andre." Så han fortalte hende historier om deres storebror, Murph, som bar hende rundt på sine skuldre gennem skoven.

„Du lo hele tiden. Han fór rundt og lavede cirkler, mens du sad helt deroppe. Og en gang lo du så voldsomt, at du tissede i bukserne lige ned på hans hals."

„Åh nej! Det gjorde jeg da ikke." Kya lænede sig tilbage og lo.

„Jo, du gjorde. Han peb lidt, men fortsatte bare, løb direkte ind i lagunen, indtil han stod under vand, og du stadig sad på hans skuldre. Vi så alle på – Ma, Missy, Mandy og mig – og lo, så vi græd. Ma måtte sætte sig ned på jorden, så voldsomt lo hun."

Hendes hjerne opfandt billeder, som ledsagede historierne. Stumper af et familieliv, som Kya aldrig havde troet, hun havde haft.

Jodie fortsatte. „Det var Missy, der startede med at fodre mågerne."

„Hvad? Er det sandt? Jeg begyndte selv på det, efter at alle var taget væk."

„Nej, hun fodrede mågerne, hver dag hun kunne komme af sted med det. Hun gav dem alle navne. Hun kaldte en for Store Røde, det kan jeg huske. Du ved, på grund af den der røde plet på deres næb."

„Det er selvfølgelig ikke den samme fugl – jeg har selv været igennem et par generationer af Store Røde. Men den, der lige lettede, det er Store Røde i dag." Hun prøvede at forbinde sig med sin søster, som havde givet hende mågerne, men det eneste, hun kunne se, var ansigtet i maleriet. Hvilket var mere, end hun havde haft før.

Den røde plet på en sølvmåges næb, vidste Kya, var ikke kun pynt. Det var først, når ungerne pikkede på pletten med deres næb, at forælderen overlod dem fangsten. Hvis den røde plet var falmet, så ungerne ikke hakkede på den, ville forælderen ikke made dem, og de ville dø. Selv i naturen er forældreskab en tyndere line, end man skulle tro.

De sad der et øjeblik, og så sagde Kya: „Jeg husker bare så lidt om alt det der."

„Så er du heldig. Bliv ved med det."

De sad der på den måde, tavst og stille. Uden at huske.

HUN TILBEREDTE EN SYDSTATSMIDDAG, som Ma kunne have lavet: sortøjebønner med rødløg, stegt skinke, majsbrød med sprød skorpe, smørbønner kogt i smør og mælk. Brombærtærte med flødeskum og lidt bourbon, som Jodie havde med. Mens de spiste, fortalte han hende, at han gerne ville blive nogle dage, hvis det var okay, og hun sagde, at han var velkommen til at blive, lige så længe han ville.

„Det her er din jord nu, Kya. Du har gjort dig fortjent til den. Jeg er stationeret i Fort Benning et stykke tid endnu, så jeg kan ikke blive så længe. Derefter skaffer jeg mig nok et job i Atlanta, så vi kan bevare kontakten; jeg vil gerne se dig, lige så ofte jeg kan komme herop. At vide, at du har det godt, er det eneste, jeg nogensinde har ønsket mig."

„Det lyder dejligt, Jodie. Kom bare, når som helst du kan."

Næste aften, da de sad på stranden med bølgetoppe, der kildede deres bare tæer, sludrede Kya på en usædvanlig facon, og Tate syntes at indgå i næsten hver sætning. Der var dengang, han havde vist hende vej hjem, da hun, som lille pige, var faret vild i marsken. Eller det første digt, som Tate havde læst for hende. Hun talte om fjerlegen, og om hvordan han lærte hende at læse, om at han arbejdede som forsker på et laboratorium nu. Han var hendes første kærlighed, men han havde droppet hende, da han kom på college, og havde ladet hende stå alene tilbage på lagunens kyst. Så det var ovre.

„Hvor længe siden er det?" spurgte Jodie.

„Cirka syv år siden, vil jeg tro. Da han tog til Chapel Hill første gang."

„Så du ham nogensinde igen?"

„Han kom tilbage for at sige undskyld; sagde, at han stadig elskede mig. Det var ham, der foreslog, at jeg skulle udgive håndbøger. Det er dejligt at se ham i marsken fra tid til anden, men jeg skal ikke have mere med ham at gøre. Man kan ikke stole på ham."

„Kya, det er syv år siden. Han var bare en dreng, væk hjemmefra for første gang med hundredvis af kønne piger omkring sig. Hvis han kom tilbage og undskyldte og siger, at han elsker dig, skulle du måske give ham lidt snor."

„De fleste mænd går fra den ene kvinde til den anden. De værdiløse spankulerer rundt, lokker en med falskheder. Hvilket formentlig er grunden til, at Ma faldt for en mand som Pa. Tate var ikke den eneste fyr, der forlod mig. Chase Andrews talte endda med mig om ægteskab, men han giftede sig med en anden. Fortalte mig det ikke engang; jeg læste det i avisen."

„Det er jeg ked af at høre. Virkelig, men Kya, det er ikke kun fyre, der er troløse. Jeg er selv blevet narret, droppet og kørt over et par gange. Lad os se det i øjnene, mange gange lykkes det ikke med kærlighed. Men selv når det slår fejl, forbinder det dig med andre, og i sidste ende er det alt, hvad man har, *forbindelserne.* Prøv at se på os; vi to har hinanden nu, og forestil dig det engang, hvis jeg får børn, og du får børn, ja, så er der en helt ny stribe af forbindelser. Og sådan fortsætter det. Kya, hvis du elsker Tate, så tag chancen."

Kya tænkte på Mas maleri af Tate og hende selv som børn, med deres ansigter stukket tæt sammen, omgivet af pastelfarvede blomster og sommerfugle. Det var måske trods alt et budskab fra Ma.

DEN TREDJE MORGEN efter at Jodie var dukket op, tog de Mas malerier ud – alle undtagen et, som Jodie beholdt, og hængte nogle af dem op på væggene. Hytten fik et andet lys, som om der var blevet åbnet flere vinduer. Hun trådte tilbage og stirrede på dem – et mirakel at have nogle af Mas malerier tilbage på væggene. Trukket ud af ilden.

Så fulgte Kya Jodie ud til hans pickup og gav ham en madpakke, som hun havde lavet til hans tur. De kiggede begge gennem træerne, ned ad sandvejen, alle andre steder end i hinandens øjne.

Til sidst sagde han: „Jeg må hellere se at komme af sted, men her er min adresse og mit telefonnummer," og rakte hende en seddel. Hendes vejrtrækning gik i stå, og med sin venstre hånd støttede hun sig til lastbilen, mens hun tog imod sedlen med sin højre. Sådan en simpel ting: adressen på en bror på et stykke papir. Sådan en forbløffende ting: en familie, hun kunne finde. Et nummer, hun kunne ringe til, og han ville svare. Hun fik en klump i halsen, da han trak hende ind til sig, og endelig, efter et helt liv, sank hun sammen i hans arme og græd.

„Jeg troede aldrig, jeg skulle se dig igen. Jeg troede, du var forsvundet for altid."

„Jeg vil altid være her, det lover jeg dig. Når som helst jeg flytter, sender jeg dig min nye adresse. Får du nogensinde brug for mig, så skriv eller ring, ikke også?"

„Det skal jeg nok. Og kom tilbage og besøg mig, når som helst du kan."

„Kya, tag hen til Tate. Han er en god mand."

Han vinkede fra lastbilens vindue hele vejen ned ad sandvejen, mens hun kiggede efter ham og græd og lo på samme tid. Og da han drejede ind på vejen, kunne hun se hans røde pickup gennem åbningerne i skoven, hvor et hvidt tørklæde engang havde fortonet sig, hans lange arm vinkede, indtil han var væk.

34

Gennemsøg hytten

1969

„Nå, endnu en gang er hun her ikke," sagde Joe og bankede på karmen til Kyas netdør. Ed stod på trappen og skærmede med hænderne for at kigge ind gennem nettet. Enorme egetræsgrene behængt med lange tråde af spansk mos kastede skygger over de forvitrede brædder og hyttens spidse tag. Grå strøg af himmel blinkede gennem den sene novembermorgen.

„Selvfølgelig er hun her ikke. Det spiller ingen rolle; vi har en ransagningskendelse. Gå bare ind, jeg vil vædde på, at døren ikke er låst."

Joe åbnede døren og kaldte: „Er der nogen hjemme? Det er sheriffen." Inde i hytten stirrede de på hendes raritetskabinet der fyldte hylderne.

„Ed, se lige alt det her. Det fortsætter ind i det næste værelse og ned ad gangen. Det virker, som om hun er lidt bims. Skør som en treøjet rotte."

„Måske, men hun er tilsyneladende lidt af en ekspert i marsken. Du ved jo, at hun har udgivet de der bøger. Lad os komme i gang. Okay, her er de ting, vi skal kigge efter." Sheriffen læste højt fra en liste. „Noget med stof af rød uld, der kan matche de røde fibre fundet på Chases jakke. En dagbog, kalender eller notater, noget, der nævner, hvor hun har befundet sig, og hvornår; halskæden med muslingeskal; eller billettaloner fra de der natbusser. Og lad os ikke lave rod i hendes ting. Det er der ingen grund til at gøre. Vi kan kigge under og omkring alt; det er ikke nødvendigt at ødelægge noget af det her."

„Jeg hører, hvad du siger. Det er næsten som en helligdom herinde. Halvdelen af mig er imponeret, den anden halvdel er ved at flippe ud."

„Det bliver drøjt, så meget er vist," sagde sheriffen, mens han kiggede forsigtigt bag en række af fuglereder. „Jeg begynder inde i hendes soveværelse."

Mændene arbejdede i tavshed, flyttede rundt på tøj i skuffer, rodede i skabshjørner, flyttede på krukker med slangeskind og hajtænder i deres søgen efter beviser.

Efter ti minutter kaldte Joe: „Kom og se her."

Da Ed kom ud på verandaen, sagde Joe: „Vidste du, at fuglehunner kun har én æggestok?"

„Hvad snakker du om?"

„Se her. De her tegninger og notater viser, at fuglehunner kun har én æggestok."

„For helvede, Joe. Det her er ikke en biologitime. Kom videre med arbejdet."

„Vent lidt. Se lige her. En fjer fra en påfuglehan, og i notatet står, at hannens fjer gennem æoner blev større og større for at tiltrække hunner, indtil det kom så vidt, at hannerne knap kan løfte sig fra jorden. De kan dårligt flyve længere."

„Er du færdig? Vi har et arbejde, der skal gøres."

„Det er jo vældig interessant."

Ed gik ud af rummet. „Kom så i sving, mand."

TI MINUTTER SENERE kaldte Joe igen. Da Ed gik ud fra det lille soveværelse hen mod stuen, sagde han: „Lad mig gætte. Du har fundet en udstoppet mus med tre øjne."

Der kom ikke noget svar, men da Ed gik ind i rummet, holdt Joe en rød uldkasket op.

„Hvor fandt du den?"

„Lige her, den hang på knagen mellem frakker og hatte og ting og sager."

„Hang den bare frit fremme?"

„Lige her, som jeg sagde."

Ed tog en plasticpose op af lommen, som indeholdt de røde fibre taget fra Chases denimjakke, den nat han døde, og sammenholdt dem med den røde kasket.

„De ser nøjagtig ens ud. Samme farve, samme størrelse og tykkelse," sagde Joe, mens begge mænd studerede kasketten og prøven.

„Det gør de. De har begge noget lodden beige uld blandet ind i det røde."

„For fanden, det afgør måske sagen."

„Vi må selvfølgelig sende kasketten på laboratoriet. Men hvis disse fibre stemmer overens, tager vi hende ind til afhøring. Læg kasketten i en pose, og mærk den."

Efter fire timers gennemsøgning mødtes mændene i køkkenet.

Ed strakte ryggen og sagde: „Hvis der havde været mere, havde vi nok fundet det nu. Vi kan altid komme tilbage. Lad det være nok for i dag."

Mens de slingrede ned ad hjulsporene på vej mod byen, sagde Joe: „Man skulle tro, at hvis hun er skyldig i det her, så ville hun have gemt den røde kasket. Ikke bare ladet den hænge frit fremme på den måde."

„Hun havde nok ikke nogen ide om, at der kunne falde fibre fra kasketten ned på hans jakke. Eller at laboratoriet ville kunne identificere dem. Sådan noget ville hun bare ikke vide."

„Tja, det vidste hun måske ikke, men hun ved garanteret en masse. De der påfuglehanner, der spankulerer rundt og konkurrerer så hårdt for at få sex, at de knap kan flyve. Jeg ved ikke helt, hvad alt det betyder, men noget må det betyde."

35

Kompasset

1969

En eftermiddag i juli 1969, mere end syv måneder efter Jodies besøg, dukkede *Østkystens fugle* af Catherine Danielle Clark – hendes anden bog fyldt med skarpe detaljer og skønhed – op i hendes postkasse. Hun lod sine fingre løbe hen over det smukke smudsomslag – hendes maleri af en sølvmåge. Hun sagde smilende: „Hej, Store Røde, du er kommet på forsiden."

Kya tog den nye bog med og gik lydløst hen til den skyggefulde egetræslysning nær hendes hytte for at lede efter svampe. Den fugtige jord føltes kølig under fødderne, da hun nærmede sig en klynge af stærkt gule paddehatte. Hun standsede brat. Der, siddende på den gamle fjerstub, var en lille mælkekarton, rød og hvid, ligesom den der karton engang for længe siden. Hun lo højt, ganske uventet.

Inde i kartonen, svøbt i silkepapir, var et gammelt hærkompas i et messingetui, som havde fået grå og grønne pletter med tiden. Hun trak vejret dybt ved synet af det. Hun havde aldrig haft brug for et kompas, for det virkede let nok for hende at finde vej. Men på overskyede dage, hvor solen kun viste sig i glimt, kunne kompasset vejlede hende.

På en sammenfoldet seddel stod der: *Kæreste Kya, det her kompas var min farfars fra Første Verdenskrig. Han gav mig det, da jeg var lille, men jeg har aldrig brugt det, og jeg tænkte, at du måske ville få det bedste ud af det. Kærlig hilsen, Tate. P.S. Jeg er glad for, at du kan læse den her besked!*

Kya læste ordene *Kæreste* og *Kærlig hilsen* igen. Tate. Den gyldenhårede dreng i båden, der ledte hende hjem inden et uvejr, gav hende fjergaver på en forvitret stub, lærte hende at læse; den kærlige teenager, der styrede hende gennem hendes første cyklus som kvinde og vakte hendes første seksuelle drifter; den unge forsker, der opmuntrede hende til at udgive sine bøger.

Selvom hun havde givet ham bogen om muslingskaller som gave, var hun fortsat med at skjule sig i krattet, når hun så ham i marsken, og var roet uset væk. Ildfluernes uærlige signaler, det var alt, hvad hun vidste om kærlighed.

Selv Jodie havde sagt, at hun skulle give Tate en ny chance. Men hver gang hun tænkte på ham eller så ham, sprang hendes hjerte fra den gamle kærlighed til smerten ved at blive forladt. Hun ville ønske, at det kunne lægge sig til rette i den ene eller den anden side.

Flere morgener senere gled hun gennem flodmundingerne ind i en tidlig tåge med kompasset stukket ned i sin rygsæk, selvom hun næppe fik brug for det. Hun havde planer om at søge efter sjældne vilde blomster på en skovklædt tunge af sand, der skød ud i havet, men en del af hende spejdede efter Tates båd på vandløbene.

Tågen blev stædigt hængende og snoede sine fangarme omkring træstubbe og lavthængende grene. Luften stod stille; selv fuglene var stille, mens hun gled frem gennem kanalen. En klirrende lyd i nærheden lød som et ror mod en ræling i langsom bevægelse, og så dukkede en båd spøgelsesagtigt frem af disen.

Farver, som var blevet dæmpet af skyggerne, dannede former, da de bevægede sig ind i lyset. Gyldent hår under en rød kasket. Som om han kom ind fra en drøm, stod Tate i bagenden af sin gamle fiskerbåd og stagede sig gennem kanalen. Kya slukkede for sin motor og roede baglæns ind i noget krat for at se ham passere. Hun trak sig altid tilbage for at se ham passere.

Ved solnedgang, da Kya var blevet roligere, og hjertet var tilbage på sin plads, stod hun på stranden og reciterede:

„Solnedgange er aldrig enkle.
Skumring bliver brudt og genspejlet,
men er aldrig sand.
Kvælden er en forklædning,
skjuler spor,
skjuler løgne.

Vi bekymrer os ikke om,
at skumring bedrager.
Vi ser strålende farver
og aldrig forstår
at solen er gået
under jorden,
når vi ser dens brandsår.

Solnedgange optræder i forklædning,
skjuler sandheder, skjuler løgne.

A.H."

36

At fange en ræv

1969

Joe gik gennem den åbne dør ind til sheriffens kontor. „Okay, jeg har fået rapporten."

„Lad os kigge på den."

Begge mænd læste hurtigt rapporten igennem til sidste side. „Der har vi det," sagde Ed. „Et perfekt match. Fibre fra hendes kasket var på Chases jakke, da han var død." Sheriffen smækkede med rapporten over sit håndled og fortsatte så: „Lad os se på, hvad vi har her. For det første: Rejefiskeren vil bevidne, at han så miss Clark sejle mod brandtårnet, lige før Chase faldt i døden. Hans kollega vil bakke ham op. For det andet: Patti Love sagde, at miss Clark lavede halskæden med muslingeskallen til Chase, og at den forsvandt, den nat han døde. For det tredje: Fibre fra hendes kasket var på hans jakke. For det fjerde, motivet: en forurettet kvinde. Og et alibi, vi kan modbevise. Det burde være nok."

„Et bedre motiv ville være en hjælp," sagde Joe. „At blive droppet er ligesom ikke helt nok."

„Vi har jo heller ikke afsluttet efterforskningen, men vi har nok til at tage hende ind til afhøring. Formentlig også nok til at sigte hende. Lad os se, hvordan det går, når vi får hentet hende ind."

„Ja, men det er jo problemet, ikke? Hvordan? Hun er stukket af fra alle i årevis. Inspektorer, folkeoptællingsfolk og så videre, hun har narret dem alle. Også os. Hvis vi prøver at jagte hende gennem sumpgræsset, gør vi os selv til grin."

„Det er jeg ikke så bange for. Bare fordi ingen andre kan fange hende, betyder det ikke, at vi ikke kan. Men det vil ikke være den smarteste måde at gøre det på. Jeg synes, vi skal lægge en fælde."

„Okay. Jaså," sagde vicesheriffen. „Jeg ved lidt om at sætte fælder. Og når man lægger en fælde for en ræv, er det normalt fælden, der bliver narret. Vi har ikke ligefrem overraskelsesmomentet på vores side. Vi har været derude og banket hårdt nok på hendes dør til at skræmme en brun bjørn væk. Hvad med hunde? Den plejer at være sikker."

Sheriffen sad tavs nogle sekunder. „Jeg ved ikke rigtig. Måske er jeg ved at blive gammel og blød i min høje alder af enoghalvtreds år. Men at løbe en kvinde op med hunde for at tage hende ind til afhøring virker forkert. Det er fint nok, når det gælder undslupne fanger, folk, som allerede er dømt for en forbrydelse. Men som alle andre er hun uskyldig, indtil det modsatte er bevist, og jeg kan ikke rigtig forestille mig at skulle pudse hunde på en mistænkt kvinde. Måske som en sidste udvej, men ikke endnu."

„Okay. Hvilken slags fælde så?"

„Det er det, vi skal finde ud af."

DEN 15. DECEMBER, mens Ed og Joe diskuterede mulighederne for at hente Kya ind, bankede nogen på døren. En stor mandsskikkelse tårnede sig op bag det matterede glas.

„Kom ind," kaldte sheriffen.

Da manden trådte ind, sagde Ed: „Jamen hej, Rodney. Hvad kan vi gøre for dig?"

Rodney Horn, en pensioneret mekaniker, tilbragte det meste af sin tid med at fiske sammen med sin kammerat Denny Smith. Landsbyboerne kendte ham som en stille og rolig mand, der altid gik i smækbukser. Han missede aldrig en kirkegang, men gik også med sin overall dér, og en nystrøget skjorte, der var stivet som en planke af hans kone Elsie.

Rodney tog sin filthat af og holdt den foran sin mave. Ed bød ham en stol, men Rodney rystede på hovedet. „Det her tager ikke så lang tid," sagde han. „Det er bare noget, der kan være rel'vant for Chase Andrews-sagen."

„Hvad har du at fortælle?" spurgte Joe.

„Nå ja, det er et stykke tid siden nu. Mig og Denny var ude at fiske den 30. august her i år, og vi så noget ude ved Cypress Cove. Tænkte, det kunne være af interesse for jer."

„Fortsæt," sagde sheriffen. „Men sæt dig nu ned, Rodney. Det vil føles mere behageligt for alle, hvis du satte dig."

Rodney satte sig i stolen, han blev tilbudt, og i de næste fem minutter fortalte han dem sin historie. Da han var gået, så Ed og Joe på hinanden.

„Nå, men nu har vi da et motiv," sagde Joe.

„Lad os hente hende ind."

37

Grå hajer

1969

Nogle dage før jul og tidligere på morgenen end sædvanligt sejlede Kya langsomt og stille hen mod Jumpin's sted. Lige siden sheriffen eller hans vicesherif havde snuset rundt på hendes sted og prøvet at fange hende i hendes hjem – forfejlede forsøg, som hun iagttog fra viftepalmerne – havde hun købt sin benzin og varer før daggry, hvor der kun var fiskere på færde. Nu ilede lave skyer hen over et skvulpende hav, og en bygevind, hårdt snoet som en pisk, truede fra horisonten i øst. Hun måtte gøre sig hurtigt færdig hos Jumpin' og komme hjem, inden den ramte. På omtrent fire hundred meters afstand kunne hun se hans bådebro hyllet i tåge. Hun satte farten endnu mere ned og så sig omkring efter andre både i den fugtige stilhed.

Til sidst, da hun var omkring fire meter væk, kunne hun se Jumpin's skikkelse i den gamle stol lænet op ad væggen. Hun vinkede. Han vinkede ikke. Han rejste sig ikke. Han rystede let på hovedet, næsten umærkeligt. Hun slap gashåndtaget.

Hun vinkede igen. Jumpin' stirrede på hende, men bevægede sig ikke.

Hun hev i styrepinden og vendte brat om mod havet igen. Men en stor båd med sheriffen ved roret kom sejlende ind fra tågen. Flankeret af et par både til. Og lige bag dem var uvejret.

Hun satte fuldt knald på motoren og trådede sig mellem bådene, der nærmede sig, hendes egen båd sprøjtede skumtoppe op, mens hun racede ud mod det åbne hav. Hun ville skære tilbage mod marsken igen, men sheriffen var for tæt på; han ville fange hende, inden hun nåede frem.

Havet svulmede ikke længere i symmetriske bølger, men blev kastet forvirret rundt. Vandet blev endnu mere frådende, da udkanten af stormen opslugte hende. I løbet af få sekunder udløste den et skybrud. Hun blev gennemblødt, håret hang i lange tjavser ned over hendes ansigt. Hun sejlede op mod vinden for at undgå at kæntre, men havet skubbede til stævnen og fik den til at vende.

Hun vidste, at deres både var hurtigere, og sad krumbøjet i vindstødene. Hun kunne måske undslippe dem i denne ærtesuppe eller dykke ned i havet og svømme ind. Hun gennemgik lynhurtigt i tankerne, hvad det ville indebære at springe i, hvilket syntes at være hendes bedste chance. Så tæt på kysten ville der være en tilbagegående strøm eller hvirvelstrøm, som ville få hende til at fare gennem vandet langt hurtigere, end de troede, hun kunne svømme. Hun kunne stikke hovedet op nu og da for at få vejret, nå frem til land og snige sig væk på den kratbevoksede kyst.

Bag hende lød deres motorer højere end stormen. De nærmede sig. Hvordan kunne hun bare stoppe? Hun havde aldrig givet op. Hun måtte springe i nu. Men pludselig samlede de sig omkring hende som grå hajer og kom helt tæt på. En af bådene lagde sig brat foran hende, og hun ramlede ind i dens side. Hun blev kastet tilbage mod påhængsmotoren, og det gav et ryk i hendes hals. Sheriffen rakte ud og greb fat i hendes ræling, de rullede alle rundt i det frådende kølvand. To mænd svang sig op på hendes båd, mens vicesheriffen sagde: „Miss Catherine Clark, De er anholdt for drabet på mr. Chase Andrews. De har ikke pligt til at udtale Dem …"

Hun hørte ikke resten af det. Ingen hører resten af det.

38

Sunday Justice

1970

Kyas øjne lukkede sig sammen mod det skarpe lys, der vældede ind fra hængelamper og vinduer, der nåede helt op til loftet. I to måneder havde hun levet i halvmørke, og nu, da hun åbnede øjnene igen, så hun det bløde omrids af marsken udenfor. Egetræer skærmede for bregnekrat og vinterkristtjørn. Hun prøvede at fastholde det levende grønne et sekund længere, men blev ført med en fast hånd hen til et langt bord og nogle stole, hvor hendes advokat, Tom Milton, sad. Hun havde håndjern på, hvilket tvang hende til at sidde i en akavet bedestilling. Hun havde sorte slacks og en hvid trøje på, havde en enkelt fletning, der faldt ned mellem hendes skulderblade, og drejede ikke hovedet for at se på tilskuerne. Men hun mærkede stadig varmen og støjen fra menneskene, der sad tætpakket i retslokalet for at overvære hendes drabssag. Kunne mærke folk bevæge sig frem og tilbage i et forsøg på at få et glimt af hende med håndjern på. En lugt af sved, gammel røg og billig parfume øgede hendes kvalme. De hostende lyde ophørte, men larmen voksede, da hun nærmede sig sin plads – alt sammen fjerne lyde for hende, fordi hun mest hørte sin egen sygeligt ujævne vejrtrækning. Hun stirrede på gulvbrædderne – højpoleret kernefyr – mens håndjernene blev fjernet, og satte sig tungt i stolen. Klokken var 09.30 den 25. februar 1970.

Tom lænede sig tæt ind mod hende og hviskede, at alt ville ordne sig. Hun sagde ikke noget, men søgte i hans øjne efter oprigtighed, noget at klamre sig til. Ikke at hun troede ham, men for første gang nogensinde måtte hun forlade sig på en anden. Han var en ganske høj enoghalvfjerdsårig mand og bar sit tykke hvide hår og gammeldags hørhabit med en countrystatsmands afslappede om end klichéfyldte elegance. Han bevægede sig roligt og talte stilfærdigt bag et behageligt smil, som aldrig forlod hans ansigt.

Dommer Sims havde udpeget en ung advokat til miss Clark, eftersom hun intet selv havde gjort for at finde en, men da Tom Milton hørte om det her, droppede han sin pensionisttilværelse og bad om at måtte repræsentere hende pro bono. Som alle andre havde han hørt historier om Marskpigen og havde set hende ved tilfældige lejligheder i årenes løb, hvad enten hun drev af sted gennem vandløbene som en del af strømmen eller skyndte sig væk fra supermarkedet som en vaskebjørn fra en skraldespand.

Da han besøgte Kya i fængslet første gang for to måneder siden, var han blevet ført til et lille mørkt rum, hvor hun sad ved et bord. Hun havde ikke kigget op på ham. Tom havde præsenteret sig selv og sagt, at han ville repræsentere hende, men hun sagde intet og løftede ikke blikket. Han havde en overvældende trang til at række ud og klappe hendes hånd, men noget – måske hendes ranke positur eller måden, hun stirrede frem for sig med tomme øjne – skærmede hende mod berøring. Han bevægede sit hoved i forskellige vinkler – prøvede at fange hendes blik – forklarede retsprocedurerne, hvad hun kunne forvente, og stillede hende så nogle spørgsmål. Men hun svarede ikke på noget, bevægede sig ikke og kiggede ikke på ham en eneste gang. Da de førte hende ud af lokalet, drejede hun hovedet og kastede et blik ud gennem et lille vindue, hvor hun kunne se himlen. Havfugle skreg over byens havn, og Kya syntes at iagttage deres sange.

På sit næste besøg stak Tom hånden i en brun papirspose og skubbede en glitrende coffeetablebog hen mod hende. Den havde titlen *Verdens mest sjældne skaller* og indeholdt oliemalerier af strandskaller i narturlig størrelse fra strandskaller fra de fjerneste kyster på Jorden. Hendes mund åbnede sig lidt, og hun bladrede langsomt gennem siderne og nikkede ved synet af nogle særlige eksemplarer. Han gav hende tid. Så talte han til hende igen, og denne gang så hun ham i øjnene. Han forklarede venligt og tålmodigt retsprocedurerne igen og tegnede også et billede af retslokalet, viste, hvor nævningetinget sad, dommersædet, hvor advokaterne og hun skulle sidde. Så tilføjede han tændstikfigurer af retsbetjenten, dommeren og retsstenografen og forklarede deres roller.

Som ved det første møde prøvede han at forklare bevismaterialet, som var blevet samlet mod hende, og spørge hende om, hvor hun var, den nat Chase døde, men hun trak sig ind i sin skal ved hver omtale af detaljer. Senere, da han rejste sig for at gå, skubbede hun bogen tilbage hen over bordet, men han sagde: „Nej, jeg tog den med til dig. Den er din."

Hun bed sig i læben og blinkede.

OG NU I RETSSALEN for første gang prøvede han at distrahere hende fra al postyret bag dem ved at udpege de træk i retssalen, som han havde lavet en tegning af. Men det var håbløst at aflede hendes opmærksomhed. Klokken 9.35 var tilhørerlogen overfyldt med landsbyboere, der fyldte hver bænkerække og summede af skingre kommentarer om bevismaterialet, om en dødsdom. På en lille balkon bagved sad tyve mere, og selvom det ikke var markeret, forstod alle, at farvede var henvist til denne balkon. I dag var den mest fyldt med hvide med blot nogle enkelte sorte, da det her var en helt igennem hvid retssag. I en gruppe for sig længere fremme sad nogle få journalister fra *Atlanta Constitution* og *Raleigh Herald.* Folk, der ikke kunne finde siddepladser, trykkede sig sammen mod bagvæggen og langs siderne ved de høje vinduer. Urolige, mumlende, sladrende. Marskpigen tiltalt for mord; så blev det ikke bedre. Sunday Justice, domhusets kat – dens ryg sort, dens ansigt hvidt med en sort maske omkring grønne øjne – strakte sig ud i en pøl af sollys i en af de dybe vindueskarme. Den havde været et fast indslag i domhuset i årevis, den ryddede kælderen for rotter og retslokalet for mus og gjorde sig fortjent til sin plads.

Eftersom Barkley Cove var den første landsby, der var blevet grundlagt på denne forrevne og marskprægede strækning af North Carolinas kyst, havde Kronen gjort den til amtshovedstad og opført det oprindelige domhus i 1754. Selvom andre byer som Sea Oaks senere blev mere befolkede og mere udviklede, forblev Barkley Cove det officielle centrum for amtsstyret.

Et lyn ramte det oprindelige domhus i 1912 og brændte det meste af bygningen ned til grunden. Det blev genopført næste år samme sted for enden af Main Street, nu som en toetages murstensbygning med tolvfodsvinduer indrammet af granit. I 1960'erne havde vilde græsser og viftepalmer og også nogle få dunhammere bevæget sig ind fra marsken og overtaget de engang så velplejede grunde. En åkandekvalt lagune svømmede over om foråret og havde i årenes løb fortæret en del af fortovet.

Som en kontrast til det var selve retslokalet, der var udformet til at gengive originalen, imponerende. Det forhøjede dommersæde lavet af mørk mahogni, med et farverigt indlæg af delstatens segl, stod under adskillige flag, deriblandt Konføderationens. Det halve af væggen i nævningeskranken, som også var af mahogni, var beklædt med rød ceder, og vinduerne, som fulgte den ene side af rummet, indrammede havet.

Da embedsmændene trådte ind i retssalen, pegede Tom på tændstikfigurerne på sin tegning og forklarede, hvem de var. „Det der er retsbetjenten, Hank Jones," sagde han, da en ranglet mand på tres år, med en hårgrænse, der trak sig tilbage bag hans ører og gav ham et halvt skaldet, halvt behåret hoved, gik frem i lokalet. Han bar en grå uniform og et bredt bælte behængt med en radio, en lommelygte, et imponerende sæt nøgler og en Colt-seksløber i et hylster.

Mr. Jones råbte forsamlingen op. „Jeg beklager, men I kender alle brandchefens regler. Hvis I ikke har en siddeplads, bliver I nødt til at gå."

„Det her er miss Henrietta Jones, retsbetjentens datter, retsstenografen," forklarede Tom, da en ung kvinde, der var lige så høj og tynd som sin far, stilfærdigt gik ind og satte sig ved et bord nær dommersædet. Anklageren, mr. Eric Chastain, der allerede havde taget plads, tog notesblokke frem fra sin mappe. Eric var en bredbrystet, rødhåret mand på næsten en meter og femogfirs, klædt i blåt jakkesæt og et bredt farvestrålende slips indkøbt hos Sears, Roebuck i Asheville.

Retsbetjent Jones råbte: „Alle bedes rejse sig. Retten er sat under forsæde af dommer Harold Sims." Der blev pludselig helt stille. Døren til dommerværelset blev åbnet, og dommer Sims trådte ind, tilkendegav med et nik, at alle skulle sætte sig, og bad både anklageren og forsvareren om at komme frem. Han var en kraftigt bygget mand med et rundt ansigt og kække hvide bakkenbarter og boede i Sea Oaks, men havde pådømt sager i Barkley Cove i ni år. Han blev generelt betragtet som en saglig, besindig og retfærdig voldgiftsdommer. Hans stemme rungede gennem lokalet.

„Mr. Milton, Deres begæring om at flytte denne retssag til et andet amt begrundet med, at miss Clark ikke vil kunne få en fair retssag på grund af fordommene mod hende i dette lokalsamfund, afvises. Jeg er med på, at hun har levet under usædvanlige omstændigheder og har været genstand for en del fordomme, men jeg ser intet bevis for, at hun har måttet leve med flere fordomme end så mange andre mennesker, der bliver stillet for retten i små byer over hele landet. Og i nogle større byer, for den sags skyld. Vi indleder domsforhandlingerne her og nu." Der blev nikket bifaldende rundtom i lokalet, da advokaterne vendte tilbage til deres pladser.

Han fortsatte. „Catherine Danielle Clark fra Barkley Cove, North

Carolina, De står tiltalt for overlagt drab på Chase Lawrence Andrews, førhen boende i Barkley Cove. Overlagt drab er, som det fremgår, en overlagt handling, og i sådanne tilfælde kan staten søge dødsstraf. Anklagemyndigheden har meddelt, at det vil den anmode om, hvis De bliver kendt skyldig." Der blev mumlet rundtomkring i lokalet.

Tom syntes at have bevæget sig en anelse tættere på Kya, og hun nægtede ikke sig selv den trøst.

„Vi begynder med at udpege nævninge." Dommer Sims vendte sig mod de to første rækker fyldt med potentielle nævninge. Mens han læste op fra en liste med regler og betingelser, sprang Sunday Justice ned fra sin vindueskarm med et bump og op på dommersædet med en glidende bevægelse. Dommer Sims strøg fraværende katten over hovedet, mens han fortsatte.

„I dødsstrafssager i delstaten North Carolina kan en nævning fritages, hvis han eller hun ikke går ind for dødsstraf. Vær venlig at række hånden i vejret, hvis De ikke vil eller kan pådømme en dødsstraf, hvis den anklagede bliver kendt skyldig." Ingen løftede hånden.

„Dødsstraf" var det eneste, Kya hørte.

Dommeren fortsatte. „En anden legitim grund til at blive undtaget fra nævningetinget er, hvis De nu eller før i tiden har haft så nært et forhold til enten miss Clark eller mr. Andrews, at De ikke kan være objektiv i denne sag. Vær venlig at fortælle mig, om De føler, at det kan være tilfældet."

Fra midten af anden række stak mrs. Sally Culpepper en hånd i vejret og sagde sit navn højt. Hendes grå hår var bundet op i en streng lille knold, og hendes hat, dragt og sko var holdt i samme triste grå farve.

„Godt, Sally, fortæl mig, hvad du tænker," sagde dommeren.

„Som De ved, var jeg inspektor for Barkley County i næsten femogtyve år. Miss Clark var en af mine sager, så jeg havde en del med hende at gøre, eller forsøgte på det."

Kya kunne ikke se mrs. Culpepper eller nogen anden i den centrale tilhørerloge, medmindre hun vendte sig om, hvilket hun selvfølgelig aldrig ville gøre. Men hun huskede tydeligt den sidste gang, mrs. Culpepper sad i bilen, mens manden med filthatten prøvede at jagte og fange hende. Kya havde været så flink ved den gamle mand, som hun kunne, og var vadet støjende gennem nogle brombærbuske for at give ham noget at gå efter, derefter var hun cirklet rundt og havde skjult sig i nogle buske ved siden af bilen. Mens filthatten løb i den modsatte retning ned mod stranden.

Kya krøb sammen der og rystede en kristtjørngren mod bildøren, og mrs. Culpepper kiggede ud ad vinduet og så direkte ind i hendes øjne. Hun mente dengang, at inspektoren havde smilet svagt. Under alle omstændigheder gjorde hun intet forsøg på at afsløre hende, da filthatten vendte tilbage, mens han bandede for sig selv, og derefter kørte de ned ad vejen for aldrig siden at komme tilbage.

Nu sagde mrs. Culpepper til dommeren: „Nå ja, eftersom jeg har haft noget med hende at gøre, ved jeg ikke, om det betyder, om jeg bør fritages."

„Tak, Sally," sagde dommer Sims. „Nogle af jer har måske haft med miss Clark at gøre i butikker eller mere officielle sammenhænge, som i mrs. Culpeppers tilfælde, da hun skulle indfange en bortrømt elev. Sagen er: Kan du lytte til de vidneudsagn, der bliver afgivet her, og beslutte, om hun er skyldig eller uskyldig baseret på bevismaterialet og ikke på tidligere erfaringer eller følelser?"

„Ja, det er jeg sikker på, at jeg kan, høje dommer."

„Tak, Sally, du kan blive."

Klokken 11.30 sad der syv kvinder og fem mænd i nævningeskranken. Kya kunne se dem derfra, hvor hun sad, og sneg sig til at kigge på deres ansigter. De fleste af dem genkendte hun fra landsbyen, men hun kendte kun få af dem af navn. Mrs. Culpepper sad direkte i midten og gav Kya en smule trøst. Men ved siden af hende sad Teresa White, den lyshårede hustru til metodistprædikanten, som for en del år siden var faret ud fra skobutikken for at rive deres datter væk fra Kya, da hun stod på fortovskanten efter at have spist frokost på dineren sammen med Pa

– denne ene, eneste gang. Mrs. White, som havde fortalt sin datter, at Kya var snavset, sad nu i nævningetinget.

Dommer Sims hævede retten indtil klokken 13, så man kunne gå til frokost. Dineren ville komme over med sandwicher med tunfisk, kyllingesalat og skinke til nævningene, som skulle spise sammen i voteringsværelset. For at være fair over for byens to spisesteder skulle Dog-Gone Beer Hall levere hotdogs, chili og rejesandwicher hver anden dag. De havde også altid noget med til katten. Sunday Justice foretrak rejerne.

39

Chase ved et tilfælde

1969

En tåge var ved at lette en morgen i august 1969, da Kya sejlede til en fjern halvø, som de lokale kaldte Cypress Cove, og hvor hun engang havde set nogle sjældne paddehatte. August var et sent tidspunkt til svampe, men Cypress Cove var kølig og fugtig, så hun kunne måske finde de sjældne arter igen. Der var gået over en måned, siden Tate havde lagt kompasset til hende på fjerstubben, og selvom hun havde set ham i marsken, havde hun ikke vovet sig tæt nok på til at takke ham for gaven. Hun havde heller ikke brugt kompasset, selvom det lå stoppet godt og grundigt ned i en af de mange lommer i hendes rygsæk.

Mosgroede træer fulgte bredden, og deres lavthængende grene dannede en hule tæt på bredden, som hun gled igennem, mens hun afsøgte bevoksningerne for små orange svampe på tynde stilke. Og til sidst så hun dem, djærve og strålende, klyngende sig til siderne af en gammel stub, og efter at have trukket sin båd på grund sad hun nu med korslagte ben og trak dem op.

Pludselig hørte hun fodtrin i det våde sand og så en stemme: „Jamen se lige, hvem der er her. Min Marskpige." Hun snurrede rundt og rejste sig på samme tid og stod ansigt til ansigt med Chase.

„Hej, Kya," sagde han. Hun så sig omkring. Hvor var han kommet fra? Hun havde ikke hørt nogen båd. Han gættede hendes spørgsmål. „Jeg fiskede, så dig komme forbi, så jeg gik i land ovre på den anden side."

„Vær sød bare at gå," sagde hun og stoppede sine blyanter og sin blok ned i rygsækken.

Men han lagde sin arm om hende. „Kom nu, Kya. Jeg er ked af, at det gik, som det gik." Han lænede sig frem, hans ånde havde et strejf af bourbon.

„Rør mig ikke!"

„Hey, jeg sagde, at jeg er ked af det. Du vidste godt, at vi ikke kunne blive gift. Du kunne aldrig have boet i nærheden af byen. Men jeg har altid holdt af dig; jeg blev hos dig."

„Blev hos mig?! Hvad skal det sige? Lad mig være i fred." Kya stak rygsækken under armen og gik hen mod båden, men han greb hendes arm og holdt hårdt fast i den.

„Kya, der vil aldrig være sådan en som dig, aldrig. Og jeg ved, at du elsker mig." Hun rev sin arm fri af hans hænder.

„Du tager fejl! Jeg er ikke sikker på, at jeg nogensinde har elsket dig. Men du talte til *mig* om ægteskab, kan du huske det? Du talte om at bygge et hus til os to. I stedet kunne jeg læse i avisen om din forlovelse med en anden. Hvorfor gjorde du det? Hvorfor, Chase?"

„Kom nu, Kya. Det var umuligt. Du må have vidst, at det aldrig ville fungere. Hvad var der galt med det, som det var? Lad os vende tilbage til det, vi havde." Han rakte ud efter hendes skuldre og trak hende ind til sig.

„Slip mig!" Hun vred sig og prøvede at rive sig fri, men han greb fat i hende med begge hænder, så det gjorde ondt i hendes arme. Han trykkede sin mund mod hendes og kyssede hende. Hun jog armene op og slog hans hænder væk. Hun trak sit hoved tilbage og hvæsede: „Du kan lige prøve."

„Der har vi min vildkat. Vildere end nogensinde." Han greb hende om skuldrene, satte et ben i knæhasen på hende og skubbede hende ned på jorden. Hendes hoved slog hårdt mod jorden. „Jeg ved, det er mig, du vil have," sagde han og smilede hånligt.

„Nej, stop!" skreg hun. Han knælede og jog sit knæ ned i hendes mave, så hun mistede pusten, mens han åbnede sine bukser og trak dem helt ned.

Hun stejlede og skubbede til ham med begge hænder. Pludselig slog han hende hårdt i ansigtet med sin højre knytnæve. En kvalmende, smældende lyd rungede inde i hendes hoved. Hendes hals røg tilbage, og hendes krop blev kastet baglæns mod jorden. Ligesom da Pa slog Ma. Hun blev tom i hovedet nogle sekunder af den dunkende smerte; så sprællede hun og prøvede at vriste sig fri under ham, men han var for stærk. Han holdt begge hendes arme fast over hendes hoved med den ene hånd, lynede hendes shorts ned og flåede hendes trusser af, mens hun sparkede til ham. Hun skreg, men der var ingen til at høre det. Hun sparkede mod jorden og kæmpede for at gøre sig fri, men han greb fat om hendes håndled og vendte hende om på maven. Skubbede hendes dunkende ansigt ned i jorden, rakte så ind under hendes mave og trak hendes underliv op mod sig, mens han knælede bagved.

„Jeg lader dig ikke slippe denne gang. Du er min, hvad enten du kan lide det eller ej."

Hun genfandt en form for primal styrke, stødte fra mod jorden med knæ og arme og trak sig baglæns, samtidig med at hun svang sin albue hen over hans kæbe. Da hans hoved svingede til siden, slog hun vildt på ham med sine knytnæver, indtil han mistede balancen og faldt bagover ned på jorden. Så tog hun sigte og sparkede ham godt og grundigt i skridtet.

Han knækkede sammen og rullede om på siden, holdt om sine testikler og krympede sig. For en god ordens skyld sparkede hun ham i ryggen, hun vidste præcist, hvor hans nyrer befandt sig. Flere gange. Hårdt.

Hun trak op i sine shorts, greb sin rygsæk og løb hen til båden. Greb startsnoren og så sig tilbage, mens han jamrende kom op på alle fire. Hun bandede, indtil motoren gik i gang. Hun ventede, at han ville sætte efter hende hvert øjeblik, drejede styrepinden skarpt og speedede væk fra bredden, netop da han rejste sig. Hendes hænder rystede, hun lynede sine bukser op og holdt tæt om sin krop med den ene arm. Hun kiggede ud over havet med et vildt blik og så endnu en fiskerbåd i nærheden og to mænd, der stirrede på hende.

40

Cypress Cove

1970

Efter frokosten spurgte dommer Sims anklageren: „Eric, er I klar til at indkalde jeres første vidne?"

„Det er vi, høje dommer." I drabssager plejede Eric først at indkalde ligsynsmanden, fordi hans vidneudsagn præsenterede bevismidler som mordvåben, tid og sted for dødsfaldet, og gerningsstedsfotos, som alle gjorde et skarpt indtryk på nævningene. Men i dette tilfælde var der intet mordvåben, ingen fingeraftryk eller fodaftryk, så Erics plan var at starte med motivet.

„Høje dommer, vi indkalder mr. Rodney Horn."

Alle i retten så Rodney Horn træde op i vidneskranken og aflægge ed på at sige sandheden. Kya genkendte hans ansigt, selvom hun kun havde set det i nogle få sekunder. Hun vendte sig bort. En pensioneret mekaniker, han var en af dem, som tilbragte det meste af sin tid med at fiske, gå på jagt eller spille poker på Swamp Guinea. Kunne drikke som en regntønde. I dag bar han, som altid, sine denimsmækbukser og en ren skotskternet skjorte med stivede flipper. Han holdt sin fiskerkasket i venstre hånd, mens han blev taget i ed med højre hånd på Bibelen, og satte sig så ned i vidneskranken med kasketten i skødet.

Eric gik afslappet hen til vidneskranken. „Godmorgen, Rodney."

„Morn, Eric."

„Nå, Rodney, jeg forstår, at du var ude at fiske med en ven nær Cypress Cove om morgenen den 30. august 1969? Er det korrekt?"

„Det er helt korrekt. Mig og Denny var derude for at fiske. Havde været der siden daggry."

„Af hensyn til protokollen: Var det Denny Smith?"

„Ja, mig og Denny."

„Godt. Jeg vil bede dig fortælle retten, hvad du så den morgen."

„Ja, som sagt havde vi været der siden daggry, og klokken var nok omkring elleve, vil jeg tro, vi havde ikke fået noget at spise i et stykke tid, så vi skulle til at trække vores snører ind og stævne ud, da vi hørte noget postyr fra træerne på odden. Inde i skoven."

„Hvilken slags postyr?"

„Ja, der lød stemmer, sådan lidt dæmpet først, men så højere. En mand og en kvinde. Men vi kunne ikke se dem, vi hørte dem bare, som om de skændtes."

„Hvad skete der så?"

„Jo, kvinden begyndte at råbe, så vi sejlede derhen for at få et bedre kig. For at se, om hun var i vanskeligheder."

„Og hvad så I så?"

„Jo, da vi kom tættere på, så vi kvinden stå ved siden af manden og sparke ham direkte i ..." Rodney kiggede på dommeren.

„Hvor sparkede hun ham?" sagde dommer Sims. „Du kan roligt sige det."

„Hun sparkede ham direkte i kuglerne, og han sank om på siden, mens han stønnede og jamrede. Så sparkede hun ham igen og igen i ryggen. Rasende som et muldyr, der har spist humlebier."

„Genkendte du kvinden? Er hun her i retssalen i dag?"

„Ja, vi kendte hende udmærket. Det var hende der, den tiltalte. Hende, folk kalder for Marskpigen."

Dommer Sims lænede sig frem mod vidnet. „Mr. Horn, tiltaltes navn er miss Clark. De må ikke nævne hende under noget andet navn."

„A'right så. Det var miss Clark, vi så."

Eric fortsatte. „Genkendte du manden, som hun sparkede?"

„Ja, vi kunne ikke se ham, fordi han lå og sprællede på jorden. Men nogle minutter efter rejste han sig op, og det var så Chase Andrews, ham quarterbacken for nogle år tilbage."

„Og hvad skete der så?"

„Hun kom tumlende hen mod sin båd, og nå ja, hun var delvist afklædt. Hun havde sine shorts nede om anklerne og sine trusser om knæene. Hun prøvede at trække op i sine shorts og løbe på samme tid. Mens hun hele tiden råbte ad ham. Hun gik hen til sin båd, hoppede ned i den og fræsede væk, mens hun stadig trak op i sine trusser. Da hun kom forbi os, så hun os direkte i øjnene. Det er derfor, jeg ved nøjagtigt, hvem det var."

„Du sagde, at hun råbte ad ham hele tiden, mens hun løb ned mod sin båd. Kunne du høre præcist, hvad hun sagde?"

„Ja, vi kunne høre det helt tydeligt, fordi vi var ganske tæt på."

„Vær venlig at fortælle retten, hvad I hørte hende råbe."

„Hun skreg: 'Lad mig være, dit svin! Hvis du generer mig igen, slår jeg dig ihjel!'"

En lav mumlen ilede gennem retssalen og stoppede ikke. Dommer Sims slog med sin hammer. „Så er det nok. Ro i salen."

„Så var der ikke mere, tak, Rodney," sagde Eric til sit vidne. „Jeg har ikke flere spørgsmål. Deres vidne."

Tom strøg lige forbi Eric og standsede foran vidneskranken.

„Rodney, du forklarede først, da du hørte disse dæmpede, men højrøstede stemmer, at du ikke kunne se, hvad der foregik mellem miss Clark og mr. Andrews. Er det korrekt?"

„Det er rigtigt. Vi kunne ikke se dem, før vi havde bevæget os lidt frem."

„Og du sagde, at kvinden, som du senere identificerede som miss Clark, råbte, som om hun var i knibe. Korrekt?"

„Ja."

„Du så ikke nogen kys eller nogen form for seksuel adfærd mellem to enige voksne. Du hørte en kvinde råbe, som om hun blev overfaldet, som om hun var i vanskeligheder. Korrekt?"

„Jo da."

„Så kan det tænkes, at miss Clark forsvarede sig selv, da hun sparkede mr. Andrews – en kvinde alene i skoven – forsvarede sig mod en meget stærk og atletisk mand. En tidligere quarterback, som havde overfaldet hende?"

„Jo, det kan meget vel tænkes."

„Jeg har ikke flere spørgsmål."

„Genafhøring?"

„Ja, høje dommer," sagde Eric, der stod ved anklagerens bord.

„Så Rodney, uanset om der fandtes en form for gensidig accept eller ej mellem dem, vil det så være korrekt at sige, at tiltalte, miss Clark, var ekstremt rasende på den afdøde, Chase Andrews?"

„Ja, hun var stiktosset."

„Tosset nok til at skrige, at hvis han generede hende igen, ville hun slå ham ihjel. Er det ikke korrekt?"

„Ja, det var sådan, det var."

„Jeg har ikke flere spørgsmål, høje dommer."

41

En lille hjord

1969

Kyas hænder fumlede med styrepinden, mens hun kiggede tilbage for at se, om Chase fulgte efter hende i sin båd fra Cypress Cove. Hun sejlede hurtigt tilbage til sin lagune og løb haltende hen til hytten med hævede knæ. Inde i køkkenet faldt hun grædende om på gulvet, tog sig til sit hævede øje og spyttede sand og jord ud af munden. Derefter lyttede hun efter lyde, der tydede på, at han kom.

Hun havde set halskæden med muslingeskallen. Han bar den stadig. Hvordan kunne det være?

„Du er min," havde han sagt. Han måtte være edderspændt rasende over, at hun havde sparket ham, og ville komme efter hende. Han kunne komme i dag. Eller vente på at det blev mørkt.

Hun kunne ikke fortælle det til nogen. Jumpin' ville insistere på, at de skulle tilkalde sheriffen, men politiet ville aldrig vælge at tro på Marskpigen frem for Chase Andrews. Hun vidste ikke rigtig, hvad de to fiskere havde set, men de ville aldrig forsvare hende. De ville sige, at hun selv havde været ude om det, for inden Chase havde forladt hende, havde man set hende snave med ham i årevis og opføre sig meget lidt ladylike. *Spillet luder,* ville de sige.

Udenfor hylede vinden ind fra havet, og hun var nervøs for, at hun ikke ville kunne høre hans motor, så hun sled sig langsomt ud af smerten, pakkede boller, ost og nødder i sin rygsæk og ilede med sænket hoved mod en manisk storm gennem kanaler i vadegræsset mod læsehytten. Turen tog femogfyrre minutter, og ved hver lyd krympede hun sig i sin ømme og stive krop og drejede brat hovedet for at undersøge krattet. Til sidst kom den gamle stamme, der skjult af høje græsser klyngede sig til åbrinken, langsomt til syne. Her var vinden roligere. Den bløde eng stille og rolig. Hun havde aldrig fortalt Chase om sit skjul, men måske kendte han alligevel til det. Hun vidste det ikke.

Rottelugten var væk. Efter at det økologiske laboratorium havde ansat Tate, havde han og Scupper fikset den gamle hytte op, så han kunne overnatte der på nogle af sine ekspeditioner. De havde afstivet væggene, rettet taget op og sat de mest nødvendige møbler ind – en lille seng dækket af et vattæppe, et komfur til madlavning, et bord og en stol. Der hang gryder og pander ned fra bjælkerne. Og som noget ganske malplaceret var der et mikroskop dækket af plastic på et klapbord. I hjørnet var en gammel metalkuffert fyldt med konservesdåser med baked beans og sardiner. Intet, der kunne lokke bjørne til.

Men hun følte sig fanget inde i hytten, ude af stand til at se, om Chase kom, så hun satte sig på åbredden og afsøgte det græsbevoksede vandland med sit raske øje. Det andet var hævet og tillukket.

Nede ad strømmen ignorerede en flok på fem hunhjorte hende og gik langs vandkanten og nippede til blade. Hvis hun bare kunne være med, blive en del af dem. Kya vidste, at det ikke så meget handlede om, at hjorden ville være ufuldstændig uden en af sine hjorte, men at hver hjort ville være ufuldstændig uden sin hjord. En af dem løftede hovedet, dens mørke øjne kiggede mod nord ind mellem træerne, den stampede i jorden med højre forfod og forlod så stedet. De andre så på og peb af uro. Kyas raske øje kiggede straks efter tegn i skoven på Chase eller et andet rovdyr. Men alt var stille. Det var måske brisen, der havde forskrækket dem. De holdt op med at stampe, men bevægede sig langsomt væk ind gennem det høje græs og efterlod Kya alene og utilpas.

Hun kiggede igen undersøgende på engen efter ubudne gæster, men det sugede al energi ud af hende at lytte og kigge, så hun vendte tilbage til hytten. Tog noget svedende ost op af sin taske. Faldt sammen på gulvet og spiste tanketomt, mens hun rørte ved sin forslåede kind. Hendes ansigt, arme og ben var flængede og smurt ind i blodigt grus. Knæene kløede og dunkede. Hun hulkede, kæmpede med skammen og spyttede pludselig osten ud i en klumpet masse.

Hun havde selv været ude om det. Færdedes uden ledsagelse. En naturlig drift havde ført hende til et billigt motel, ugift men stadig ikke tilfredsstillet. Sex under blinkende neonlys, kun efterladende sig blod, som ligner dyrespor sat på de hvide lagner.

Chase havde formentlig pralet med sin bedrift over for alle. Ikke så sært at folk undgik hende – hun var uegnet, frastødende.

Da halvmånen viste sig mellem hurtigt bevægende skyer, kiggede hun gennem det lille vindue efter mandelignende skikkelser, som trykkede sig til jorden og kom snigende. Til sidst krøb hun ned i Tates seng og sov under hans tæppe. Hun vågnede ofte, lyttede efter fodtrin, trak så det bløde stof tæt omkring sit ansigt.

MERE SMULDRENDE OST til morgenmad. Hendes ansigt havde fået en grønlig-lilla farve nu, øjet var hævet som et kogt æg, og halsen gjorde ondt. Dele af hendes overlæbe var deform på en grotesk måde. Monstrøs, ligesom med Ma, bange for at gå hjem. Med pludselig klarhed så Kya, hvad Ma havde måttet udstå, og hvorfor hun var rejst. „Ma, Ma," hviskede hun. „Jeg er med. Nu forstår jeg, hvorfor du måtte tage af sted og aldrig komme tilbage. Jeg er ked af, at jeg ikke var klar over det, at jeg ikke kunne hjælpe dig." Kya hang med hovedet og hulkede. Så rettede hun hurtigt hovedet op igen og sagde: „Sådan her vil jeg aldrig leve – hele tiden gå og spekulere på, hvornår det næste knytnæveslag falder."

Hun gik hjem om eftermiddagen, men selvom hun var sulten og manglede forsyninger, tog hun ikke hen til Jumpin'. Chase kunne opdage hende der. Desuden ønskede hun ikke, at nogen, især ikke Jumpin', skulle se hendes forslåede ansigt.

Efter et simpelt måltid bestående af tørt brød og røget fisk satte hun sig på kanten af sin verandaseng og stirrede ud gennem nettet. Lige i det øjeblik bemærkede hun en hunknæler, der sneg sig frem på en gren tæt ved hendes ansigt. Insektet fangede natsværmere med sine leddelte forben og fortærede dem så, mens deres vinger stadig flaksede i dets mund. En hanknæler med højt løftet hoved og stolt som en pave viste sig frem for at kurtisere hende. Hun virkede interesseret, hendes følehorn svang vildt rundt som tryllestave. Hans omfavnelse var måske tæt eller kærlig, Kya kunne ikke se det, men mens den sonderede hendes krop med sit parringsorgan for at befrugte hendes æg, lagde hunnen sin lange elegante hals tilbage og bed hans hoved af. Han havde så travlt med at springe på hende, at han ikke bemærkede det. Hans halsstump blafrede rundt, mens han fortsatte med sit parringsforsøg, og hun bed i hans bryst og så i hans vinge. Til sidst stak kun ét forben ud fra hendes mund, mens hans hovedløse, hjerteløse underkrop kopulerede i perfekt rytme.

Ildfluehunner tiltrækker fremmede hanner med falske signaler og æder dem; hunknælere fortærer deres egne mager. Insekthunner ved, hvordan de skal tackle deres elskere, tænkte Kya.

Da der var gået nogle dage, sejlede hun ind i marsken og udforskede områder, som Chase ikke ville kende, men hun var nervøs og årvågen, hvilket gjorde det svært at male. Hendes øje var stadig hævet omkring en smal sprække, og det blå mærke havde ladet sine kvalmende farver sive ned over halvdelen af hendes ansigt. Det dunkede af smerter i store dele af hendes krop. Et jordegerns kvidren fik hende til at snurre rundt, hun lyttede intenst til kragernes skræppen – et sprog før der fandtes ord, dengang kommunikation var noget enkelt og ligetil – og hvor hun end tog hen, havde hun en flugtrute i tankerne.

42

En celle

1970

Dunkle ribber af lys strømmede ind gennem de små vinduer i Kyas celle. Hun stirrede på støvfnuggene, som dansede stille i én retning, som om de fulgte en slags drømmeagtig leder. Når de ramte skyggerne, forsvandt de. Uden solen var de ingenting.

Hun trak trækassen, det eneste bord, hun havde, hen under vinduet, som var placeret to meter over gulvet. Klædt i en grå jumpsuit med teksten AMTS-INDSAT trykt på ryggen stod hun på kassen og stirrede på havet, der lige netop var synligt bag det tykke glas og tremmerne. Skumsprøjt slog op, og pelikaner, der spejdede efter fisk, fløj lavt hen over bølgerne. Hvis hun strakte halsen til højre, så langt hun kunne, kunne hun se den tætte krone i marskens udkant. I går havde hun set en ørn dykke og vride sig i luften på jagt efter fisk.

Amtsfængslet bestod af seks celler på tre gange tre meter i en cementblok, en enetages bygning bag sheriffens kontor i udkanten af byen. Cellerne lå på række i hele bygningens længde – alle i samme side, så de indsatte ikke kunne se hinanden. Tre af væggene var fugtige cementblokke; den fjerde udgjordes af tremmer med den aflåste dør midti. Hver celle havde en træseng med en knoldet bomuldsmadras, en dunpude, lagner, et gråt uldtæppe, en håndvask og en trækasse som bord plus et toilet. Over håndvasken hang ikke et spejl, men et billede af Jesus, ophængt af Ladies' Baptist Auxiliary. Den eneste særlige gunst til hende, den første kvindelige indsatte – bortset fra de få, der kun havde overnattet en enkelt nat – i årevis, var et gråt plasticforhæng, som kunne trækkes for omkring håndvasken og toilettet.

I to måneder inden retssagen var hun blevet tilbageholdt i denne celle uden mulighed for løsladelse mod kaution på grund af hendes mislykkede forsøg på at flygte fra sheriffen i sin båd. Kya spekulerede på, hvem der var begyndt at bruge ordet *celle* i stedet for *bur*. Der måtte have været et tidspunkt, hvor medmenneskelighed havde krævet denne forandring. Hendes arme var fulde af røde kradsemærker, som stammede fra hende selv. Hun sad, uden at vide hvor længe, og studerede hårstrå og plukkede dem som fjer. Som mågerne gør.

Mens hun stod på kassen og strakte hals ud mod marsken, mindedes hun et digt af Amanda Hamilton:

„Nødstedt måge ved Brandon Beach

Bevingede sjæl, du dansede på himlens rige
og jog daggry op ved skingert at skrige.
Du fulgte sejl, lod ikke havet standse dig,
fangede så vinden tilbage til mig.

Du brækkede din vinge; den slæbte sig over land
og tegnede dit spor hen over sand.
Du kan ikke flyve, når din vinge er i nød,
men hvem beslutter tidspunktet for sin død?

...

Hvorhen ved jeg ikke, men du forsvandt.
Men dine vingespor ses stadig i sandet.
Et knust hjerte kan ikke flyve i sin nød,
men hvem beslutter tidspunktet for sin død?"

Selvom de indsatte ikke kunne se hinanden, tilbragte de eneste to andre beboere – to mænd i den fjerne ende af cellerækken – en stor del af dagen og aftenen med at knevre løs. De afsonede begge tredive dage for at have startet et slagsmål, der endte med knuste barspejle og lidt brækkede knogler, om hvem der kunne spytte længst i Dog-Gone Beer Hall. De lå for det meste i deres senge og råbte til hinanden fra deres celler. En stor del af deres drillerier gik med at sladre om, hvad de havde hørt om Kyas sag fra deres besøgende. Især hendes chancer for at blive idømt dødsstraf, en dom, der ikke var blevet afsagt i amtet i tyve år og aldrig over en kvinde.

Kya hørte hvert et ord. At være død generede hende ikke; de kunne ikke skræmme hende med trusler om at gøre en ende på dette skyggeliv. Men processen med at blive dræbt ved en andens hånd, planlagt og fastsat til et bestemt tidspunkt, var så utænkelig, at det fik hende til at hive efter vejret.

Søvnen ville ikke indfinde sig, lurede i udkanten, men smuttede så væk igen. Hendes tanker kunne synke ned langs dybe vægge af pludselig slummer – et øjebliks velsignelse – men så rystede hendes krop hende vågen igen.

Hun trådte ned fra kassen og satte sig på sengen med knæene trukket op under hagen. De havde ført hende herhen efter retssagen, så klokken kunne være seks nu. Der var kun gået en time. Eller måske ikke engang det.

43

Et mikroskop

1969

Tidligt i september, mere end en uge efter at Chase havde overfaldet hende, gik hun langs sin strand. Vinden flåede i et brev i hendes hånd, så hun trykkede det mod sit bryst. Hendes forlægger havde inviteret hende til at møde ham i Greenville og skrevet, at han forstod, at hun ikke kom til byen så ofte, men at han gerne ville møde hende, og at forlaget ville dække hendes udgifter.

Det var en lys og varm dag, så hun sejlede ind i marsken. For enden af en snæver flodmunding rundede hun en græsbevokset flodkrumning og så Tate sidde på hug på en bred sandrevle, hvor han tog vandprøver op i små glas. Hans forskningsskib var fortøjet til en træstamme og drev rundt i kanalen og spærrede den. Hun trak i styrepinden. Noget af hævelsen og de blå mærker i hendes ansigt havde fortaget sig, men hun havde stadig hæslige grønne og lilla skjolder omkring øjet. Hun blev grebet af panik. Hun kunne ikke lade Tate se sit forslåede ansigt og prøvede at vende hurtigt rundt.

Men han kiggede op og vinkede. „Træk ind, Kya. Jeg har et nyt mikroskop at vise dig."

Det havde samme effekt, som dengang inspektoren lokkede med kyllingetærte. Hun satte farten ned, men svarede ikke.

„Kom nu. Du har aldrig set magen til forstørrelse. Man kan se pseudopodierne på amøberne."

Hun havde aldrig set en amøbe og i hvert fald ikke dens kropsdele. Og at se Tate igen bragte hende fred, en form for ro. Hun besluttede, at hun kunne vende sit skrammede ansigt væk fra ham, landsatte sin båd og gik gennem det lave vand hen mod hans skib. Hun havde jeans med afklippede bukseben og en hvid T-shirt på, hendes hår var slået ud. Han stod på det øverste trin af lejderen i agterenden og rakte hånden frem, og hun tog den med bortvendt ansigt.

Skibets dæmpede beige farve smeltede sammen med marskens farver, og Kya havde aldrig set noget så fint som teaktræsdækket og rattet af messing. „Kom med ned," sagde han og gik ned i kahytten. Hun kiggede undersøgende på kaptajnens bord, det lille køkken var bedre udstyret end hendes eget derhjemme, og opholdsrummet var blevet omdannet til et laboratorium med en masse mikroskoper og stativer med glas. Der lå andre instrumenter, som summede og blinkede.

Tate pillede ved det største mikroskop og justerede objektglasset.

„Her, vent lidt." Han lod en dråbe marskvand dryppe ned på glasset, dækkede det med et andet glas og fokuserede okularet. Han rejste sig. „Prøv at se."

Kya bøjede sig forsigtigt frem som for at kysse et lille barn. Mikroskopets lys blev reflekteret i hendes mørke pupiller, og hun trak vejret dybt ind, da en Mardi Gras af kostumeklædte optrædende kom farende til syne i piruetter. Ufattelige hovedbeklædninger prydede forbløffende kroppe så ivrige efter mere liv, de boltrede sig, som om de var fanget i et cirkustelt og ikke i en enkelt dråbe vand.

Hun lagde hånden på sit hjerte. „Jeg anede ikke, at der var så mange og så smukke," sagde hun og kiggede stadig.

Han identificerede nogle særlige arter, trådte så tilbage og iagttog hende. *Hun mærker livets puls,* tænkte han, *for der findes ingen lag mellem hende og hendes planet.*

Han viste hende flere objektglas.

Hun hviskede: „Det er, som om man aldrig har set stjernerne, og så pludselig ser man dem."

„Vil du have kaffe?" spurgte han forsigtigt.

Hun løftede hovedet. „Nej, nej, ellers tak." Så trak hun sig baglæns væk fra mikroskopet og bevægede sig hen mod kabyssen. Hun forsøgte akavet at holde sit brun-grønne øje bortvendt.

Tate var vant til, at Kya var på vagt, men hendes opførsel virkede mere fjern og underlig end nogensinde. Hun blev ved med at holde sit hoved drejet i en bestemt vinkel.

„Kom nu, Kya. Tag nu en kop kaffe." Han var allerede gået ud i tekøkkenet og hældte vand i en maskine, hvorfra et stærkt bryg siden dryppede ned. Hun stod ved stigen til dækket ovenover, og han rakte hende et krus og gjorde tegn til, at hun skulle gå op. Han inviterede hende til at sætte sig på den polstrede bænk, men hun blev stående i agterenden. Som en anden kat kendte hun vejen ud. Den strålende hvide sandrevle bugtede sig væk fra dem under skærmende ege.

„Kya ..." Han skulle til at stille hende et spørgsmål, men da hun vendte ansigtet mod ham, så han det falmende blå mærke på hendes kind.

„Hvad er der sket med dit ansigt?" Han gik hen mod hende og rakte en hånd frem for at røre ved hendes kind. Hun vendte sig væk.

„Ikke noget. Jeg løb ind i en dør midt om natten." Han vidste, at det ikke var sandt, sådan som hun kastede sin hånd op foran ansigtet. Nogen havde slået hende. Var det Chase? Så hun ham stadig, selvom han var gift? Tates kæber arbejdede. Kya stillede kruset fra sig, som om hun var ved at gå.

Han tvang sig til at være rolig. „Er du begyndt på en ny bog?"

„Jeg er næsten færdig med den om svampe. Min forlægger kommer til Greenville engang i slutningen af oktober og vil have mig til at møde ham der. Men jeg ved ikke rigtig."

„Det skal du gøre. Det vil være en god ide at møde ham. Der går en bus fra Barkley hver dag, også en om aftenen. Det tager ikke så lang tid. En time og tyve minutter måske, noget i den stil."

„Jeg ved ikke, hvor man skal købe billet."

„Det forklarer chaufføren dig. Bare duk op ved busstoppestedet på Main; han vil fortælle dig, hvad du skal gøre. Jeg tror, Jumpin' har køreplanen slået op på væggen i sin butik." Han var lige ved at nævne, at han var kørt med bussen mange gange fra Chapel Hill, men tænkte, at det var bedst ikke at minde hende om den tid, om dengang hun ventede på en strand i juli måned.

De sad tavse et stykke tid og nippede til kaffen, lyttede til et par høge, der susede forbi på randen af en høj sky.

Han tøvede med at byde på mere kaffe, for han vidste, at hun ville gå, hvis han gjorde. Så han spurgte hende ud om svampebogen og fortalte om protozoerne, som han studerede. Alt, der kunne holde på hende.

Eftermiddagens lys blev mere dæmpet, og en kølig vind blæste op. Hun satte kruset fra sig igen og sagde: „Jeg bliver nødt til at gå nu."

„Jeg overvejede at åbne en flaske vin. Vil du have et glas?"

„Nej tak."

„Vent lidt, før du går," sagde Tate, da han gik nedenunder til kabyssen og vendte tilbage med en pose med brød- og bollerester. „Hils mågerne fra mig."

„Tak." Hun klatrede ned ad lejderen.

Mens hun gik hen mod sin båd, råbte han: „Kya, det er blevet koldere, vil du ikke låne en jakke eller noget?"

„Nej tak, jeg klarer mig."

„Tag i det mindste min kasket," og han kastede sin røde skikasket hen mod hende. Hun fangede den og slyngede den tilbage. Han kastede den igen, længere væk, og hun løb hen over sandrevlen, bøjede sig ned og samlede den op. Hun sprang leende ned i sin båd, startede motoren, og da hun sejlede tæt forbi ham, kastede hun huen tilbage i hans båd. Han grinede, og hun fnisede. Så holdt de op med at le og kiggede bare på hinanden, mens de kastede kasketten frem og tilbage, indtil hun var kommet rundt om krumningen. Hun satte sig brat ned på bænken i agterstavnen og lagde hånden over sin mund. „Nej," sagde hun højt. „Jeg kan ikke falde for ham igen. Jeg vil ikke blive såret endnu en gang."

Tate blev stående i agterstavnen. Knyttede næverne ved tanken om, at nogen havde slået hende.

Hun fulgte kystlinjen tæt lige bag brændingen og styrede mod syd. På denne rute ville hun passere sin strand, inden hun nåede til kanalen, der førte gennem marsken til hendes hytte. Hun plejede ikke at standse ved sin strand, men sejlede videre gennem labyrinten af vandløb til sin lagune og gik så derfra til kysten.

Men da hun kom forbi, fik mågerne øje på hende og sværmede omkring båden. Store Røde landede på stævnen og virrede med hovedet. Hun lo. „Okay, du vinder." Hun brød gennem brændingen, satte sin båd på land bag noget marehalm og stod på kystlinjen og kastede krummerne, som Tate havde givet hende med.

Mens solen spredte gyldne og lyserøde farver over vandet, satte hun sig i sandet med mågerne omkring sig. Pludselig hørte hun en motor og så Chases speedbåd komme racende mod hendes kanal. Han kunne ikke se hendes båd bag marehalmen, men hun var tydelig at se i det åbne sand. Hun lagde sig straks fladt ned og drejede hovedet til siden, så hun kunne iagttage ham. Han stod ved roret med håret bølgende i vinden, han havde et hæsligt skulende udtryk i ansigtet. Men han så ikke i hendes retning, da han drejede ind i kanalen mod hendes hytte.

Da han var ude af syne, satte hun sig op. Hvis hun ikke var gået i land her med mågerne, ville han have fanget hende derhjemme. Hun havde lært det gentagne gange fra Pa: Disse mænd skulle absolut sætte det sidste stød ind. Kya havde efterladt Chase sprællende i sandet. De to gamle fiskere havde formentlig set hende slå ham til jorden. Kya skulle have en lærestreg, det ville Pa også have ment.

Så snart han opdagede, at hun ikke var ved hytten, ville han gå herned til hendes strand. Hun løb hen til sin båd, gassede op og styrede tilbage mod Tate. Men hun ville ikke fortælle Tate, hvad Chase havde gjort ved hende; skammen overvældede fornuften. Hun satte farten ned og drev rundt på dønningerne, mens solen forsvandt. Hun måtte gemme sig og vente på, at Chase gik igen. Hvis hun ikke så ham tage af sted, ville hun ikke vide, hvornår det var sikkert at sejle hjem.

Hun drejede ind i kanalen, panisk angst for, at han hvert sekund skulle brøle noget i hendes retning. Hendes motor var lige akkurat så svag, at hun kunne høre hans båd, hun gled ind i noget stillestående vand med en bevoksning af overhængende træer og krat. Hun bakkede dybere ind i krattet, skubbede grene til side, indtil lag af blade og det tiltagende mørke skjulte hende.

Hun trak vejret hektisk og lyttede. Til sidst hørte hun hans motor skrige i den blide aftenluft. Hun dukkede sig endnu mere, da han nærmede sig, og blev pludselig nervøs for, at spidsen af hendes båd var synlig. Lyden kom meget tæt på, og hans båd fór forbi på få sekunder. Hun sad der i næsten en halv time til, indtil det var blevet virkelig mørkt, og styrede så hjem i stjernenatten.

Hun tog sit sengetøj med ned på stranden og sad der sammen med mågerne. De ignorerede hende, pudsede deres udstrakte vinger, inden de satte sig til rette i sandet som fjerklædte sten. Da de klukkede blidt og stak hovederne under deres vinger for natten, lagde hun sig så tæt på dem, hun kunne komme. Men selv midt blandt deres dæmpede kurren og bevægelser kunne Kya ikke sove. Hun kastede sig uafbrudt fra side til side og satte sig op, hver gang vindens lyde lød som fodtrin.

Brændingen ved daggry brølede i en piskende vind, der sved i hendes kinder. Hun satte sig op blandt fuglene, som gik rundt i nærheden, strakte vingerne og kløede sig med spjættende bevægelser. Store Røde – med opspilede øjne og halsen på skrå – syntes at have fundet noget yderst interessant under sin vinge, noget, der normalt ville have fået Kya til at le. Men fuglene kunne ikke muntre hende op.

Hun gik hen til vandkanten. Chase ville ikke give op. At være isoleret var én ting; at leve i frygt noget ganske andet.

Hun forstillede sig at tage det ene skridt efter det andet ud i det frådende hav, synke ned i stilheden under bølgerne, lade sit hår brede sig som sort akvarelfarve i det blege blå hav, hendes lange fingre og arme, der driver op mod overfladens blændende modlys. Drømme om flugt – selv gennem døden – løfter sig altid op mod lyset. Det dinglende, skinnende løfte om fred lige uden for rækkevidde, indtil hendes krop omsider synker ned mod bunden og lægger sig til rette i den dunkle stilhed. Tryg.

Hvem beslutter tidspunktet for sin død?

44

Cellekammerat

1970

Kya stod midt i sin celle. Her sad hun så i fængsel. Hvis dem, hun elskede, deriblandt Jodie og Tate, ikke havde forladt hende, ville hun ikke være her. Læner man sig op ad nogen, lander man på jorden.

Inden hun blev anholdt, havde hun fået glimt af en vej tilbage til Tate: en åbning af sit hjerte. Kærligheden levede videre tættere på overfladen. Men da han var kommet for at besøge hende i fængslet ved flere lejligheder, havde hun nægtet at se ham. Hun vidste ikke, hvorfor fængslet havde fået hendes hjerte til at lukke sig endnu mere i. Hvorfor hun ikke havde taget imod trøsten, som han kunne give hende på dette sted. Nu hvor Kya var endnu mere sårbar end nogensinde, virkede det, som om det var en grund til at stole endnu mindre på andre. Hun befandt sig på det skrøbeligste sted i sit liv og klyngede sig til det eneste sikkerhedsnet, hun kendte – sig selv.

At blive buret inde uden nogen mulighed for løsladelse mod kaution gjorde det tydeligt, hvor alene hun var. Sheriffens tilbud om en telefonsamtale var en kras påmindelse: Der var ingen at ringe til. Det eneste telefonnummer i verden, hun kendte, var Jodies, og hvordan kunne hun ringe til sin bror og sige, at hun sad i fængsel tiltalt for mord? Hvordan kunne hun, efter alle disse år, bebyrde ham med sine problemer? Også skammen spillede måske en rolle.

De havde overladt det til hende at overleve og forsvare sig selv. Så her var hun altså, helt alene.

Endnu en gang tog hun den forunderlige bog med muslingeskaller op, som Tom Milton havde givet hende, hendes mest skattede bind. På gulvet stod nogle biologilærebøger, som vagten sagde, at Tate var kommet med, men hun kunne ikke holde ordene på plads. Sætninger vandrede i flere retninger og kredsede tilbage til begyndelsen. Det var lettere med billeder af muslingeskaller.

Der lød fodtrin på det billige flisegulv, og Jacob, en lille sort mand, der arbejdede som fængselsbetjent, viste sig foran hendes dør. Han stod med en stor brun papirpakke. „Undskyld, jeg forstyrrer, miz Clark, men De har fået en gæst. De skal følge med mig."

„Hvem er det?"

„Det er Deres a'vokat, mr. Milton." Der lød klirrende metallyde, da Jacob låste hendes dør op og rakte hende pakken. „Og den her er fra Jumpin'." Hun lagde pakken på sengen og fulgte med Jacob ned ad gangen og ind i et rum, der var endnu mindre end hendes celle. Tom Milton rejste sig fra sin stol, da hun kom ind. Kya nikkede til ham og kiggede så ud ad vinduet, hvor en enorm cumulussky med ferskenfarvede kinder pustede sig op.

„Godaften, Kya."

„Mr. Milton."

„Kya, vær sød at sige Tom til mig. Og hvad er der galt med din arm? Er du kommet til skade?"

Hun skyndte sig at dække over spindelvævet af kradsesår på armene med hånden. „Det er nok bare myggestik, tror jeg."

„Jeg vil tale med sheriffen; der burde ikke være myg i din … dit rum."

Hun sagde med bøjet hoved: „Nej, lad være, det er okay. Insekter generer mig ikke."

„All right, selvfølgelig. Jeg vil ikke gøre noget, du ikke ønsker, Kya, jeg kom for at tale om dine valgmuligheder.“

„Hvilke valgmuligheder?“

„Det forklarer jeg dig. Det er svært at sige på nuværende tidspunkt, hvordan nævningetinget vil stille sig. Anklageren har en god sag. Den er ikke solid på nogen måde, men i betragtning af hvor fordomsfulde folk i denne by er, må du være forberedt på, at det ikke vil blive let for os at vinde. Men det er muligt at indgå en studehandel. Ved du, hvad jeg mener med det?“

„Ikke helt.“

„Du har erklæret dig ikke skyldig i overlagt drab. Hvis vi taber, bliver det meget slemt for dig: livsvarigt fængsel eller dødsstraf, som de, som du ved, vil begære. Men du kan erklære dig skyldig i en mindre grov forbrydelse, for eksempel uagtsomt manddrab. Hvis du er villig til at sige, at ja, du gik op i tårnet den nat, du mødte Chase der, I havde en uoverensstemmelse, og ved et frygteligt uheld trådte han baglæns ned gennem risten, så kan retssagen straks finde en afslutning, du slipper for at skulle gå gennem mere af dette drama, og vi kan forhandle med anklageren om en strafudmåling. Eftersom du aldrig har været tiltalt for noget før, vil de formentlig give dig ti år, og du kan være ude igen, lad os sige om seks år. Jeg ved, det lyder slemt, men det er bedre end at tilbringe hele sit liv i et fængsel eller det andet.“

„Nej, jeg vil ikke sige noget, der implicerer skyld. Jeg vil ikke i fængsel.“

„Kya, det forstår jeg godt, men vær sød at bruge lidt tid på at tænke over det. Du har ikke lyst til at leve hele dit liv i et fængsel, du har heller ikke lyst til … det andet.“

Kya så ud ad vinduet igen. „Jeg har ikke brug for at tænke over det. Jeg vil ikke blive i fængsel.“

„Nå, men vi behøver ikke at beslutte det nu. Vi har stadig lidt tid. Lad os se, hvordan det går. Inden jeg går, er der så noget andet, du gerne vil tale med mig om?“

„Få mig ud herfra. På den ene måde eller … den anden."

„Jeg vil gøre mit bedste for at få dig ud, Kya. Men giv nu ikke op. Og vær sød at lade mig hjælpe dig. Som jeg nævnte før, er du nødt til at være engageret, kigge på nævningene nu og da …"

Men Kya havde allerede vendt sig om for at gå.

JACOB FØRTE HENDE TILBAGE til cellen, hvor hun tog pakken fra Jumpin' op – som fængselsinspektøren havde revet papiret af og sjusket tapet sammen igen. Hun åbnede den, foldede papiret og gemte det. Indeni lå en kurv med nogle små glas med maling, en pensel, papir og en papirspose med Mabels majsmuffins. Kurven var foret med en rede af fyrrenåle, nogle egeblade, lidt skaller og lange stykker af dunhammer. Kya snuste dybt ind. Spidsede læber. Jumpin'. Mabel.

Solen var gået ned; der var ingen støvfnug at følge.

Senere hentede Jacob hendes middagsbakke. „Det må jeg sige, miz Clark, det er ikke meget, De har spist. De der koteletter og grøntsager fås ikke bedre." Hun smilede svagt til ham, lyttede så, mens han traskede tungt ned mod enden af gangen. Hun ventede på at høre den tykke metaldør blive smækket i med tung endegyldighed.

Så bevægede noget sig hen over gangens gulv, lige uden for tremmerne. Hun vendte blikket. Sunday Justice sad der på halen og stirrede på hendes mørke øjne med sine egne grønne.

Hendes hjerte galoperede. Låst inde alene i alle disse uger, og nu kunne dette dyr smutte troldmandsagtigt ind mellem tremmerne. Være hos hende. Sunday Justice afbrød sin stirren og kiggede ned ad gangen, hen mod de andre indsattes snak. Kya var skrækslagen for, at den ville forlade hende og gå hen til dem. Men den kiggede tilbage på hende, blinkede med et obligatorisk dorsk blik og klemte sig uden besvær ind mellem tremmerne. Og var indenfor.

Kya pustede ud. Hviskede. „Vær sød at blive."

Den gav sig god tid, snuste rundt i cellen, undersøgte de fugtige cementvægge, de fritliggende rør og håndvasken, hele tiden indstillet på at ignorere hende. En lille sprække i væggen var det mest interessante for den. Hun vidste det, for den røbede sine tanker med et svirp med halen. Den endte sin tur ved siden af den lille seng. Så sprang den uden videre op i hendes skød og vendte rundt, dens store hvide poter fandt et blødt fæste på hendes lår. Kya sad helt stivnet, med armene løftet lidt op som for ikke at forstyrre den i dens bevægelser. Til sidst lagde den sig til rette, som om den havde puttet sig her hver aften i sit liv. Den kiggede på hende. Hun rørte forsigtigt ved dens hoved og kløede den så på halsen. En høj spinden brød ud som en strøm. Hun lukkede øjnene, tænk at blive accepteret så let. En dyb pause i et langt liv med længsel.

Hun turde ikke bevæge sig og sad helt stiv, indtil hendes ben krampede, flyttede sig så let for at strække musklerne. Sunday Justice gled ned fra hendes skød uden at åbne øjnene og rullede sig sammen ved siden af hende. Hun lagde sig ned fuldt påklædt, og de puttede sig begge. Hun så den sove, fulgte så selv efter. Hun faldt ikke i en brat søvn, men sivede omsider langsomt ind i en tom rolighed.

Engang i nattens løb åbnede hun øjnene og så den sove på ryggen med forpoterne strakt den ene vej og bagpoterne den anden. Men da hun vågnede ved daggry, var den væk. Hun måtte bekæmpe en jammer i sin hals.

Senere stod Jacob uden for hendes celle og holdt morgenmadsbakken med den ene hånd og låste døren op med den anden. „Jeg har havregrød til Dem, miz Clark."

Hun så på bakken og sagde: „Jacob, den sorte og hvide kat, der sover i retssalen. Den var her i nat."

„Det må De sørme undskylde. Sådan er Sundee Justice. Den smutter sommetider ind sammen med mig, og jeg kan ikke se den, fordi jeg bærer på middagsbakkerne. Jeg ender med at lukke den inde sammen med jer alle." Han var så venlig ikke at sige *spærre* inde.

„Det er fint nok. Jeg kan godt lide at have den her. Vil du ikke godt lade den komme herind, hvis du ser den efter aftensmaden? Eller når som helst."

Han så på hende med blide øjne. „Klart jeg kan. Det skal jeg nok, miz Clark; helt sikkert. Kan godt se, at den kan blive alle tiders selskab."

„Tak, Jacob."

Samme aften vendte Jacob tilbage. „Her er Deres mad nu, miz Clark. Stegt kylling og kartoffelmos med sovs fra dineren. Nu håber jeg, De kan spise noget af det i aften."

Kya rejste sig og kiggede omkring hans fødder. Hun tog imod bakken. „Tak, Jacob. Har du set katten?"

„Næh. Overhovedet ikke. Men jeg skal nok holde øje."

Kya nikkede. Hun satte sig på sengen, det eneste sted, hvor man kunne sidde, og stirrede på tallerkenen. Maden her i fængslet var bedre mad, end hun havde set hele sit liv. Hun pillede lidt ved kyllingen, skubbede rundt med smørbønnerne. Nu havde hun mad, men ingen appetit.

Så lyden af låsen, der blev drejet rundt, og den tunge metaldør svingede op.

For enden af gangen hørte hun Jacob sige: „Værsgo, mista Sundee Justice."

Kya holdt vejret og stirrede på gulvet uden for sin celle, og få sekunder efter kom Sunday Justice til syne. Aftegningerne i dens pels var forbavsende grelle og bløde på samme tid. Ingen tøven denne gang, den trådte bare ind i hendes celle og gik hen til hende. Hun satte tallerkenen på gulvet, og den spiste kyllingen – hev kyllingelåret ud på gulvet – og labbede så sovsen i sig. Sprang smørbønnerne over. Hun smilede hele tiden og tørrede så gulvet op med en serviet.

Den sprang op i hendes seng, og de faldt begge i en sød søvn.

JACOB STOD UDEN FOR hendes dør næste dag. „Miz Clark, De har en ny gæst."

„Hvem er det?"

„Det er mr. Tate igen. Han har været her flere gange nu, miz Clark, enten for at bringe Dem noget eller bede om at besøge Dem. Vil De ikke se ham i dag, miz Clark? Det er lørdag, ingen retssag, intet at lave herinde hele dagen lang."

„All right, Jacob."

Jacob førte hende til det samme lurvede værelse, som hun var mødtes med Tom Milton i. Da hun gik ind gennem døren, rejste Tate sig fra sin stol og gik hurtigt hen mod hende. Han smilede let, men hans øjne røbede bedrøvelsen over at se hende her.

„Kya, du ser godt ud, jeg har været så bekymret. Tak, fordi du ville se mig. Sid ned." De satte sig over for hinanden, mens Jacob stod i hjørnet og læste i en avis med betænksom koncentration.

„Hej, Tate. Tak for bøgerne." Hun lod, som om hun var rolig, men hendes hjerte var i oprør.

„Er der mere, jeg kan gøre for dig?"

„Du kunne måske fodre mågerne, hvis du er på mine kanter."

Han smilede. „Ja, jeg har skam fodret dem. Hver dag eller sådan." Han fik det til at lyde som ingenting, men han havde faktisk været hjemme hos hende hver morgen og aften for at fodre dem.

„Tak."

„Jeg var i retten, Kya, jeg sad lige bag dig. Du vendte dig ikke om på noget tidspunkt, så jeg vidste ikke, om du var klar over det. Men jeg vil være der hver dag."

Hun kiggede ud ad vinduet.

„Tom Milton er virkelig dygtig, Kya. Han er nok den bedste advokat på disse kanter. Han vil få dig ud herfra. Du skal bare holde ud."

Da hun igen ikke sagde noget, fortsatte han. „Og så snart du er ude herfra, vil vi fortsætte med at udforske lagunerne ligesom i gamle dage."

„Tate, du bliver nødt til at glemme mig."

„Jeg har aldrig glemt dig og vil aldrig gøre det, Kya."

„Du ved, at jeg er anderledes. Jeg passer ikke sammen med andre mennesker. Jeg kan ikke være en del af din verden. Vær nu sød at forstå det, jeg er bange for nogensinde at have et nært forhold til nogen igen. Jeg kan ikke."

„Jeg bebrejder dig ikke noget, Kya, men …"

„Tate, hør på mig. I årevis har jeg længtes efter at være sammen med mennesker. Jeg troede virkelig, at nogen ville blive hos mig, at jeg rent faktisk ville få venner og en familie. Blive en del af en gruppe. Men ingen blev. Du gjorde ikke, og ikke et eneste medlem af min familie gjorde. Nu har jeg omsider lært at tackle det, og hvordan jeg skal beskytte mig selv. Men jeg kan ikke tale om det her nu. Jeg er glad for, at du kommer for at besøge mig, virkelig. Og en dag kan vi måske blive venner, men jeg kan ikke tænke på, hvad der så skal komme. Ikke herinde."

„Okay. Jeg forstår. Det gør jeg virkelig."

Efter en kort pause fortsatte han: „Hornuglerne kalder allerede."

Hun nikkede og smilede næsten.

„Og i går, da jeg var på dit sted, ja, du vil ikke tro det, men en Cooper's Hawk landede direkte på din fortrappe."

Tanken om Coop fik hende omsider til at smile. Et af hendes mange personlige minder. „Ja, det vil jeg gerne tro."

Ti minutter senere sagde Jacob, at tiden var gået, og at Tate måtte gå. Kya takkede ham igen for at være kommet.

„Jeg vil blive ved med at fodre mågerne, Kya. Og jeg tager flere bøger med til dig."

Hun rystede på hovedet og fulgte med Jacob.

45

Rød kasket

1970

Mandag morgen efter Tates besøg, da Kya blev ført ind i retssalen af retsbetjenten, rettede hun blikket væk fra tilskuerne, som hun plejede, og kiggede dybt ind i de skyggefulde træer udenfor. Men hun hørte en velkendt lyd, måske en dæmpet hosten, og drejede hovedet. Der på første række, sammen med Tate, sad Jumpin' og Mabel, som bar sin kirkekyse dækket af silkeroser. Folk rørte uroligt på sig, da de gik ind med Tate og satte sig nede i det „hvide område". Men da retsbetjenten rapporterede dette til dommer Sims, der stadig sad i sit dommerværelse, bad dommeren ham meddele, at enhver af enhver farve og tro kunne sætte sig, hvor de ville, i hans retssal, og hvis nogen ikke brød sig om det, stod det dem frit for at gå. Faktisk ville han sørge for, at de gik.

Da Kya så Jumpin' og Mabel, følte hun sig en lille smule styrket og rettede ryggen let.

Anklagerens næste vidne, dr. Steward Cone, ligsynsmanden, havde grånende, meget kortklippet hår og gik med briller, der sad for langt nede på næsen, en vane, der tvang ham til at lægge hovedet tilbage for at se gennem glassene. Mens han besvarede Erics spørgsmål, vandrede Kyas tanker til mågerne. Hun havde længtes sådan efter dem i disse lange måneder i fængslet. Tate havde fodret dem. De var ikke blevet forladt. Hun tænkte på Store Røde, på hvordan den altid gik hen over hendes tæer, når hun kastede krummer til dem.

Ligsynsmanden kastede hovedet tilbage for at rette på brillerne, en bevægelse, der bragte Kya tilbage til retssalen.

„Så for at sammenfatte det har De forklaret, at Chase Andrews døde mellem midnat og klokken to om natten mellem den 29. og 30. oktober 1969. Dødsårsagen var omfattende skader på hjernen og rygmarven på grund af et fald gennem en åben rist i brandtårnet, tyve meter over jorden. Da han faldt, ramte han en støttebjælke med hovedet, hvilket bekræftes af blod- og hårprøver taget fra bjælken. Er det alt sammen korrekt ifølge Deres vurdering som ekspert?"

„Ja."

„Dr. Cone, hvorfor skulle en intelligent og toptrimmet ung mand som Chase Andrews træde ned gennem en åben rist og falde i døden? For at udelukke én mulighed, fandtes der så alkohol eller andre stoffer i hans blod, der kan have sløret hans dømmekraft?"

„Nej, det gjorde der ikke."

„Det tidligere fremlagte bevismateriale påviser, at Chase Andrews ramte støttebjælken med sit baghoved, ikke med sin pande." Eric stod foran nævningene og tog et stort skridt frem. „Men når jeg går fremad, vil mit hoved være lidt foran min krop. Skulle jeg nu træde ned i et hul her foran mig, så ville bevægelsesmomentet og vægten af mit hoved kaste mig forover. Korrekt? Chase Andrews ville have ramt bjælken med sin pande, ikke med sit baghoved, hvis han gik et skridt frem. Så vil det ikke være korrekt at sige, dr. Cone, at bevismaterialet tyder på, at Chase gik baglæns, da han faldt?"

„Jo, den konklusion støttes af bevismaterialet."

„Så vi kan konkludere, at hvis Chase Andrews stod med ryggen til den åbnede rist og blev skubbet af nogen, ville han være faldet baglæns og ikke forlæns?" Inden Tom kunne nå at protestere, sagde Eric meget hurtigt: „Jeg beder Dem ikke om at fastslå, at det her er et afgørende bevis for, at Chase blev skubbet baglæns i døden. Jeg gør det bare klart, at hvis nogen skubbede Chase baglæns gennem hullet, ville læsionerne i hans hoved have stemt overens med dem, som man faktisk fandt. Er det korrekt?"

„Ja."

„Godt, dr. Cone, da De undersøgte Chase Andrews på klinikken om morgenen den 30. oktober, bar han da en halskæde med en muslingeskal?"

„Nej."

For at undertrykke sin voksende kvalme fokuserede Kya på Sunday Justice, der slikkede sin pels i en vindueskarm. Den lå rullet sammen i en umulig position med det ene ben stikkende i vejret og slikkede sig på indersiden af sin hale.

Nogle minutter efter spurgte anklageren: „Er det korrekt, at Chase Andrews bar en denimjakke, den nat han døde?"

„Ja, det er korrekt."

„Og ifølge Deres officielle rapport, dr. Cone, fandt De så ikke røde fibre på hans jakke? Fibre, som ikke stammede fra nogen anden beklædningsdel, han havde på?"

„Jo."

Eric holdt en gennemsigtig plasticpose op med små trævler af rød uld. „Er det disse fibre, som blev fundet på Chase Andrews jakke?"

„Ja."

Eric løftede en endnu større pose op fra sit bord. „Og er det ikke sandt, at de røde fibre fundet på Chases jakke matchede dem i denne røde kasket?" Han rakte den til vidnet.

„Jo. Det her er mine mærkede prøver, og fibrene fra kasketten og jakken svarede nøjagtigt til hinanden."

„Hvor blev denne kasket fundet?"

„Sheriffen fandt kasketten i miss Clarks bolig." Det var ikke almindeligt kendt, og en mumlen sivede rundt mellem tilskuerne.

„Var der noget bevis for, at hun nogensinde havde gået med den kasket?"

„Ja. Der blev fundet hårstrå fra miss Clark i kasketten."

Mens Kya iagttog Sunday Justice i retten, kom hun til at tænke på, at hendes familie aldrig havde haft et kæledyr. Ikke så meget som en hund eller en kat. Det eneste, der kunne minde om det, var en stinkdyrhun – et silkeagtigt, smygende og frækt dyr – som boede under hytten. Ma kaldte den for Chanel.

Efter at det nær var gået galt et par gange, var de alle kommet til at lære hinanden at kende, og Chanel blev meget høflig og truede kun med sit våben, når børnene blev for voldsomme. Den kom og gik, sommetider ganske tæt på hvem der nu gik op og ned ad trappen.

Hvert forår tog den sine små unger med på fourageringer i egeskoven og langs brakvandsstrømmene. De pilede bagefter, løb ind i og over hinanden i sort-hvid forvirring.

Pa truede selvfølgelig altid med at skaffe sig af med den, men Jodie, der udviste en modenhed, som langt overgik hans fars, sagde gravalvorligt: „Så flytter der bare en ny ind, og jeg har altid syntes, det var bedre med et stinkdyr, som man kender, end et stinkdyr, man ikke kender." Hun smilede nu ved tanken om Jodie. Men tog sig selv i det.

„Så dr. Cone, den nat Chase Andrews døde, den nat han faldt baglæns ned gennem en åben rist – en positur, der stemmer med at blive skubbet af nogen – var der fibre på hans jakke, som stammede fra en rød kasket i miss Clarks bolig. Og miss Clarks hårstrå var også på kasketten."

„Ja."

„Tak, dr. Cone. Jeg har ikke flere spørgsmål."

Tom Milton kiggede kortvarigt på Kya, som studerede himlen. Alle i lokalet lænede sig frem mod forsvareren, som om gulvet hældede, og det hjalp ikke, at Kya sad stiv og afmålt – som hugget ud af is. Han svirpede sit hvide hår væk fra panden og gik hen til ligsynsmanden for at indlede sin modafhøring.

„Godmorgen, dr. Cone."

„Godmorgen."

„Dr. Cone, De har bevidnet, at såret i Chase Andrews' baghoved var foreneligt med, at han gik baglæns gennem det åbne hul. Er det ikke sandt, at hvis han trådte tilbage af sig selv og faldt gennem hullet ved et uheld, ville resultaterne af at have slået baghovedet have været nøjagtig de samme?"

„Jo."

„Var der blå mærker på hans bryst eller arme, der kunne tyde på, at han blev puffet eller skubbet?"

„Nej. Han havde selvfølgelig blå mærker på hele kroppen efter faldet. Mest bagpå og på benene. Der var intet, der specifikt kunne identificeres som mærker efter et puf eller et skub."

„Så der er faktisk intet bevis overhovedet for, at Chase Andrews blev skubbet ned i hullet?"

„Det er sandt. Jeg kender ikke til noget bevis for, at Chase Andrews blev skubbet."

„Så, dr. Cone, De fandt ingen beviser i Deres obduktion af Chase Andrews' lig for, at der var tale om mord og ikke en ulykke?"

„Nej."

Tom gav sig god tid, lod svaret fæstne sig hos nævningene og fortsatte så: „Lad os nu tale om disse røde fibre fundet på Chases jakke. Kan man på nogen måde fastslå, hvor længe fibrene havde været på jakken?"

„Nej. Vi kan sige, hvor de stammede fra, men ikke hvornår."

„Med andre ord kan disse fibre have befundet sig på jakken i årevis, endog i fire år?"

„Det er korrekt."

„Selv hvis jakken var blevet vasket?"

„Ja."

„Så der er ingen beviser for, at disse fibre blev fæstnet til denne jakke, den nat Chase døde?"

„Nej."

„Det er blevet bevidnet, at tiltalte kendte Chase Andrews i fire år op til hans død. Så De siger med andre ord, at det er muligt, på et hvilket som helst tidspunkt igennem disse fire år, når de traf hinanden med disse klædningsstykker på, at fibrene kan være blevet overført fra kasketten til jakken."

„Ja, ud fra det, jeg har set."

„Så de røde fibre beviser ikke, at miss Clark var sammen med Chase Andrews, den nat han døde. Var der andre tegn på, at miss Clark befandt sig tæt på Chase Andrews den nat? Var der for eksempel hudfragmenter fra hende på hans krop, under hans fingernegle, eller fandtes hendes fingeraftryk på knapperne eller tryklåsene i hans jakke? Fandt man hendes hår på hans tøj eller krop?"

„Nej."

„Så faktisk kan man sige, at eftersom de røde fibre kan have befundet sig på jakken i helt op til fire år, findes der intet som helst bevis for, at miss Catherine Clark var i nærheden af Chase Andrews, den nat han døde?"

„Det er korrekt ifølge min undersøgelse."

„Tak. Jeg har ikke flere spørgsmål."

Dommer Sims hævede retten og bekendtgjorde en tidlig frokostpause.

Tom rørte forsigtigt ved Kyas albue og hviskede, at det havde været en god modafhøring. Hun nikkede svagt, mens folk rejste sig op og strakte sig. blev hængende længe nok til at se Kya blive lagt i håndjern og ført ud af lokalet.

Mens Jacobs skridt rungede ude på gangen, efter at han havde efterladt hende i hendes celle, sad Kya opret i sin seng. Da hun blev buret inde første gang, havde de ikke givet hende lov til at tage sin rygsæk med ind i cellen, men havde ladet hende tage noget af indholdet med sig i en brun papirspose. Nu stak hun hånden ned i posen og tog sedlen med Jodies telefonnummer og adresse op. Siden hun var blevet fængslet, havde hun kigget på den næsten hver dag og overvejet at ringe til sin bror og bede ham komme for at være hos hende. Hun vidste, at han ville komme, og Jacob havde sagt, at hun godt måtte bruge telefonen for at ringe til ham. Men hun havde ikke gjort det. Hvordan skulle hun sige ordene: *Vær sød at komme; jeg sidder i fængsel, tiltalt for mord.*

Hun lagde omhyggeligt sedlen tilbage i posen og tog kompasset fra Første Verdenskrig op, som Tate havde givet hende. Hun lod nålen svinge mod nord og så den vise den korrekte retning. Hun holdt kompasset mod sit hjerte. Hvor ville man have mere brug for et kompas end på dette sted?

Så hviskede hun Emily Dickinsons ord:

„Når hjertet fejes op
og kærlighed lægges ned
som vi ikke får brug for igen
før i evighed."[5]

46

Verdens konge

1969

En dæmpet sol fik septembers hav og himmel til at glinse med en bleg blå farve, da Kya tøffede med sin lille båd hen mod Jumpin' for at få fat i køreplanen. Tanken om at køre i bus med fremmede mennesker til en fremmed by gjorde hende nervøs, men hun ville gerne møde sin redaktør, Robert Foster. De havde udvekslet korte meddelelser i over to år – og også enkelte længere breve – hvor de for det meste drøftede redaktionelle ændringer af teksterne og kunstværkerne i hendes bøger, men korrespondancen, så ofte skrevet i biologiske vendinger blandet med poetiske beskrivelser, var blevet til et bånd svejset i sit eget sprog. Hun ville gerne møde denne person i den anden ende af posten, som vidste, hvordan almindeligt lys bliver splintret til mikroskopiske prismer i kolibriers fjer og frembringer alle regnbuens farver i det gyldenrøde bryst. Og hvordan man sagde det lige så forbløffende med ord som med farver.

Da hun trådte op på bådebroen, hilste Jumpin' på hende og spurgte, om hun skulle have fyldt benzin på.

„Nej tak, ikke denne gang. Jeg skal skrive buskøreplanen af. Du har et eksemplar, ikke?"

„Det har jeg i hvert fald. Sat op med stifter på væggen til venstre for døren. Værsgo.“

Da hun trådte ud fra butikken med køreplanen, spurgte han: „Skal du nogen steder hen, miss Kya?“

„Måske. Min redaktør har inviteret mig til Greenville for at tale med ham. Jeg ved det ikke helt endnu.“

„Det vil da være alle tiders. Det er lidt af en tur derhen, men du vil have godt af det.“

Da Kya vendte tilbage til sin båd, bøjede Jumpin' sig lidt frem og studerede hende nærmere. „Miss Kya, hvad er der sket med dit øje og dit ansigt? Det ser ud, som om du er blevet tævet, miss Kya.“ Hun vendte hurtigt ansigtet bort. Det blå mærke fra Chases slag, der var næsten en måned gammelt, var falmet til en svagt gullig plet, som Kya ikke troede, at nogen ville bemærke.

„Nej, jeg gik ind i en dør i ...“

„Bind mig nu ikke noget på ærmet, miss Kya. Jeg er ikke født i går. Hvem har slået dig på den måde?“

Hun stod tavst.

„Var det mr. Chase, der gjorde det her mod dig? Du ved, at du godt kan fortælle mig det. Faktisk bliver vi stående her, indtil du fortæller mig det.“

„Ja, det var Chase.“ Kya kunne knap tro, at disse ord kom fra hendes mund. Hun havde aldrig tænkt, at der fandtes nogen, hun kunne betro sådan noget. Hun vendte sig væk igen og kæmpede for at holde tårerne tilbage.

Jumpin' fik rynker i hele ansigtet. Han sagde ikke noget i flere sekunder. Og så: „Hvad gjorde han ellers?“

„Ikke noget. Jeg sværger. Han prøvede, Jumpin', men jeg holdt ham fra livet.“

„Den mand burde prygles med en pisk og jages ud af byen.“

„Jumpin', jeg beder dig. Du må ikke sige det til nogen. Du må ikke fortælle det til sheriffen eller nogen. De vil slæbe mig ind på sheriffens kontor og få mig til at beskrive, hvad der skete, foran en flok mænd. Det vil jeg ikke kunne overleve." Kya skjulte ansigtet i sine hænder.

„Nå, men noget må der gøres. Han kan ikke gøre sådan noget og så bare fortsætte med at sejle rundt i sin oversmarte båd. Som verdens konge."

„Jumpin', du ved, hvordan det er. De vil tage hans parti. De vil sige, at jeg bare er ude på at skabe problemer. Prøve at presse penge ud af hans forældre eller noget. Tænk på, hvad der ville ske, hvis en af pigerne fra Mosebyen beskyldte Chase Andrews for at have overfaldet og forsøgt at voldtage hende. De ville intet gøre. Nul og niks." Kyas stemme blev mere og mere skinger. „Det ville bare ende med en masse problemer for den pige. Omtale i avisen. Folk ville kalde hende for en luder. Og det vil altså være det samme for mig, og det ved du. Vær sød at love mig, at du ikke siger det til nogen." Hun hulkede nu.

„Du har ret, miss Kya. Jeg ved, du har ret. Du skal ikke være nervøs for, at jeg vil gøre noget, der gør alt værre. Men hvordan ved du, at han ikke vil komme efter dig igen? Og du er altid alene derude."

„Jeg har altid taget vare på mig selv; det smuttede bare for mig denne gang, fordi jeg ikke hørte ham komme. Jeg holder mig i sikkerhed, Jumpin'. Hvis jeg beslutter mig for at tage til Greenville, så kan jeg måske bo ude ved min læsehytte et stykke tid, når jeg kommer tilbage. Den tror jeg ikke, Chase kender til."

„All right. Men jeg vil gerne have, du kommer her noget mere, jeg vil gerne have, du kigger forbi og fortæller mig, hvordan det går. Du kan altid komme og bo her hos Mabel og mig, det ved du."

„Tak, Jumpin', det ved jeg."

„Hvornår tager du over til Greenville?"

„Jeg ved det ikke rigtig. Redaktøren talte om engang sidst i oktober i sit brev. Jeg har ikke planlagt noget, jeg har ikke engang sagt ja tak til invitationen." Hun vidste, at hun ikke kunne tage af sted, før det blå mærke var forsvundet helt.

„Nå, men lad mig vide, hvornår du tager derover, og hvornår du kommer tilbage. Er du med? Jeg må vide, om du er væk fra byen. For hvis jeg ikke ser dig i nogle dage eller sådan, tager jeg selv ud til dit sted. Tager slænget med om nødvendigt."

„Det skal jeg nok. Tak, Jumpin'."

47

Eksperten

1970

Anklager Eric Chastain havde udspurgt sheriffen om de to drenge, der opdagede Chase Andrews' lig neden for brandtårnet den 30. oktober, om lægens obduktion og den indledende efterforskning.

Eric fortsatte: „Sherif, vær venlig at fortælle os, hvad der fik Dem til at tænke, at Chase Andrews ikke var faldet ned fra tårnet ved et uheld. Hvad fik Dem til at tro, at der var blevet begået en forbrydelse?"

„Tjo, en af de første ting, jeg bemærkede, var, at der ikke var nogen fodaftryk omkring Chases lig, ikke engang hans egne. Kun dem fra drengene, der fandt ham, så jeg gik ud fra, at nogen havde slettet dem for at dække over en forbrydelse."

„Passer det ikke også, sherif, at der ingen fingeraftryk og ingen hjulspor var på gerningsstedet?"

„Jo, det er korrekt. Ifølge teknikernes rapport var der ingen friske fingeraftryk på tårnet. Ikke engang på risten, som nogen har måttet åbne. Min vicesherif og jeg ledte efter dækspor, og der var ingen at se nogen steder. Alt dette tydede på, at nogen bevidst havde fjernet beviser."

„Så da teknikernes rapport viste, at røde uldfibre fra miss Clarks kasket blev fundet på Chases tøj den nat ..."

„Protest, høje dommer," sagde Tom. „Ledende spørgsmål. Og desuden har vidneudsagn allerede fastslået, at de røde fibre kunne være blevet overført fra miss Clarks tøj til mr. Andrews' før natten mellem den 29. og 30. oktober."

„Tages til følge," buldrede dommeren.

„Ikke flere spørgsmål. Vidnet er Deres." Eric havde godt været klar over, at sheriffens vidneudsagn ikke havde den store betydning i anklagerens sag – hvad kan man stille op uden noget mordvåben og uden finger-, fod- eller dækaftryk – men der var stadig kød nok på benet til at overbevise nævningene om, at nogen havde myrdet Chase, og at denne nogen, de røde fibre taget i betragtning, kunne have været miss Clark.

Tom Milton gik hen til vidneskranken. „Sherif, bad De eller nogen anden en ekspert kigge efter fodaftryk eller tegn på, at fodaftryk var blevet visket ud?"

„Det var ikke nødvendigt. Jeg er eksperten. At undersøge fodaftryk indgår i min uddannelse. Jeg havde ikke brug for endnu en ekspert."

„Javel. Så var der beviser for, at fodaftryk var blevet visket ud på jorden? Jeg tænker for eksempel på, om der var mærker fra kviste eller grene der var blevet brugt henblik på at skjule spor? Eller var der mudder, som var blevet smidt oven på noget andet mudder? Er der nogen beviser på, nogen fotografier af sådan en handling?"

„Nej. Jeg sidder her for at bevidne som ekspert, at der ingen fodaftryk var under tårnet bortset fra vores egne og drengenes. Så nogen må have visket dem ud."

„Okay. Men sherif, det er et kendetegn for marsken, at når tidevandet bevæger sig ind og ud, vil grundvandet – selv fjernt fra tidevandet – hæve og sænke sig og udtørre jorden et stykke tid, hvorefter vandet stiger igen nogle timer efter. Mange steder vil vandet, når det stiger og gennemvæder området, udviske alle mærker i mudderet såsom fodaftryk. Tavlen bliver visket ren. Er det ikke sandt?"

„Jo, sådan kan det godt være. Men der er ingen beviser for, at noget sådant skete."

„Jeg står her med tidevandstabellen for natten mellem den 29. oktober og 30. oktober, og som De kan se, sherif Jackson, så viser den, at der var ebbe omkring midnat. På det tidspunkt, da Chase ankom til tårnet og gik op ad trappen, ville han have lavet spor i det våde mudder. Så da tidevandet kom ind, og grundvandet steg, blev hans spor visket ud. Det er grunden til, at De og drengene lavede dybe spor, og også til at Chases aftryk var forsvundet. Er De enig med mig i, at det er en mulighed?"

Kya nikkede svagt – hendes første reaktion på et vidneudsagn, siden retssagen begyndte. Hun havde mange gange set marskens vand opsluge gårsdagens historie: hjortespor ved et vandløb eller spor efter en los nær en død dåkalv, som var forsvundet.

Sheriffen svarede: „Tja, jeg har aldrig set det viske noget ud så grundigt som det der, så jeg ved det ikke."

„Men sherif, som De selv sagde, De er eksperten, trænet i at undersøge fodaftryk. Og nu siger De, at De ikke ved, om denne almindeligt tilbagevendende begivenhed hændte den nat eller ej."

„Det vil jo ikke være så svært at bevise på den ene eller den anden måde, vel? Man kan bare gå derud ved ebbe, lave nogle spor og se, om de er visket ud, når tidevandet kommer ind."

„Ja, det vil ikke være så svært at afgøre på den ene eller den anden måde, så hvorfor blev det ikke gjort? Her sidder vi i retten, og De har intet bevis overhovedet for, at en person har udvisket fodaftryk for at dække over en forbrydelse. Det er mere sandsynligt, at Chase Andrews rent faktisk afsatte fodaftryk under tårnet, og at de blev skyllet væk af det stigende grundvand. Og hvis han havde haft nogle venner med sig, som også ville klatre op i tårnet for sjov, ville deres fodaftryk også være blevet skyllet væk. Under disse yderst sandsynlige omstændigheder er der jo intet, der overhovedet tyder på en forbrydelse. Er det ikke korrekt, sherif?"

Eds blik fór til venstre, højre, venstre, højre, som om svaret fandtes på en af væggene. Folk flyttede sig uroligt på bænkene.

„Sherif?" gentog Tom.

„Efter min professionelle opfattelse virker det usandsynligt, at en normal cyklus af stigende grundvand ville skylle fodaftryk væk i sådan en grad, at de helt forsvandt som i dette tilfælde. Men eftersom der ikke var nogen tegn på tilsløring, så beviser fraværet af fodaftryk ikke i sig selv, at der forelå en forbrydelse. Men …"

„Tak." Tom vendte sig mod nævningetinget og gentog sheriffens ord. „Fraværet af fodaftryk beviser ikke, at der foreligger en forbrydelse. Hvis vi nu går lidt videre, sherif, hvad så med risten, der blev efterladt åben på gulvet i brandtårnet? Undersøgte De den for miss Clarks fingeraftryk?"

„Ja, selvfølgelig gjorde vi det."

„Og fandt De miss Clarks fingeraftryk på risten eller noget andet sted på tårnet?"

„Nej. Nej, men vi fandt heller ingen andre fingeraftryk, så …"

Dommeren lænede sig frem. „Du skal kun svare på spørgsmålene, Ed."

„Hvad med hår? Miss Clark har langt sort hår – hvis hun havde klatret hele vejen op til toppen og havde travlt på platformen med at åbne en rist og sådan, ville jeg formode, at man ville finde hårstrå fra hende. Fandt De nogen?"

„Nej." Sheriffens pande glinsede af sved.

„Ligsynsmanden bevidnede, at der efter obduktionen af Chases lig ikke fandtes nogen beviser for, at miss Clark havde været i tæt kontakt med ham den nat. Åh jo, der var disse fibre, men de kan have været fire år gamle. Og nu fortæller De os, at der overhovedet ingen beviser er for, at miss Clark i det hele taget befandt sig i brandtårnet den nat. Er det korrekt?"

„Ja."

„Så vi har intet, der beviser, at miss Clark var oppe i brandtårnet, den nat Chase Andrews faldt ned og døde. Er det korrekt?"

„Som jeg sagde."

„Så det betyder et ja.

„Ja, det er et ja."

„Sherif, er det ikke sandt, at disse riste øverst oppe i tårnet ofte bliver efterladt åbne af unger, der leger deroppe?"

„Jo, de bliver efterladt åbne sommetider. Men som jeg sagde tidligere, var det normalt den, man skulle åbne for at kunne klatre helt op, ikke de andre."

„Men er det ikke sandt, at risten ved trappen og af og til også andre riste blev efterladt åbne så ofte og betragtet som så farlige, at Deres kontor sendte en skriftlig anmodning til Skovstyrelsen om at få afhjulpet situationen?" Tom rakte et dokument frem til sheriffen. „Er det her den officielle forespørgsel til Skovstyrelsen dateret den 18. juli i fjor?" Sheriffen kiggede på papiret.

„Ja. Det er den."

„Hvem skrev egentlig den anmodning?"

„Det gjorde jeg selv."

„Så blot tre måneder før Chase Andrews faldt gennem en åben rist i brandtårnet, havde De indsendt en skriftlig anmodning til Skovstyrelsen og bedt dem lukke tårnet eller sikre ristene, så ingen kunne komme til skade. Er det ikke korrekt?"

„Jo da."

„Sherif, vil De være venlig at læse den sidste sætning i dette dokument, som De skrev til Skovstyrelsen, op for retten? Bare den sidste sætning, her." Han rakte sheriffen dokumentet og pegede på den sidste linje.

Sheriffen læste højt for retten. „Jeg må endnu en gang gentage, at disse riste er meget farlige, og hvis der ikke bliver taget forholdsregler, vil der kunne ske alvorlige skader eller endog dødsfald."

„Jeg har ikke flere spørgsmål."

48

En tur

1969

Den 28. oktober 1969 gled Kya hen mod Jumpin's bådebro for som lovet at sige farvel til ham og styrede så mod byens mole, hvor fiskere og rejefiskere altid holdt inde med arbejdet for at betragte hende. Hun ignorerede dem, fortøjede båden og bar en falmet papkuffert – fundet frem fra Mas gamle skab – med ind på Main Street. Hun havde ingen håndtaske, men slæbte sin rygsæk med sig, som hun havde fyldt med bøger, lidt skinke og boller og en lille sum kontanter efter at have nedgravet en tindåse med de fleste af sine royaltypenge i jorden nær lagunen. Hun så for en gangs skyld ganske normal ud, klædt i en brun nederdel fra Sears Roebuck, hvid trøje og flade sko. Butiksindehaverne vimsede rundt, betjente kunder, fejede fortovene, hver og en stirrede på hende.

Hun stod på hjørnet under busstopskiltet og ventede, indtil Trailwaysbussen holdt ind til siden med hvinende bremser og spærrede for udsigten til havet. Ingen stod af eller på, da Kya gik frem og købte en billet til Greenville af chaufføren. Da hun spurgte om returdatoer og -tider, rakte han hende en trykt køreplan og lagde så hendes kuffert i bagagerummet. Hun holdt godt fast i sin rygsæk og steg på. Og inden hun havde nået at tænke videre over det, kørte bussen, der virkede lige så lang som byen, ud af Barkley Cove.

To dage senere, klokken 13.16 om eftermiddagen, stod Kya af Trailwaysbussen fra Greenville. Nu var der endnu flere landsbyboere på færde, som stirrede og hviskede, da hun kastede sit lange hår over skulderen og tog imod sin kuffert fra chaufføren. Hun gik over gaden til molen, trådte ned i sin båd og sejlede direkte hjem. Hun ville gerne standse ved Jumpin' for at sige, at hun var hjemme igen, som hun havde lovet ham at gøre, men der holdt andre både, som ventede på at få tanken fyldt op ved hans bådebro, så hun tænkte, at hun ville komme tilbage næste dag. På den her måde kunne hun også komme hurtigere tilbage til mågerne.

Så den næste morgen, den 31. oktober, da hun lagde til ved Jumpin's bådebro, kaldte hun på ham, og han kom ud fra den lille butik.

„Hej, Jumpin', jeg ville bare lige lade dig vide, at jeg er hjemme igen. Kom tilbage i går." Han sagde ingenting, mens han gik hen mod hende.

Så snart hun trådte op på hans bådebro, sagde han: „Miss Kya. Jeg ..."

Hun lagde hovedet på skrå. „Hvad er der? Hvad er der galt?"

Han stod og kiggede på hende. „Kya, har du hørt nyheden om mr. Chase?"

„Nej. Hvilken nyhed?"

Han rystede på hovedet. „Chase Andrews er død. Døde midt om natten, mens du var ovre i Greenval."

„Hvad?" Kya og Jumpin' så hinanden dybt i øjnene.

„De fandt ham i går morges neden for det gamle brandtårn med ... Nå ja, de siger, at han havde brækket halsen, og hans hoved var slået ind. De mener, at han faldt direkte ned fra toppen."

Kya stod stadig med åben mund.

Jumpin' fortsatte. „Hele byen er oppe at køre over det. Nogle mener, det er en ulykke, men det siges, at sheriffen ikke er så sikker. Chases mor er helt ude af sig selv, siger, at der er noget lusket ved det. Det er et værre cirkus."

„Hvorfor tror de, at der er noget lusket ved det?“ spurgte Kya.

„En af ristene i tårngulvet stod på vid gab, og han faldt durk igennem, og det syntes de virkede mistænkeligt. Nogle siger, at de riste står åbne hele tiden, fordi ungerne altid fjoller rundt deroppe, og mr. Chase kan være faldet igennem ved et uheld. Men der er også nogen, der kalder det mord.“

Kya var tavs, så Jumpin' fortsatte. „En af grundene var, at da mr. Chase blev fundet, havde han ikke den halskæde på, som han havde gået med hver dag i årevis, og hans kone siger, at han havde den på, samme aften han forlod huset, inden han tog hen for at spise middag hos sine forældre. Havde den altid på, sagde hun.“

Hun blev tør i munden, da halskæden blev nævnt.

„Og de der to unger, som fandt Chase, de hørte sheriffen sige, at der ingen fodaftryk var på stedet. Ikke et eneste. Som om nogen havde visket beviser ud. De der drenge galper op om det i hele byen.“

Jumpin' fortalte hende, hvornår begravelsen skulle være, men vidste, at Kya ikke ville deltage. Det ville være et syn for guder, for syklubber og bibelselskaber. Der ville helt sikkert blive hvisket og tisket om Kya. *Herren være lovet, at hun var i Greenval da han døde, ellers ville de tørre det her af på hende,* tænkte Jumpin'.

Kya nikkede til Jumpin' og tøffede hjem. Hun stod på lagunens mudrede bred og fremhviskede et af Amanda Hamiltons vers:

„Underkend aldrig
hjertet,
der kan bedrive handlinger,
som sindet ikke fatter.
Hjertet befaler såvel som føler.
Hvordan ellers forklare
den vej, jeg har taget,
som du har taget,
den lange vej gennem dette pas?“

49

Forklædninger

1970

Det næste vidne blev taget i ed. Han erklærede, at han hed mr. Larry Price – en mand med krøllet hvidt, kortklippet hår og klædt i et blåt jakkesæt, som skinnede billigt – og at han var chauffør på Trailwaysbussen på forskellige ruter i denne del af North Carolina. Da Eric spurgte mr. Price ud, bekræftede han, at det var muligt at tage bussen fra Greenville til Barkley Cove og tilbage igen samme nat. Han erklærede også, at det var ham, der havde kørt bussen fra Greenville til Barkley Cove, den nat Chase døde, og at ingen af passagererne havde lignet miss Clark.

„Mr. Price," sagde Eric, „De fortalte sheriffen under hans efterforskning, at der befandt sig en tynd passager i bussen, som kan have været en høj kvinde forklædt som en mand. Er det korrekt? Vær venlig at beskrive denne passager."

„Ja, det er rigtigt. En ung hvid mand. Han var vel omkring en meter og firs høj, og hans bukser hang på ham som lagner på en hegnspæl. Han bar en stor bred kasket, blå. Holdt hovedet nede, kiggede ikke på nogen."

„Og nu De har set miss Clark, vil De så tro, at den tynde mand på bussen muligvis kunne være miss Clark i forklædning? Kunne hendes lange hår have været skjult under denne store kasket?"

„Ja, det kunne jeg godt tro."

Eric anmodede dommeren om at bede Kya rejse sig, og det gjorde hun så med Tom Milton ved sin side.

„De kan sætte Dem igen, miss Clark," sagde Eric, og derefter henvendt til vidnet: „Ville De sige, at den unge mand på bussen havde samme højde og statur som miss Clark?"

„Nøjagtig samme højde og statur, ville jeg sige," sagde mr. Price.

„Så alt taget i betragtning, ville De så sige, at den tynde mand på bussen klokken 23.50 på vej fra Greenville til Barkley Cove om aftenen den 29. oktober sidste år efter al sandsynlighed faktisk var tiltalte, miss Clark?"

„Ja, det er yderst tænkeligt, ville jeg sige."

„Tak, mr. Price. Jeg har ikke mere. Deres vidne."

Tom stillede sig foran vidneskranken, og efter at have udspurgt mr. Price i fem minutter sammenfattede han det. „Hvad De har fortalt os, er følgende: For det første var der ingen kvinde, der lignede tiltalte på bussen fra Greenville til Barkley Cove om aftenen den 29. oktober 1969; for det andet var der en høj tynd mand på bussen, men selvom De så hans ansigt meget tæt på, opfattede De ham ikke som en kvinde i forklædning; for det tredje fik De først den her ide om en forklædning, da sheriffen foreslog det."

Tom fortsatte, inden vidnet kunne svare: „Mr. Price, fortæl os, hvordan De kan være sikker på, at den tynde mand var med bussen klokken 23.50 den 29. oktober? Tog De notater, skrev De det ned? Det var måske aftenen før eller aftenen efter. Er De hundred procent sikker på, at det var den 29. oktober?"

„Jeg kan godt se, hvor De vil hen med det. Da sheriffen pirkede til min hukommelse, forekom det mig, at denne mand var med bussen, men nu må jeg nok sige, at jeg ikke kan være hundred procent sikker."

„Og desuden, mr. Price, var bussen ikke meget forsinket den nat?

Faktisk var den femogtyve minutter forsinket og ankom først til Barkley Cove omkring klokken 01.40 om natten. Er det korrekt?"

„Ja." Mr. Price så på Eric. „Jeg prøver bare på at hjælpe, gøre det rigtige."

Tom beroligede ham. „De har været en stor hjælp, mr. Price. De skal have mange tak. Jeg har ikke flere spørgsmål."

ERIC INDKALDTE SIT NÆSTE VIDNE, chaufføren på bussen klokken 02.30 fra Barkley Cove til Greenville om natten den 30. oktober, en mr. John King. Han bevidnede, at tiltalte, miss Clark, ikke havde været med bussen, men der var en ældre dame „... lige så høj som miss Clark, med gråt hår, kortklippet med krøller, som en permanent."

„Kig på tiltalte, mr. King, er det muligt, at miss Clark ville have lignet kvinden i bussen, hvis hun havde forklædt sig som en ældre dame?"

„Tja, det er svært at se for sig. Måske."

„Så det er muligt."

„Det er det vel."

Ved modafhøringen sagde Tom: „Vi kan ikke acceptere udtrykket *det er det vel* i en drabssag. Så De tiltalte, miss Clark, på bussen klokken 02.30 fra Barkley Cove til Greenville tidligt om morgenen den 30. oktober 1969?"

„Nej, det gjorde jeg ikke."

„Og gik der en anden bus fra Barkley Cove til Greenville den nat?"

„Nej."

50
Dagbogen

1970

Da Kya blev ført ind i retssalen næste dag, kiggede hun hen mod Tate, Jumpin' og Mabel og holdt vejret, da hun fik øje på en mand i fuld uniform med et svagt smil i sit arrede ansigt. Jodie. Hun nikkede let og spekulerede på, hvordan han havde fået nys om hendes retssag. Sikkert fra avisen i Atlanta. Hun kiggede væk i skam.

Eric rejste sig. „Høje dommer, med rettens tilladelse vil anklagemyndigheden indkalde mrs. Sam Andrews." Der lød et højlydt suk i lokalet, da Patti Love, den sørgende mor, gik hen mod vidneskranken. Da Kya så kvinden, som hun engang havde håbet ville blive hendes svigermor, indså hun, hvor absurd en tanke det havde været. Selv i disse triste omgivelser syntes Patti Love, der var klædt i sin fineste sorte silkekjole, at være mest optaget af sit eget udseende og sin betydning. Hun satte sig med rank ryg med sin skinnende håndtaske på skødet, hendes mørke hår var samlet i en perfekt knold under hatten, der var sat så tilpas på sned, at et dramatisk sort net skjulte hendes øjne. Hun ville aldrig have accepteret en barfodet marskbeboer som sin svigerdatter.

„Mrs. Andrews, jeg ved, hvor svært det her er for Dem, så jeg skal gøre det så kort som muligt. Er det sandt, at Deres søn, Chase Andrews, gik med en lædersnor med en muslingeskal i om halsen?"

„Ja, det er sandt."

„Og hvornår, hvor ofte bar han den halskæde?"

„Hele tiden. Han tog den aldrig af. I fire år så jeg ham aldrig uden den halskæde."

Eric rakte mrs. Andrews en læderindbundet dagbog. „Kan De identificere denne bog for retten?"

Kya stirrede ned i gulvet og arbejdede med sine læber, rasende over denne invasion i hendes privatliv, da anklageren holdt dagbogen op for alle i retssalen. Hun havde lavet den til Chase, meget kort tid efter at de mødtes. Det meste af sit liv havde hun været nægtet glæden ved at give gaver, et savn, som meget få forstod. Efter at have arbejdet dage og nætter på dagbogen havde hun pakket den ind i brunt papir og udsmykket den med smukke grønne bregner og hvide fjer fra snegæs. Hun rakte den frem, da Chase trådte ned på lagunens kyst fra sin båd.

„Hvad er det her?"

„Bare noget fra mig," havde hun sagt og smilet.

En malet skildring af deres tid sammen. Det første billede var en blæktegning, hvor de sidder sammen lænet op ad noget drivtømmer. Chase spiller på mundharpe. De latinske navne på marehalmen og forskellige skaller stod skrevet med Kyas håndskrift. I en hvirvel af vandfarver kunne ses hans båd, der drev rundt i måneskinnet. Det næste var et abstrakt billede af nysgerrige marsvin, der kredsede rundt om båden, med ordene „Michael Row the Boat Ashore" skrevet hen over skyerne. På et andet billede hvirvlede hun rundt blandt sølvmåger på en sølvskinnende strand.

Chase havde vendt siderne fuld af forundring. Ladet sine fingre løbe let hen over nogle af tegningerne, leet ved andre af dem, men sad for det meste bare tavs og nikkede.

„Jeg har aldrig fået noget lignende." Da han lænede sig frem for at omfavne hende, havde han sagt: „Tak, Kya.“ De sad i sandet et stykke tid, svøbt ind i tæpper, talte sammen og holdt hånd.

Kya huskede, hvordan hendes hjerte havde hamret ved glæden ved at give, og havde aldrig forestillet sig, at nogen anden skulle se den dagbog. Og i hvert fald ikke, at den skulle fremlægges som et bevis i hendes mordsag.

Hun kiggede ikke på Patti Love, da denne svarede på Erics spørgsmål. „Det er en samling af malerier, som miss Clark lavede til Chase. Hun gav den til ham som en gave.“ Patti Love kunne huske, at hun fandt dagbogen under en stak albummer, da hun gjorde rent på hans værelse. Tilsyneladende holdt han den skjult for hende. Hun havde sat sig på Chases seng og åbnet det tykke omslag. Dér, i en detaljeret blæktegning, lå hendes søn op ad drivtømmeret med denne pige. Marskpigen. Hendes Chase med rakkerpakket. Hun kunne knap trække vejret. *Hvad nu hvis folk opdager det?* Hun ravede rundt, først kold, så svedig.

„Mrs. Andrews, vil De være venlig at forklare, hvad De ser i dette billede, som den tiltalte, miss Clark, har malet?“

„Det er et maleri af Chase og miss Clark øverst oppe i brandtårnet.“ En mumlen bevægede sig gennem lokalet.

„Hvad ser man mere?“

„Dér – mellem deres hænder, hun giver ham halskæden med muslingeskallen.“

Og han tog den aldrig af igen, tænkte Patti Love. *Jeg troede, at han fortalte mig alt. Jeg troede, jeg var tættere på min søn end andre mødre; det bildte jeg mig selv ind. Men jeg vidste ingenting.*

„Så fordi han fortalte Dem det og på grund af den her dagbog, vidste De godt, at Deres søn så miss Clark, og De vidste, at hun gav ham halskæden?“

„Ja.“

„Da Chase kom til Deres hus for at spise middag om aftenen den 29. oktober, havde han så halskæden på?“

„Ja, han gik først igen, da klokken var over elleve, og han havde halskæden på."

„Men da De gik ind på klinikken næste dag for at identificere Chase, havde han så halskæden på?"

„Nej, det havde han ikke."

„Kan De komme på en grund til, at nogen af hans venner eller nogen anden ud over miss Clark skulle ønske at tage halskæden af Chase?"

„ Nej."

„Protest, høje dommer." Tom reagerede straks. „Forlydender. Vidnet bliver bedt om at gisne. Hun kan ikke udtale sig ud fra andre folks ræsonnementer."

„Tages til følge. Til nævningene, De skal se bort fra det sidste spørgsmål og svar." Så kiggede dommeren olmt på anklageren og sagde: „Tag dig i agt, Eric. Helt ærligt! Du burde vide bedre."

Eric lod sig ikke anfægte og fortsatte. „Godt, så vi ved fra hendes egne tegninger, at tiltalte, miss Clark, klatrede op i brandtårnet sammen med Chase ved mindst én lejlighed; vi ved, at hun gav ham halskæden. Siden gik han med den konstant, indtil den nat hvor han døde. På hvilket tidspunkt den forsvandt. Er det alt sammen korrekt?"

„Ja."

„Tak. Jeg har ikke flere spørgsmål. Vidnet er Deres."

„Ingen spørgsmål," sagde Tom.

51

Aftagende måne

1970

Sproget i retten var selvfølgelig ikke lige så poetisk som marskens sprog. Men Kya så alligevel ligheder. Dommeren, tydeligvis alfahannen, sad sikkert i sin position, så han optrådte imposant, men afslappet som territoriets orne, der ikke føler sig truet af noget. Tom Milton udstrålede også selvtillid og status med lette bevægelser og faste standpunkter. En magtfuld buk, og anerkendt som en sådan. Anklageren på den anden side var afhængig af brede farvestrålende slips og bredskuldrede jakkesæt for at højne sin status. Han spillede stærk mand ved at slå ud med armene eller hæve stemmen. En mindre han er nødt til at råbe højt for at blive bemærket. Retsbetjenten repræsenterede den lavest rangerende han og var afhængig af sit bælte med den glinsende pistol, det klirrende nøglebundt og en klodset radio til at stive sin position af. *Dominanshierarkier øger stabiliteten i naturlige populationer og i visse, der er mindre naturlige,* tænkte Kya.

Anklageren, der bar et skarlagenrødt slips, gik frem med raske skridt og indkaldte sit næste vidne, Hal Miller, en tynd otteogtyveårig mand med en manke af brunt hår.

„Mr. Miller, vær venlig at fortælle os, hvor De befandt Dem, og hvad De så natten mellem den 29. og 30. oktober omkring klokken 01.45."

„Mig og Allen Hunt arbejdede sent for Tim O'Neal på hans rejefiskerbåd, og vi var på vej tilbage til havnen i Barkley Cove, da vi så hende, miss Clark, i sin båd omkring halvanden kilometer ude, øst for bugten, på vej nord-nordvest."

„Og hvor ville den kurs føre hende hen?"

„Direkte til vigen nær brandtårnet."

Dommer Sims slog med hammeren ved udbruddet i retssalen, der rumlede videre i et helt minut.

„Kunne hun ikke have været på vej et andet sted hen?"

„Det kunne hun vel, men der er intet i den retning andet end kilometervis af sumpskov. Ingen anden destination, jeg kender til, bortset fra brandtårnet."

Damernes begravelsesvifter pumpede op og ned i det varme, urolige lokale. Sunday Justice, der lå og sov i en vindueskarm, gled ned på gulvet og gik hen mod Kya. For første gang i retssalen gnubbede den sig op ad hendes ben, sprang så op i hendes skød og lagde sig til rette. Eric holdt op med at tale og kiggede på dommeren, han overvejede måske at protestere mod en så åben tilkendegivelse af partiskhed, men der syntes ikke at være noget juridisk fortilfælde.

„Hvordan kan De være sikker på, at det var miss Clark?"

„Nåh, vi kender alle hendes båd. Hun har sejlet rundt her alene i årevis."

„Var der lygter på hendes båd?"

„Nej, ingen lygter. Vi kunne havde vædret hende, hvis vi ikke havde set hende."

„Men er det ikke ulovligt at sejle uden lygter, når det er mørkt?"

„Jo, hun burde have haft tændte lygter. Men det havde hun ikke."

„Så den nat Chase Andrews døde i brandtårnet, sejlede miss Clark i nøjagtig den retning blot få minutter før tidspunktet for hans død. Er det korrekt?"

„Ja, det var det, vi så."

Eric satte sig ned.

Tom gik hen mod vidnet. „Godmorgen, mr. Miller."

„Godmorgen."

„Mr. Miller, hvor længe har De arbejdet som besætningsmedlem på Tim O'Neals rejefiskerbåd?"

„Det har kørt i tre år nu."

„Og vil De være venlig at fortælle mig, hvornår månen steg op natten mellem den 29. og 30. oktober?"

„Den var aftagende og steg ikke op, før vi havde lagt til i Barkley. På et tidspunkt efter klokken to, vil jeg tro."

„Javel. Så da De så den lille båd sejle nær Barkley Cove den nat, var der ingen måne. Det må have været meget mørkt."

„Ja. Det var mørkt. Der var lidt stjerneskin, men ja, temmelig mørkt."

„Vil De være venlig at fortælle retten, hvad miss Clark havde på, da hun sejlede forbi Dem i sin båd den nat?"

„Altså, vi var ikke tæt nok på til at se, hvad hun havde på."

„Jaså? De var ikke tæt nok på til at se hendes tøj." Tom kiggede på nævningetinget, da han sagde det. „Nå, men hvor langt væk var De?"

„Jeg vil tro, vi var godt tres meter væk."

„Tres meter." Tom kiggede på nævningene igen. „Det er et pænt langt stykke, hvis man skal kunne identificere en lille båd i mørket. Sig mig, mr. Miller, hvilke karakteristika, hvilket træk ved denne person i den båd gjorde Dem så sikker på, at det var miss Clark?"

„Tja, som jeg sagde, så kender næsten alle i byen hendes båd, hvordan den ser ud tæt på og langt væk. Vi kender formen på båden og den skikkelse, hun danner, når hun sidder i stævnen, høj og tynd og sådan. En meget speciel skikkelse."

„En speciel skikkelse. Så enhver med samme skikkelse, enhver, som var høj og tynd og sad i denne type båd, ville have lignet miss Clark. Er det korrekt?"

„En anden kan vel godt have lignet hende, men vi lærer bådene og deres ejere rigtig godt at kende, når vi er derude hele tiden."

„Men, mr. Miller, må jeg påminde Dem om, at det her er en drabssag. Det bliver ikke mere alvorligt end det her, og i disse sager må vi være helt sikre. Vi kan ikke basere noget på skikkelser eller former, der bliver set på tres meters afstand i mørket. Så vær venlig at fortælle retten, om De er sikker på, at personen, som De så natten mellem den 29. og 30. oktober, var miss Clark?"

„Næ, nej, jeg kan ikke være fuldkommen sikker. Har aldrig sagt, at jeg kunne være helt sikker på, at det var hende. Men jeg er temmelig ..."

„Det var alt, mr. Miller. Tak."

„Genafhøring, Eric?" spurgte dommer Sims.

Eric spurgte fra sin plads. „Hal, du har bevidnet, at du har set og genkendt miss Clark i hendes båd i mindst tre år. Sig mig lige, har du nogensinde troet, at du så miss Clark i hendes båd på afstand, og så, da du kom tættere på, opdaget, at det alligevel ikke var miss Clark? Er det nogensinde hændt?"

„Nej, ikke en eneste gang."

„Ikke en eneste gang på tre år?"

„Ikke en eneste gang på tre år."

„Høje dommer, hermed afslutter anklagemyndigheden sin bevisførelse."

52

Three Mountains Motel

1970

Dommer Sims trådte ind i retssalen og nikkede til forsvarets bord. „Mr. Milton, er De klar til at indkalde Deres første vidne for forsvaret?"

„Det er jeg, høje dommer."

„Fortsæt."

Efter at vidnet var taget i ed og havde taget plads i skranken, sagde Tom: „Vær venlig at fortælle Deres navn, og hvad Deres beskæftigelse er i Barkley Cove." Kya løftede hovedet så meget, at hun kunne se den lavstammede ældre kvinde med det lilla-hvide hår og den stramme permanent, som for mange år siden havde spurgt hende, hvorfor hun altid kom alene til supermarkedet. Hun var måske blevet endnu mindre og hendes krøller endnu strammere, men hun lignede i bemærkelsesværdig grad sig selv. Mrs. Singletary havde virket emsig og diktatorisk, men hun havde givet Kya julenetstrømpen med den blå fløjte, vinteren efter at Ma var rejst. Det var al den jul, Kya havde haft.

„Jeg hedder Sarah Singletary og er kassedame i Piggly Wiggly-supermarkedet i Barkley Cove."

„Sarah, er det korrekt, at du fra din kasse inde i Piggly Wigly kan se Trailways-busstoppestedet?“

„Ja, jeg kan se det tydeligt.“

„Den 28. oktober sidste år, så du da tiltalte, miss Catherine Clark, vente ved busstoppestedet klokken 14.30?“

„Ja, jeg så miss Clark stå der.“ Nu kiggede Sarah på Kya og huskede den lille pige, der kom barfodet ind i supermarkedet for alle de mange år siden. Ingen ville nogensinde få det at vide, men inden Kya havde lært at tælle, havde Sarah givet barnet ekstra byttepenge – penge, som hun havde taget fra sin egen pung, så saldoen i kasseapparatet stemte. Kya betalte selvfølgelig kun med små beløb til at begynde med, så Sarah bidrog bare med nogle fem- og ticentsmønter, men det måtte have været en hjælp.

„Hvor længe ventede hun? Og så du hende rent faktisk stå på bussen klokken 14.30?“

„Hun ventede i omkring ti minutter, tror jeg. Vi så hende alle købe sin billet af chaufføren, give ham sin kuffert og stige ind i bussen. Den kørte sin vej, og hun var helt sikkert om bord.“

„Og jeg mener at vide, at du også så hende vende tilbage to dage senere den 30. oktober med bussen klokken 13.16. Er det korrekt?“

„Ja, to dage senere, lidt efter kvart over et om eftermiddagen, kiggede jeg op, da bussen standsede, og så miss Clark stå af. Jeg påpegede det over for de andre kassedamer.“

„Hvad gjorde hun så?“

„Hun gik hen til molen, trådte ned i sin båd og sejlede sydpå.“

„Tak, Sarah. Det var alt.“

Dommer Sims spurgte: „Nogen spørgsmål, Eric?“

„Nej, høje dommer. Jeg har ingen spørgsmål. Faktisk kan jeg se af vidnelisten, at forsvaret har til hensigt at indkalde flere fra byen til at bevidne, at miss Clark stod på og af Trailwaysbussen på de datoer og tidspunkter, som mrs. Singletary har fastslået. Anklagemyndigheden vil ikke afvise dette vidnesbyrd. Det er i så nøje overensstemmelse med vores sagsfremstilling, at miss Clark tog turen med disse busser på disse tidspunkter, og med rettens tilladelse vil det ikke blive nødvendigt at indkalde flere vidner angående dette punkt."

„All right, mrs. Singletary, De kan forlade skranken. Hvad med Dem, mr. Milton? Hvis anklagemyndigheden accepterer det som et faktum, at miss Clark steg på bussen klokken 14.30 den 28. oktober 1969 og vendte tilbage cirka 13.16 den 30. oktober 1969, er der så behov for at indkalde flere vidner for at underbygge dette faktum?"

„Nej, høje dommer." Tom bevarede en rolig mine, men bandede indvendigt. Kyas alibi for at være væk fra byen på tidspunktet for Chases død var et af forsvarets stærkeste pointer. Men Eric havde med held udvandet alibiet ved blot at acceptere det og endog erklæret, at han ikke havde brug for at høre vidneudsagn om Kyas tur til og fra Greenville i dagens løb. Det havde ingen betydning for anklagemyndighedens sag, eftersom den hævdede, at Kya var vendt tilbage i nattens løb for at begå mordet. Tom havde forudset risikoen, men havde fundet det afgørende, at nævningene hørte vidneudsagnene, at de fik chancen for at visualisere Kya, der forlod byen ved højlys dag og først vendte tilbage efter hændelsen. Nu ville de tro, at hendes alibi ikke var vigtigt nok til bare at blive bekræftet.

„Noteret. Indkald venligst Deres næste vidne."

Mr. Lang Furlough, en skaldet, undersætsig mand, hvis jakke var knappet stramt om en rund mave, bevidnede, at han ejede og drev Three Mountains Motel i Greenville, og at miss Clark havde boet på motellet fra den 28. oktober til den 30. oktober 1969.

Kya afskyede at skulle lytte til denne mand med det oliefedtede hår. Hun havde aldrig troet, hun skulle få ham at se igen, og her sad han nu og talte om hende, som om hun ikke var til stede. Han forklarede, hvordan han havde vist hende hen til hendes motelværelse, men undlod at nævne, at han var blevet hængende lidt for længe. Var blevet ved med at finde på grunde til at blive på hendes værelse, indtil hun åbnede døren og antydede, at han skulle gå. Da Tom spurgte, hvordan han kunne være sikker på miss Clarks færden både på vej til og fra motellet, havde han klukket og sagt, at hun var sådan en type kvinde, som mænd lagde mærke til. Han tilføjede, hvor underlig hun havde virket, vidste ikke, hvordan man brugte telefonen, kom gående fra busstationen med en papkuffert og havde sin egen mad med i en pose.

„Mr. Furlough, den næste aften, det vil sige den 29. oktober 1969, den nat Chase Andrews døde, sad De i receptionen hele natten og arbejdede. Er det korrekt?"

„Ja."

„Efter at miss Clark vendte tilbage til sit værelse ved titiden om aftenen, efter middagen med sin redaktør, så De hende da gå igen? Så De hende på noget tidspunkt et sted i de sene nattetimer natten den 29. oktober til den 30. oktober forlade eller vende tilbage til sit værelse?"

„Nej. Jeg var der hele natten, og jeg så hende ikke på noget tidspunkt forlade sit værelse. Som tidligere sagt, hendes værelse lå direkte over for receptionsskranken, så jeg ville have set det, hvis hun gik."

„Tak, mr. Furlough, det var alt. Deres vidne."

Efter flere minutters modafhøring fortsatte Eric: „Okay, mr. Furlough, foreløbig har vi fået fastslået, at De forlod receptionsområdet helt for at gå hen til Deres lejlighed to gange, bruge toilettet og vende tilbage; at pizzabuddet kom med en pizza; at de betalte ham et cetera; at fire gæster tjekkede ind, og to tjekkede ud; og midt i alt det her bragte De orden i Deres kvitteringsregnskaber. Nu vil jeg tillade mig at hævde, mr. Furlough, at midt i alt det postyr fandtes der mange tidspunkter, hvor miss Clark lige så stille kunne have forladt sit værelse og være smuttet hurtigt over gaden, og De ville ikke have bemærket det. Er det ikke fuldt ud muligt?"

„Tjo, det er det vel. Men jeg så intet af den slags. Jeg så hende ikke forlade sit værelse den nat – vil jeg bare sige."

„Det forstår jeg, mr. Furlough. Og jeg siger til gengæld, at det er yderst tænkeligt, at miss Clark forlod sit værelse, gik hen til busstationen, tog bussen til Barkley Cove, myrdede Chase Andrews og vendte tilbage til sit værelse, og at De ikke så hende på noget tidspunkt, for De havde travlt med at passe Deres arbejde. Jeg har ikke flere spørgsmål."

EFTER FROKOSTPAUSEN, da alle havde taget plads og dommeren indtaget sit dommersæde, trådte Scupper ind i retssalen. Tate vendte sig om og så sin far, stadig klædt i sine overalls og gule røjsere, gå ned ad midtergangen. Scupper havde ikke overværet retssagen på grund af sit arbejde, havde han sagt, men det var mest, fordi hans søns langvarige tilknytning til miss Clark forvirrede ham. Det virkede, som om Tate aldrig havde haft følelser for nogen anden pige, og selv som voksen, faguddannet mand elskede han stadig denne sære mystiske kvinde. En kvinde, der nu stod tiltalt for mord.

Så samme eftermiddag, mens Scupper stod på sin båd omgivet af net, åndede han tungt ud. Hans ansigt blussede af skam, da han indså, at han – som en anden uvidende landsbybo – havde næret fordomme mod Kya, fordi hun var vokset op i marsken. Han huskede, hvordan Tate stolt havde vist ham Kyas første bog om muslingeskaller, og hvordan Scupper selv var blevet overrumplet over hendes videnskabelige og kunstneriske dygtighed. Han havde købt et eksemplar af alle hendes bøger, men ikke nævnt det for Tate. Sådan noget pis.

Han var så stolt af sin søn, hvordan han altid havde vidst, hvad han ønskede sig, og hvordan han skulle få det. Men Kya havde faktisk gjort det samme under langt sværere betingelser.

Hvordan kunne han undlade at være der for Tate? Det eneste der betød noget, var at støtte sin søn. Han slap nettet, hvor han stod, efterlod båden skvulpende mod molen og gik direkte hen til domhuset.

Da han nåede frem til første række, rejste Jodie, Jumpin og Mabel sig, så han kunne klemme sig ind ved siden af Tate. Far og søn nikkede til hinanden, og tårer vældede op i Tates øjne.

Tom Milton ventede, til Scupper havde sat sig, og der var blevet stille i lokalet, og sagde så: „Høje dommer, forsvaret indkalder Robert

Foster." Mr. Foster, klædt i tweedjakke, slips og kakibukser, var en velholdt mand af gennemsnitshøjde og havde et nydeligt skæg og rare øjne. Tom bad ham oplyse sit navn og sin beskæftigelse.

„Jeg hedder Robert Foster, og jeg er seniorredaktør hos Harrison Morris Publishing Company i Boston, Massachusetts." Kya holdt en hånd for panden og stirrede ned i gulvet. Hendes redaktør var den eneste person, hun kendte, som ikke tænkte på hende som Marskpigen, som havde respekteret hende og endog havde været imponeret af hendes viden og begavelse. Nu befandt han sig her i retten og så hende sidde ved forsvarerens bord tiltalt for mord.

„Er De redaktøren bag miss Catherine Clarks bøger?"

„Ja, det er jeg. Hun er en meget talentfuld naturforsker, kunstner og skribent. En af vores yndlingsforfattere."

„Kan De bekræfte, at De rejste til Greenville, North Carolina, den 28. oktober 1969, og at De havde møder med miss Clark både den 29. og den 30.?"

„Det er korrekt. Jeg deltog i en lille konference der og vidste, at jeg ville have lidt tid tilovers, mens jeg var i byen, men ikke tid nok til at rejse hjem til hende, så jeg inviterede miss Clark til Greenville, så vi kunne mødes."

„Kan De fortælle os det nøjagtige tidspunkt, da De kørte hende tilbage til hendes motel om aftenen den 29. oktober i fjor?"

„Efter vores møde spiste vi på hotellet, og derefter kørte jeg Kya tilbage til hendes motel cirka 21.55."

Kya mindedes, da hun stod på tærsklen til spiselokalet, der var fyldt med borde med levende lys under mat skinnende lysekroner. Høje vinglas på hvide duge. Stilfuldt klædte gæster konverserede med dæmpede stemmer, mens hun blot havde en enkel nederdel og trøje på. Hun og Robert spiste North Carolina-ørred med en sprød skorpe af knuste mandler, vilde ris, flødestuvet spinat og kuvertbrød. Kya følte sig behageligt tilpas, mens han holdt samtalen i gang i et let tonefald og holdt sig til naturemner, der var velkendte for hende.

Da hun kom i tanker om det nu, var hun overrasket over, hvordan hun var sluppet af sted med det. Men faktisk var restauranten i al dens glans ikke nær så storslået som hendes yndlingspicnic. Da hun var femten, havde Tate sejlet hen til hendes hytte en tidlig morgen, og efter at han havde lagt et tæppe omkring hendes skuldre, var de sejlet ind i landet gennem en labyrint af vandløb til en skov, som hun aldrig før havde set. De vandrede en lille kilometer hen til udkanten af en våd eng, hvor frisk græs spirede op gennem mudderet, og der lagde han tæppet ud under bregner så store som paraplyer.

„Nu venter vi bare," havde han sagt, mens han skænkede varm te fra en termokande og bød hende på „vaskebjørnsruller", en bagt blanding af bolledej, varm pølse og moden cheddarost, som han havde tilberedt til lejligheden. Selv nu i retslokalets kolde omgivelser huskede hun varmen fra hans skuldre, der rørte ved hendes under tæppet, mens de tog små bidder af morgenmadspicnicen.

De kom ikke til at vente længe. Nogle øjeblikke efter lød der et rabalder så højt som kanoner fra nord. „Nu kommer de," havde Tate sagt.

En tynd sort sky viste sig i horisonten, og mens den bevægede sig hen mod dem, skød den hastigt opad. Den hvinende lyd steg i intensitet og volumen, mens skyen hastigt fyldte himlen, indtil der ikke var en eneste blå plet tilbage. Hundreder tusinder snegæs, der flaksede, skræppede og svævede og dækkede hele verden. Hvirvlende masser, som lagde an til landing. Måske en halv million hvide vinger, som struttede i harmoni, mens lyserød-orange fødder hang dinglende i luften, og en snestorm af fugle kom ind for at lande. En ad gangen, så ti ad gangen, så hundredvis af gæs, der landede blot få meter fra, hvor Kya og Tate havde siddet under bregnerne. Himlen blev tømt, og den våde eng fyldt, indtil den var dækket af dunet sne.

Intet smart spisested kunne måle sig med det, og „vaskebjørnsrullerne" bød på mere krydderi og herlighed end den mandelskorpede ørred.

„Så De miss Clark gå ind på sit værelse?"

„Naturligvis. Jeg åbnede døren for hende og sørgede for, at hun var sikkert indenfor, inden jeg kørte min vej."

„Så De miss Clark den næste dag?"

„Vi havde aftalt at spise morgenmad sammen, så jeg hentede hende omkring klokken 7.30. Vi spiste på Stack 'Em High-pandekagestedet. Jeg kørte hende tilbage til hendes motel ved nitiden. Og det var det sidste, jeg så til hende, indtil i dag." Han så på Kya, men hun kiggede ned i bordet.

„Tak, mr. Foster. Jeg har ikke flere spørgsmål."

Eric rejste sig. „Mr. Foster, jeg undrer mig lidt over, at De boede på Piedmont Hotel, som er det bedste hotel i området, mens Deres forlag kun gav miss Clark – denne begavede forfatter, en af Deres favoritter, som De sagde det – penge til at bo på et meget primitivt motel, The Three Mountains."

„Jo, men vi tilbød, ja, anbefalede endog miss Clark at bo på Piedmont, men hun insisterede på at bo på motellet."

„Nej, virkelig? Kendte hun motellets navn? Bad hun specifikt om at bo på Three Mountains?"

„Ja, hun skrev et brev, hvor hun nævnte, at hun foretrak at bo på Three Mountains."

„Sagde hun hvorfor?"

„Nej, jeg ved ikke hvorfor."

„Se, det har jeg en ide om. Her er et turistkort over Greenville." Eric viftede med kortet, da han gik hen mod vidneskranken. „Som De kan se her, mr. Foster, så ligger Piedmont Hotel – det firestjernede hotel, som De tilbød miss Clark at bo på – inde i centrum. Three Mountains Motel ligger på den anden side på Highway 258 i nærheden af Trailways' busstation. Faktisk vil man, hvis man kigger nærmere på kortet, jeg står med her, kunne se, at Three Mountains er det motel, der ligger tættest på busstationen ..."

„Protest, høje dommer," sagde Tom højt. „Mr. Foster er ikke en autoritet, når det gælder Greenvilles byplan."

„Nej, men kortet er. Jeg kan se, hvor du vil hen med det, Eric, og jeg tillader det. Fortsæt."

„Mr. Foster, hvis nogen planlagde en hurtig tur til busstationen midt om natten, er det logisk, at de ville vælge Three Mountains frem for Piedmont Hotel. Især hvis de havde planer om at gå. Det eneste, jeg skal have fra Dem, er en bekræftelse af, at miss Clark bad specifikt om at blive indlogeret på Three Mountains og ikke Piedmont."

„Som sagt bad hun om Three Mountains."

„Jeg har ikke mere."

„Genafhøring?" spurgte dommer Sims.

„Ja, høje dommer. Mr. Foster, i hvor mange år har De arbejdet sammen med miss Clark?"

„Tre år."

„Og selvom De først mødte hende i Greenville forrige oktober, vil De så sige, at De er kommet til at lære miss Clark ganske godt at kende gennem Deres korrespondance i disse år? Og i så fald, hvordan vil De så beskrive hende?"

„Ja, det er jeg. Hun er en genert, blid person, synes jeg. Hun foretrækker at være alene i vildmarken; det tog mig nogen tid at overtale hende til at komme til Greenville. Hun ville i hvert fald helst undgå at møde for mange mennesker."

„Mange mennesker, som hun for eksempel ville komme til at møde på et stort hotel som Piedmont?"

„Ja."

„Ville De faktisk ikke mene, mr. Foster, at det ikke er overraskende, at miss Clark – som foretrækker at holde sig for sig selv – ville vælge et lille, lidt fjernt beliggende motel frem for et stort myldrende hotel midt inde i byen? At det ville passe meget godt med hendes karakter?"

„Jo, det ville jeg mene."

„Og giver det endvidere ikke mening, at miss Clark, som ikke er fortrolig med offentlig transport og vidste, at hun skulle gå fra busstationen til sit hotel og tilbage igen med en kuffert, at hun ville vælge et hotel eller motel så tæt på busstationen som muligt?"

„Jo."

„Tak. Det var alt."

Da Robert Foster forlod vidneskranken, satte han sig hos Tate, Scupper, Jodie, Jumpin' og Mabel, lige bag Kya.

SAMME EFTERMIDDAG INDKALDTE TOM sheriffen som sit næste vidne.

Kya vidste fra Toms vidneliste, at der ikke ville blive indkaldt ret mange flere, og tanken gjorde hende syg. Derefter fulgte procedurerne og så dommen. Så længe strømmen af vidner støttede hende, kunne hun håbe på frikendelse eller i det mindste på ikke at blive kendt skyldig lige med det samme. Hvis domsforhandlingerne trak ud i al evighed, ville der aldrig kunne afsiges dom. Hun prøvede at aflede sine tanker ved at tænke på snegæsmarker, sådan som hun havde gjort, siden retssagen begyndte, men i stedet så hun kun billeder af fængsel, tremmer, fugtigkolde cementvægge. Nu og da dukkede en elektrisk stol op i hendes tanker. En masse remme.

Pludselig mærkede hun, at hun ikke kunne få vejret, kunne ikke sidde her længere, hendes hoved blev for tungt at holde oppe. Hun sank let sammen, og Tom vendte sig fra sheriffen mod Kya, da hendes hoved faldt ned i hendes hænder. Han styrtede hen til hende.

„Høje dommer, jeg anmoder om en kort pause. Miss Clark har brug for en pause."

„Bevilges. Retten holder et kvarters pause."

Tom hjalp hende med at komme op at stå og fik hende gelejdet ud gennem sidedøren og ind i det lille mødeværelse, hvor hun sank sammen i en stol. Han sad ved siden af hende og spurgte: „Hvad er der, Kya? Hvad er der galt?"

Hun begravede hovedet i sine hænder. „Hvordan kan du spørge om det? Er det ikke indlysende? Hvordan kan nogen gennemleve sådan noget? Jeg føler mig for syg, for træt til at sidde her. Er jeg nødt til det? Kan retssagen ikke fortsætte uden mig?" Det eneste, hun var i stand til, det eneste, hun ønskede sig, var at vende tilbage til sin celle og rulle sig sammen med Sunday Justice.

„Desværre ikke. I en dødsstrafssag som den her kræver loven, at du er til stede."

„Hvad nu, hvis jeg ikke kan? Hvad nu, hvis jeg nægter? De kan jo ikke gøre andet end at smide mig i fængsel."

„Kya, sådan er loven. Du er nødt til at deltage, og det er under alle omstændigheder også bedre for dig, at du er til stede. Det er lettere for et nævningeting at dømme en fraværende tiltalt. Men, Kya, det varer ikke ret meget længere."

„Det får jeg det ikke bedre af, kan du ikke se det? Det, der kommer nu, er værre end det her."

„Det ved vi ikke. Glem ikke, at vi kan appellere, hvis det ikke går, som vi ønsker."

Kya svarede ikke. Tanken om en appel gjorde hende endnu mere syg, den samme påtvungne march gennem forskellige retslokaler, fjernt fra marsken. I større byer formentlig. Med mågefri himle. Tom gik ud af rummet og vendte tilbage med et glas sød iste og en pose med saltnødder. Hun nippede til teen; afslog nødderne. Nogle minutter senere bankede retsbetjenten på døren og førte dem tilbage til retten. Kyas sind gled ind og ud af virkelighedens verden, og hun opfangede kun løsrevne dele af vidneudsagnet.

„Sherif Jackson," sagde Tom, „anklagemyndigheden påstår, at miss Clark sneg sig ud fra sit motel sent om aftenen og gik fra Three Mountains Motel til busstationen – en tur på mindst tyve minutter. At hun derefter tog bussen klokken 23.50 fra Greenville til Barkley Cove, men bussen var forsinket, så hun kunne ikke være ankommet til Barkley før 01.40. De påstår, at hun derefter gik fra busstoppestedet i Barkley til byens mole – en tur på tre-fire minutter – sejlede over til vigen nær vandtårnet – hvilket tager mindst tyve minutter – gik hen til tårnet, endnu otte minutter; klatrede op i det i bælgmørke, hvilket mindst ville tage fire-fem minutter; åbnede risten, nogle sekunder; ventede på Chase – her kan vi ikke sætte nogen tid på – og derefter gentog alt det her, bare baglæns. Disse handlinger ville minimum have taget en time og syv minutter at udføre, og deri er ikke medregnet den tid, hvor hun angiveligt ventede på Chase. Men bussen tilbage til Greenville, som hun var nødt til at nå, kørte blot halvtreds minutter efter, at hun var ankommet. Så den simple kendsgerning er derfor: Hun havde ikke tid nok til at begå sin påståede forbrydelse. Er det ikke korrekt, sherif?"

„Det er sandt, at det ville have været snært. Men hun kan have løbet fra sin båd til tårnet og tilbage igen, hun kan have vundet et minuts forspring her og der."

„Et minut her og der rækker ikke. Hun ville have haft brug for tyve ekstra minutter. Mindst. Hvordan skulle hun have båret sig ad med at gøre det tyve minutter hurtigere?"

„Tja, måske tog hun slet ikke båden; hun gik eller løb måske fra busstoppestedet på Main ned ad sandvejen til tårnet. Det ville have været langt hurtigere end at tage over havet." Fra sin plads ved anklagerbordet skulede Eric Chastain til sheriffen. Han havde overbevist nævningene om, at Kya havde haft nok tid til at begå forbrydelsen og vende tilbage til bussen. Der skulle ikke så meget til at overbevise dem. Derudover havde han et fremragende vidne, rejefiskeren, som bevidnede, at han havde set miss Clark på vej mod tårnet i en båd.

„Har De noget som helst bevis for, at miss Clark gik over land til tårnet, sherif?"

„Nej. Men at tage turen over land lyder som en god teori."

„Teori!" Tom vendte sig mod nævningetinget. *„Teorier* er noget, De skulle danne Dem, inden De anholdt miss Clark, inden man spærrede hende inde i et fængsel i to måneder. Faktum er, at De ikke kan bevise, at hun tog over land, og der var ikke tid nok for hende til at sejle over havet. Jeg har ikke flere spørgsmål."

Eric indledte en modafhøring af sheriffen. „Sherif, er det ikke sandt, at vandet nær Barkley Cove præges af stærke strømme, hvirvelstrømme og understrømme, der kan påvirke en båds fart?"

„Jo, det er sandt nok. Det ved enhver, der bor her."

„Nogen, der vidste, hvordan man kan udnytte sådan en strøm, kunne sejle meget hurtigt til tårnet fra havnen. I så fald vil det være fuldkommen muligt at forkorte rundturen med tyve minutter. Er det ikke korrekt?" Eric var ærgerlig over, at han var nødt til at fremkomme med endnu en teori, men han skulle bare have et plausibelt koncept, som nævningene kunne forstå og tage til sig.

„Jo, det er korrekt."

„Tak." Så snart Eric vendte sig bort fra vidneskranken, rejste Tom sig for at genafhøre.

„Sherif, ja eller nej, har De noget bevis for, at en strøm, hvirvelstrøm eller kraftig vind forekom natten mellem den 29. og 30. oktober, som kan have mindsket sejltiden for en, som tog en båd fra Barkley Cove til brandtårnet, eller noget bevis for, at miss Clark tog over land for at komme til tårnet?"

„Nej, men jeg er sikker på, at der ..."

„Sherif, det gør ikke nogen forskel, hvad De er sikker på eller ej. Har De noget bevis for, at en stærk hvirvelstrøm var på spil om aftenen den 29. oktober 1969?"

„Nej, det har jeg ikke."

53

Det manglende led

1970

Næste morgen havde Tom kun ét vidne til. Hans sidste kort.

Han indkaldte Tim O'Neal, som havde haft sin egen rejefiskerbåd i vandene ud for Barkley Cove i otteogtredive år. Tim, der nærmede sig de femogtres, var høj og kraftig, havde tykt brunt hår med kun få grå stænk, men et næsten helt hvidt fuldskæg. Folk kendte ham som en rolig og alvorlig, ærlig og elskværdig person, der altid åbnede døren for damerne. Det perfekte sidste vidne.

„Tim, er det korrekt, at du natten mellem den 29. og 30. oktober i fjor førte din båd ind i Barkley Coves havn et sted mellem kl. 01.45 og 02.00 om natten?"

„Ja."

„To af dine besætningsmedlemmer, mr. Hal Miller, som har afgivet vidneudsagn her, og mr. Allen Hunt, som har skrevet under på en bediget erklæring, hævder begge, at de så miss Clark sejle mod nord forbi havnen i sin båd på omtrent det tidspunkt, der lige er blevet nævnt. Er du bekendt med deres erklæringer?"

„Ja."

„Så du den samme båd på samme tidspunkt og sted, hvor både mr. Miller og mr. Hunt så den?"

„Ja, det gjorde jeg."

„Og er du enig i deres udtalelser om, at det var miss Clark, som I så sejle mod nord i sin båd?"

„Nej, det er jeg ikke."

„Hvorfor ikke?"

„Det var mørkt. Månen steg først op senere. Og båden var for langt væk til, at man kunne identificere den med sikkerhed. Jeg kender alle her og ved, hvilke både de har, og jeg har set miss Clark i sin båd masser af gange og straks vidst, at det var hende. Men den nat var det for mørkt til at genkende båden eller se, hvem der sad i den."

„Tak, Tim. Jeg har ikke flere spørgsmål."

Eric gik tæt på vidneskranken. „Tim, selvom du ikke kunne identificere båden eller se nøjagtigt, hvem der sad i den, er du så enig i, at en jolle på omtrent samme størrelse og af samme form som miss Clarks båd var på vej mod Barkley Coves brandtårn omkring 01.45, den nat Chase Andrews døde ved brandtårnet på omtrent samme tidspunkt?"

„Ja, jeg kan godt sige, at båden havde lignende form og størrelse som miss Clarks."

„Mange tak."

Ved genafhøringen rejste Tom sig, men blev stående, da han talte. „Tim, bare for at få det bekræftet: Du forklarede, at du har genkendt miss Clark i sin båd mange gange, men denne aften så du intet, der kunne identificere denne båd eller dens bådfører som miss Clark i sin jolle. Korrekt?"

„Korrekt."

„Og kan du fortælle os, om der findes mange både af samme størrelse og form som miss Clarks, der sejler i området?"

„Åh jo, hendes båd er den mest almindelige type heromkring. Der findes masser af både som hendes, der sejler rundt her."

„Så bådføreren, som du så den nat, kunne have været en hvilken som helst anden person i en lignende båd?"

„Absolut."

„Tak. Høje dommer, forsvaret har hermed afsluttet sin bevisførelse."

„Vi holder pause i tyve minutter," sagde dommer Sims. „Retten er hævet."

TIL SIN PROCEDURE havde Eric valgt et slips med brede gyldne og vinrøde striber. I tilhørerlogen ventede man spændt, da han nærmede sig nævningene og stod ved rækværket og bevidst lod sit blik glide fra den ene nævning til den anden.

„Mine damer og herrer i nævningetinget, De er medlemmer af et lokalsamfund, af en stolt og enestående by. I fjor mistede De en af Deres egne sønner. En ung mand, en funklende stjerne i Deres by, som så frem til et langt liv med sin smukke ..."

Kya hørte ham knap nok, da han gentog sin redegørelse for, hvordan hun myrdede Chase Andrews. Hun sad med albuerne hvilende på bordet, med hovedet i hænderne, og opfangede kun brudstykker af hans procedure.

„.... to velkendte mænd i dette samfund så miss Clark og Chase i skoven ... hørte hende sige ordene: *Jeg slår dig ihjel!* ... en rød uldkasket, der efterlod fibre på hans denimjakke ... Hvem ville ellers ønske at fjerne den halskæde ... De ved, at disse strømforhold og vinde kan øge farten drastisk ... Vi ved fra hendes livsførelse, at hun er fuldt ud i stand til at sejle i en båd om natten, klatre op i tårnet i mørket. Det hele passer sammen som et urværk. Hver eneste bevægelse, hun foretog sig den nat, står klart. De må og skal kende tiltalte skyldig i overlagt drab. Tak, fordi De gør Deres pligt."

• • •

DOMMER SIMS NIKKEDE til Tom, som gik hen mod nævningeskranken.

„Mine damer og herrer i nævningetinget, jeg voksede op i Barkley Cove, og da jeg var en lidt yngre mand, hørte jeg røverhistorier om Marskpigen. Ja, lad os bare få det frem. Vi kaldte hende Marskpigen. Mange kalder hende det stadig. Nogle hviskede, at hun var delvist ulv og det manglende led mellem abe og menneske. At hendes øjne glødede i mørket. Men sagen er, at hun blot var et forladt barn, en lille pige, der overlevede på egen hånd i en sump, sulten og frysende, uden at nogen hjalp hende. Med undtagelse af en af hendes få venner, Jumpin', så tilbød ikke én af vores kirke- eller lokalsamfundsgrupper hende mad eller tøj. I stedet stemplede vi hende og afviste hende, fordi vi syntes, hun var anderledes. Men, mine damer og herrer, lukkede vi miss Clark ude, fordi hun var anderledes, eller blev hun anderledes, fordi vi lukkede hende ude? Hvis vi havde taget hende til os som en af vores egne – tror jeg, at det ville være det, hun ville være i dag. Hvis vi havde givet hende mad og tøj og elsket hende, inviteret hende til vores kirker og hjem, ville vi ikke have næret alle de fordomme mod hende. Og jeg tror heller ikke, at hun så ville sidde her i dag anklaget for en forbrydelse. Det er blevet pålagt jer at fælde dom over denne sky, forkastede unge kvinde, men De skal basere denne dom på de kendsgerninger, der er blevet fremlagt i denne sag, i denne retssal, ikke på rygter eller følelser, der går fireogtyve år tilbage i tiden. Hvad er de sande og ubestridelige kendsgerninger?"

Ligesom med anklageren fangede Kya kun brudstykker af det. „... anklagemyndigheden har end ikke bevist, at denne hændelse virkelig var et mord og ikke bare en tragisk ulykke. Intet mordvåben, ingen læsioner fra et skub, ingen vidner, ingen fingeraftryk ... En af de vigtigste og mest velunderbyggede kendsgerninger er, at miss Clark har et solidt alibi. Vi ved, at hun var i Greenville, den nat Chase døde ... ingen beviser for, at hun forklædte sig som en mand og tog bussen til Barkley ... Faktisk har anklagemyndigheden overhovedet ikke været i stand til at bevise, at hun var i Barkley Cove den nat i det hele taget, ikke været i stand til at bevise, at hun tog hen til tårnet. Jeg gentager: Der findes ikke det mindste bevis for, at miss Clark var i brandtårnet, i Barkley Cove eller dræbte Chase Andrews ... Og skipperen, mr. O'Neal, som har fisket med sin rejefiskerbåd her i otteogtredive år, vidnede om, at det var for mørkt til, at man kunne identificere den båd ... fibre på hans jakke, som kan have været der i fire år ... Dette er de ubestridelige kendsgerninger ... Ikke et af anklagerens vidner var sikker på, hvad de så, ikke ét. Men når det gælder hendes forsvar, er hvert vidne hundred procent sikker på ..."

Tom blev stående et øjeblik foran nævningene. „Jeg kender de fleste af jer udmærket, og jeg ved, at I er i stand til at se bort fra tidligere fordomme mod miss Clark. På trods af at hun kun har gået i skole én dag i hele sit liv – fordi de andre børn chikanerede hende – uddannede hun sig selv og blev en velkendt naturforsker og forfatter. Vi kaldte hende Marskpigen; nu anerkender videnskabelige institutioner hende som Marskeksperten. Jeg tror på, at De vil kunne se bort fra alle rygterne og røverhistorierne. Jeg tror, at De vil nå frem til en dom baseret på de fakta, som De har hørt i denne retssal, ikke på de falske rygter, som De har hørt i årevis. Det er på tide, langt om længe, at vi lader retfærdigheden ske fyldest for Marskpigen."

54

Vice versa

1970

Tom pegede på nogle umage stole i et lille mødeværelse og bad Tate, Jodie, Scupper og Robert Foster om at tage plads. De satte sig omkring det rektangulære bord, der var plettet af ringe efter kaffekrus. Pudset skallede af fra væggene i to farvetoner: limegrøn øverst, mørkegrønt nede ved gulvet. Rummet var gennemtrængt af en lugt af fugtig kulde, der stammede lige så meget fra væggene som fra marsken.

„I kan vente her," sagde Tom og lukkede døren bag sig. „Der står en kaffeautomat nede ad gangen over for voldgiftsmandens kontor, men selv ikke et treøjet muldyr ville kunne drikke kaffen. Dineren har okay kaffe. Lad os nu se, klokken er lidt over elleve. Vi planlægger frokost senere."

Tate gik hen til vinduet, som havde tremmer for på kryds og tværs, som om andre, der ventede på at høre en kendelse, havde forsøgt at flygte. Han spurgte Tom: „Hvor tog de Kya hen? Til hendes celle? Skal hun vente der alene?"

„Ja, hun er i sin celle. Jeg går hen til hende nu."

„Hvor lang tid tror du, nævningene vil være om det?" spurgte Robert.

„Det er umuligt at sige. Når man tror, at de gør det hurtigt, bruger de flere dage, og vice versa. De fleste af dem har nok allerede besluttet sig – og ikke til gunst for Kya. Hvis bare et par af nævningene har deres tvivl og prøver at overbevise de andre om, at hendes skyld ikke er blevet bevist endegyldigt, har vi en chance."

De nikkede tavst, knuget af ordet *endegyldigt,* som om skylden var blevet bevist, bare ikke helt og holdent.

„Okay," fortsatte Tom. „Jeg går hen til Kya nu og går så i gang med arbejdet. Jeg skal forberede ankeanmodninger og også en begæring om afvisning af retssagen grundet fordomme. Prøv at huske, at selvom hun bliver dømt, er vi ikke ved vejs ende. På ingen måde. Jeg kigger ind nu og da og skal nok holde jer orienteret, hvis der dukker nyt op."

„Tak," sagde Tate og tilføjede så: „Vær sød at sige til Kya, at vi sidder her, og vil sidde sammen med hende, hvis hun gerne vil have det." Det, på trods af at hun havde nægtet at se andre end Tom i de sidste par dage, at hun næsten ingen havde set i to måneder.

„Det skal jeg nok sige til hende." Tom gik sin vej.

Jumpin' og Mabel måtte vente på kendelsen udenfor mellem viftepalmerne og avneknipperne på torvet sammen med nogle få andre sorte. Lige da de havde bredt farverige tæpper ud på jorden og pakket boller og pølse ud af papirsposer, tvang en regnbyge dem til at snuppe alt og løbe i ly under Sing Oils tagudhæng. Mr. Lane råbte, at de måtte vente udenfor – et faktum, som de havde kendt i hundred år – og ikke gå i vejen for kunderne. Nogle hvide samledes i dineren og på Dog-Gone til en kop kaffe, og andre stimlede sammen på gaden under farverige paraplyer. Børn plaskede rundt i de pludseligt opståede pytter og spiste Cracker Jacks og forventede et optog.

BELÆRT AF MILLIONER af ensomme minutter tænkte Kya, at hun vidste, hvad ensomhed betød. Et liv med at stirre på det gamle køkkenbord, ind i tomme soveværelser, hen over endeløse strækninger af hav og græs. Ingen at dele glæden med over at have fundet en fjer eller gjort en akvarel færdig. Recitere poesi for måger.

Men efter at Jacob havde lukket hendes celledør med klirrende tremmelyde, var forsvundet ned ad gangen og havde lukket den tunge dør i med et sidste bump, lagde en kold stilhed sig over hende. At vente på, at der blev afsagt kendelse i hendes egen mordsag, medførte en helt anden form for ensomhed. Spørgsmålet om, hvorvidt hun levede videre eller døde, kom ikke op til overfladen i hendes bevidsthed, men sank ned under den større frygt for at leve i årevis alene uden sin marsk. Ingen måger, intet hav, et stjerneløst sted.

De irriterende cellekammerater længere nede ad gangen var blevet løsladt. Hun savnede næsten deres konstante sludren – en menneskelig tilstedeværelse, så sølle den end kunne synes. Nu boede hun alene i denne lange cementtunnel af låse og tremmer.

Hun vidste, hvor omfattende fordommene mod hende var, og at en hurtig kendelse ville betyde, at voteringen havde været meget kort, hvilket ville betyde en domsfældelse. Hun mindedes krampen i munden – det forskruede, forpinte liv som dødsdømt.

Kya overvejede at flytte kassen hen under vinduet og kigge efter rovfugle over marsken. I stedet sad hun bare der. I stilheden.

TO TIMER SENERE, klokken et om eftermiddagen, åbnede Tom døren til værelset, hvor Tate, Jodie, Scupper og Robert Foster ventede. „Nå, så er der lidt nyt at fortælle."

„Hvad?" Tates hoved røg op. „Vel ikke en kendelse allerede?"

„Nej, nej. Ikke en kendelse. Men jeg tror, det er gode nyheder. Nævningene har bedt om at se retsprotokollen med buschaufførernes vidneforklaringer. Det betyder i det mindste, at de tænker tingene igennem og ikke straks afsiger en kendelse. Buschaufførerne er selvfølgelig nøglen, og de sagde begge, at de var sikre på, at Kya ikke var passager i deres respektive busser, og var desuden ikke sikre på det med forklædningerne. Sommetider kan det at se vidneudsagn sort på hvidt gøre det mere definitivt for nævningene. Vi får se, men det er da et lille glimt af håb."

„Vi satser på glimtet," sagde Jodie.

„Det er over frokosttid. Gå nu hen og spis frokost på dineren. Jeg skal nok få fat i jer, hvis der sker noget."

„Det tror jeg ikke," sagde Tate. „Derovre vil de alle snakke om, hvor skyldig hun er."

„Jeg forstår. Jeg sender min assistent derover efter nogle burgere. Hvad siger I til det?"

„Fint, tak," sagde Scupper og tog nogle dollar op fra sin tegnebog.

OMKRING KLOKKEN 14.15 vendte Tom tilbage for at fortælle, at nævningene havde bedt om at se ligsynsmandens vidneforklaring. „Jeg tør ikke sige, om det er en god eller dårlig ting."

„Pis!" bandede Tate. „Hvordan kan nogen gennemleve sådan noget?"

„Prøv at slappe af; det her kan tage flere dage. Jeg holder jer underrettet."

Tom åbnede døren igen ved firetiden, uden smil og med en fortrukket mine. „Nå, men nu er nævningene nået til en kendelse. Dommeren har beordret alle tilbage til retssalen."

Tate rejste sig. „Hvad betyder det? Når det sker så hurtigt."

„Kom så, Tate." Jodie rørte ved hans arm. „Lad os gå."

Ude på gangen sluttede de sig til strømmen af byboere, der kom masende ind udefra skulder ved skulder. Fugtig luft, lugt af cigaretrøg, regnvådt hår og vådt tøj strømmede ind med dem.

Retssalen blev fyldt på mindre end ti minutter. Mange kunne ikke få en plads og klumpede sig sammen på gangen eller fortrappen. Klokken 16.30 førte retsbetjenten Kya hen til hendes plads. For første gang støttede han hende ved hendes albue, og det så faktisk ud, som om hun kunne have faldet, hvis han ikke havde gjort det. Hun stirrede stift ned i gulvet hele tiden. Tate så hver fortrækning i hendes ansigt. Hans åndedræt kæmpede med kvalmen.

Miss Jones, retsstenografen, kom ind og indtog sin plads. Så satte nævningene sig ind i deres skranke, højtideligt og humørforladt som et begravelseskor. Mrs. Culpepper kiggede på Kya. De andre kiggede lige ud i luften. Tom prøvede at læse deres ansigter. Der lød ikke så meget som en hosten eller en skrabende fod fra tilhørerlogen.

„Alle bedes rejse sig."

Dommer Sims' dør åbnede sig, og han gik ind og satte sig på dommersædet. „Vær venlig at sidde ned. Hr. formand, er det korrekt, at nævningene er nået frem til en kendelse?"

Mr. Tomlinson, en stilfærdig mand, som ejede Buster Brown Shoe Shop, rejste sig op på første række. „Det er vi, høje dommer."

Dommer Sims så på Kya. „Vil tiltalte venligst rejse sig op, mens kendelsen bliver afsagt." Tom rørte ved Kyas arm og trak hende så op at stå. Tate lagde sin hånd på rækværket, så tæt på Kya han kunne komme. Jumpin' løftede Mabels hånd og holdt den i sin.

Ingen i rummet havde nogensinde oplevet dette kollektive dunkende hjerteslag, denne fælles åndeløshed. Blikke flakkede rundt, hænder svedte. Rejefiskeren, Hal Miller, anstrengte sig for at huske, om det virkelig var miss Clarks båd, han havde set den aften. Han kunne jo have taget fejl. De fleste stirrede, ikke på Kyas baghoved, men på gulvet og væggene. Det virkede, som om det var landsbyen – og ikke Kya – der afventede en dom, og få mærkede den slibrige glæde, de havde forventet at opleve på dette afgørende tidspunkt.

Nævningeformanden, mr. Tomlinson, rakte en lille seddel til retsbetjenten, som lod den gå videre til dommeren. Han foldede den ud og læste den med et tomt udtryk i ansigtet. Retsbetjenten tog den så fra dommer Sims og rakte den til miss Jones, retsstenografen.

„Vil nogen være venlig at læse det op," hvæsede Tate.

Miss Jones rejste sig, stillede sig med ansigtet mod Kya, foldede papiret ud og læste: „Vi, nævningetinget, kender miss Catherine Danielle Clark ikke skyldig i tiltalen for overlagt drab på mr. Chase Andrews." Kya knækkede sammen og satte sig. Tom gjorde det samme.

Tate blinkede. Jodie sugede luft ind. Mabel græd. I tilhørerlogen satte man sig ned som forstenede. De måtte have misforstået det her. „Sagde hun ikke skyldig?" En skinger hvisken steg op, og der kom højlydte vrede spørgsmål. Mr. Lane sagde højt: „Det her er helt forkert."

Dommeren bankede med sin hammer. „Ro i salen! Miss Clark, nævningetinget har fundet Dem ikke skyldig i anklagepunktet. De kan frit gå, og jeg undskylder på vegne af denne delstat for, at De har afsonet to måneders fængsel. Vi takker nævningene for Deres tid og for at have gjort tjeneste for dette lokalsamfund. Retten er hævet."

En lille flok samlede sig omkring Chases forældre. Patti Love græd. Sarah Singletary skulede ligesom alle andre, men opdagede, at hun faktisk var ganske lettet. Miss Pansy håbede, at ingen så hendes kæbe slappe af. En enlig tåre trillede ned ad mrs. Culpeppers kind, og så viste der sig skyggen af et smil ved tanken om den lille skulker fra sumpen, som undslap endnu en gang.

En gruppe mænd i overalls stod henne ved bagvæggen. „De nævninge kommer til at forklare et par ting."

„Kan Eric ikke få domsforhandlingen kendt ugyldig? Så vi kan få en ny retssag?"

„Nej. Ved du ikke det? Man kan ikke blive stillet for retten for det samme drab to gange. Hun er fri. Hun slap godt fra det hele."

„Det var sheriffen, der ødelagde det for Eric. Han kunne ikke holde styr på sin forklaring, blev ved med at improvisere hen ad vejen. Så var det den ene teori, så den anden."

„Spankulerede rundt, som om han var med i en western."

Men denne lille gruppe af misfornøjede gik hurtigt i opløsning, nogle gik ud ad døren og talte om arbejde, der skulle indhentes; om hvordan regnen havde kølet alt ned.

Jodie og Tate var styrtet ind gennem trælågen til forsvarerens bord.

Jumpin', Mabel og Robert fulgte efter og omringede Kya. De rørte ikke ved hende, men stod tæt omkring hende, mens hun sad der helt ubevægelig.

„Kya, du kan tage hjem nu," sagde Jodie. „Skal jeg køre dig?"

„Ja tak."

Kya rejste sig og takkede Robert for at være kommet hele vejen fra Boston. Han smilede. „Nu skal du bare glemme alt det her sludder og fortsætte med dit utrolige arbejde." Hun rørte ved Jumpin's hånd, og Mabel trak hende ind til sin fyldige barm og omfavnede hende. Så vendte Kya sig om mod Tate: „Tak for de ting, du kom med til mig." Hun vendte sig mod Tom, men manglede ord. Han omsluttede hende blot i sine arme. Så kiggede hun på Scupper. Hun var aldrig blevet præsenteret for ham, men vidste fra hans øjne, hvem han var. Hun nikkede svagt til tak, og til hendes overraskelse lagde han sin hånd på hendes skulder og gav den et venligt klem.

Så fulgte hun med retsbetjenten, gik sammen med Jodie hen mod bagdøren til retslokalet, og da hun kom forbi vindueskarmen, rakte hun ud og rørte ved Sunday Justices hale. Den ignorerede hende, og hun beundrede, hvor perfekt den foregav, at det ikke var nødvendigt at sige farvel.

Da døren blev åbnet, mærkede hun havets ånde mod sit ansigt.

55

Græsblomster

1970

Mens Jodies truck drejede af fra asfaltvejen med et bump ind på den sandede marskvej, talte han blidt til Kya og sagde, at hun nok skulle klare sig; det ville bare tage lidt tid. Hun lod blikket feje hen over dunhammer og hejrer, fyrretræer og damme, der fór blinkende forbi. Strakte hals for at se to bævere padle med deres haler. Som en terne på træk, der har fløjet ti tusind kilometer til sin fødekyst, dunkede hendes sind af længslen og forventningen efter at se sit hjem igen; hun hørte knap nok Jodies pludren. Ville ønske, at han bare ville tie stille og lytte til vildmarken inde i sig. Så ville han måske kunne se den.

Hun gispede, da Jodie tog det sidste sving i den snoede sandvej, og den gamle hytte, der stod og ventede under egetræerne, kom til syne. Det spanske mos bevægede sig let i brisen hen over det rustne tag, og hejren balancerede på ét ben i lagunens skygger. Så snart Jodie standsede bilen, sprang Kya ud og løb ind i hytten, rørte ved sengen, bordet, ovnen. Han havde forudset, hvad hun ville, og havde efterladt en pose med krummer på køkkenbordet, og hun fandt ny energi og løb ned til stranden med den, og tårerne strømmede ned ad hendes kinder, da mågerne fløj hen mod hende fra begge sider af kysten. Store Røde landede og trampede omkring hende, mens den virrede med hovedet.

Hun knælede på stranden, omgivet af hysteriske fugle, og skælvede. „Jeg har aldrig bedt folk om noget. Måske vil de lade mig være i fred nu."

Jodie tog hendes få ejendele med ind i huset og lavede te i den gamle potte. Han satte sig ved bordet og ventede. Til sidst hørte han verandadøren gå op, og da hun trådte ind i køkkenet, sagde hun: „Åh, du er her stadig." Selvfølgelig var han her stadig – man kunne tydeligt se hans truck udenfor.

„Vær sød at sætte dig et øjeblik," sagde han. „Jeg vil gerne tale med dig."

Hun satte sig ikke. „Jeg har det fint, Jodie. Virkelig."

„Betyder det så, at du gerne vil have, at jeg går? Kya, du har siddet alene i den celle i to måneder og troede, at du havde hele byen mod dig. Du ville knap nok lade nogen besøge dig. Alt det forstår jeg godt, men jeg synes ikke, at jeg skal køre min vej og lade dig være alene. Jeg vil gerne blive hos dig et par dage. Vil det være i orden?"

„Jeg har levet alene i næsten hele mit liv, ikke i to måneder. Og jeg *troede* ikke, jeg *vidste,* at en hel by var imod mig."

„Kya, du må ikke lade den her forfærdelige oplevelse fjerne dig yderligere fra andre mennesker. Det har været en sjæleknusende oplevelse, men det virker som en chance for at starte på en frisk. Kendelsen er måske deres måde at sige, at de vil acceptere dig."

„De fleste mennesker skal ikke frikendes for mord for at blive accepteret."

„Det ved jeg, og du har al grund i verden til at hade folk. Jeg klandrer dig ikke for det, men ..."

„Det er det, ingen forstår ved mig." Hun hævede stemmen. „Jeg har aldrig hadet folk. De hadede mig. De lo ad mig. De forlod mig. De chikanerede mig. De angreb mig. Ja, sådan er det. Jeg har lært at leve uden dem. Uden dig. Uden Ma! Eller nogen som helst anden!"

Han prøvede at holde om hende, men hun rev sig fri.

„Jodie, jeg er måske bare træt lige nu. Jeg er faktisk udmattet. Vær sød at forstå det, jeg er nødt til at komme mig over alt det her – retssagen, fængslet, tanken om at blive henrettet – ved egen hjælp, for jeg har aldrig kendt til andet end at klare mig ved egen hjælp. Jeg ved ikke, hvordan jeg kan blive trøstet. Jeg er også for træt til bare at have den her samtale. Jeg …" Hendes stemme døde hen.

Hun ventede ikke på et svar, men gik fra hytten og ind i egeskoven. Han vidste, det ikke ville nytte noget, og fulgte ikke efter hende. Han ville vente. Dagen før havde han fyldt hytten op med fødevarer – bare for det tilfælde, at hun blev frikendt – og begyndte nu at snitte grøntsager til hendes livret: hjemmelavet kyllingetærte. Men mens solen gik ned, kunne han ikke klare tanken om, at han holdt hende væk fra hytten, så han efterlod den varme boblende tærte på komfuret og gik ud ad døren. Hun havde vandret rundt og var endt nede ved stranden, og da hun hørte hans bil komme langsomt kørende ned ad sandvejen, løb hun hjem.

Der duftede af gyldent bagværk i hele hytten, men Kya var stadig ikke sulten. Ude i køkkenet tog hun sine malerting frem og planlagde sin næste bog om marskgræsser. Folk lagde sjældent mærke til græs, de slog det bare, trampede på det eller lagde gift ud for at slippe af med det. Hun strøg hidsigt med sin pensel hen over lærredet med en farve, der var mere sort end grøn. Mørke billeder dukkede frem, måske døende enge under en massiv storm. Det var svært at sige.

Hun bøjede hovedet og græd. „Hvorfor er jeg vred nu? Hvorfor nu? Hvorfor var jeg så led mod Jodie?" Hun sank slapt sammen på gulvet som en kludedukke. Rullede sig sammen til en kugle, stadig grædende, ville ønske, at hun kunne putte sig sammen med den eneste, der nogensinde havde accepteret hende som den, hun var. Men katten var blevet tilbage i fængslet.

Lige før det blev mørkt, gik Kya tilbage til stranden, hvor mågerne pudsede deres fjer og gjorde sig klar til natten. Mens hun vadede ud i brændingen, strejfede skår af skaller og splinter af krabber hendes tæer på deres vej tilbage i havet. Hun rakte ned og tog to pelikanfjer op, der var ligesom den, Tate havde lagt ind under P i ordbogen, som han havde givet hende i julegave for flere år siden.

Hun hviskede et vers af Amanda Hamilton:

„Du kom tilbage,
blændede mine øjne
som solens glitren på havet.
Netop som jeg føler mig fri
kaster månen dit ansigt på min tærskel.
Hver gang jeg glemmer dig,
hjemsøger dine øjne mit hjerte, og det bliver stille.
Så farvel da
indtil næste gang du kommer
indtil jeg til sidst ikke ser dig mere.“

Næste morgen før daggry satte Kya sig op i sin verandaseng og indåndede marskens mættede dufte i sit hjerte. Et svagt lys sivede ind i køkkenet, hun lavede majsgrød til sig selv sammen med røræg og boller, der var lige så lette og luftige som Mas. Hun spiste det hele op. Så, mens solen steg op, skyndte hun sig hen til sin båd og tøffede hen over lagunen, dyppede sine fingre i det klare dybe vand.

Hun piskede gennem kanalen, talte med skildpadderne og hejrerne og løftede armene højt op over hovedet. „Jeg vil samle ting hele dagen, alt, hvad jeg ønsker mig,“ sagde hun. I baghovedet var også tanken om, at hun måske kunne få Tate at se. Han arbejdede måske et sted i nærheden, og hun ville komme forbi ham. Hun kunne invitere ham med hjem til hytten for at dele kyllingetærten, som Jodie havde bagt.

KNAP EN KILOMETER VÆK gik Tate rundt i det lave vand og indsamlede prøver i små glas. Et kølvand af svage krusninger bredte sig vifteformet ud ved hvert skridt, hvert dryp. Hans plan var at holde sig i nærheden af Kyas sted. Måske ville hun tage båden ud i marsken, og så ville de mødes. Og hvis ikke, ville han tage hen til hendes hytte samme aften. Han havde ikke besluttet sig helt for, hvad han ville sige til hende, men havde en vag ide om at kysse hende til fornuft.

I det fjerne brølede en vred motor, mere skingert og langt højere end en motorbåd – alle marskens dæmpede lyde blev overdøvet. Han sporede lyden, da den bevægede sig i hans retning, og pludselig kom en af disse nye sumpbåde, som han ikke havde set før, til syne. Den svævede triumferende hen over vandet, endog over græsserne, og efterlod sig en stor vifte af skumsprøjt. Larmede som ti sirener.

Båden pløjede sig gennem krat og græsser og banede sin egen vej gennem marsken og racede derefter hen over flodmundingen. Hejrer skræppede. Tre mænd stod ved roret, og da de fik øje på Tate, drejede de i hans retning. Da de kom nærmere, genkendte han sherif Jackson, hans vicesherif og en tredje mand.

Den smarte båd sank ned bagi, da den sagtnede farten og gled tættere på. Sheriffen råbte noget til Tate, men selvom han lagde hænderne bag ørerne og bøjede sig frem mod dem, kunne han ikke høre noget for al larmen. De manøvrerede endnu tættere på, indtil båden lå og vippede lige ved siden af Tate og sprøjtede vand op på hans lår. Sheriffen bøjede sig ned og råbte noget.

Kya, der befandt sig i nærheden, havde også hørt den underlige båd, og da hun sejlede hen mod den, så hun, at den nærmede sig Tate. Hun bakkede ind i et buskads og så ham fordøje sheriffens ord, derefter stå meget stille med sænket hoved og hængende skuldre, som om han overgav sig. Selv på denne afstand kunne hun se fortvivlelsen i hans positur. Sheriffen råbte igen, og Tate rakte omsider op og lod vicesheriffen trække ham op i båden. Den anden mand hoppede i vandet og klatrede op i Tates yacht. Tate stod med sænket hage og nedslagent blik mellem de to uniformerede mænd, da de vendte rundt og racede tilbage gennem marsken mod Barkley Cove efterfulgt af den tredje mand, der førte Tates båd.

Kya stirrede, indtil begge både var forsvundet bag en odde med bændeltang. Hvorfor havde de pågrebet Tate? Havde det noget med Chases død at gøre? Havde de arresteret ham?

Hun blev grebet af voldsomme kvaler. Her til allersidst, efter alle disse år, indrømmede hun, at det var chancen for at se Tate, håbet om at runde en krumning i et vandløb og se ham gennem rørene, der havde trukket hende ud i marsken hver dag i hele hendes liv, lige siden hun var syv. Hun kendte hans foretrukne laguner og stier gennem vanskeligt hængedynd; fulgte altid efter ham på tryg afstand. Sneg sig rundt, stjal kærlighed. Delte den aldrig. Man kan ikke blive såret, når man elsker nogen fra den anden side af en flodmunding. I alle de år, hvor hun havde afvist ham, havde hun overlevet, fordi han var der et sted i marsken og ventede. Men nu ville han måske ikke være der længere.

Hun stirrede, mens lyden af den underlige båd fortonede sig. Jumpin' vidste alt – han ville vide, hvorfor sheriffen havde hentet Tate, og hvad hun kunne gøre ved det.

Hun hev i startsnoren og speedede gennem marsken.

56

Nathejren

1970

Barkley Coves kirkegård forsvandt gradvist under tunneler af mørke egetræer. Spansk mos hang i lange gardiner og skabte huleagtige helligdomme for gamle gravsten – resterne af en familie her, en ensom én der, uden nogen form for orden. Fingre af knudrede rødder havde splittet gravsten til forkrøblede og anonyme former. Dødsmarkører slidt ned til rudimenter af liv. I det fjerne sang havet og himlen for lyst og klart for denne alvorlige jord.

I går havde kirkegården været fyldt med landsbyboere, som var det en myretue, deriblandt alle fiskerne og butiksindehaverne, der var kommet for at bisætte Scupper. Folk trykkede sig sammen i forlegen tavshed, mens Tate gik rundt blandt velkendte byfolk og mindre velkendte slægtninge. Lige siden sheriffen havde fundet ham i marsken for at fortælle ham, at hans far var død, bevægede Tate sig kun rundt vejledt af en hånd på sin nakke eller et blidt puf i siden. Han kunne intet huske af det og gik tilbage til kirkegården i dag for at sige farvel.

I alle disse måneder, hvor han havde været fortæret af længsel efter Kya og prøvet at besøge hende i fængslet, havde han næsten ikke tilbragt nogen tid sammen med Scupper. Skyldfølelse og sorg skulle flås væk. Havde han ikke været så optaget af sit eget hjertes kvaler, ville han måske have bemærket, at hans far var skrantende. Inden Kya blev anholdt, havde hun vist tegn på at ville komme tilbage – havde givet ham et eksemplar af sin første bog, var gået om bord på hans båd for at kigge i mikroskopet, havde leet ad kasketkastningen – men da retssagen begyndte, havde hun trukket sig længere væk fra ham end nogensinde. Sådan kan fængsler vel påvirke en person, tænkte han.

Selv nu, da han gik hen mod den nye grav bærende på en brun plastickasse, opdagede han, at han tænkte mere på Kya end på sin far, og bandede ad sig selv. Han nærmede sig den nyvendte jord under egetræerne med det vide hav bagved. Graven lå ved siden af hans mors; hans søster lå på den anden side, det hele var lukket inde af en lille mur af råt tilhugne sten og mørtel med strandskaller i. Der var også plads nok til ham. Det føltes slet ikke, som om hans far var her. „Jeg burde have fået dig kremeret ligesom Sam McGee," sagde Tate og var lige ved at smile. Så kiggede han ud over havet og håbede, at Scupper havde en båd, hvorend han så befandt sig. En rød båd.

Han satte plastickassen – en batteridrevet pladespiller – på jorden ved siden af graven og lagde en 78'er på drejeskiven. Nålearmen slingrede, lagde sig så på pladen, og Miliza Korjus' sølvagtige stemme hævede sig op over træerne. Han satte sig mellem sin mors grav og den blomsterdækkede jordhøj. Underligt nok lugtede den sødlige nyvendte jord mere som en begyndelse end som en afslutning.

Han talte højt med sænket hoved og bad sin far tilgive ham for at have været så meget hjemmefra, og han vidste, at Scupper tilgav ham. Tate mindedes sin fars definition af en mand: en, der græder uden skam, læser poesi med sit hjerte, mærker opera i sin sjæl og gør, hvad der er nødvendigt for at forsvare en kvinde. Scupper ville have forstået, hvad det ville sige at opspore kærligheden gennem mudder. Tate sad der ganske længe, med den ene hånd på sin mor, den anden på sin far.

Han rørte endelig ved graven en sidste gang, gik tilbage til sin truck og kørte hen til sin båd ved byens mole. Han ville vende tilbage til arbejdet, fordybe sig i sprællende livsformer. Flere fiskere kom hen til ham på molen, og han stod forlegent og modtog kondolencer, der var lige så forlegne.

Med sænket hoved, fast besluttet på at komme af sted, inden flere nåede at komme, trådte han ned på agterdækket i sit skib. Men inden han satte sig bag rattet i sin båd, så han en bleg brun fjer, der hvilede på det polstrede sæde. Han vidste straks, at det var den bløde brystfjer fra en nathejrehun, et langbenet, hemmelighedsfuldt dyr, som lever dybt inde i marsken, alene. Men her var den for tæt på havet.

Han så sig omkring. Nej, hun var nok ikke her, ikke så tæt på byen. Han drejede nøglen om og tøffede sydpå gennem havet og til sidst marsken.

Han sejlede hurtigt gennem kanalerne og strejfede lavthængende grene, der slog mod båden. Det urolige kølvand skvulpede mod bredden, da han trak ind i hendes lagune og fortøjede sin båd ved siden af hendes. Røgen bølgede uhæmmet op fra hyttens skorsten.

„Kya," råbte han. „Kya!"

Hun åbnede verandadøren og trådte ind under egen. Hun var klædt i en lang hvid nederdel og lyseblå sweater – vingers farver – og hendes hår faldt ned omkring hendes skuldre.

Han ventede på, at hun nåede hen til ham, tog hende så om skuldrene og holdt hende ind mod sit bryst. Trak sig så lidt væk igen.

„Jeg elsker dig, Kya, det ved du. Det har du vidst i lang tid."

„Du forlod mig ligesom alle de andre," sagde hun.

„Jeg vil aldrig forlade dig igen."

„Det ved jeg," sagde hun.

„Kya, elsker du mig? Du har aldrig sagt de ord til mig."

„Jeg har altid elsket dig. Selv som barn – i en tid, jeg ikke husker noget om – elskede jeg dig allerede." Hun bøjede hovedet.

„Se på mig," sagde han blidt. Hun tøvede og holdt stadig ansigtet nedadvendt. „Kya, jeg er nødt til at vide, at det er slut med at løbe og gemme sig. At du kan elske uden at være bange."

Hun løftede sit ansigt og så ind i hans øjne, førte ham så gennem skoven til egelunden, hvor fjerene var.

57

Ildfluen

De sov den første nat på stranden, og han flyttede ind i hendes hytte den næste dag. Pakkede og pakkede ud i løbet af et enkelt tidevand. Som væsner, der lever i sandet, gør.

Mens de gik langs tidevandslinjen den sene eftermiddag, tog han hendes hånd og så på hende. „Vil du gifte dig med mig, Kya?"

„Vi er gift. Ligesom gæssene," sagde hun.

„Okay. Det kan jeg godt leve med."

Hver morgen stod de op ved daggry, og mens Tate lavede kaffe på kaffemaskinen, stegte Kya majsfritter i Mas gamle tilsodede og bulede jernpande eller rørte rundt i majsgrød og æg, mens solen steg op over lagunen. Hejren hvilede på sit ene ben i disen. De krydsede flodmundinger, vadede gennem vandløb og smuttede gennem smalle strømme, indsamlede fjer og amøber. Om aftenen drev de rundt i hendes gamle båd indtil solnedgang, svømmede så nøgne rundt i måneskinnet eller elskede på et leje af kølige bregner.

Archbald Laboratorium tilbød Kya et job, men hun sagde nej tak og fortsatte med at skrive sine bøger. Hun og Tate hyrede altmuligmanden igen, og han byggede et laboratorium og et atelier – af råt træ, håndskårne stolper, med et bliktag – til hende bag hytten. Tate gav hende et mikroskop og installerede arbejdsborde, reoler og skabe til hendes samlinger. Bakker med instrumenter og andre fornødenheder. Så genindrettede de hytten, tilføjede et nyt soveværelse og bad, en større stue. Hun insisterede på at beholde køkkenet, som det var, og ingen ny maling udvendigt, så deres bolig, der mere lignede en rigtig hytte nu, forblev forvitret og virkelig.

Fra en telefon i Sea Oaks ringede hun til Jodie og inviterede ham og hans kone Libby på besøg. De udforskede alle fire marsken og fiskede lidt. Da Jodie halede en stor brasen ind, hvinede Kya: „Nej, se liige! Den er jo på størrelse med Alabamee!“ De stegte fisk og majskager så store som gåseæg.

Kya tog aldrig til Barkley Cove igen i sit liv, og for det meste tilbragte hun og Tate tiden alene sammen i marsken. Landsbyboerne så hende kun som en fjern skikkelse, der gled gennem tågen, og i årenes løb blev mysterierne i hendes historie til en legende, der blev fortalt igen og igen serveret med kærnemælkspandekager og varme svinepølser til middag. Teorierne og sladderen om, hvordan Chase Andrews døde, holdt aldrig op.

Efterhånden som tiden gik, var de fleste enige om, at sheriffen aldrig burde have anholdt hende. Der var trods alt ingen sikre beviser mod hende, intet reelt bevis for en forbrydelse. Nu og da åbnede en ny sherif – Jackson blev aldrig genvalgt igen – sagsmappen, undersøgte andre mistænkte, uden at der kom det store ud af det. Og i årenes løb blev det ligeledes til en legende. Og selvom Kya aldrig kom sig helt over hånen og mistankerne, der omgav hende, blev hun efterhånden grebet af en blid form for tilfredshed og næstenlykke.

KYA LÅ PÅ DEN bløde jord nær lagunen en eftermiddag og ventede på, at Tate vendte tilbage fra en indsamlingstur. Hun trak vejret dybt, vidste, at han altid ville komme tilbage, at hun for første gang i sit liv ikke ville blive forladt. Hun hørte den dybe lyd af hans båd, mens den tøffede op ad kanalen; kunne mærke den stille rumlen gennem jorden. Hun satte sig op, da hans båd maste sig gennem tykningerne, og vinkede til ham ved rattet. Han vinkede tilbage, men smilede ikke. Hun rejste sig op.

Han fortøjede båden til den lille anløbsbro, han havde bygget, og gik op til hende på kysten.

„Kya, det gør mig så ondt. Jumpin' sov ind i nat."

Det skar i hendes hjerte. Alle de, der havde forladt hende, havde valgt at gøre det. Det her var anderledes. Det var ikke en afvisning; det var ligesom spurvehøgen, der vendte tilbage til himlen. Tårer trillede ned ad hendes kinder, og Tate holdt om hende.

Tate og næsten alle andre i byen tog til Jumpin's begravelse. Kya gjorde ikke. Men efter gudstjenesten gik hun hen til Jumpin' og Mabels hus med noget brombærsyltetøj, hun skulle have afleveret for længst.

Kya standsede ved hegnet. Venner og familie stod på den stampede jord, der var fejet pinligt ren. Nogle talte, nogle lo ad gamle Jumpin'-historier, og nogle græd. Da hun åbnede lågen, kiggede alle på hende, trådte så til side for at gøre plads for hende. Mabel, der stod på verandaen, styrtede hen til Kya. De omfavnede hinanden inderligt, vuggede grædende frem og tilbage.

„Gud, han elskede dig som sin egen datter," sagde Mabel.

„Det ved jeg," sagde Kya, „og han var min far."

Senere gik Kya hen til sin strand og sagde farvel til Jumpin' med sine egne ord, på sin egen måde, alene.

Og mens hun vandrede på stranden og mindedes Jumpin', trængte tanker om hendes mor sig på. Som var Kya igen den lille pige på seks år, så hun Ma gå ned ad sandvejen i sine gamle alligatorsko, mens hun balancerede i de dybe hjulspor. Men i denne version standsede Ma for enden af stien og kiggede tilbage, vinkede med sin hånd højt oppe i luften til afsked. Hun smilede til Kya, drejede så ud på vejen og forsvandt ind i skoven. Og denne gang var det omsider okay.

Uden tårer eller skam hviskede Kya: „Farvel, Ma." Hun tænkte kortvarigt på de andre – Pa, hendes bror og søstre. Men hun havde ikke nok fra denne svundne familie til at kunne sige farvel til dem.

Den sorg fortog sig også, da Jodie og Libby begyndte at tage deres to børn – Murph og Mindy – med på deres besøg hos Kya og Tate flere gange om året. Endnu en gang svulmede hytten op af familie omkring den gamle ovn, og der blev serveret Mas majsfritter, røræg og tomatskiver. Men denne gang var der latter og kærlighed.

BARKLEY COVE ÆNDREDE SIG i årenes løb. En mand fra Raleigh byggede en flot marina der, hvor Jumpin's hytte havde stået i mere end hundred år. Yachter lagde til med klare blå solsejl. Sejlende fra op og ned langs kysten luntede op til Barkley Cove og betalte 3,50 dollar for en espresso.

Små fortovscaféer med parasoller i livlige farver og kunstgallerier med marinebilleder spirede frem på Main. En dame fra New York åbnede en gavebutik, som solgte alt det, som landsbyboerne ikke havde brug for, men som enhver turist bare måtte have. Næsten hver butik havde et særligt bord, hvor der var fremlagt bøger af Catherine Danielle Clark ~ Lokal forfatter ~ Prisvindende biolog. Majsgrød blev beskrevet på menukortene som polenta i svampesovs og kostede 6 dollar. Og en dag gik nogle kvinder fra Ohio ind på Dog-Gone Beer Hall uden at ane, at de var de første kvinder, der gik ind gennem den dør, og bestilte krydrede rejer i papirbåde og øl, der nu blev skænket som fadøl. Voksne fra begge køn og af alle hudfarver kan gå gennem døren nu, men vinduet, der blev skåret ud i muren, så kvinder kunne bestille fra fortovet, er der stadig.

Tate fortsatte med sit arbejde på laboratoriet, og Kya udgav syv prisvindende bøger mere. Men selvom hun høstede meget anerkendelse, deriblandt et æresdoktorat fra University of North Carolina i Chapel Hill – sagde hun ikke en eneste gang ja tak til en indbydelse til at tale på universiteter og museer.

TATE OG KYA HÅBEDE PÅ at få en familie, men der kom aldrig et barn. Skuffelsen knyttede dem endnu tættere sammen, og de var sjældent adskilt mere end nogle få timer hver dag.

Sommetider gik Kya alene hen til stranden, og mens solnedgangen kastede striber på himlen, mærkede hun bølgerne slå mod sit hjerte. Hun rakte ned og rørte ved sandet, strakte så armene op mod skyerne. Mærkede forbindelserne. Ikke de forbindelser, som Ma og Mabel havde talt om – Kya fik aldrig sin trup af nære venner, heller ikke de forbindelser, som Jodie havde beskrevet, for hun fik aldrig sin egen familie. Hun vidste, at alle de års isolation havde ændret hendes adfærd, indtil hun var blevet helt forskellig fra andre, men det var ikke hendes skyld, at hun havde været alene. Det meste af, hvad hun vidste, havde hun lært af vildmarken. Naturen havde næret, vejledt og beskyttet hende, da ingen andre ville. Hvis hendes anderledes adfærd havde konsekvenser, så udsprang de også af livets fundamentale kerne.

Tates hengivenhed overbeviste hende efterhånden om, at kærlighed mellem mennesker er andet og mere end marskdyrenes bizarre parringskonkurrencer, men livet lærte hende også, at ældgamle gener for overlevelse stadig består i visse uønskelige former blandt alle snoningerne og vridningerne i menneskets genetiske kode.

For Kya var det nok at være en del af denne naturlige sekvens, der var så uomgængelig som tidevandet. Hun var knyttet sammen med sin planet og dens liv på en måde, som meget få er. Med dybe rødder i denne jord. Født af denne moder.

• • •

FIREOGTRES ÅR GAMMEL var Kyas lange sorte hår blevet hvidt som sand. En aften vendte hun ikke tilbage fra en indsamlingstur, så Tate tøffede rundt i marsken og ledte efter hende. Da det begyndte at skumre, kom han rundt i et sving og så hende drive rundt i sin båd i en lagune omgivet af ahorntræer, der rørte ved himlen. Hun var sunket sammen bagover, hendes hoved lå på den gamle rygsæk. Han kaldte forsigtigt på hende, og da hun ikke bevægede sig, råbte han og skreg så. Han trak sin båd hen mod hendes og tumlede klodset ned i agterstævnen på hendes båd. Han rakte ud med sine lange arme, greb hende om skuldrene og ruskede blidt i hende. Hendes hoved faldt endnu mere til siden. Hendes øjne så intet.

„Kya, Kya, nej. Nej!“ skreg han.

Stadig ung, stadig så smuk, hendes hjerte var stille og roligt gået i stå. Hun havde levet længe nok til at se de hvidhovedede fiskeørne vende tilbage; for Kya var det længe nok. Han foldede sine arme omkring hende, gyngede frem og tilbage og græd. Svøbte hende i et tæppe og bugserede hende tilbage til lagunen i den gamle båd gennem labyrinten af vandløb og flodmundinger, hvor hun passerede hejrer og hjorte for sidste gang.

„Jeg skjuler Pigen i høie Siv
Den altfor brændende Dag.“[6]

Han fik særlig tilladelse til at begrave hende under et egetræ med udsigt til havet, og hele byen kom ud til begravelsen. Kya ville aldrig have troet de lange rækker af sørgende. Jodie og hans familie kom selvfølgelig og også alle Tates fætre og kusiner. Nogle deltog af nysgerrighed, men de fleste kom for at vise deres respekt for, hvordan hun havde overlevet i mange år alene ude i den vilde natur. Nogle kunne huske den lille pige klædt i en overstor lurvet frakke, mens hun sejlede til molen og gik barfodet hen til supermarkedet for at købe majsgryn. Andre besøgte hendes gravsted, fordi hendes bøger havde lært dem, hvordan marsken forbinder landet med havet, begge med et gensidigt behov for hinanden.

I dag forstod Tate, at hendes øgenavn ikke var så forfærdeligt. Kun få bliver til legender, så han valgte følgende gravskrift til hendes sten:

CATHERINE DANIELLE CLARK
„KYA"
MARSKPIGEN
1945-2009

OM AFTENEN EFTER hendes begravelse, da alle omsider var gået, gik Tate ind i hendes hjemmelavede laboratorium. Hendes omhyggeligt mærkede prøver, resultatet af mere end halvtreds års arbejde, var den mest kontinuerlige komplette samling af sin art. Hun havde bedt om, at den blev doneret til Archbald Lab, og det ville han sørge for en dag, men at skille sig af med den nu var utænkeligt.

Da Tate gik ind i hytten – som hun altid kaldte den – mærkede han væggene udsondre hendes ånde, gulvene hviske hendes skridt så tydeligt, at han kaldte på hende ved navn. Så lænede han sig op ad væggen og græd. Han løftede den gamle rygsæk op og holdt den mod sit bryst.

Embedsmændene i domhuset havde bedt Tate kigge efter hendes testamente og fødselsattest. Inde i det gamle soveværelse, som engang havde været hendes forældres, gennemsøgte han skabet og fandt kasser med hendes liv stuvet ind i bunden, næsten skjult under nogle tæpper. Han trak dem ud på gulvet og satte sig ved siden af dem.

Han åbnede yderst forsigtigt den gamle cigarkasse, den, som al indsamlingen var begyndt med. Kassen lugtede stadig af sød tobak og lille pige. Blandt nogle få fuglefjer, insektvinger og frø var den lille krukke med asken efter hendes mors brev og en flaske Revlon-neglelak, Barely Pink. Stumper og knogler af et liv. Stenene i hendes strøm.

Stukket ned i bunden lå ejendomsskødet, som Kya havde forsynet med en bevaringsstatut for at beskytte mod byggeudvikling. Dette fragment af marsken ville i det mindste altid forblive vildt. Men der var intet testamente eller nogen personlige papirer, hvilket ikke overraskede ham; dens slags ville hun ikke have ofret tanker på. Tate planlagde at ende sine dage på hendes sted, han vidste, at hun havde ønsket det, og at Jodie ikke ville indvende noget.

Sent samme dag, mens solen gik ned bag lagunen, rørte han rundt i noget majsgrød til mågerne og kiggede tanketomt på køkkengulvet. Han lagde hovedet på skrå, da han for første gang bemærkede, at der ikke lå linoleum under brændestablen eller den gamle brændeovn. Kya havde altid sørget for høje stabler af brænde, også om sommeren, men nu var bunken lille, og han så kanten af en udskæring i gulvbrættet. Han flyttede resten af brændet og så en lem i krydsfineren. Han gik ned på knæ, åbnede den langsomt og opdagede et lille rum mellem gulvbjælkerne, hvor der blandt andet stod en gammel papkasse dækket af støv. Han trak den ud og fandt snesevis af manilakuverter og en mindre æske i den. Alle kuverterne var mærket med initialerne A.H., og op af dem trak han side efter side med digte af Amanda Hamilton, den lokale digter, som havde publiceret simple vers i regionale blade. Tate havde fundet Hamiltons digte lidt tyndbenede, men Kya havde altid gemt udklippene af de publicerede digte, og her var så kuverter fulde af dem. Nogle af de skrevne sider var afsluttede digte, men de fleste af dem var ufærdige med linjer streget over og nogle ord genskrevet i margenen med digterens håndskrift – *Kyas håndskrift*.

Amanda Hamilton *var* Kya. Kya var digteren.

Tate skar en grimasse i vantro. Gennem årene måtte hun have lagt digtene i den rustne postkasse og indsendt dem til lokale blade. Beskyttet af sit nom de plume. Det var måske en måde at række ud på, en måde at give udtryk for sine følelser på over for andre end måger. Et sted, hvor hendes ord kunne nå ud.

Han kiggede hastigt nogle af digtene igennem, de fleste handlede om natur og kærlighed. Et digt var foldet nydeligt sammen i sin egen kuvert. Han trak det ud og læste:

Ildfluen

At lokke ham var nemt
som at vise valentinskort frem.
Men ligesom en hunildflue
skjulte de hemmeligt et bud om at slukke livets lue.

En sidste berøring,
uigennemført;
det sidste skridt, en fælde.
Ned han falder, ned,
hans øjne fastholder stadig mine
indtil en anden verden de ser.

Jeg så dem forvandles.
Først et spørgsmål,
dernæst et svar
til sidst et endeligt.

Og kærligheden selv bevæger sig forbi
til det den end var før den første tid. A.H.

Stadig knælende på gulvet læste han det igen. Han holdt papiret op mod sit hjerte, der dunkede i hans bryst. Han kiggede ud ad vinduet for at sikre sig, at ingen var på vej ned ad sandvejen – ikke at nogen ville være det, hvorfor skulle de det? Men bare for at være sikker. Så åbnede han den lille æske og vidste, hvad han ville finde. Dér, lagt omsorgsfuldt ud på noget vat, var halskæden med muslingskallen, som Chase havde båret, indtil den nat han døde.

Tate sad længe ved køkkenbordet og prøvede at fordøje det, forestillede sig hende køre med natbusser, fange en hvirvelstrøm, undgå månen. Kalde forsigtigt på Chase i mørket. Skubbe ham bagover. Derefter sætte sig på hug i mudderet forneden, løfte op i hans hoved, tung af død, for at få fat i halskæden. Udviske sine fodaftryk; ikke efterlade sig spor.

Tate brækkede små stykker pindebrænde af, tændte op i den gamle brændeovn og brændte digtene, kuvert for kuvert. Han behøvede måske ikke at brænde dem alle, måske skulle han bare have tilintetgjort lige dét digt, men han tænkte ikke klart. De gamle gulnede papirer flammede hurtigt op og ulmede så. Han tog skallen af lædersnoren, kastede snoren i ilden og lagde brædderne i gulvet på plads igen.

Da skumringen faldt på, gik han hen til stranden og stod på et skarpt leje af flækkede hvide bløddyr og krabbestumper. Et lille sekund stirrede han på Chases skal i sin åbne håndflade og smed den så fra sig i sandet. Den lignede alle andre skaller og forsvandt. Tidevandet var på vej ind, og en bølge strømmede over hans fødder og tog hundredvis af strandskaller med tilbage ud i havet. Kya var opstået af dette land og dette vand; nu ville de tage hende tilbage. Bevare hendes hemmeligheder dybt inde.

Og så kom mågerne. Da de så ham der, fløj de i spiraler omkring hans hoved. Kaldte. Kaldte.

Da det blev mørkt, gik Tate tilbage mod hytten. Men da han nåede lagunen, standsede han under det dybe løvtag og så i det fjerne hundredvis af ildfluer glimte lokkende i mørket ude over det flade marsklandskab. Et sted langt derude, hvor flodkrebsene synger.

Noter

1 Jævnfør det gamle engelske børnerim *Three blind mice* fra 1600-tallet, i denne sidste nedskrevne version fra begyndelsen af 1900-tallet: *Three blind mice. Three blind mice./ See how they run. See how they run./ They all ran after the farmer's wife,/ Who cut off their tails with a carving knife./ Did you ever see such a sight in your life,/ As three blind mice.* (O.a.).

2 Dansk oversættelse af *The Lake of The Dismal Swamp: Dismalmosen* ved Emil Aarestrup i *Efterladte Digte (*1863), *Samlede Skrifter*, Hans Brix (red.), Dansk Sprog- og Litteraturselskab, C.A. Reitzels Boghandel, Kbh. 1976, bd. 5, ss. 227-228.

3 Dansk gendigtning af Edward Lears digt *The Daddy Long-legs and the Fly* ved Arne Herløv Petersen: *Hr. Stankelben og Fluen i Edward Lears grumbuliske digte*; Forlaget Alma, 1986.

4 Dansk oversættelse af *The Lake of The Dismal Swamp: Dismalmosen* ved Emil Aarestrup i *Efterladte Digte (*1863), *Samlede Skrifter*, Hans Brix (red.), Dansk Sprog- og Litteraturselskab, C.A. Reitzels Boghandel, Kbh. 1976, bd. 5, ss. 227-228.

5 Dansk gendigtning af Emily Dickinsons digt *The Bustle in a House* (1865/66) af Poul Borum: *Travlheden i et hus i Sig sandheden*, Brøndum, 1984.

6 Dansk oversættelse af *The Lake of The Dismal Swamp: Dismalmosen* ved Emil Aarestrup i *Efterladte Digte (*1863), *Samlede Skrifter*, Hans Brix (red.), Dansk Sprog- og Litteraturselskab, C.A. Reitzels Boghandel, Kbh. 1976, bd. 5, ss. 227-228.